醉里挑灯谈酒

崔济哲 著

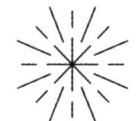

四川文艺出版社

酒的魅力

喝酒的名堂　　在日本的一次偶遇斗酒

　　　　给五柳先生敬酒　　　　大家"酒范儿"

　　　　　　　　　　　　喝酒不谈文化

别样喝酒别样情　　醉里挑灯谈酒

　　　酒　歌　半醉半醒读庄子　　　　　　　　闹　酒

　　　　　　　　划　拳　　在德国喝啤酒

　　　　　　　　　　美人醉酒　　　酒后闲说下酒菜

张飞的真醉与假醉

　　　　　　　　　　　　　　时无英雄，使竖子成名

　　戏说毒酒、药酒　钟馗醉酒

　　　　　　　　酒话　酒事　酒疯子　酒祭凡·高

　　　　千年醉兰亭

　　　　　　　酒醉苏词　　　细酌慢品说烈酒

　　　　醉眼惺忪看李白

序 一

　　崔济哲是新闻人，同时也是散文家。他读书多，见识广，其散文从来不拘于一格一类，行文亦无定规定式，颇得散文文体真谛。此番，他又要结集出版自己的新散文集了，且是有"主题"的集子，所收25篇散文，无不专注于一个"酒"字。也是醉了，居然能有这么多说酒的话题。刚说他的散文所涉甚广，却即刻就提到"主题词"和"关键字"，我以为这不矛盾，所谓形散神不散，做文章的人通常会在一定时期内热衷于某个"话题"并使之成为"故事核"，也必定会在一篇作品里抓住一个特定的"魂"。"酒"就是这样成为崔济哲散文创作中一个特殊系列的吧。崔济哲近年来在文学创作上十分发力，已连续出版了数部散文集，今次推出"酒"专题散文，这是他勤于创作的一个旁证，他所创作的散文自然还有更广阔的领域。

　　让酒成为专注的意象，并探寻、挖掘其背后的精魂，是这本散文集的集中追求。作者的谋略在于，搜寻、整理历史上与酒相关的名人逸事，追述他们的酒故事，生发他们的真性情。餐桌上的酒也许是俗物，是"奢侈品"，纸面上的酒是雅趣，是激发性情的"润滑剂"。崔济哲就此带领读者进入到一个酒世界。但这里绝非花天酒地，绝非纸醉金迷，而是在"酒文化"背景下看取活的性情,打开一个个精彩的人生世界。从孔子、庄子到屈原、陶潜,再到李白、杜甫;从唐诗宋词到《红楼梦》;从鸿门宴到杯酒释兵权,从古代的猛士到现代的"武将军";从酒歌、酒话到醉酒、醒酒,千姿百态,杯光剑影,文采斐然,激扬文字:一个跨越千年的酒世界呈现在这一册书里,他们因文字而穿越式"聚会",仿佛在共饮共叙,又仿佛在开"诗词大会",可谓把酒临风,别开生面,杯里乾坤,挥洒自如。

崔济哲的这些散文突出酒文化。中国是酒的发源地,酿酒、饮酒的历史从未间断,"酒文化"的总结归纳无疑是个深广的世界吧,只可惜以我之学力无以了解,崔济哲的散文则从感性的层面为我们打开了这个广阔世界的一个窗口,可称解渴。第一篇章《酒的魅力》其实就是酒文化的多方位透视。八千年的酿酒史留下许多美好传说,无尽数的酒器是另一种艺术。酒有神力,也是撒旦。历朝历代的帝王既有因酒而兴、因酒而亡的前秦君主苻生,也有因酒暴露凶残面目的北齐开国皇帝高洋。一部中国文学史,从某个角度看,也可串接起一部诗人作家的饮酒佳话史。

酒毕竟有其世俗的一面,庙堂之上的酒高深莫测,文人墨客的酒五光十色,然而山林中,茅屋下,百姓的炕头,路边的小店,无不有因酒而欢乐的场景,于是,闹酒耍酒、猜拳行令等民间酒文化、酒习俗纷纷流入纸面。崔济哲笔下的酒于是就成了上可以入庙堂,下可以见厨房的妙品。

崔济哲的这些散文表达真性情。崔济哲时而在文章里流露出自己爱酒、好酒的一面。酒在他眼里不是应景的道具,而是性情挥洒的见证。他谈关于酒的种种文化，也谈文化人的种种酒态。远的不说，即就现代以来，文化名人对酒的态度，酒桌上的表现，酒后的率性，即是他发自内心欣赏，刻意要去表现的一面。陈独秀、李大钊、章太炎，鲁迅、胡适、老舍，梅贻琦、柳亚子、辜鸿铭，各类文化名人，其实都有曾因饮酒而留下的佳话，见出性情。古今中外的人物，他写到的太多了，尽管详略不等，角度有别，但满目飘过的身影，集合成了另一种陌生的文化人姿态。读者不妨从中寻觅，或许就会遇到自己熟悉、热爱的某位作家学者正在书中狂饮。

崔济哲的这些散文联结诗书画。李白是诗仙也是酒仙，杜甫关注时事也记述酒友，《红楼梦》里多有酒宴上的种种雅趣。"千年醉兰亭"是中国书法极品与其作者王羲之醉酒的结晶，张旭的狂草与狂饮定有必然联系，"酒醉苏词"是诗词精品在酒兴正浓时的爆发，"给五柳先生敬酒"是对"只有饮者留其名"的典型诠释。崔济哲在这些散文里历数自己所了解和掌握的文人饮酒故事，将中国传统诗书画与酒的联系一一道来，颇有目不暇接之感。

崔济哲写酒应当也部分地因为自己爱酒。插队时的喝酒经历，出国时的酒风见闻，乡村里，城市间，工厂中，校园内，凡有人群聚集的地方，无不有酒兴正酣的场景。崔济哲尽享其中，他的散文因此多了些许烟火气和亲切感，并不是以"酒文化"的权威讲述口吻而凌空高蹈。

我于酒文化素无探究，散文心得也甚微，与崔济哲相识经年已久但往来其实甚少，毕竟不在一个领域从业，文章上都是同好，但岂有敢为之作序的能耐。然邀之殷切，拒之恐失诚意,于是只能鼓足勇气,且把感想当序言来写,不足道或不恰当处只能求得谅解了。不过,我去年曾发表过一篇写"鲁迅与酒"的文章,梳理了鲁迅及文章与酒之关系,后来有一次聚会时,崔济哲当面提到他读过此文的一些看法。我想或许这也是促成他命我为之"酒"文作序的缘由之一吧,也算是"酒"逢知己,千字不辞了。

我在写"鲁迅与酒"的时候,发现一个现象,其实在鲁迅笔下,酒并不是必须摆在桌上饮用的"神水",很多时候不过是一点谈资,一个说辞,尤其是在他与许广平的书信往来中,"酒"多半是个虚拟之物,是以并不发生饮酒而谈论饮酒的利弊,一方劝少饮酒而表达关心,一方则以"不喝""少喝"回馈诚意。虚拟之"酒"因此变得更为有趣,更加微妙,颇似微醺之后的妙趣。进而,我又以为,其实在中国文人笔下,写酒也并非都是做饮酒记录,"酒"字果真具有虚拟特点,"醉酒"未必都是亲力亲为,有时也是借故发泄,是一种想象与夸张。一个人幻想或回味醉酒状态,借此亦可抒发当下或许只是喝了一碗粥之后也会有的心绪和惆怅。也是在去年,我枕边放了一本随手翻阅的闲书《唐诗别裁集》,我本是想通过偶尔翻阅多认识几个繁体字,却不想读到一个满眼都是的意象,这个意象正是崔济哲此番的散文集主题:酒。我个人直感上认为,其实唐诗也有其"写作模式",这种模式是不是到了"模式化"的程度我不敢判断,但显然,古人写诗是有些"套路"的。"酒"作为一种意象频繁出现即是一例(此外还有一个集中意象即月亮)。崔济哲上及先秦,下及明清的文学与酒之关系梳理,让我对此有了更多认识。

作为诗歌意象的"酒",用以表达的诗人性情是多重的。细读这些唐诗,未必都是酒后真言,也许就是一种托物寄情的想象,是一种望梅止渴的表达。在唐代诗人笔下,酒可以表达离情,如"劝君更尽一杯酒,西出阳关无故人"(王维),劝酒却并未真饮。又如"但使主人能醉客,不知何处是他乡"(李白),能醉却还未饮。可以表达友情,如"且与少年饮美酒,往来射猎西山头"(高适),多半也是一种愿望。可以表达纵情,如"一生大笑能几回,斗酒相逢须醉倒"(岑参),"须醉倒",不过期许而已。又如"白日放歌须纵酒,青春作伴好还乡"(杜甫),如出一辙。可以表达诗情,如"何时一樽酒,重与细论文"(杜甫),酒与文同为愿景。可以表达忘忧,如"今日听君歌一曲,暂凭杯酒长精神"(刘禹锡),这回可能真喝过。又如"山水弹琴尽,风花酌酒频"(卢照邻),颇似一副雅联。可以表达闲情,如"开轩面场圃,把酒话桑麻"(孟浩然),场面并不热烈。可以表达伤情,如"却忆年年人醉时,只今未醉已先悲"(杜甫),忆醉却未醉。等等,等等。中国诗文中的酒,意味繁复,寄情深广,绝对是一个可以探究的无形世界。通常所谓"醉翁之意不在酒",我以为,与其理解成心机难解,不如看作是古代文人托酒寄情的诗文手法。"酒"可烧心中块垒,亦可用作文中修辞。崔济哲在《醉里挑灯谈酒》里举了太多这样的例子,有的应合了我的想法,有的则通过考证让我更多重地思考这些话题。

写作《醉里挑灯谈酒》时的崔济哲,把关于酒的文史知识传递视作写作的重要目标,在这一点上他完成得相当好,在诗文与酒、性情与酒如何结合的认知上达到了相当程度。

当然我也以为，以著作所涉猎的如此广博的知识，以文中散播的精彩迭出的人物故事，即使取其一人一事一物，深掘下去，定有更加出彩的人生世事可以让我们看到。我倒觉得，著者不妨再往深往细走下去，好好地翻捡下去，定能让酒之清香、文之妙趣挥洒得更加悠远醇厚。崔济哲有这样的知识积累，也有这样的诗性才情。尽管我说过，我为他作序已是冒昧答应，但既是书前话语，文友交流，那我也必得说出点赏读当下、寄望于将来的"模式化"言辞方可打住。

无论如何，愿好酒与美文陪伴下的人们感受到更多人生快乐与幸福。

阎晶明
2017年3月6日

自　序

刘扬忠先生号"四万斋主"，读万卷书，行万里路，饮万斤酒，吟万首诗。有人较真儿，三万尚可，四万存疑。真饮万斤酒乎？扬忠先生洒笑，言之何止万斤？余自二十岁便饮酒为乐，酒龄已然五十载矣，以每年只饮三百天，每天只饮一斤白酒，至此已满饮一万五千斤矣，足已灌满一标准游泳池矣。方知商纣王酒池肉林亦非虚构。

我的另一位朋友堂上挂一副对联：大胆文章拼命酒，洒脱人生放达诗。朋友饮酒，从不避讳，从不作假，从不推诿，盛情之下，绝不扭捏作态。自喻年轻时，饮一斤高度的白酒正到兴处。他还年轻，问其已饮下多少高度白酒？答曰：以瓶装酒论，一指整个餐厅，此厅满装有余矣。

一千多年前的欧阳修有句醉语：醉翁之意不在酒，在乎山水之间也。欧阳修有资格自喻醉翁，他喝酒谈酒讲究酒场、气场、酒韵、酒友、酒席。以前说到文学都讲气脉、气势、气韵、气场。贾平凹曾经说过："孙犁的荷花淀派之所以后继无人，就是后学者气小了。"平凹先生不讲究喝酒，其实酒亦然。阳春白雪和者盖寡，下里巴人其人昭昭。生死与爱情是文学永恒的主题，酒则是伴随着这一主题的进行曲。

李国文先生曾经讲他挨整被打成右派下放劳改时，在一个极其偶然的情况下发现他所在的一个极偏僻的供销社中有一瓶几乎被人遗忘的"商标残损的名酒"。他"倾囊倒箧，连硬币都凑上"，终于把那瓶酒揣在怀中，就那一瓶酒，竟然让隆冬仍住在帐篷中的工友们温暖起来，酒未开瓶，却如朝阳普照，人们仿佛见到光明，见到温暖，见到生命的复苏。用李国文先生的话讲："尽管酒未沾唇，我们那些工友们先就醉成一片了。"那是心醉，精神醉酒，酒醉人心，酒的魅力。

喜怒可以不形于色，但不可以不形于酒。醉翁可以不在乎酒，但人之喜怒哀乐在乎酒。枯鱼思水，困兽思山，人到极处思酒，古今中外，岂有他哉？

中国的酒文化源远流长，始于祭祀，兴于国家，根植于民，传之数千年，不但不衰、不败、不没，反而兴旺、昌盛、繁荣，且有创新、发展，焕发着勃勃生机。

在中国不懂得酒文化，就可能不会懂得中国文明、中国文化、中国民俗，中国社会、中国政治、中国历史，甚至中国家庭，中国人的社会活动和社会定位，中国人的喜怒哀乐。

掷杯为号，刀斧手尽出，立时将其剁成肉泥。这就是一种中国式的政治较量，政治搏斗，鸿门宴、杯酒释兵权。20世纪六七十年代中国有一句家喻户晓的名句：临行喝妈一碗酒。李玉和一段高腔，喝得真好："有这碗酒垫底，什么酒都能对付！"这就是典型的中国酒文化中的政治斗争，政治较量，因为那碗酒，浑身是胆雄赳赳。

在中国有民俗民习，似乎也是规矩，人在"上路"之前要喝一壶"上路酒"，也称断魂酒。不知道、不了解这壶"上路酒"的人可能不太会了解中国的历史、中国的文化、中国的民俗、中国的特色。

我在农村插队时,曾经听一位县里退休的老刑警讲过一个让人唏嘘良久的故事。

他说,那年县里准备对一名死刑犯执行死刑。临刑前问他还有什么话要留下。这是个杀人犯,凶恶残暴,他咬牙切齿,并不惧怕,只是讲,让我上路,需喝白酒,要喝纯粮食酒,喝完酒上路,绝不闹不叫,一路走好。老刑警讲那时候哪儿去找纯粮食白酒呢?但那是他一生一命的临终之愿。他就是罪该千刀万剐,人生这最后一程也得让他走好。中国监狱数千年留下一条潜规则,送人上路,非酒不可。这也是酒的魅力,语言乃至一切都是多余的。一壶酒送你上路,酒伴人走完最后一寸路。老刑警说好不容易搞来一瓶"高粱白"送到临上路的杀人犯手中,见他一口咬开瓶盖,仰天灌进一大口,冲得眼泪四溢,呛着嗓子大叫一声好酒,值了!三口就要出监,没想到他不再喝第二口了,酒瓶子都插到嘴里了,又拔出来满地找瓶盖,找到后把酒瓶盖好,交到老刑警手里对他说,一辈子为凶作恶,愧对老父老母,老人家一辈子无所嗜好,就是好喝口酒,没见过他老人家喝过纯粮食的好酒,请把这瓶酒转交给他,他可以不收不埋我这个臭皮囊,但一定要收下这纯粮食的好酒……

在这个世界上,能和酒匹对的唯一饮料当推咖啡,但酒比咖啡更具有魔力、魅力、摧毁力和忽悠力。

我喜欢杨慎的诗词歌赋,尤爱其那首传之亿万之口的《临江仙》,"滚滚长江东逝水",那一句亘古不变的哲理,"一壶浊酒喜相逢,古今多少事,都付笑谈中"。杨慎一生喜酒善饮,喜则饮,悲亦饮,歌则饮,吟亦饮,饮酒赋诗,寻古问柳,放达任性,纵酒为词。直到他七十二岁弥留之际,仍不忘老家的美酒、荔枝。"梦里江阳荔子丹,觉来枕上月光寒。含情懒对痴人说,强向杯中觅旧欢。"终生追逐,痴情不改。循着当年杨慎先生的足迹来到浔阳江头,来到长江之上,望着那滚滚长江水,也想起京剧《单刀会》关羽关云长的一句高腔:"这不是长江水,这是二十年流不尽英雄血。"借着酒劲对着滚滚长江东逝水,喝道一声,那不是长江水,那是千百年来流不尽的中国酒。

观写饮酒之书,须把酒临风,吟之,歌之。

是为序。

目录

酒的魅力 _1

大家"酒范儿" _34

喝酒的名堂 _52

喝酒不谈文化 _62

酒后闲说下酒菜 _79

醉里挑灯谈酒 _86

别样喝酒别样情 _129

细酌慢品说烈酒 _135

戏说毒酒、药酒 _144

划　拳 _151

闹　酒 _165

酒　歌 _173

酒话　酒事　酒疯子 _184

美人醉酒 _213

半醉半醒读庄子 _224

张飞的真醉与假醉 _238

千年醉兰亭 _245

酒醉苏词 _255

醉眼惺忪看李白 _264

时无英雄,使竖子成名 _278

给五柳先生敬酒 _286

钟馗醉酒 _294

酒祭凡·高 _300

在日本的一次偶遇斗酒 _312

在德国喝啤酒 _324

后记:人往远走,酒往外流 _336

酒的魅力

酒的尊严

老子云：上善若水。

天下莫柔弱于水，而攻坚强者莫之能胜，以其无以易之。弱之胜强，柔之胜刚，天下莫不知，莫能行。

酒的魅力源自老子所言之水。

孔子知酒。先秦诸子中，唯孔子善饮。孔子之不凡在于深知酒之魅力，爽而不过，饮之有度，在礼之节度下饮酒，未闻孔子失量。孔子酒量非凡，《史记》记载孔子能饮酒"百觚"。即使是公元前500年酿的酒，亦非凡人能举。孔老先生可谓空前绝后。

我又有些疑惑了。2015年2月，由中国科学院自然科学史研究所评选出的八十五项中国古代重要科技发明创造中，第三十三项就是"含酒精饮料的酿造"，发明创造的年代为距今约八千年。在全部八十五项发明创造中，这一项以年代久远论居第三；第一为"水稻栽培"，距今已不少于一万年；

居次首的为"猪的驯化",距今已约八千五百年。酒的酿造真了不得,在中国古代重要科技发明创造榜上高居探花。

中国第一部诗集《诗经》的创作年代,距今已有两千六百多年,无《诗经》则无诗。酒比诗、文、歌、赋该古老多少辈子呢?诗和酒的关系大约应像酒和水的关系,源远流长。

中国科学院的评选结果绝非一般说说而已,它颠覆了多少祖传的理论和概念。不是先有文化后有酒,不是酒助文明,是有酒才有文化,才有文明。据我所知,中国古之仰韶文化的存在年代,公认的是距今七千多年。即使如此,一些大家如胡适等人亦不同意,他们认为中国的文明应该始于距今三千年左右,夏、商之前皆神话传说。但中科院说含酒精饮料的酿造是在八千年前就有了,那就是先有中国酒,后有中国文化、世界文明。因为世界文明史也不过六千年至七千年,古希腊文明有史可查的不过五千年,《荷马史诗》记载的是公元前12世纪的英雄史,所以是有了酒才有了文化,而非以前所论的有了文化才有了酒。让我不解的是,我们老祖宗刚刚解决了"吃饭"问题,解决了"水稻的栽培"和"猪的驯化",接着就开始了酒的酿造,这该颠覆和重写多少历史啊?!酒的魅力!

我认为酒不仅仅是"含有酒精的饮料",它应该是中国人,也是人类的精神食粮。没有酒,人类文明的步伐就可能放慢。人类需要酒,文明需要酒,就像人类初期的庆祝形式,"手之舞之,足之蹈之",此时此刻焉能无酒?

那当是酒的尊严,酒的价值。

莫说中国古代的四大发明,即使是中国人引为自豪的养蚕、缫丝、种茶、髹漆、针灸、做瓷、青铜冶炼等,莫能望酒之项背。

中国人引以为自豪的青铜器,在中国的瓷器和丝绸之前是代表中国而面向世界文明的,是中国古代文明的标志之一。而现在出土和保存下来的青铜礼器中,酒器最多,而明器和祭器中很多都与酒文化有关。过去学术界有个说法,夏、商时期礼器和祭器中敬神敬天敬地的是以水当酒,因为公元前17世纪之前,我们的祖先还酿造不出酒,因此那些摆在祭坛上的神器中斟满的是一汪清水,水照青天。现在看来非然也!我们的祖先不但有酒,而且能酿造出含有酒精的酒,真正的酒。很可能那些各种礼器都是因酒文化才诞生的,周之礼的底色是酒文化,在隆重的庄严的祭坛上,一排排青铜酒器的金属光泽光耀天空,天子和诸侯、士大夫们先拜天,后跪地,双手高擎,把斟满酒的青铜酒器敬给神。酒代表着庄严、神圣、尊严、高贵,代表着继承、传授、权力和操行。在那个时期,酒的象征和代表,酒的魔杖和魅力是神与苍天大地赋予的,酒让世人生畏,酒让权力神圣,酒让王朝辉煌,酒让天子自豪。

那个时期,酒代表权力、地位、财富,酒神圣得只上祭坛,酒高贵得不下士大夫,非天子、诸侯莫属,即使如此,酒也要先履行祭祀的职责,才能隆重地走下神坛,让天子、诸侯、士大夫享用。那是酒的尊严。

在中国青铜器国宝中,有一件声震遐迩的"重器",那就是莲鹤方壶。据说看过这件国宝的人,有数十万人,上至国家元首,下至平民百姓,无不在它面前肃然起敬。它是因酒而生，因酒而尊，因酒而雅，因酒而名。当我第一次站在这个高达 126.5 厘米的青铜酒壶前，我甚至周身不禁有些瑟瑟而抖。因为只有你站在它面前，你才会感到人间有神器，神器有酒，那分明是天上神水。

当天子、诸侯、士大夫队列神坛之前，一排排旌旗猎猎，一列列虎贲森森，九只青铜大鼎一字排开，其中可能就有司母戊大方鼎，大禾人面纹方鼎，三千二百年后出土，皆国之重器，世之国宝。九只大鼎前面并列的是八簋，上圆下方，刻满饕餮纹、夔龙纹和云雷纹，在灿烂的阳光下闪烁着青铜金属的亮光，庄严肃穆。天子九鼎八簋，行国礼，祭祀天神，非酒莫不能人神相通相融。敬天、敬地、敬神、敬先人祖宗，这壶中的酒要代表天意分享给天子、诸侯、士大夫。那饮酒的青铜酒器当为爵，到先秦时代，饮酒的酒器估计有十几种，尊、罍、爵、角、觚等，但我面前的这一酒器是我们至今发现的数百个先秦时代青铜酒器中最漂亮、最尊贵、最风流、最抢眼的，它被专家命名为"夏王朝乳钉纹青铜爵"，堪称国宝。它是公元前 21 世纪夏王朝的器物，这夏爵在如今世界上当属唯一，它傲然屹立在那里，傲视天地，也傲视历史、岁月，它只尊重酒，它曾经为之诞生为之死亡的酒。这尊乳钉纹青铜爵，长流尖尾，束腰细足。"流"就是酒流入口之处，长流，即把饮酒的流酒口做得又细又长，呈半月形，像迎风舞动的长袖。尾就是和流对称的倒酒进爵的地方。夏王朝时倒酒是用勺子斟酒，因此后尾做成尖尾，金属流线，顺势而成，漂亮、优美、大雅也科学，三足鼎立，像舞姿中的绅士。天子举爵，诸侯举爵，士大夫举爵，那该是多么隆重庄严的场面，多么高贵尊严的氛围,多么雅致高调的情怀。敬完神、天地、祖先,都深弯腰,面对黄土地,双手捧爵,把爵中之酒轻轻洒成一条线。谁能想到,这种以酒祭天祭地祭祖的仪式竟然传衍了数千年,直到今天,人们仍然这样做,仿佛非酒无以祭神祭祖祭苍天厚土。

中国自有史以来,哪朝哪代没有酒的尊严,酒的祭奠?哪篇哪页没有酒的浸泡,酒的滋润?八千年以前,人类可能刚刚醒来,世界还是一片荒蛮,文化尚在土壤中孕育,文明还像未跳出东海的朝阳,酒却悄然而生,这种神奇之物。那当是人类智慧、兴旺、繁荣走向发达的积累和预示。

说不尽的酒,谁又能说得尽那酒……

1976年,在河南小屯村西北发掘出商王朝时期武丁王妃妇好墓,墓中出土青铜器多达486件,重达1.6吨,其中不乏国之瑰宝,国家一级文物。让我感到惊喜和困惑的是其中有相当一批是青铜酒器。被称为"妇好鸮尊"的一尊酒器,被誉为青铜器中的国宝,被河南省博物馆推为"九大镇馆之宝"之一,列为世界文化遗产。妇好鸮尊高为49.5厘米,外形是一只近半米高的青铜器猫头鹰,宽喙高冠,圆眼竖耳。我们的先人在三千多年前就注意到猫头鹰的与众不同,在鸟类甚至百物中有独领风骚的神韵。世界上还没有哪一个民族能在那么遥远的年代就这么形象地、逼真地、艺术地再现鸮的形象,把它铸成青铜器的艺术品,打造成一尊神采奕奕的酒器,你站在它面前,虽然隔着那么厚的高防玻璃,但你的确已经感到了它的神韵,雄赳赳气昂昂的,霸气十足,傲然面世。

我困惑的是妇好是位女子。鸮尊是她墓中陪葬的众多酒器中的一种。她墓中还出土了一件让世人皆震惊，称之不可思议的国宝重器，公认是北京现藏十大国宝之一，那是一个酒杯，但不再是先秦时期，青铜器时期饮酒用的青铜器爵、角、尊，而是一个杯，一个现代意义上的酒杯，一个真正的象牙酒杯，雕刻有夔纹，装饰有绿松宝石。三千多年前就用象牙杯喝酒？匪夷所思！且镶嵌几十颗珍贵的绿松石。象牙杯高30.5厘米，侈口薄唇，中腰微束。杯身一侧竟有一柄与杯身齐高的夔龙形把手，端庄、美丽、大方、豪华，还现代，美得让人眼晕，让人不敢相信。三千多年前的中原大地有大象吗？象牙何来？何时已有象牙雕工？为何把象牙雕成酒杯？难道在商王朝时代有比爵、角、樽、罍还高贵，还显赫的饮酒器？就是这个被专家命名为"嵌绿松石象牙杯"的宝贝？

妇好是位了不起的女将军、女统帅，墓中出土的一种叫钺的青铜兵器，上面刻着铭文，铸有"妇好"，是妇好使用的兵器，细看确实有几分像《水浒传》中鲁智深用的禅杖。这个铸有妇好大名的钺，长39.5厘米，刃宽37.5厘米，重达9公斤，如果再配上杖，上阵杀敌能挥杀自如，没有像鲁智深一样的气力恐怕不行。妇好正是手舞这件青铜兵器，带领商王朝的一万三千多名战士东征西伐，打了无数胜仗，她当是中国第一位统兵打仗的女帅。按我们和商王朝时期的人口比例算，妇好应该统帅着百万大军。而鲁智深带领的不过数十名乌合之众。

妇好墓中有一批酒器，说明在商时期，每逢前方作战胜利，王朝奖励前方统帅的必有美酒，很可能是经过王祭祀过的"神酒"，奖励凯旋的将士。另外在妇好墓中发现大量酒器足以说明，妇好生前能饮酒，善饮酒。这说明至少在三千年前，中国人以酒授奖，不论男女，男女平等，女人喝酒不亚于男人。酒励武功，武功授酒，得胜归来，庆功酒高迎。除了酒，世上何物能替代？中国人的这种仪式，至少从商代一直传衍至今，酒真是一种"神水"……

酒的魔力

酒就像权力，没有限制的权力必然要产生腐败，没有限制的酒必然产生一种神奇的"魔力"，它能纵贯历史、岁月，它能颠倒王朝、国家，它能让人卸妆现其本来面目。有人言酒之魔力无限。

"酒池肉林"，"长夜之饮"。这是韩非子在《说林》中所描述的商纣王的生活。公元前17至前13世纪，并非"土豪"有钱就可以任性，就像砌个游泳池一样也搞个"酒池"，那是要动酷刑的，醢、脯、剖、刳剔、焚炙、炮烙，"土豪"也不得好死。王权所在，别乎其中？实事求是地说："商纣王是位很有本事能文能武的人，他经营东南，把东夷和中原的统一巩固起来，在历史上是有功的。"毛泽东对商纣王的评价让我重新评估商纣王。商是当时统一的、强大的、繁荣的中原大国，它的灭亡的确是毁灭在酒的魔力上，酒让商王朝酥松瓦解，酒让商纣王昏庸暴戾；酒让商王朝的政治统治出现裂纹，酒让商纣王利令智昏。商王朝的灭亡历史学家的争论很多，但我认为其千里之堤溃于酒也。酒曾使商之国兴旺，酒也使商之王朝走向毁灭。不是商王朝，也不是商纣王，谁也挡不住酒的魔力，谁也挡不住酒的诱惑，谁也挡不住酒的颠覆。

无独有偶，曾经横跨亚、欧、非三大陆的超级帝国、超级强国罗马帝国，纵横数千公里，攻无不克，战无不胜，其势不可阻挡。但它最终解体、瓦解和崩溃还是源于那一汪汪"神水"。酒泡酥了武士的筋骨，泡软了帝国的意志，消磨尽战士的锐气，瓦解了军队的军心。浸泡在酒杯中的罗马帝国终于像冰山漂进了沸水，很快就融化了。想起老子论水，更觉得那分明是论酒。

天下莫柔弱于水，而攻坚强者莫能胜，以其无以易之。

中国历史翻到五胡十六国时，前秦帝国几乎统一了中国北方，皇位传到苻生手中，举头望中原，似无敌手。苻生留在历史上的名声不好，是一位地地道道的暴君虐待狂，带有精神癫狂症的人渣。我以为也非然。苻生是中国历史上唯一一位"独眼"皇帝。他的所作所为是让人发指，但要追其原因。

苻生是位有作为的年轻皇帝，敢作敢为，敢闯敢拼。马上冲锋陷阵，开疆拓土，征敌灭异，英勇无比，几乎平定了中国北方；马下议政，完善政权建设，废除奴隶制，减免税赋徭役，屯田戍边，政绩可议。在公元357年是"国内外"无人不惧的"巨无霸"。他是被看似"柔弱于水"的酒所彻底打倒，彻底颠覆，彻底改变。

苻生嗜酒，且酒量极大，酒瘾奇深。一旦杯在手，酒入口，非喝得天翻地覆不可，非喝得昏天黑地不行。处于一种完全失态，完全失控，彻底麻醉，彻底疯癫状态。是一种严重的酒精中毒。

作为皇帝的苻生喝酒也好大喜功，追求隆重盛大，讲究气势排场。满朝文武坐下来一起喝大酒，谁不真喝、真灌、真醉、真中毒，就要谁的命。苻生的酒喝得有特色。他有一种天生的酒后本事，无论他喝了多少酒，醉到什么程度，只要看一眼酒场上的人就知道谁没"喝好"，谁没真喝，谁没真醉。有一次和众大臣喝大酒，他令其尚书令辛牢给大臣们劝酒，又喝了一气，苻生醉眼惺忪地一看，竟然还有那么多大臣正襟危坐着，不紧不慢地喝着酒；还有条不紊地吃着菜，有说有笑的，似乎置酒于身外。苻生皇帝大怒，立即指着担负劝酒任务的尚书令辛牢，也不知这位酒皇帝怒骂的是什么，但众臣皆看其怒发冲冠，怒容满面，怒不可遏，俱吓得酒醒如栗。苻生完全被酒所操控不能自已，酒精中毒之下，焉有理智？当庭当众把劝酒不力的尚书令辛牢斩首，血溅酒席间。这下众文武大臣全明白了，二话不说，端起酒来就死灌，有多少喝多少，直喝得人仰马翻，酒醉如泥，吐得污秽满身，人事不省，彻底酒精中毒、酒精昏迷。苻生高兴啦，望着一片狼藉的现场，这位酒皇帝自斟自饮，仿佛和酒有较不完的劲儿，非喝得死去活来不可。

苻生终于兴于酒，亡于酒，是酒后吐真言？还是酒后的话不算话？反正他酒后说要杀了他的表兄弟东海王苻坚，这话被传到苻坚耳朵里，苻坚一不做二不休，与其信其酒醉之戏言，不如信之为酒后真言，立即起兵擒拿住苻生，自己登基做了皇帝。这就是中国历史上有名的"投鞭断流"的先秦世祖宣昭皇帝。他不会也不敢留着苻生，他知道苻生不醉酒时的本事，于是下令处死苻生，但圣旨中有一句圣言，要在灌醉苻生以后再行刑。据说苻生死得不容易，从早晨喝到中午，又从中午灌到傍晚，这位曾经叱咤风云不可一世的皇帝怎么喝怎么不醉，用盆喝亦不见其醉倒。最后这位英雄一世的皇帝终于醉死在酒中。我以为世人皆言英雄难过美人关，其实有的英雄是难过美酒关。

酒的宴会

中国历史上最著名的宴会当推鸿门宴，鸿门宴是中国第一宴。鸿门宴的知名度如此之高，因为中国出了个司马迁。司马迁笔大如椽，描述了鸿门宴。我看鸿门宴，其实就是一个酒会，喝酒议事，且是在项王的军中大帐内临时摆置几张酒案，假以酒会友之名，实为对汉王刘邦先行入咸阳开的审查会。没见鸿门宴上吃什么饭，上什么菜，也没见互相推杯换盏喝酒。

鸿门宴按照事先的计划，并不需要那么多回合，三杯过后，以范增举其所佩玉玦为号，项羽一声令下，或者按他一贯作风，自己拔剑而起，刘邦人头落地。鸿门宴一不为酒，二不为吃，就是以宴为名，取汉王刘邦首级。

而鸿门宴为什么又发生了那么多惊心动魄的故事，那么多扣人心弦的情节,那么多让后人津津乐道的经典场面?最后让刘邦这只煮熟的鸭子又飞了?让亚父范增当众也当着项王的面,把刘邦送的玉斗扔在地上,拔剑把玉斗砍得粉碎,说了一句为历史所证明的名言:"竖子不足与谋。夺项王天下者,必沛公也,吾属今为之虏矣!"再观项王在鸿门宴上的表现,不知为何全无当初反秦造反时的大英雄气概,眼都不眨一眨,"遂拔剑斩守头"。在乱阵中,项羽豪气冲天,"击杀数十百人,一府中皆慴伏"。在军中大帐中,项羽毫不犹豫,毫不惧怕,单枪匹马,上前一步,一剑取上将军宋义之首,自己统率大军,破釜沉舟,生死不顾,九战强秦,终获胜秦关键一战。那时的项王当决必决,当战必战,从不惧怕,更不犹豫迟疑,真有那种拼天下、坐天下的霸王气。项王在鸿门宴上的表现却和以前的项王判若两人,无血气、无胆识、无作为,任汉王刘邦及张良摆布,完全置事先与范增之密谋于麻木之中,范增三举其玉玦,他却视而不见。最让人费解和惊异的是身为楚军统帅的项王,竟然稀里糊涂地、毫无理由地就把他在汉军中的"卧底"左司马曹无伤出卖给刘邦,让刘邦心惊肉跳地返回军中,二话不讲,大气都顾不上喘匀,"立诛杀曹无伤"。任何一个神志清醒的人,谁会如此自毁耳目呢?细读《鸿门宴》,只能有一个解释,那就是在宴前项王已经喝高了,已经难以自已了,已经基本上失去理智了,他在鸿门宴上的一举一动皆酒后所为,酒后的行为在霸王事业的成败上一举定春秋。亚父范增说得对,但不是竖子不足与谋,是酒醉的竖子不足与谋,呜呼哀哉!项王未过得美酒关!项王以后千错万错,都不算错,错就错在一个酒字上,不喝酒，不醉酒，鸿门宴上按事先谋划好的步骤，亚父范增一举所佩玉玦，项王拔剑而起，斩刘邦首级于堂下，一剑定乾坤，天下定矣。

鸿门宴是天下第一宴，也是天下第一败宴。因酒而设宴，因酒而败宴。

堪称天下第一欢宴、第一成功之宴的酒会当数北宋皇帝赵匡胤设的酒宴，留传在中国历史上号称"杯酒释兵权"。

司马光在《涑水记闻》中记述了北宋那位依靠"陈桥兵变"而"黄袍加身"的开国皇帝赵匡胤"杯酒释兵权"的精彩场面。

赵匡胤早已定下阴谋诡计，那就是赵普对他说的：

唐季以来，战斗不息，国家不安者，其非它故也，节镇太重，君弱臣强而已矣。今所以治之，无他奇巧也，惟削夺其权，制其钱谷，收其精兵，天下自安矣！

赵普政治高人，有政治远见、政治卓识。

赵匡胤也是大政治家，一点即通，或所见略同，因此赵普"语未毕"，赵匡胤即言："卿无复言，吾已喻矣！"

赵匡胤面临着两大选择，一是像以后明代开国皇帝朱元璋那样，玩阴的毒辣的，制造冤假错案，把朝中的文武功臣，有能力或有能耐的"潜在造反者"全部杀光，从肉体上干净、彻底、全面地消灭光；另一种选择就是以柔克刚，绵里裹针，在不动声色中把手握兵权的开国功臣"消化"掉。

赵匡胤不愧是玩宫廷政变的政治家，他先与石守信、王审琦这些掌握兵权的翊戴功臣们喝酒，喝大酒，看喝到"份儿"上了，朱熹称"酒酣"，赵匡胤才露出真容来。那时那刻，赵匡胤是绝对没有喝大喝高的，所以他先"诉苦"，当天子不易，还不如当初，也不如你们，究其原因，"吾今终夕，未尝敢安枕而卧也"。当石守信等都在不解和迷茫之中时，赵匡胤才颇有心计地道出，即使你们忠于我，不想造反当皇帝，但你们的部下谁能保证呢？一旦黄袍加身，虽欲不为，不可得也。危机所在，谁能回避？一下子把赵匡胤手下的那群大军阀吓得酒全作冷汗出了，这可是罪莫大焉的事，是人命关天，乃至三族安危的事，所以石守信等"顿首涕泣"，都吓得魂飞魄散，跪在地上磕头不止，哭得泪如雨下，向赵匡胤求救命之策，求万全之计。

赵匡胤看酒喝到此刻，瓜熟蒂落，才道出早就安排好的"政策"：

人生如白驹之过隙……汝曹何不释去兵权，择便好田宅市之，为子孙立永久之业；多置歌儿舞女，日饮酒相欢，以终其天年。臣君之间，两无猜嫌，上下相安，不亦善乎？

第二天，石守信这帮手握重兵的大军阀"皆称疾，请解兵权"。赵匡胤不愧是开国皇帝，政治高手，同是一席酒宴，他比项王要高明百倍。

酒可作证。

酒是撒旦

在中国历史上,没有哪朝哪代、哪邦哪国像北齐开国皇帝文宣帝高洋那几年,满朝文武大臣、皇亲国戚、公子王孙、皇后嫔妃,甚至皇太后、皇太妃,一直到侍卫太监、普通官员百姓,几乎无一不憎恨酒,无一不惧怕酒,无一不谈酒色变。酒猛于苛政,更猛于虎。这是中国历史上极其独特的一页。与其说酒是撒旦,不如说建立北齐的文宣帝高洋是撒旦。但作为改朝换代的皇帝必有过人之处。条件是高洋别沾酒,沾酒变撒旦。

高洋的父亲高欢,弄权于东魏,实际上把握着东魏朝里朝外的实权,不是皇帝胜似皇帝。高欢就是一酒徒,嗜酒,且酒量极大,《北史》上记载说高欢"少能剧饮"。《北史》上没细说"剧饮"能饮多少,估计酒量不小。高洋能喝、善喝、敢喝、喝则必喝大酒是有遗传基因的。但高欢自制力极强,玩政治的,如履薄冰,稍有不慎家破人亡。于是高欢"自当大任,不过三爵"。轮到高洋开国立朝当政做皇帝,建国初期,还励精图治,"留心政务,理刑处繁,终日不倦"。高洋确有些才气,更有勇气,齐国初治,大治天下,一片颂歌赞语。高洋乜视天下,老子天下第一,国是我建的,朝是我改的,开疆扩土是我干的。《北史》《北齐书》都没有记载这位"混世魔王"是什么时候沉醉于酒中再也不能自拔的。他改变了东魏,改变了中国北方小半个中国,他却被酒彻底改变了。一个人被酒彻底拿下,时时处于酒精中毒状态,那么他将连累一个家庭,毁坏一个家庭;如果一个皇帝被酒彻底征服,时时处于酒疯子酒狂徒的"闹酒"状态之中，那么倒霉和遭殃的将是一个国家。高洋正是这样。

高洋喝酒讲究彻底，不喝得"地覆天翻"绝不停口。狂饮大醉后高洋的表现是极度兴奋，极度疯癫，百能生法地折腾，想方设法地寻找刺激。酒真厉害。高洋喝酒是喝大酒，不分昼夜。喝酒欣赏的传统节目美人歌舞对他已经失去任何光彩，他需要的全是别人受不了的——高洋以杀人为乐，以狂虐杀人助酒兴。

高洋每每酒喝到兴头上都要杀人。为什么要杀人，杀什么人，全无原因和标准，看谁不顺眼，想起什么人来，就拿来杀掉为乐。且手段极其残酷，当着陪他喝酒的文武大臣，把人活活肢解，剥皮、剜眼、割舌、剁四肢，且一律使用工匠工具，受刑人垂死哭号，痛苦万分，酒席上别人都吓得毛骨悚然，一头一背的白毛汗，高洋却高兴得如小儿过年，又叫又跳又欢又笑。甚至席中的文武大臣稍一不对眼，拉下堂去就砍头剁脚，不是活埋就是火焚。这位文宣皇帝酒后还有一乐是亲自动手，无论是杀是砍是剁是剐，皇帝常常亲自动手，乐在血溅满脸的一瞬间，乐在受刑人极度痛苦极度悲惨时的哀鸣和嘶叫。甚至连当朝的大都督，没有任何过错，亦没有任何理由，竟让这位文宣皇帝当堂当众活活锯死。没办法，他的一位叫杨愔的大臣只好每天从监狱中拉出数十乃至百余死刑犯人，供高洋酒后开心，都城的死刑犯不够就把战争中的俘虏和其他地方的罪犯押解到京城邺城，让高洋喝醉了酒后亲自动手，"手自刃杀"。

说高洋酒精中毒毫不冤屈他。说他是撒旦有过之无不及。

酒醉之后，高洋极有可能处于高度酒精中毒的状态。他的脑神经和中枢神经完全失控，六亲不认。有一次不知他哪根神经被酒烧到沸点，无缘无故，对着自己的岳母拉弓就是一箭，把老太太的两腮穿透，他仍不解恨，又一脚踢倒老人，举起马鞭子把老太太狠命狂抽了一百多鞭子，险些要了其老岳母的命。旁边谁人敢劝？有一天他看见自己的亲娘娄太后正在宫中小榻上坐着，高洋不喝酒还认识娘亲，懂得孝顺娘，但喝醉之后——毫无理由，也毫无前兆，周围所有人都毫无准备——这位皇帝摇摇晃晃地走过去，双手把他亲娘连同坐榻一起高高举过头顶，横摔出去，差一点儿把老太太摔死。混账到如此，恐撒旦不能！

他有一薛贵妃，宠爱不已。有一天刚刚陪宿他起床，天不知地不知为什么，估计连高洋自己也不知道为什么，或许是因为昨夜的酒未醒，竟然一刀把薛贵妃的头砍下来，惊煞所有人。高洋还把鲜血淋淋的美人头揣进自己怀中，然后去大宴群臣。"剧饮"以后，这位文宣皇帝突然从怀中取出美人头颅，双手捧着血淋淋的人头左看右看，干号数声，又吩咐人把薛贵妃的尸体摆在酒案上，在满朝文武大臣众目睽睽之下，亲自动手肢解薛贵妃的尸体，甚至剔骨去肉，割筋除脏，最后剁下薛贵妃的大腿做了骨肉琵琶，安上柱弦自弹自唱，"一座惊怖，莫不丧胆"。最后这位高洋皇帝又放声痛哭，自己散发步行，大哭送葬。

高洋酒后干的那些荒淫无耻、丧失人伦、形同畜生、令人发指的荒唐事不胜枚举。不但祸国殃民，残暴绝伦，而且疯疯癫癫，非人非鬼，虽说是一国之君，连做人的起码尊严也丧失得一干二净。他经常脱得一丝不挂，却横行京城，霸道街市，无所顾忌，即使是寒冬腊月，这位文宣皇帝也赤条条来去，毫不羞耻。一时兴来，又在身上涂上颜色或条纹，骑着梅花鹿、白象、骆驼等动物，边走边放声大笑，边跑边扯开嗓子大唱，无论走到哪里，见宅进宅，见院入院，见到女人就拉住强奸，连跟随他的随从都羞耻得不敢抬头。他却兴致高涨，不分昼夜胡作非为。高洋也可悲，让酒折磨成那样，但他更可恨，齐国全国人民都恨他。

北齐文宣皇帝酒后也有绝活。中国历史上恐怕绝无第二人。当他喝得醉醺醺的，走路都摇摇摆摆的，说话舌头都硬了的时候，常常心血来潮，能健步登上皇宫中的大殿，在大殿的屋脊上疾走如飞，驰骋自如。据史籍记载，那宫中大殿"三台构木高二十七丈，两持相距二百余尺"。谁都不敢相信，在平地上还走不稳的高洋，在高高的屋脊上跑来跳去，还经常有不少高难高险动作，让下面的臣子们看得既提心吊胆又衷心希望他一脚踏空，掉下来摔死。但文宣帝酒醉后多次上殿脊玩悬，从未失足。在中国皇帝中玩空中杂技，且是深醉之后，高洋堪称一绝。

高洋创建的北齐王朝仅仅经历了二十七年，但北齐的文化仍然光辉灿烂。北齐的雕塑、绘画、建筑、诗歌对后世影响仍然很大。高洋不是撒旦，但酒醉的高洋连撒旦都不如。

酒在高欢高洋父子俩身上反响也截然不同。高欢在统军和西魏大军作战时，感到重病在身，恐不能持久，又担心军心不稳，就在大营中召集手下诸将开酒会以示自己还活着，还健康。连饮三爵之后令其大将斛律金击鼓唱起《敕勒歌》：

敕勒川，阴山下。天似穹庐，笼盖四野。天苍苍，野茫茫，风吹草低见牛羊。

高洋也在其中，和其父高欢一起高声合唱，一起伤感流泪，一起痛下决心杀敌立功。那时的高洋，谁能知其是撒旦一般的魔鬼？

酒的神话

相传葡萄酒是公元9世纪诞生在意大利罗马的教堂中。葡萄酒是作为"神水"留给神父们和前来教堂忏悔的人们饮用的，当你面对上帝想要陈述自己的一切，包括那些见不得人的罪孽和难以启齿的秘密时，神父会让你喝他们窖藏的"神水"，当你喝到足够多的"神水"后，"神水"会鼓励你向上帝说出一切。中国人说这叫"酒后吐真言"。

"神水"的传说多，在欧洲的古老的教堂中都会有一座古老而深沉的酒窖，那里面是诉说不完的故事。

但那毕竟是在欧洲。

中国酒的传说要比欧洲更古老、更悠久、更曲折、更富有传奇色彩和故事性。中国酒的传说不在教堂的酒窖里，而在历朝历代的演义里，民间百姓的嬉笑怒骂中。

传说东汉末年有位镇守边关的大将得了一种奇怪的病，每日不思茶饭，只想喝酒，且酒量巨大，每饮必以坛计。用现在的计量器计算，大约每饮都在五十斤左右。奇怪的是他就这么喝，几乎从早晨喝到半夜，但从不酒醉。如果不喝酒则萎靡不振，六神无主，严重时竟以头撞地，几欲不生。后广请天下名医，皆诊断其患有与酒相关的病，然而久服药不但不见效，反而其病日重，骨瘦如柴，渐渐手无缚鸡之力，但酒量却愈大，常常抱着酒坛狂饮，直喝得周围包括各地名医目瞪口呆。

一日华佗来此，将军请其入府问疾。华佗细诊后言，其病在腹内，腹中有一酒虫，虫去则病愈。于是按华佗医嘱，先服一丸小药，然后静伏于院中。时值三伏酷暑，人在阳光下不消一时三刻便大汗淋漓，热不可耐，又因服下华佗之药丸，将军燥热不可忍，全身仅剩中衣仍大汗如雨，但被两强壮军汉死死按倒在地上，按将军的军汉已换了三四拨人，太阳酷晒，大地升烟，人烤如油煎。此时华佗命取一坛陈年老酿，置于离将军三尺远处，把酒坛盖打开，命小童以扇扇之，令酒香直扑将军。奇迹真的发生了，但见将军面赤如血，胸口起伏，大口吞食酒香。继而，竟然有一条细长的黑色小虫，长七八寸，粗细如筷，从将军大张的口中缓缓爬出，又急速爬过晒热的大地，一头钻进酒坛，华佗大步上前，将酒坛盖上捂严。云：此乃酒虫也。果然至此，将军病愈，但从此不但滴酒不沾，且闻酒必头晕目眩，不能自持。

华佗行至冀州，亦有一将军嗜酒如命，每饮必醉，每醉必误事。朝廷发令，再饮酒误事必开缺回家。此将军亦痛下决心，戒酒！但一尝酒香则魂不附体，岂能自已？酒醒后几次痛不欲生。闻华佗神医也，拜门求医，去其酒病。华佗细诊，言须听从医嘱。因此令其门下将将军缚一木柱上，备下老母牛尿多桶，又令人抬来陈酿美酒开坛倒酒，酒香扑鼻，将军酒瘾发作，拼命挣扎。华佗令把桶中牛尿拌一半美酒灌之，直灌得将军腹胀如鼓，再也不能下灌一瓢一杯。次日亦如此，所不同的是尿与酒的比例改为尿三酒一；第三日亦如此，尿与酒的比例为五比一，民间所谓"灌黄汤"可能就出自于此。一连七日，已然纯牛尿矣，每灌之，将军皆吐得天翻地覆，五腹皆空，有时恨不能吐出苦胆，华佗方开方服药。连服汤汁十五服，将军身壮如前，食量如牛，只是不能闻见一丝一缕酒味，一闻酒味便吐得如同喝了一桶老母牛尿，从此戒酒。华佗不愧神医，真有妙法。贤者怕恶人，酒的魅力再大，终有一克一怕。

明朝人刘基在《郁离子》中讲过一位名叫玄石酒人的传说。

刘基没明说玄石是何时何代人，只说其人嗜酒如命，一事当前，必先喝酒，喝酒必喝大酒，喝得醉眼惺忪，昏天黑地，常常人事不知，昏昏然不知生死。有一次酒精中毒竟然昏迷了整整三天三夜，没有人不认为他已醉酒而死。但玄石命硬，硬是在阎王爷殿前转了三圈子又回到阳间，这次教训极其深刻，"五脏熏灼，肌骨蒸煮如裂"，像过大堂受酷刑一般，因此痛下决心："吾今而后，知酒可以丧人也，吾不敢复饮矣。"痛定思痛，从此戒酒，滴酒不沾。

玄石戒酒仅仅一个多月，之前的酒友带着好酒来找他，反复劝他开戒，玄石一想起因酒得病之痛就拒绝饮酒，谁料他那帮酒友死缠活赖，非让他尝一口，品一品，看此酒到底如何？渐渐勾起玄石肚中酒虫，酒瘾如阵阵潮水，实在挡不住就喝了一口,然后又喝了一口,紧跟着就一口一口又一口,终于常态恢复,"复辟"以后,酒量、酒瘾比之前更甚数倍。再也无法控制,再也无人可劝,终于喝得一头栽倒,一醉不醒,一命呜呼。

酒将军逸事

据说解放军开国将军中"酒将军"不少。最著名的恐怕首推宋时轮和许世友。

听一位当时在宋时轮将军麾下当兵的前辈讲,他们九兵团是全军出名的"酒兵团",仗打得漂亮,多硬的仗都没有九兵团拿不下来的。攻打济南时,他所在的连队全连每人一大碗高粱烧酒,足足有七八两,一气灌进去,一百三十多只大黑碗一起高举过头,一起抡圆了摔得粉碎。他们连长说,喝了这碗断魂酒,阎王爷见了都得绕着走。打下济南府,活捉王耀武,他们连队全连二十五名干部战士立功受奖,六十二名干部战士"挂彩",但全连没有一个人"光荣",果然阎王爷见了绕着走。庆功那天,全连悉数喝倒,连长没忘"挂彩"的弟兄们,专门派人送去烧酒,只要医生允许喝,就喝醉。

宋时轮将军晚年因病重,医生、家人都劝他一定要戒酒。终于把宋将军说动,没有丝毫理由不戒酒,宋将军痛下决心,壮士断腕,晚上豪饮数十杯,过罢酒瘾,掷杯于地,豪言壮志:"明日开始戒酒。"所有人皆大喜,只有他的一位老袍泽听说后摇摇满头"芦花",说:"难!"宋将军能抵挡住敌人的千军万马,难扛住一阵阵酒香。果然,不出一个星期,宋将军管什么戒不戒酒,豪饮如故。

许世友将军在军中饮酒名气大,几乎无人不知无人不晓。许将军豪饮也出名,喝酒也像打仗一样,从不弄虚作假,一口一杯,举杯干杯,绝不含糊,喝得既轰轰烈烈,又认认真真。曾问一位红四方面军的老前辈,三过草地,许世友将军酒又如何?答曰:宁背酒不背粮。人生三大件:武器、酒、命。每临大战、恶战必喝酒助战,酒壮军威,豪气万丈。红四方面军二过草地,回师四川时,多为恶仗、险仗,在百丈崖时红军被挡住,有被川军包剿歼灭之险。多次冲锋伤亡惨重,形势越发严重。万分危机时,张国焘把许世友调到前线,许世友重新配备火力,设多方佯攻,自己带敢死队冲锋,阵前痛饮一坛老酒,趁着夜雾,前仆后继,攻占百丈崖。

许将军喝了一辈子酒。他曾说:"冷酒伤肺,热酒伤肝,没酒伤心,戒饭可以,戒酒不行。"晚年许世友患肝病,医生劝其戒酒,许世友坦言:"不喝酒宁死。"也说过"死了可以不喝酒"。后来病重,常常出现肝昏迷,医生想尽办法均无效,后来不知谁出的主意,让用棉球蘸上茅台酒轻搽许将军的双唇,奇迹真出现了,许世友竟然苏醒了。

许世友豪饮、喜饮、嗜饮,但他到底是不是"剧饮",一直就有争议。

刘昌毅将军就提出过挑战。

刘将军打仗也好生了得。淮海战役中生擒黄维,时任中野三纵副司令员。此将军脾气火爆,敢作敢为,直肠子一根。

为庆祝淮海战役大捷，中原野战军首长与各纵队指挥员聚餐。庆功宴上场面极欢快热闹。席间，邓小平对刘昌毅将军说："你仗打得不错，就是多吃了五百斤肉！"谁都没想到，刘将军闻此言勃然大怒，怒从何起无人能晓，事后刘昌毅、邓小平都未说，但见刘昌毅双手奋力将餐桌掀翻，搞得庆功宴上极尴尬，中原野战军首长也一时极为难堪。

刘昌毅能喝酒，且酒量极大，据说没有见过能喝倒刘将军的。1979年中越边境自卫还击作战时，任广州军区副司令员的刘昌毅将军应召去做许世友的副手，共同指挥作战。有一种说法是许和刘对饮，一气喝光六瓶茅台，许未深醉，刘醉三天，许说刘一能打仗，二能喝酒，就用他做副将。但也有人采访刘昌毅时刘曾大怒，说："胡说八道，战前我和许司令只喝过一次酒，两人加起来还不到一瓶酒，何秘书可作证。"刘昌毅说，他的确和许司令喝过一次大酒，那是南疆归来喝庆功酒，每人喝三杯，一桌挨着一桌喝，从头桌喝到末桌，许司令喝得差不多了，他还早着呢！以刘将军的秉性，恐怕不会有错，按刘将军之说，许司令差得远呢。当然，这些都是酒话，毕竟是传闻。

人民日报社主办的《国家人文历史》2015年第6期刊登的一篇短文题目着实吓人："一个周恩来酒量打败整个国民党"。说在1945年国共两党在重庆谈判时周恩来曾代替毛泽东一杯接一杯地挡回国民党人士一圈又一圈的"酒攻势"。周恩来酒酣之后愈显神采奕奕，机敏过人又不乏诚恳，以至于一个在场的记者竟然发出了"一个周恩来就打败了整个国民党"的由衷感慨。据说周恩来长征时，曾用超过一两的杯子喝下二十五杯茅台酒。一位资深的党内前辈曾有言在前：周副主席什么样的酒场都蹚过，从未见其深醉过。周恩来酒场堪称"神人"。

在20世纪的国民党政府中最能喝酒的官员，宋子文算一个。据说有一次宋子文因为喝酒，把不喝酒的蒋介石搞得很狼狈。蒋介石就想报复一下，告诉戴笠，灌醉宋子文，让宋子文在酒场上出出丑。果然戴笠找了几位喝酒的高手，在一次宴请中对宋子文"下手"了。宋子文在酒场中属于"洋派"，只喝洋酒，喝洋酒中的精品，喝法国的白兰地，而且要喝五十年的陈酿，酒瓶上标明"XO"，至少也要V.S.O.P.。戴笠知道宋子文能喝酒，豪饮，但不知道这位国舅爷、财政部长到底有多大量。一直喝到第九瓶，一同准备灌醉宋子文的高手纷纷趴下出了丑，原来这几位高手都是喝中国白酒的魁首，洋酒根本没喝过。宋子文却酒兴正浓，反应敏捷，举止有度，继续豪饮，越喝劲儿越大。他对陪客们说，回去告诉你们戴老板，今天的饭钱归我，但酒钱你们出，谁让你们居心叵测？

阎锡山也是酒场的高手，据说在国民党五星上将中算能喝的一位。但阎百川喝的是文酒、慢酒，且只喝汾酒，只喝65度的老汾酒，能喝一下午，能喝大半夜。至于阎长官到底能喝多少酒，则无人知晓。只知道抗战胜利后，阎长官在临汾招待他的"十三太保"喝酒，阎说，今天都是自己人——那时候国民党第二战区流传一句话叫"十三个高干，围着一个老汉"，十三个高干即指他手下十三个最得力的部属，即"十三太保"——酒从日落西山喝到启明星高照，阎锡山果然是文喝，慢条斯理，不急不躁，温火炖菜，65度老汾酒喝得如流水灌田。阎长官果然厉害，"十三太保"喝翻六个，其余七个也都舌短话多。阎锡山终席时即兴而发，作五绝一首。阎老将军不减当年勇。第二天，人们请他把昨夜口吟的五言诗再复述一遍，以便记住，在第二战区报上刊登，没想到阎锡山睁大眼睛反问："我吟过诗吗？没有吧？"至此，"十三太保"留下传闻曰："会长昨夜也喝多了！"会长即阎锡山。据说阎锡山除此之外，再无多酒。

酒的传说

屈原死得值得。

司马迁言：人固有一死，或重于泰山，或轻于鸿毛。似乎是为屈原吊唁。中国只有一座泰山，死如泰山的似乎也应只有一个人，此人非屈原无二。两千多年的历史空间中，来去匆匆的人何止亿万？只有屈原让华夏儿女那么缅怀，那么纪念，为一个人的死，且是非正常死亡，屈死、冤死、气死、投江而死，全国人民去吃粽子，划龙舟，把他死的那一天定为端午节，全国人民放假一天，成为举国上下的嘉年华，屈原重？泰山重？

屈原是中国第一位大诗人，其实屈原并不想"憎命达"，他是地道正统的"官N代"，他想报国报君，他的理想是"治国平天下"。他辉煌过，灿烂过，光芒过，如果他一直像他的祖辈一样达官贵富，抒心辅政，那他肯定"死得轻如鸿毛"。

而屈原恰恰政治上失意，遭排斥、遭贬逐、遭迫害、遭冤屈、遭诬陷，被放逐到汨罗江附近一片几乎无人的湿地。司马迁在《史记》中是这样描述的：

屈原至于江滨，被发行吟泽畔。颜色憔悴，形容枯槁。

屈原缺少老子的达观，缺少孔孟的仁礼，缺少墨荀的豁通，也缺少庄子的逍遥，他不是冷静从容的哲人，也不是深邃高达的理论家、思想家，更不是喜怒不形于色的政治家。他受不了那些屈辱、那些诬陷、那些栽赃、那些污水、那些尘埃，他爱君爱国独不爱自己，他想保护楚怀王保护楚国唯独不想保护自己。一千多年后的范仲淹曾抒发自己的政治见解："居庙堂之高则忧其民，处江湖之远则忧其君。"屈原不然，屈原是居庙堂之高则忧其君，处江湖之远更忧其君，他离不开君。他离开了君，除了那颗忧君之心，就只有酒能陪伴他，"忽反顾以流涕兮，哀高丘之无女"。

屈原孤独一人，披头散发，失魂落魄，步履蹒跚，在风中狂奔，在雨中呆滞，时而涕泣而歌，时而高呼狂笑，"举世皆浊我独清，众人皆醉我独醒"。他问天问地，问江问湖："人之心不与吾心同。"偶尔遇到一渔夫，人家也只是对他"莞尔而笑"，笑他是个奇人、怪人、疯人、醉人。没有酒就可能没有屈原的《离骚》《九歌》《天问》《招魂》，渔夫看见在风中雨中在江边疯跑疯吼的是位醉人，为酒所醉而歌而语而疯癫而愤懑，因此渔夫并没有去帮助他。在那种苦闷之极中，问谁能解脱屈原于一时？酒也，醉也！没有酒就可能没有中国的第一位大诗人，没有酒就可能没有屈原向汨罗江中的纵身一跳。

《离骚》是酒歌。原来诗的源头也在酒，没有酒就没有歌，就没有诗，更没有诗人。中国第一部诗集《诗经》三百首，孔子在《论语》中赞美道：

《诗》三百，一言以蔽之，曰："思无邪。"

孔子说：

诗，可以兴，可以观，可以群，可以怨。迩之事父，远之事君，多识于鸟兽草木之名。

这三百首诗中有一部分就是因酒而歌，酒后而吟，酒醉而诗。诗歌之历史不可能像酿酒那么古远。有了酒才有了歌，才有了诗，才有了诗人。这可能是屈原和古希腊诗人荷马的最大区别。

没有酒就可能没有建安风骨。至少"三曹"父子皆酒中之人。曹操击节大唱："何以解忧？唯有杜康。""三曹"中诗才最盛最冲的当数曹操、曹植。据记，曹操每醉必有诗，每大醉必有好诗。而曹植更醉酒醉在其中，"归来宴平乐，美酒斗十千"。曹植嗜酒，敢喝，就因为喝醉酒，才喝丢了太子之位，让曹丕借机而入。曹子建的才气和酒量齐飞，建安七子中没人能喝过曹子建。曹子建还能连续"战斗"，数日不下酒场,醒在醉中,醉在醒中。曹子建的佳作皆在酒中醉后昂首而吟,倚马可待。如其《洛神赋》《白马篇》《美女篇》《赠白马王彪》无一不是才气冲天,酒气横溢。据说,就连他有名的、几乎要他命的《七步诗》也是临出门登车连饮几杯酒,有些"赴宴斗鸩山"的味道,吐着细细的酒气,曹子建七步成诗。吟完诗,中衣湿透,酒皆化为冷汗出了。谢灵运曾经对曹子建有评。谢灵运为中国田园诗鼻祖,才高气盛,目中无人,他说:"天下才有一石,曹子建独占八斗,我得一斗,天下共分一斗。"谢灵运敢不恭天下才子,唯独不敢不恭曹子建。去读曹子建的诗吧,细读能品出其中醇醇的酒香。

读到唐诗宋词,你该闻到浓浓的酒香。

有位诗人曾说:读唐诗不醉者必未读懂,读宋词不醉者必不懂酒。

没有人统计过历朝历代酒的消耗量,但据我考证,唐朝的酒消耗量当以万吨计算,酒精的含量也应提高到38度以上,实现了完全彻底的蒸馏白酒。

李白是酒仙,无酒无太白。形容李白一生只用四个字:醉生梦死。

同样是投江而死,李白可能是落江而死,但李白之死虽然不可能再重如泰山,却为后世留下无数考证难题,讲中国文学史在讲到李白之死时都满怀着遗憾和惋惜之情去表述。焉知非此死不能了却伟大诗人的一生?难道李白和屈原殊途同归必有上善若水的回应?

杜甫在《饮中八仙歌》中言,估计也是醉中之歌:

李白一斗诗百篇，长安市上酒家眠。
天子呼来不上船，自称臣是酒中仙。

李白可爱可敬之处就在此。老子随性而走，随兴而醉，喝在哪里，醉在何方，皆不由我，由酒也。醉也罢，眠也罢，醒也罢，嬉也罢，怒也罢，诗也罢，歌也罢，皆由老子而发。即便天子呼来，皇帝御召，也不能吓得酒飞醉醒，俯首帖耳。酒中的李白，醉中的诗仙，乃老子天下第一。自古似乎再无一人，如屈原听"天子呼来"恐怕喜从天降，酒即无，醉全消。李白就是李白。说其之死轻如鸿毛也只是泼人一身老酒。

李白能饮，饮而无度，不喝不度时光，但一喝必醉，当然一醉才有好诗。李白说自己："三百六十日，日日醉如泥。"

酒人喜谈饮：

百年三万六千日，一日须倾三百杯。

李白的好诗俱出自他以酒为伴之时。李白头脑清醒，奉旨作文时，其诗文也干枯，也死板，也无味，也一般。所以读李白的诗一定要先闻闻，有酒味则读，有醉酒之味则要大声吟。

宋朝文人喝酒不一样，要么忧国忧民，忧君忧臣，忧天忧地，喝得热血沸腾，慷慨激昂；要么醉卧花丛，花酒也醉人，拥红偎翠，浅斟低唱，青楼妓馆，醉他个一塌糊涂。

我喜欢柳三变。直言不讳。没有人不佩服柳永之才，柳永的词堪称一绝,独领婉约得风骚。皇帝不让做官,斥之"且去浅斟低唱,何要浮名?"罢,也罢,柳永如做了宋仁宗的官何来"浅斟低唱"? 宋代文学史上很可能塌陷一角。北南两宋的高官几乎没有一位"成才"的,"文章憎命达",才有柳三变。青楼妓馆不比官场更黑、更黄,可能比官场更单纯、更可信、更感情。柳永死后,竟有八百多名妓女自愿为这位几乎一无所有的风流才子办理丧事,请问举世除柳三变尚有他人否?

过去一提柳永,几乎所有课本上都是这样讲的:"柳永的作品中存在不少消极颓废、低级庸俗的甚至黄色的东西。"叫柳永不喝酒?叫柳永不嫖妓?叫柳永一身正气两袖清风?还是让柳永做无产阶级的文艺战士?还都不如宋仁宗高识,你喝你的酒,你吟你的词,你放浪、你低吟、你任性,皆由你柳永吧,只要别做我宋家的官。这就是柳三变。

多情自古伤离别,更那堪、冷落清秋节!今宵酒醒何处?杨柳岸,晓风残月。此去经年,应是良辰好景虚设。便纵有千种风情,更与何人说?

这才是柳三变。
柳永高在醉里能吟好词,醒时亦能唱好歌。

有三秋桂子,十里荷花。羌管弄晴,菱歌泛夜,嬉嬉钓叟莲娃。

谁能写出这般好词？谁能画出这番图画？谁能抒出这样心情？柳三变也。这就是柳三变。

"凡有井水处，即能歌柳词。"问除柳永外，焉有他人？

柳永喝酒是文喝、细品、慢饮，皇帝钦点是"浅斟"，和酒家坐下，只管大碗筛来不同。

北宋年间，下级官吏、赌徒、商贩、渔夫、猎户、捕快、青皮、无赖、员外、地主、闲人、军汉、狱卒、听差、衙役等喝酒都是论碗，喝酒的方式都是仰脖直灌，喝好的标准是醉得地动天摇，爹娘不认，或者干脆醉卧当街。

北宋期间民间喝酒皆武喝，赤裸裸地灌，直喝得浑身上下热燥上来，扯去布衫，露出一身疙瘩肉。

施耐庵一定能喝酒，一定能喝大酒。和曹雪芹不同，曹雪芹喝酒是温酒细细喝，一口一口抿，像《红楼梦》中那种喝法，就是那个有名的恶棍流氓薛蟠，也是一杯一杯、一口一口喝，皆未失大雅。施耐庵笔下的武松，一生有"四醉"：醉过景阳冈，醉打蒋门神，醉打孔明，醉打宋公明。

"武松打虎"在20世纪五六十年代几乎家喻户晓。那武松徒手打死"吊睛白额大虫"堪称英雄，武二郎的酒量也好生了得。在那间"三碗不过冈"的酒店中，武松把满满筛上的一碗酒一饮而尽，叫道："这酒好生有气力！"我研究既然是满满一碗酒，即使是再浅再小的碗，也应该能盛至少半斤酒，少了就是半碗酒，再少了就是一碗底酒。饮酒者皆懂得饮酒的规矩，斟酒要满，饮酒自量。这酒行的规矩至今未变。武松一连喝了十八碗。十八碗酒保守一些说也得有六斤半左右，而且这种"土造酒"让武松这种酒徒喝头一碗便大叫"好生有气力"！我估计它的酒精含量不会低于38度。喝完之后竟然"手提哨棒就走"。武松这汉子到底能喝多少酒？再看武松醉打蒋门神，神在"无三不过望"，但见一个酒旗便要摆开酒肉，连喝三碗酒。我估计，北宋那个时代白酒的发酵酿造技术已绝非曹操东汉末年和竹林七贤的西晋时期可比，那时候的"含酒精的饮料"都能毫不费力地"麻倒"那群英雄汉，何况到了宋朝呢？我怀疑，到宋王朝时，中原极有可能已出现双蒸馏白干酒，其酒精含量可突破60度。武松喝了多少呢？这位山东大汉"喝了三十五六碗"，且只喝到了"五七分酒"，离喝高了、喝大了、喝蒙了、喝得大醉了还差一大截子呢。用武松的话说，"正喝到好处"，趁着五七分醉，醉打蒋门神。

论酒量，论喝酒，论喝酒的方式，花和尚鲁智深应在武松之上。在五台山为僧时，他曾"干喝"，即无任何酒菜，不像武松那样切二斤熟牛肉来下酒，而是空腹干喝，"无移时，两桶酒吃了一桶"。一桶酒到底有多少施耐庵并未明言，但根据"吴用智取生辰纲"中，一桶酒十五个军汉，一个人能喝一瓢，我估计应在十五六斤左右，才值得卖酒的担上一担酒去卖。十五六斤即使是低度酒，喝翻三五个酒徒应在情理之中，但鲁智深一个人就着小风全干了，且还能走回五台山寺庙之中，这样看来鲁智深当为梁山一百单八将中最能饮、酒量最大的好汉。北宋时期是中国饮酒的一个高峰时代。北宋以后，豪饮、狂饮、醉饮、高饮渐次走低。

北宋时期民间女人喝酒也甚。《水浒传》中但凡出现的女人,即使是像王婆、阎婆惜这样的老太太也极爱饮酒。一事当前,都要饮几盅老酒,至于像潘金莲、母夜叉、潘巧云、一丈青哪个都能喝几斤酒,到《金瓶梅》中,潘金莲能一气饮三壶白酒。好生了得!可以推测,北宋时期,市井之中,女人喝酒仿佛现在女人喝茶。

在中国国粹京剧舞台上,你就是喝漏天喝塌地,桌上也就摆着一个酒壶两只酒杯。《贵妃醉酒》贵妃喝得飞神溢彩,让人看得眼花缭乱,心猿意马,如醉如痴,方知醉人出百丑是错误的。美人之醉,醉后方美。醉后百姿百态,一举一动,皆是美,美在醉中,醉中之美才是美轮美奂。方知仙女下凡非幻影,贵妃醉酒也。

20世纪20年代,梅兰芳去上海演出《贵妃醉酒》戏唱得如何?当时一位上海文艺专栏记者写道,梅先生的戏《贵妃醉酒》在上海首演如何不用进剧院去听,只需散场时站在剧院门口看,你看那些戏迷从剧院出来,个个都如醉酒的贵妃,走路皆飘飘然矣!

梅先生的《贵妃醉酒》,不看是罪过。不看你焉知何为天下之美女?不看你焉知只有醉了的美人才是最美的美人?

方知号称"醉翁先生"的欧阳修先生之言,其后韵之久之长:

醉翁之意不在酒,在乎山水之间也。

原来美人之醉不在酒,在乎情也,在乎美也……

大家"酒范儿"

一

梅贻琦先生可谓大家,被清华人誉为"终身校长"。抗战时期,清华、北大、南开组成西南联大,梅先生任西南联大校务委员会主席兼清华大学校长。

清华人没人不"拜"梅校长的。

梅先生细高、长脸、高颧、大耳,虽戴眼镜,两眼仍神采奕奕。一身君子气,座上皆鸿儒。

梅先生喝酒是大家风范。喝酒如雅士吟诗,儒家读经,不紧不慢不慌不乱,儒而有道,凡给梅先生敬酒者,梅先生无一不应,笑而有礼,你说喝多少就喝多少,你说怎么喝就怎么喝,你说喝好了就打住。

梅先生嗜酒,但见过梅先生喝高了的人极少。据中国著名考古大师李济说他见过。

我以为梅贻琦先生"酒范儿"中的君子度其原因有二:一是自身修养颇高,二是酒量颇大。和一般人喝酒如左手托泰山,右手抱婴儿。

1947年4月27日,清华大学三十六周年校庆。又逢抗战胜利,清华学子和各种名人在清华大学体育场欢庆。有说摆了二十桌酒席的,有说摆了十桌酒席的,查不到准确记录。但群情激奋,满场欢乐,为母校庆生,为抗战庆胜。给梅校长敬酒的人排成一长列。梅先生一脸由衷的微笑,双手捧杯——共饮。还是梅先生的饮酒风格,敬酒者喝多少,他喝多少,然后又一一到每桌还礼,同喜同贺。

梅贻琦校长那天喝了多少酒说法不一,有亲历者云梅校长喝了足有四十多杯,也有人说至少喝了三斤酒。

酒席毕,梅贻琦还陪同北大校长胡适、西南联大训导长兼昆明师范学院院长查良钊、南开大学秘书长黄钰生走出体育场拍合影留念。

校长有句名言,至今振聋发聩:"所谓大学者,非谓有大楼之谓也,有大师之谓也。"清华校长中,包括北京的清华大学和台湾的清华大学,君子之饮者,再无梅贻琦也。

20世纪初,中国出了两位大家。"南陈北李"。

江南(安徽安庆)的陈独秀,江北(河北乐亭)的李大钊。

陈独秀可谓中国之大家。现在我们给陈独秀的"桂冠",我历数至少有十顶:伟大的革命家、卓出的政治思想家、伟大的思想启蒙家、新文化运动的发起者、五四运动的总司令、中国共产党最主要的创始人……毛泽东曾经衷心地崇敬过他,自称深受陈独秀的影响。没有共产党就没有新中国,没有陈独秀就不可能在那个年代有了共产党。

中国出了个陈独秀。

但陈晚年人生坎坷,生活凄惨,屡遭不幸,我历数陈头上的"帽子",亦不下十顶:右倾机会主义的头子、葬送第一次大革命的凶手、叛徒、特务、托派头子,甚至汉奸等。因反对党中央的政治路线,被开除出党,又被国民党关进大牢,几乎死于非命。

出狱后,一无所有的陈独秀飘零回到老家,穷困潦倒,靠卖文勉强维生。对国民党的达官贵人、国民政府甚至共产党的组织送去的金钱,陈独秀一概不受,全部退回,宁可受穷受困,但朋友送来的酒全部照收不误。

陈独秀嗜酒。人之困闷之极,何以解忧?何以诉说?陈独秀喝酒是独自一人喝独酒闷酒。陈喝酒是喝文酒慢酒,有时候能从傍晚喝到黎明。月夜如水,江水如天。陈独斟独饮,无声无语。陈独秀为何而酒?为何而醉?

李大钊河北乐亭人,唐山话乐的读音为 lào。李大钊娶的是乐亭老家媳妇,夫人赵纫兰比他大六岁,且小脚无文化。但夫妻相敬如宾。李大钊在北京买的四合院,专门为夫人盘了炕。李大钊喝酒亦有规矩,在家只喝一种极便宜的乐亭"土酒",即乐亭出的一种高粱烧酒。我专程去乐亭找过这种"乐亭白",老人们还有些印象,县志上都没有记载,失传消亡了。李大钊不是喝不起好酒,当年李大钊是北平最著名的大学教授,工资加讲课费,一个月大洋要开四五百块,而当时在北京一个四合院也不过卖五六百块大洋。

李大钊极少应酬。回家吃饭,夫人总是四个家乡小凉菜上桌,一壶家乡"乐亭白",两个唐山瓷酒盅摆好。李不喝闷酒,他要和夫人聊着说着外面的见闻,边说边笑边喝酒,夫人在家闷了一天,他要给夫人解闷。

喝多少酒？是由赵纫兰管着，当赵纫兰把自己杯中酒喝完时——她只饮一杯——就撤酒上热菜上热饭，看似简单有哲理，大家喝酒有学问。

章太炎是公认的大家。只说一句：鲁迅是其弟子。

章太炎做过大官，当过袁世凯国民政府的东三省筹边使，是个权力很大的正省部级官员。

章太炎做过大学问，堪称国学大师，四书五经无所不能，天下学问，可问一人。收鲁迅、周作人为弟子。

章太炎有一"雅号"：章疯子。血气方刚，疯劲上来天不怕地不怕鬼不怕神不怕，最厉害的是不惧权势。

章太炎喝酒出名，是酒后骂袁出名。

他做了袁世凯的官，袁世凯也极欣赏他的才，也想借助章太炎的名，推行他的专制统治。但章太炎不吃他那一套，他发现袁世凯不是"中国的华盛顿"。他"误上贼船"后，勃然大怒大疯，竟然一身破衣烂衫，蓬头垢面，手摇团扇，其疯状如同济公和尚——关键是扇下系着袁世凯亲授给他的二极大勋章——径直奔袁世凯的大总统府。章太炎谁敢挡？袁大总统不敢见，章太炎就大闹总统府。不但在总统府内大厅当中跳着脚大骂袁世凯，而且抡起手杖将大厅内的器物砸了个稀里哗啦。章太炎的胆儿真够大的，东三省的张作霖见袁大总统时都不敢堂堂正正坐在沙发上，只是颠起屁股，恭恭敬敬地坐个小沿儿，累得张作霖出了一身透汗。袁世凯仿佛欠下章太炎了，他把章太炎软禁在北平龙泉寺，依然待若上宾，吃喝随意，每月还发给五百元工资。要知道那个时期，北京二环以里的小四合院一套不过四五百元。下边侍者私下说,这位拄着拐杖的干巴老汉八成是大总统他爹。章太炎每餐必酒,必陈年好酒,两位侍者左右伺候给斟酒,讲究酒要斟满,满到齐沿,又不允许溢出一滴。

章太炎真行,酒一沾唇就开口大骂袁世凯,酒喝得越多,越好,越高兴,骂语就越妙语连珠,历数袁氏罪状,其言要杀"袁皇帝",把下边监视他的人都吓得冷汗涔涔。喝到微醉时,"章疯子"又是摔盘又是砸碗,还邀侍者共饮,吓得人们齐说不会饮!大家都盼着"章疯子"赶快喝醉了,因为章太炎喝醉了,仰天一睡,鼾声如雷,再不骂他们的大总统了。

原来大家醉酒和凡人醉酒一样。

称鲁迅为大家恐怕没有人提出异议。

鲁迅给后人的印象是抽烟凶,烟手不离。其实大先生亦是喝酒的好手。鲁迅喜欢饮酒,饮他们家乡的绍兴黄酒。

鲁迅每有喜事必有一醉。每逢有朋自远方来必以酒相待。学生请鲁迅先生相聚必敬酒。鲁迅喝酒是以兴致心情论。高兴了,可以连喝几杯,可以主动敬酒,也经常举杯为敬,干杯为敬。鲁迅很懂得酒场上的规矩。

学生们都愿意请鲁迅先生小酌。因为这时候,鲁迅先生左手持烟,右手擎杯,会滔滔不绝,妙语连珠,让人受益匪浅,让人有与君一席酒,胜读十年书之感。

鲁迅先生的弟弟周作人也可算中国文学界的大家,北大著名教授,著作等身。虽然晚节未保,但似乎并未动摇他在中国文学界大家的地位。坦率地说,鲁迅的长相不敢恭维,想当年身为其学生的许广平年轻漂亮，看上鲁迅绝非以貌取人；而其三弟周作人更让周家惭愧，矮个儿、秃额、扁脸、小眼，但确实有才。

周作人深爱日本，留学日本，娶的日本媳妇，喜欢日本料理。周作人嗜酒，和他家大先生不同，他什么酒都喝，且酒量不小，未曾听说他喝醉。但他对日本清酒情有独钟，周作人也是日本酒的品酒专家。

胡适先生喝酒有故事。

想当年，胡适先生曾和曹诚英恋爱，又闹着要和家乡的老婆江冬秀离婚，两边都如火如荼。胡适发妻江冬秀极有个性，把住婚姻底线严防死守，手执菜刀对胡适说，你要离婚，我就先杀了同你生的两个儿子。胡适不敢，又极苦闷，就借酒浇愁，一个人喝苦酒闷酒，曾一气喝下十碗酒，不是十杯，竟不醉不晕，提笔给江冬秀的大姐写信，文字、条理丝毫不乱。胡适先生酒量乃海量，非一般文人能比。

20世纪20年代，胡适先生时任上海的中国公学校长，有些教授同人向胡适请教何为"四而"？胡适之学问可谓学贯中西，但这"四而"却把这位大学问家考住了。胡适好脸面，答应待考。私下打问方知，上海泥城桥开了一间酒馆，其名牌"四而楼"，引得一些去酒楼喝过酒的人议论纷纷，但终无一解。胡适反复琢磨终不得要领，到底是什么典故？什么出处？似乎四书五经中俱无。胡先生学风好，择一日，便登酒楼探所以。又不能问得太唐突，便坐下喝酒。这可能是胡适先生一生中唯一一次在商家酒楼自斟自饮。悄然问酒楼的伙计，何为"四而"？没想到酒楼的伙计笑而答道：三壶不下楼。原来来此专程打问"四而"之客多矣，故酒楼有一规定，非叫三壶酒不得告知。胡适哈哈大笑，难得悠闲，难得消遣，难得一醉。一人饮酒犹如独自喝茶，也有味道。

胡适万万没想到，"四而楼"取自《三字经》。胡先生请教：《三字经》中未见"四而"出处。答曰：《三字经》中"一而十，十而百，百而千，千而万"，有四个而否？取其四而也，意在一本万利也。胡适先生大笑，几乎喷饭，酒步走出四而楼。胡先生一生少醉，这可能是胡适难得的一醉。

二

闻一多先生名成于西南联大，功垂于西南联大，不朽于云南昆明。

闻先生潇洒自由，桀骜不驯，有风度，也有派头。在西南联大给学生上课也叼着他的烟斗，冒着烟来，冒着烟讲，还要问他的学生"哪位吸"？极虔诚极平常。那时候不讲究"二手烟"，他一人吸烟，全教室"受惠"。但学生无一怨言，大家都盼闻先生上课前能喝上酒，酒气四溢和烟香飞腾并举。因为闻先生酒后上课文采飞扬，联想丰富，思维敏捷，信手拈来，全不拘一格，讲得龙飞凤舞，彩蝶满天。

闻先生酒量大，当初在青岛大学任教时，曾和梁实秋等人组成"醉八仙"。据梁实秋讲，他们经常"三日一小宴，五日一大宴，轮流坐庄，三十斤一坛的花雕搬到席前，罄之而后已，薄暮入席，深夜始散"。有一次胡适先生路过青岛，看到他们如此豪饮，吓得把刻有戒酒二字的戒指带上，请求免战。

闻一多先生不愧为诗人、狂客、酒侠，血气方刚，一腔热血，让人敬佩。他曾在课堂上朗声放言："痛饮酒，熟读《离骚》，方得为真名士！"

和章太炎并称"疯子"的还有黄侃"黄疯子"。据我考证，黄侃是古今中外谱儿摆得最大，派端得最匀的教授，因为黄教授是闻名遐迩的"三不来教授"：下雨不来，降雪不来，刮风不来。黄侃脾气大，恃才自傲，目空一切，疯劲上来，何惧之有？有一次他正和"章疯子"章太炎等几人谈话，因陈独秀突然来访，就回避在隔壁另间。陈与章谈到人才问题，陈说自明清以来，湖北无人才，倒是苏皖人才辈出。陈万万没有想到隔墙有耳，黄侃正是湖北人氏，一听此言，勃然大怒，不顾旁人劝阻，破门而入，直冲陈独秀，面对面质问：湖北无人才，但此地有我在；安徽多人才，未必是足下，如若有疑问，可当场一试。疯劲上来了。好在陈独秀知难而退，知黄侃不是好惹的。

黄侃喝酒有讲究，绝不喝闷酒，绝不喝无名酒，绝不去陪酒。要有名人请，请在名楼，有名厨，备有名酒。

据说当年黄侃在中央大学教书，中央大学校长为款待黄教授，留住人才，特地在教授室置一小沙发，供黄侃休息。黄教授也理所当然地端坐其上。其他教授都知道黄的为人，也知晓他确有学问，没人和他较劲。谁知有一日他上课回来，正逢词曲大家吴梅教授完课后回休息室，坐在小沙发上。黄侃进来时一看，小沙发上有人，便有火气，即兴师问罪：你凭什么坐在这里？没想到吴教授绵里裹针地朗声回答：我凭词曲坐在这里。

黄侃深知，在中国词曲方面吴为专家，他不能匹对，窝了一肚子火，扭头便走。回家破了一次例，喝了一顿闷酒。

被后人誉为"文坛巨擘，报界宗师"的张季鸾，眼里不容沙子，谁的账都不买，脾气大是出了名的，蒋介石都不怕，何惧他人？他曾把蒋介石手下"八大金刚"之一的国民革命军上将刘峙指为："中央军之有'峙'者，犹人之有痔也。"骂得够狠的。张公喝酒脾气也大。凉酒不喝，热酒不喝，不凉不热的温酒方可。温到什么程度则完全取决于张公的心情和环境：顺了，凉点儿烫点儿也凑合；不高兴了，心气不顺了，温了也嫌烫，温了也嫌凉；借酒发脾气，会摔杯泼酒，会拍桌。

20世纪30年代中国有两位大家，一位是美术界的张大千，一位是政界书法界的于右任。二位皆美髯公也。中国人的胡须分三类，像鲁迅留的叫髭，周恩来留的胡须称须，张大千、于大佑留的胡子称髯。中国历史上最著名的"美髯公"就是关云长。

张、于二位堪称"中华民国"时期的"美髯公"。他们曾在敦煌共度一个中秋。两人都好饮，又赶上中秋月圆，摆酒豪饮，但当时有猜测，张大千和于右任该如何饮？是仰头抛髯而饮？还是分髯露嘴而喝？还是手端酒杯从下巴下，胡须下"兜底"入口？确实不知当时两位大家是如何对饮的，可是中国饮酒史上的遗憾。

袁世凯二十四岁带兵入朝，征战十二年，光绪二十年即1894年奉召回国，显示了袁世凯在政治、军事、外交上的才能。他让李鸿章等眼前一亮，也让光绪皇帝看到了希望。朝鲜是袁世凯的发祥之地。

袁世凯不但在朝鲜连娶两房朝鲜皇室的公主，而且还养成了喝酒只喝自家泡制的药酒的习惯，从此以后，再也不喝其他酒。

袁世凯的秘制酒是陈年老酒中泡制上上等的拇指粗的高丽野参，还要加上天上飞的叫白头鸟，地上爬的叫五爪龙，海里游的叫公海马，泡制五年才启封。

据说，袁世凯精力充沛，生龙活虎，一天到晚绝无丝毫疲劳懈怠，晚上还有娇妻美妾，全靠他的袁氏秘酒。

据说，他调回国任北洋大臣在小站操练新兵时，只有过大年，从腊月三十到正月初五，不喝他袁家秘酒，而喝高粱烧酒，为的是和北洋兵同庆同喜，同甘共苦，一个大锅吃肉，一个酒碗喝酒。初五一过，只喝他泡制的药酒。

据说，有一英国外交官看见袁大总统喝自家泡制的好酒，十分好奇，也十分渴望尝尝袁大总统天下独一的酒。那天宴请外国外交官，袁世凯也特别高兴，破例赏他三杯，没想到这位英国使臣半夜就折腾上了，鼻血不止，热汗如淋，浑身燥热，五脏翻腾，方知袁大总统的酒不是凡人能承受得了，那酒看得喝不得！

严复了不得！

梁启超先生曾恭敬地称严复"于中学西学皆为我国第一流人物"。能让梁启超先生重看的人物不多。胡适先生也曾仰望严复，他称赞严复先生"是介绍近世思想的第一人"。

是严复先生翻译了《天演论》。

严复先生曾和孙中山先生面对面探讨如何革命，拯救中国。

严复先生不嗜酒，他是无事无愁无烦无喜不喝，严先生喝酒小饮、文饮、官饮则罢，如果喝上闷酒、痛心酒则其酒必醉，其醉则大醉、深醉。严复先生想当初已任北洋水师总教习，总想名正言顺地当状元，没想到名落孙山，连个举人也没考上。结果严复喝得酩酊大醉，卧床不起。

严复先生名气愈大，酒醉闹的动静也就愈大。据说有一次严复先生喝大了，深醉之中非要去找袁大总统"说明白"，别人不敢拦，又没法儿拦，谁都知道袁世凯想借助严复先生之威望，希望严复先生入"筹安会"，帮助他称帝，因此对严复先生百依百顺，要官给官，给钱给钱。严复先生见袁大总统如见其学生。倒有一仆人聪明，慌忙来报告，袁大总统正在开紧急会议，请严复先生小歇后即亲自前来登门拜访。严复先生这才长长地吐出一口浓浓的酒气，倒头便睡。待睡醒时，有人问何时见大总统？严复一脸严肃地说，他当他的总统，我忙我的学问，见什么见？

严复先生酒后连袁大总统都不怕，但他怕那根"小辫子"。

民国时有两根"小辫子",一根长在"辫帅"张勋头上,一根留在北大著名教授辜鸿铭脑后。

辜鸿铭的辫子,不仅留在他脑后,也留在民国史上。辜鸿铭不仅中国人称大家,连外国人也顶礼膜拜。老外曾有言为证:来北京可以不看三大殿,但不能不看辜鸿铭。

辜教授精通九国语言,头戴十三顶博士帽。有一次给学生上课,因其脑后拖着条小辫子而遭到学生们的哄笑。辜教授耐心而平静地等同学们笑够后才说,我这小辫子要剪掉容易,你们心中的小辫子要剪掉难!

辜鸿铭真厉害!他死去快九十年了,我们现在许多人心中依然有条小辫!

辜鸿铭先生也喜欢喝酒,喝酒有派。

辜鸿铭先生号称:生在南洋,学在西洋,婚在东洋,仁在北洋,"四洋"干部。其实辜鸿铭先生还有"一洋",是食在"顺杨"。因"顺杨搂"音暗合"顺洋楼",故辜鸿铭也称"辜五洋"。据说辜鸿铭每有闲暇,总是自己踱着方步,去离住宅不远的顺杨饭庄吃饭,且只吃顺杨饭庄的杨大厨师的菜,佐以一壶温热的古越老酒。

饭庄中有人小看这位拖着一根小辫子,穿得油里麻花的老头子,就没给杨大厨下单,由别人炒了菜端上来。辜鸿铭还是依然有滋有味地吃,有拍有节地喝,结账时放下双份的饭钱,吩咐店小二买点儿东西代他去看看杨大厨,说杨大厨家中可能有事。惊得"顺杨楼"满堂皆惊。

严复先生喝酒碰上辜鸿铭。

酒过三巡，辜鸿铭先生突然发威，把酒杯重重地蹾在桌上，惊得满桌宾客皆慌。辜鸿铭说，当今之日，恨不能杀二人以谢天下！眼睛里果然有几分杀气。有人悄然问道，不知辜大教授要杀何人？辜鸿铭把刚刚斟满的一杯酒平端起，并不招呼任何人，一饮而尽，然后拍案骂道："杀谁？必杀严复和林纾！"两指一点严复，厉声说道："自严复《天演论》一出，国人只知物竞天择，而不知有公理，以致兵连祸结；自林纾《茶花女》一出，莘莘学子就只知男欢女悦，而不知有礼仪，于是人欲横流。以学说败坏天下者，不是严林又是谁？"

不知为什么，严复先生忍了，但双手颤巍巍再也没有端起一杯酒，这位连袁世凯的账都不买的人在众人面前板起脸，听着辜鸿铭这位福建老乡，又同为当时学贯中西的一流大家痛批，一字未出，一语未道。回到家中，严复先生喝了一顿大酒，闷酒，又醉得稀里哗啦，灵魂出窍。酒醒如重生，他也未记恨报复辜鸿铭先生。

而辜鸿铭也去了"顺杨楼"，饭庄内的人都奇怪，这位古怪的老先生今天晚上叫了两壶酒，沉着脸，一言不发，一笑未有，喝完晃晃悠悠地迈着方步走了。

辜鸿铭可能有些后悔，不该当着那么多人公开指骂自己的那位老乡，严复毕竟也是位大家。

三

傅斯年是大家。没有人不服气。据说傅在北大读书时因到图书馆借书与图书管理员毛泽东发生口角,争执激烈时,傅斯年曾经打了毛泽东一个耳光。(见中国铁道出版社《老北京那些坊间趣事》)。有人说是因为傅斯年喝酒所致,其实不然,傅一生滴酒不沾,一生只沾过一次酒,却喝得酩酊大醉。那是在1945年日本投降时,傅得知日本人无条件投降,八年抗战胜利了,其喜欲狂,看见别人都喝酒庆祝,就立即买了一瓶酒,像喝水一样直灌下去,然后和庆祝胜利的人群一起上街欢呼,可谓声嘶力竭,欢喜雀跃,比年轻人还激奋。但却君子形象不改,喝一整瓶酒,一口未吐,虽然深醉大醉,一点儿丑未出,但从此一口酒都不喝。傅斯年了不得!

我们这代人知道柳亚子先生大都是因为毛泽东有三首和诗答词。"文化大革命"中毛主席的诗词传得多远多广,柳亚子的大名就传得多远多广。毛主席尊称其为先生,可见柳亚子也可称大家。

柳亚子不知为何曾改名弃疾,字稼轩,想必很敬佩辛弃疾,故自称柳弃疾。但他没有辛弃疾那股冲腾的热血、激昂的热情、无畏的精神,所以在实践中的碰壁终于使他又足踏原地,改回叫他的亚子先生。

柳亚子有诗人的气质,诗人的情绪,诗人的感怀,诗人的酒醉。

柳亚子先生不平则酒、则醉;喜则酒,悲亦酒;忧则酒,乐亦酒;兴则酒,哀亦酒;有诗必有酒,有酒必有诗,醉则有好诗。

柳亚子先生心有不平、不公、不舒服则饮酒抒忧抒愁抒闷抒其不平。比如他在1949年写给毛主席的《七律·感事呈毛主席》：

开天辟地君真健，说项依刘我大难。
夺席谈经非五鹿，无车弹铗怨冯驩。
头颅早悔平生贱，肝胆宁忘一寸丹！
安得南征驰捷报，分湖便是子陵滩。

一看柳亚子先生的诗，估计亚子先生是喝酒了，很可能微微有醉了，一肚子的牢骚直吐向毛泽东。毛泽东正在百忙之中，1949年4月正值解放大军挥师过长江，江南正在决战之中，新中国尚在筹建中，毛泽东还是给柳亚子写了首《七律·和柳亚子先生》，最后两句是：

牢骚太盛防肠断，风物长宜放眼量。
莫道昆明池水浅，观鱼胜过富春江。

柳亚子一看毛泽东的和诗，兴致高过丈，于是又给毛主席附诗一首，后一句是：

倘遣名园长属我，躬耕原不恋吴江。

据说毛泽东看后轻轻地说了一句，颐和园是人民的。如果属实，我相信，柳亚子先生要"名园长属我"的诗也不过是说说而已，但我可以肯定，柳亚子先生是酒后之言。好像自 1950 年后毛泽东再未和柳亚子先生唱和过诗词。

毛泽东堪称伟大诗人,但毛一生轻易不动酒。直到 1927 年春,毛泽东在《菩萨蛮·黄鹤楼》中才第一次写到"把酒酹滔滔,心潮逐浪高!"那年毛泽东应为三十四岁。三十二年后,毛泽东重返故乡韶山,特意请他自己在私塾读书时的先生毛禹珠一起用饭,席间毛泽东极真诚、极热情地给老先生敬酒。毛禹珠说:"主席敬酒,岂敢岂敢!"毛则答道:"敬老尊贤,应该应该!"

三年前我去江苏常熟一幽幽小巷踏访翁同龢故居。翁老先生应为大家无异,八个字盖棺而论:"天子门生,门生天子。"屋小神灵在,一幅翁先生手书"入我室皆端人正士,升此堂多古画奇书",立马让人肃然起敬。大家风范!

翁同龢晚年在家亦喜品酒。一小壶酒也能喝得有滋有味,有史有据。那时常熟虞山脚下原有一家酒店叫王四酒店,我去踏寻时早已无踪影,据说翁先生最喜王四酒店自家酿的桂花酒,曾酒后挥毫而题:

带经锄绿野,留露酿黄花。

你能看见翁先生的笑容,你能闻见桂花酒飘香。

老舍先生酒量大,也喜欢喝酒。每年菊花盛开时,老舍先生都要请北京文联的同志去家中赏菊喝酒。据说只见客人喝高时，未见主人喝醉过。老舍豪饮是出名的。那时还有著名作家赵树理，赵树理先生也喜酒善饮，常常自己买酒请基层干部和老乡们喝酒，据说也有句话，只见客人扫醉归，未见主人尽兴时。这两位大家都有一个共同的嗜好，喝酒划拳，且拳划得"贼精"。不能说从未输过，但绝对是输少赢多。老舍兴致上来还常常能打关，一般不出三拳即"过关"。但赵树理亦有一绝招儿，两手出拳，左右开弓，让人眼花缭乱，忙中出错。老舍先生和赵树理先生曾经在北京老舍先生家中喝酒，有人记得是老舍先生的生日酒，酒至兴头，两位大家、文豪、"酒徒"豪饮后就斗拳一论高下。据说那拳划得山呼海啸，地动山摇，划得你来我往，杀得昏天黑地。赵的双拳左右开弓，让老舍难以适应，虽为伯仲间，终有胜负。有在席上的人总结，说赵喝酒不见得能喝过老舍，但老舍拳没赢过赵。

大家有大家的风范，"酒范儿"。

七年前，乔羽乔老爷住在钓鱼台为钓鱼台国宾馆写馆歌。他请我去钓鱼台品酒赏月。不知为什么，每当我走进钓鱼台，总难免想到当年毛泽东的高论：钓鱼台无鱼可钓。但那日我们却有鱼可食，吃的是东南糟鱼。

乔老爷七十多岁，精神矍铄，才思敏捷，挥洒自如。一人仍能饮多半斤标有"钓鱼台"的陈酿。

乔老爷酒兴高，谈兴更浓。他是山东济宁人，爱喝清香型白酒，汾酒是其所爱，每每我至，总要携一瓶老白汾酒。乔老爷说当初他为《我们村里的年轻人》写歌，给他的报酬就是两瓶汾酒。那时候人情如酣酒。他到杏花村写歌，题一首诗:"劝君莫到杏花村,此处有酒能醉人,我今到此偶夸量,三杯入口已销魂。"他的特别待遇是畅开怀喝,随便喝。乔老爷酒后文采飞扬,意气风发,返老还童。

乔老爷讲,诗歌要有酒助兴,它和写理论文章做报告不同,《难忘今宵》就是醉后之作。乔老爷说,他一生喝过多少酒?见过多大的酒阵?恰如滚滚长江东逝水,但有一次却刻骨铭心,终生不忘。

那是抗美援朝志愿军从朝鲜凯旋,周恩来在北京举行盛大招待会,欢迎志愿军的英雄模范。据乔老爷说摆了一百桌,由周恩来总理带着各方人士,每桌都要走到,每桌都要敬酒。

乔老爷说,从头桌开始敬酒,一桌不漏,桌桌敬到,那些可都是出生入死,拼过命流过血负过伤的战斗英雄,酒都敬得认认真真,毕恭毕敬。敬到最后的,只有两个人,唯总理与吾也!

让我听得心潮澎湃。

不知不觉月上枝头,湖水倒映,天上繁星。

乔老爷高论:给英雄敬酒、给老师敬酒都必须心诚如一,酒净如心。给领导敬酒就不一样了,可谓心情复杂,可谓居心叵测,可谓表里不一,可谓酒不醉人人自醉,可谓醉翁之意不在酒……

乔羽可谓大家,其高论可谓"开篇一壶酒",酒深道理更深。

喝酒的名堂

中国人讲究"师出有名"。

名正言顺,中国儒家重要思想之一,名不正言不顺,言不顺事不成。

酒亦如此,中国人喝酒忌讳"喝闷酒"。"闷酒"即"苦酒","闷酒"醉人,"闷酒"伤人,无名之酒,酒家大忌。

中国的酒文化直入到每个中国人的"出生入死"之中。甚至未生先有酒,入土酒未干。

讲究的中国人家,从女人一怀上孕,就要先摆一桌"喜宴",有些地方称为"香火酒""血脉酒",一般不请外人,亲戚家人关起门来喝喜酒,预示此家此门要添丁增人。孩子一出生,如果真是"丁",就要张灯结彩,开门办酒席,大户人家、官宦人家还要请戏班子、乐器班子,酒席讲究院里院外,院里的是贵宾佳客,院外的搭席棚,办的是流水席。

之后还有"满月酒""抓福酒""百日酒""周岁酒",酒伴随着人的一生开始,到了上学要请"拜师酒",学成要办"谢师宴",且不说中了状元要大喜三日,酒不下桌,像范进那样的穷书生,可谓穷得一穷二白,家徒四壁,中状元以后也要摆上三桌酒席,各路绅士、财主,官家送酒席的络绎不绝。送的酒席能从屋里摆到院外，从院门一直摆到大街。升迁要有"贺酒"，贬逐也要有"送酒"，坐牢也要把酒送到狱中称"难酒"。就是临上刑场，刽子手要喝三碗"送人酒"，而死囚入刑场，临死前狱牢也要摆一桌简简单单的"送行酒"。"带酒上路"！悲怆之中有豪气，透出"二十年后还是条汉子"。

酒席摆得大的，还是朝廷。皇上登基，改朝换代，更始元号都要大摆三日酒宴，君臣讲究同喜同醉，酒席歌舞升平，可谓从日出喝到日落，从星起喝到星没。

皇帝荣归故里，全村全乡甚至全县都要摆"回龙席"，喝得天翻地覆慨而慷。有刘邦为例，酒喝到昏天黑地时情不自禁击节长啸：

大风起兮云飞扬，威加海内兮归故乡，安得猛士兮守四方！

刘邦没文化，能随口吟出如此豪气万丈的诗，足见其得意之情，足见其酒尚酣时情亦酣。沛县的老百姓口口相传多少代，他们与皇帝共同喝过"荣归故里酒""与民同醉酒""光宗耀祖酒"。沛县出了个高皇帝。

皇帝为臣子摆庆功酒席的，历史上可能高不过清雍正皇帝为大将军年羹尧摆的庆功宴。但年羹尧威风凛凛、气势汹汹地跨过了极限，也难怪年羹尧，他一个奴隶出身、没有文化的粗莽汉子，疆场杀敌，纵马冲锋可谓将军，但他不懂政治，更不懂文化，他哪里懂得"绝怜高处多风雨，莫到琼楼最上层"。高处不胜寒。结果让皇帝把庆功宴摆到德胜门外，皇帝及百官到德胜门外为年羹尧洗尘接风，把酒庆功，此酒宴古今未有，年羹尧死期还远吗?

警世恒言:不能把庆功酒喝成断魂酒。

但中国酒名堂中确有断魂酒、断头酒、敢死酒、亡命酒。

据我考证,秦始皇当年扫荡关东六国统一天下的原因很多,其中之一就是秦国的军队能打仗,能打硬仗、恶仗、大仗,士兵敢拼、敢杀、敢死,可以用视死如归来形容。可以考察出土的秦之兵马俑,几乎都不披重甲,不戴头盔,不穿军靴。原因是嫌其妨碍冲锋的速度,怕被别人争先杀敌,"恐落其后"。秦军每临大战,阵前并无粮草,唯有烧酒,战鼓未响之前,每人都空腹暴饮,呼之为"敢死酒""杀敌酒",又称"立功酒""封侯酒",个个都喝得双眼喷火,血往上涌,士兵嗷嗷叫,摩拳擦掌,急不可待,仿佛不是以命相拼,而是赴宴领饷娶媳妇。军号一响,如巨石下山,冲锋陷阵,以杀敌斩首论功。

自秦之后,中国军队每临大战,上阵士兵都要喝一碗"敢死酒""断魂酒"。到东西两汉,军中酒为必备。关云长温酒斩华雄时,曹操在关云长临上阵杀敌前,敬关羽一杯酒,满军帐将士无人不晓,那是"亡命酒""送行酒""断头酒"。曹操借酒为关羽送行,是让关羽马革裹尸,死而无憾。

中国军队形成一种民族传统,仗打到"玩命"的关键时刻,要组织敢死队,阵前列队,一人一碗"敢死酒"。喝了这碗酒,命随酒走!这种传统一直传了两千多年,一直传到今天。我听一位朋友讲述过他的亲身经历,在中越边境自卫还击作战中以酒祭命的故事。

剃光头,全副武装,阵前列队。老山反击战前他们连队整整齐齐站了三排。出发在即,很多人都禁不住牙齿相叩,仿佛和死神面对面相视,相隔不过三寸。发碗,一个人一个青花大瓷碗,由团首长亲自给斟酒。酒汩汩地、突突地倒在战士双手捧着的大碗里,碗里的酒倒映出一张张年轻的脸。那叫"送行酒",又称"断魂酒",老兵呼之"上路酒""敢死酒",一口气喝完,直直把一大碗烧酒倒进胸腔,身上马上庄重起来,竟然不再情不自禁地哆嗦了,热血沸腾,举起左手向祖国宣誓,向军旗宣誓,何惧之有?

当后来部队要换防撤走时,他又来到那场血战中牺牲的战友墓前,陪着已经牺牲的战友喝了一下午酒,从来不喝酒的他,竟然喝了大半瓶的酒。他说,只有喝着那辣嘴辣胸辣心的烧酒,我才感到阴阳两界是相通的,我才感到黄土里埋的兄弟能听见我说的话……

中国以酒祭奠亡灵的传统该有多少年?今年清明节我去墓地祭奠父母,看见成群结队的后人都带着鲜花、缎带、水果、点心、酒献给已故的亲人。他们都虔诚地把酒慢慢地斟满酒杯,然后轻轻地端起来,呼一声亲人请饮,深情地把酒洒在墓前,他们都坚信,那祭奠的酒魂在阴间的亡灵点点滴滴都会感知到。

祭酒有名堂,祭酒有文章。

毛泽东曾赋诗:

问讯吴刚何所有?吴刚捧出桂花酒。

在中国,红白喜事最讲究酒宴。

相亲要喝相亲酒，定亲要有定亲宴，娶亲要摆迎亲席，喜宴讲究人家，官宦人家、大户人家、土豪人家要摆三天大宴，还要摆三天流水宴。三天大宴要张灯结彩，锣鼓喧天，上午是几套响器班子，即乐队吹奏，从早晨花轿未进门要一直要吹到日落西山，换班上阵；晚上是大戏，要唱到启明星高照。菜是八凉八热，八大碗八大盆，酒管够，喝得越多越喜庆，喝醉的越多越吉祥。喜宴上不说醉，说美，喝多了要说喝美了。后面还有认亲酒、回门酒。

白喜和红喜几乎一样，不同的是喝酒的讲究更多，有"别亲酒""起杠酒""破土酒""入土酒"，七日后还要请所有"出白事"的人大喝一席"拜谢酒"。

红白喜事外，还有一个最热门、最抢眼的就是做寿宴。在中国五十岁过生日就称"大寿"，须大办。过去的年代，人们寿命短，五十以后，凡逢五逢十皆大寿，到八十称米寿，那就需要天、地、人共庆。连《智取威虎山》中的座山雕过五十大寿，还讲究摆"百鸡宴"，遑论官家商家？

当年吴佩孚正大红大紫威名远震时在洛阳过五十大寿。那场面摆得排山倒海一般，洛阳城不再洛阳纸贵，而是洛阳房贵，所有宾馆饭店全部爆满，满街满城都是为玉帅祝寿的各路高官贵贾，可谓高朋满座，高官云集。厨师是从北京、天津、郑州请来的。有人调侃，说吴大帅祝寿那三天，洛阳的狗全都醉了，因为它们都喝的是玉帅寿席上洒下来的酒水。据当地报纸报道，河南黄河大鲤鱼绝市，被玉帅府全包了，三天三夜的寿宴几乎让黄河大鲤鱼绝种。玉帅大寿除了"寿戏"唱了三天三夜，与众不同的是"寿帐"排了三房五院，写得堪称"墨宝",其中最著名的是自谕"南海圣人"的戊戌变法首领康有为的寿联:"牧野鹰扬,百岁勋名才半纪;洛阳虎视,八方风雨会中州。"以我之见,送寿联拍马屁的康有为此联堪称魁首。吴佩孚的寿宴是做到顶了。

外国人喝酒讲究的是酒席的品位,主酒未上之前先喝三道开胃酒,两道餐前酒,主酒上完又要喝调胃酒、餐后酒。中国人一般不讲究那么多层次,"三杯过后尽开颜",少见有"三中全会"的,中国人一般不喝杂酒,混着七八样酒喝,在中国酒家看来那是大忌。

外国人讲究绅士派头。

中国人给酒增加了更多的名堂。

不知从何朝何代起中国人以喝血酒盟誓。血酒有两种,一种以公鸡血滴入酒盅,一种则以指血滴入酒中。有专家说中国在东汉时期即有滴血为誓,喝血酒应起源于东汉末年。到明末清朝,喝血酒拜把子,喝血酒对天宣誓已经很普遍,只有喝了血酒才代表同心同德,不求同年同月同日生,但求同年同月同日死。五花八门的帮会、团体、组织,进门拜见,先要利刃割指,或破臂滴血入酒一口气喝干,方能显诚心诚意,永不叛变。长征中红军经过凉山州冕宁县,刘伯承代表红军和彝族头领小叶丹喝下鸡血酒,彝海结盟使红军突围走出死境。刘伯承元帅不喝酒,但那碗血酒非喝不行。不喝下那满满一碗鸡血酒,不足以表白红军的情义,也不足以和小叶丹结盟。小叶丹认血酒。

元朝以后,中国开始盛行上马酒、下马酒,隆重时由蒙古少女手捧掐丝法兰盘,上面放着三个不大不小的银碗,银碗中闪闪发亮,那是斟满的美酒,客人下马,要先饮这三碗酒。我估计了一下,大概有半斤左右。上马酒亦然,为客人送行还要载歌载舞。

蒙古族人大多信萨满教,敬酒讲究先敬天再敬地然后敬祖宗。蒙古族人喝酒豪气,尚有成吉思汗的遗风,讲究以碗筛酒,起碗即干。蒙古族牧民喝酒是其主要的业余生活,一切都在喝酒中进行。蒙古族人喝酒是大碗喝酒,但吃肉不是大口吃,而是用刀削下一条条细肉条,小口慢嚼。

蒙古族人喝酒真诚得让人惊心动魄。我们在一位叫道日奇格的蒙古族人的蒙古包里住宿,领教了蒙古族的"迎宾宴"。手抓肉、酥油茶、奶豆腐、油梁子摆满两炕桌,最后这位腰围足有四尺五的蒙古大汉手提一个白塑料壶放在客人面前,是骑快马跑出二十多里地刚刚打回来的白酒,足足有二十多斤。我说焉能喝这么多白酒?这些烈酒足能醉倒一个排的解放军!道日奇格说,进了蒙古族人的毡房,肉要吃饱,茶要喝好,酒要喝美,人要喝倒。如果客人没喝好,主人已醉倒,那他一定在自己彻底"麻翻"之前让家人骑快马请一位"酒神"前来。"酒神"极豪爽,先问喝了多少,然后斟满酒站立在地上喝完,这才爬上毡毯说,现在我们可以坐下重新喝酒了。如果客人醉卧毡房,全家高兴,但第二天肯定不会再劝你喝酒了,蒙古族的"迎宾宴"已经结束。

新疆维吾尔族人劝酒的名堂是浓歌艳舞,载歌载舞,让人着实招架不住。维吾尔族姑娘身着鲜艳的民族服装,婀娜多姿的特色舞蹈都紧紧围绕着敬酒展开,你不喝下她们手中那碗酒，她们就一波跟一波地又唱又跳，直到半劝半灌地让你干了那碗足有二两的伊犁特曲。但歌舞并未因此而停，维吾尔族人民真的是太热情了。

有一年去黔东南，方知侗族同胞的热情一点儿也不亚于维吾尔族。侗族兄弟们迎客进山寨，亦是歌舞伺候，让你看看侗族民族风情。接客酒席排成一字形长桌，最长可以排半条街。劝酒的方式是以诚相待，敬酒的人先干，但是把空盏放在你面前，等待你干完再继续进行，你的办法要么滴酒不沾，要么非醉不可。如果你认为可以假喝、少喝、不喝，以少当多，以假乱真，那你就错了，你会发现，侗族兄弟的眼睛是雪亮的，即使是醉眼，也不容沙子。那样，就会有几位身着侗族民族服装的姑娘前来劝酒，鉴于你之前喝得太伪太虚，她们采用做游戏的办法，她们先来，让你用筷子夹一块很大的肥肉，她张开嘴，你把夹着的肥肉放在她嘴里，她要是咬住了就不喝酒，然后她再试你。此事看起来很简单很容易也很公平，只要你咬住肉就结束让你头疼的一碗白酒。谁知道，这些侗族姑娘皆快手，伸进你的嘴去时显得有些笨拙，仿佛你不经意就可以咬住，没想到那夹着的肥肉从口中退出时比耗子见了狸猫窜得还快，三碗酒喝下去了，你牙都没沾上点儿荤腥……

那年我去爬泰山，接待我的山东朋友给我上了一堂生动的泰山酒席课，原来登泰山难，过泰山酒场亦难。他先在桌子上摆三只喝葡萄酒的高脚杯，每只杯中的白酒都倒过"中央"，记得好像是53度的泰山大曲。然后极兴奋、极热情、极诚挚、极亲切地说，三杯酒都有名堂。这第一杯酒叫敬山

59

酒,第二杯酒叫拜山酒,第三杯酒叫登山酒,这三杯酒不干,泰山难登,山神不允啊。说得慷慨激昂的,说得虔诚理道的。又极大度、极朋友地为自己斟上三杯酒,都比给我斟的满一些,言之,吾乃泰山山民,陪兄弟走一程,登山,拜泰山神!我估量这三杯白酒足有六两,喝下去莫说登泰山而小天下,恐怕坐观天下都难矣。人家说得很客气,来者皆兄弟,谁喝都行,但必须有一人端起,一口气喝干。

中国酒文化中不知何时渗进一股逆流:痞子文化。喝酒入席讲究三杯敬起,头三尾四,敬酒要三、六、九,端三、敬三、碰三,即先给你端三杯,你要干了;然后恭恭敬敬给你敬三杯,你要干了;最后再碰杯陪干三杯,三三见九杯。还有打一圈,一手执酒壶,一手端酒杯,和在座的席上人一人喝一杯,喝到最后要斟两杯,自己左右手各执一杯,自己给自己碰,自己给自己敬,名曰圈要圆。不能因为自己而不画满不画圆。三圈过后,要喝一罍子,也有称改敬"豪华"的,把酒倒在分酒器中,一过中央大概就有二两,一端一碰干到底。这种酒痞文化一时曾风靡大江南北。痞子文化所向披靡。

泰山的人没想到,我们朋友中有一员大将,实在按捺不住,是可忍,孰不可忍。他摆开十个杯子,一一倒过中央,然后对着满席主宾慨然宣布,要搞"十全十美",且不要别人陪着,只要大家看着。为敬泰山,为拜泰山,为登泰山,他从"一全一美"一直喝到"十全十美",满座皆惊,再无碎语。此人系新华社宁夏分社副社长陆维新,现在已然退休,但宝刀仍未老。

李白,诗仙也,有歌《将进酒》,我考证李白吟诗之时已然"十全十美"矣。

> 烹羊宰牛且为乐,会须一饮三百杯。
> 岑夫子,丹丘生,将进酒,杯莫停。
> 与君歌一曲,请君为我侧耳听。

> 请君为我侧耳听……

喝酒不谈文化

喝酒不谈文化,英雄莫问出处

镜头摇至1969年,山西省忻州定襄县,我插队的地方。

那些年学大寨正如火如荼。兴修水利,挖渠建高灌站。都说那时候农业学大寨是"假干",出工不出力,但我们村的贫下中农好像觉悟特别高,都干得热火朝天的,四十多年后我回村里转着看,虽然到处都是"莺歌燕舞",但水利工程竟然还是当年我们学大寨时修的。这和喝酒没关系。

那年挖灌溉渠是寒冬腊月,西北风刮得小刀子一般。学大寨不能因天寒地冻就坐在热炕头上嗑瓜子,那是四十年后农民过的神仙日子。学大寨的确是苦了农民。挖渠要跳进带着冰碴的水沟里,社员们都像电影《上甘岭》中演的冲锋的美国兵,缩头缩脑地往后退。队长实在没法儿了,不知从什么地方淘来一瓶纯高粱烧酒,在人群中一晃,说就这点儿活,干完了,分酒喝。说完二话没说,自己卷起裤腿"扑通"先下去了。那瓶纯高粱烧酒放在队长脱下的棉袄上,阳光下闪闪发光,那光比金子耀眼,比工分烫人。

社员们都纷纷脱了棉袄,卷起裤腿,有的索性脱了棉裤,抡着锹镐下去了,临下去都回头看看那瓶闪着无限诱人光泽的烧酒。要知道那年头,农民好几年,甚至从1960年起就没喝过一口真正的高粱酒。我想起电影《突破乌江》中国民党兵都怕死伏在地上不敢冲锋,这时候国民党的一个营长挥舞着手枪高喊:"弟兄们,冲上去赏五两大烟土!"果然大烟土比命厉害,国民党兵都抱着枪大猫着腰冲起锋来。我们队长真会带兵,大烟土他没有,但他弄来一瓶真正的纯高粱烧酒。

挖渠的进度很快,不是有人催着逼着,也不全是纯高粱烧酒引着诱惑着,因为水太冷待长了人受不了,在那么冷的冰水里干活,不玩命干人会冻僵的。三下五除二,风卷残云一般。下一步,是十几双眼睛都盯着队长,盯着队长手里的那瓶酒,有点儿像一群饿狼瞪着一圈绿眼盯着一只瘦骨嶙峋的小兔子。那瓶酒要分不好,恐怕要出人命。十几条汉子都拿着家伙,都往前挤,谁都想先喝一口,喝一大口,后面的人肯定只能"望梅止渴"。

队长真沉着。队长有中国农民的智慧。他深知自己就踩在悬崖上。他把那瓶烧酒举起来使劲晃了晃,搅起一层层酒泡。又倒过来让一串串细小的酒泡泡神奇地冒上来,像一串串珍珠似的,队长咧开大嘴说,好酒啊!多少年不见的好酒。社员们舔着干燥的嘴唇都眼巴巴地盯着,也同声附和,同声赞扬道,好酒,真是瓶好酒,真正的高粱烧酒!

突然之间就鸦雀无声,一片寂静,只有冷风飕飕。队长提着大半桶井水来,社员们围上,仿佛大战前的沉默。队长不慌不忙,有些老奸巨猾的做派,这也是我事后的总结。农民有农民的智慧,这是列宁说过的话。他在众目睽睽之下,把那酒瓶放到嘴里，又拿出来仰起头来对着四周围裹得紧紧的社员憨厚地笑笑，紧接着把酒瓶子放在牙槽上一咬，像吐口痰一样把瓶盖吐得高高的，远远的，然后把酒瓶头朝下，底朝上往水桶上一栽，那瓶纯高粱烧酒就一滴不剩地倒进水桶中。队长说，大家轮着喝，一人先喝一大口！

后来我才知道，这喝酒里真的有文化。三十年后我去甘肃酒泉，人家对我讲，酒泉因酒而得名。西汉时期霍去病带领大军征匈奴在此地打了胜仗，为犒劳三军，霍去病将汉武帝赐给他的一坛好酒分享三军，酒如何分？三军数万将士眼巴巴地看着他。霍去病告示三军后，把汉武帝赏赐的一坛御酒倒进附近一甘泉之中，三军同饮皇帝酒。三军欢呼，将士同乐，此泉被命名为酒泉，后此地亦被命名为酒泉。我们队长当年肯定没去过酒泉，更不知酒泉的传说，但酒常在，酒常流，文化就在，传统就在。喝酒有文化，喝酒有文章。

镜头摇至我曾经工作过的色织厂男单身宿舍。

"李班长"是后来搬进我们宿舍的。因为他在部队当过兵做过班长，留下这个雅号。李班长实在淳朴，干瘦口讷。后来我发现李班长挺能喝酒，且常常喝醉。有一次，车间领导问我，他为什么没来上班，又没有假条？让我回宿舍看看。我赶忙小跑着回宿舍，一推门，好家伙，犹如进了酒坊，一股强劲的酒气直扑面门。再看李班长直挺挺地僵在床上，床边吐的半脸盆秽物正发出阵阵酒味。醉成这样，李班长至少喝了一瓶65度的白酒。

人要喝得大醉，要么逢大喜，他乡遇故知，洞房花烛夜，金榜题名时；要么是遇到绕不过去的坎，解不开的难，放不下的愁，想不开的忧。大醉之人，各有各的醉因，各有各的醉态。孔老先生云：三人行，必有我师焉。依我之言，三人醉必不相同，无师可循。

大醉不在喝多少酒。吾有一友，从不喝酒，自知不胜酒力，故远离烧酒。但世事难有规矩。一日老友相逢，又加之其文获大奖，实在推诿不过，也欣逢喜事，架不住亲朋好友相劝，终于喝了一啤酒瓶子盖的烧酒。谁都没想到五分钟后，双眼一闭，已然大醉矣。

李班长是大醉。

李班长有解不开的难，绕不过去的坎，他不找"太白"找谁？

酒后吐真言。他终于在酒后和我深聊了一次。我相信如果他知道基督教是做什么的，他一定会是位虔诚的基督教徒，他再不去找酒神，他会去找上帝诉说。

李班长的老婆在距我们厂二十五里地远的轴承厂上班。据说在厂里有一美丽的雅号：黑牡丹。顾名思义，恐怕是人长得漂亮，皮肤有些黑，是轴承厂的"厂花"。家有俊妻，李班长的苦难随之而起了。李班长的老婆终于有了"人"，据他说还不止一位，且都是有权有势的，没人能惹得起的。李班长的老婆家也"凶恶"，否则，一个农村女人怎么能进那么好的工厂当工人？那个时期连北京知识青年还要到山西插队，足见其丈人家的势力和能耐。用李班长的话说，人家看上的是他老实本分，还有他那身军装，实指望他能在部队入党提干以后把老婆也带到大城市去做官太太，没想到他拼死拼活只混了个班长就被解甲归田。还是他老婆、丈人找的关系才把他送进色织厂，现在老婆给他戴了"绿帽子"，似乎还不止一顶，你说这人还怎么做？这脸还怎么要？

喝酒，我给他斟满。

欺负人莫过于此。李班长到轴承厂找他老婆，吵架之后的确动了手，竟然被那"野汉子"当众捆绑起来，痛打一顿以后，被武装民兵押出工厂大门，给他定了罪名是"侮骂、殴打我厂女职工"，明确告诉他，以后再不经允许进他们厂就打断他的狗腿。人家是厂武装部部长，打掉牙都得往肚里咽。李班长真有一次被打得牙掉了，他没咽肚里，而是把它包起来，放在上衣的口袋里。

喝酒。我陪李班长喝酒。

火山爆发，自然规律，人生哲理亦如此。李班长的"丑事"终于爆发了。

那天，我们厂保卫科的两个人铁青着脸来到我们宿舍给李班长收拾东西。李班长被抓起来的消息终于得到了证实。他报仇抓奸打伤了奸夫淫妇，自己也受了重伤，被人家以暴力伤害干部职工罪五花大绑送到县公安局。李班长没啥东西，除去床上那些简单的复员带回来的"军用品"，就是一床底的空酒瓶子。我摸了摸口袋就一块多钱，就连喊带怒掏出来递给保卫科的人。保卫科的人一脸阴沉，像拧一把就能滴水的擦桌布。我说，这些空瓶子也能卖一块多钱，我们不能贪污人家的钱物吧。

过了一段时间，风声好像过去了，我们几个工友去县公安局拘留所看望李班长。终于见到李班长，没想到李班长气色不错，腰板笔直。李班长说人活一口气，我气出了，要杀要剐由他们去，说得有些苍苍凉凉。他又说想起当年在四川大凉山修战备路，为救战友他差一点儿被巨石砸得粉碎，事后立了一项三等功。李班长说当初要是被砸死就好了，省下多少事？还能挂个革命烈士红牌牌。立个三等功顶个屁用？又说得我们凄凄切切，悲悲惨惨的。

换个话题。

我们问他现在最想干什么？他说最想醉。

"那真是神仙水。何以解忧？唯有杜康！"我大吃一惊，李班长那点儿文化水平我知道，他说不出这两句诗来。忙问他，方知他服兵役期间，班里有个学生兵，在八一建军节期间喝高了，就说了那么两句，说是曹操想喝酒时的感叹。李班长知道曹操是位了不起的带兵将军，就记住他的语录了。我说曹操的诗还有下文呢，就把曹操的《短歌行》背诵了一遍。李班长笑笑，他的脸被打得有些变形，有点儿像《巴黎圣母院》中的卡西莫多，让人看后楚楚心酸。李班长说："我记不得那么多，就像读毛主席的著作，我背不下来，但我能记住几段毛主席语录，那就够我学习应用一辈子的了。曹操的诗我记不住，但曹操的语录我背下来，那两句语录也够我学习应用一辈子的。"

李班长有文化，有见地。谁说喝酒不谈文化？酒中自有文化。

文章不论套,江湖不论道

镜头摇至山西临汾洪洞县广胜寺旁的分水亭。

那分水亭,让人看了感到惊心动魄,还能体验到当年的心惊肉跳。

只有中国人的智慧,中国人的赌注,中国人的法律,才能决定中国人自己的事情。分水,敢问爱因斯坦,水分子可分,水可分乎?

那水不好分。

那水连着粮食、收成、幸福、贫困、媳妇、人命……

那水事关人命,人命关天。难怪数百年因水分不开,引来数十辈子人互相仇视、仇恨、械斗、伤残、幡招孤坟,每逢干旱必有大斗。那不是抢水,那是抢粮,抢命。山西洪洞县、赵县两县边境上流着一股清泉水,名字叫霍泉,两县都指望着引霍泉水浇地,几百年争执不断,几百年官司不断,几百年械斗不绝,都认为自家吃了亏,邻家占了便宜。分水之战连绵不绝。据说从唐朝开始已有文字记载,一直到宋元王朝都解决不了。分水难,难于上青天。霍泉的水到明朝因十年九旱就更宝贵了,争水之战不断升级。这时候临汾来了位高明知府,他要亲自操刀,把霍泉水水分两家,公开公平,让洪、赵两县再无干戈。

这位知府的高招儿就是在霍泉的分水点上支一大锅,放满一锅油,将满锅的清油烧沸,然后当众放十枚铜钱入锅。洪、赵两县各推选一名勇士,赤臂下油锅只手取钱,捞上几枚铜钱就分几股水。

两县各级代表百余人分列大油锅两侧。待油烧沸后，由一衙门官员当场从泉水中捞一活灵灵的蛤蟆，放入油锅，蛤蟆瞬间变为一撮黑焦炭状。

抽签决定，赵城先摸。

赵城人这边跪倒一片，四只大黑瓷碗齐齐摆在案头，案头有三牲头，头上有香，披有白绫子缎带。由赵城官员、士绅、长辈三人当众揭开酒坛。这时有赤裸上身，身上涂满符图的巫师朗声高喊：一敬天地。三位当事人把酒分三次倒满一碗，然后集体下跪，磕头。再把碗里的酒倒到一个红瓦罐里。巫师又喊：二敬神仙。三位当事人又恭恭敬敬地磕头倒酒，如从事一项极庄严极肃穆的伟大奠礼。巫师再喊：三敬祖宗。三敬之后，由巫师戴上头冠，披上五彩披带，手端装着酒的红瓦罐又唱又跳又扭又晃，仿佛神灵附其身，妖附灵魂，眼睛都在喷血。然后才把罐中的酒倒在案头上排成川字的酒碗中，有资格端酒的人才一一上前端起酒，而那位选出来沸油锅中赤手捞铜钱的勇士被簇拥到最前面。由巫师和那三位当事人共同把罐，倒满那只最大的碗。

那位勇士赤裸着上身，画满了鬼符，额头上裹着表示招魂幡的白绫子缎带，双手接过那碗几乎外溢的酒，就在此时，那位巫师在他耳畔反复交代几句。那位勇士一气喝下那满满一大碗烧酒，几乎不能行走，让巫师搀扶着走到了油锅前，一跺脚，仰天大叫一声，伸手入油锅，一阵人肉焦酥的清烟，让所有人都屏住呼吸，科学家也解释不了这种现象。赵城的勇士一把从沸腾的油锅底下抓出一把铜钱，然后仰天倒在锅旁，这时候，只见他突然张开大口，仰天吐出一大口热气腾腾的烧酒。这就是巫师反复交代的,下油锅前无论如何不能吐,下油锅后无论如何都要吐。这样毒气随酒气而出,毒不攻心,人就能活下来了。

从此,直到今天,霍泉水在十条等距离的铁栅栏中流过,其中七孔流出的水被水渠引向赵城,三孔水流到洪洞。可惜,那位为赵城勇捞七枚铜钱的勇士未能留下名字。

这是我几十年前刚当记者时采访写的稿子,被编辑部毫不犹豫地枪毙掉了。但可以看出,在那残酷分水的拼搏中,中国酒文化的演绎。祭祀的酒是神酒,酒只有在敬完天、地、神后才能分而饮之,那叩首的仪式和西周时期的祭酒几乎无二。呜呼,世界上还有哪个国家、哪个民族的文化传统能如此流传,一脉相承?喝酒不谈文化,文化难离喝酒。

镜头摇至革命样板戏《智取威虎山》的剧本。

经过若干次修改,最终确定把戏中人物座山雕的联络副官"一撮毛"改名为"野狼嗥"。据说全中国男人中,叫"一撮毛"的车量斗载,重名了,好叫不好听,故把原来曲波著《林海雪原》中的"一撮毛"改为"野狼嗥"。这个世界上叫"野狼嗥"的恐怕凤毛麟角。再有就是改定唱腔,其中有一句杨子荣在威虎山上唱的:"我一连灌他八大碗,栾平他醉成泥一摊!"后几上几下改为"我一连灌他三大碗"。查曲波原作中确实是灌了栾平八大碗,为什么灌了八大碗才把这个栾副官灌倒呢?曲波的解释是当时的酒都是老百姓自己家酿的一些果子酒,不是什么蒸馏烧酒,酒精含量极低。有人估计大概就是三五度。能喝酒的,酒量大的,八大碗几乎肯定可以灌一个水饱，但不一定能灌醉人。杨子荣山东人，闯荡过江湖，能喝酒，因此八大碗只灌醉了栾平栾副官，杨子荣没事。那为什么要改呢？考虑到是不是把土匪突得太厉害了，观众不明白当时当地酒的情况，把一个土匪连灌八大碗，有突出土匪，长土匪气之嫌，故改为三大碗。

土匪到底是不是能喝酒？顺着曲波的原著看下去，杨子荣打入威虎山是一对八的喝过大酒，但杨子荣并没喝醉，八大金刚特别是座山雕也没喝得醉成一摊泥。这回曲波说得明白，威虎山上喝的酒都是土匪自己酿的野果酒，因此酒劲不大。但不知为什么仿佛给人的印象是土匪个个都能喝大酒。其实座山雕就不太能喝酒，也不喜欢喝酒。东北剿匪时，土匪被解放军剿得鸡飞狗跳的，几天几夜都睡不上一个囫囵觉，吃不上一顿热乎饭，哪儿来的什么烧酒喝？每天喝的都是西北风。写小说搞创作的人可能都受《水浒传》的影响，认为当土匪都是大块吃肉大碗喝酒。土匪没那么多酒文化，也没那么强的战斗力，皆乌合之众。

听一位革命前辈说，能打仗的部队都能喝酒。我问过一句，中国民间有句俗话，酒助戾人胆。那位打过数十仗，真正是负过伤、跨过江、抗过美、援过朝的革命前辈说，那是国民党的部队，咱们解放军是酒助英雄胆。

他说，辽沈战役中他们纵队打得最艰苦最凶也最有功，他们纵队首长酷爱喝酒，以豪饮出名，东野无人不知。每临大战必要喝大酒，只要警卫连一出动打狗，四下买烧酒，肯定部队要打大仗，要打恶仗。

当时他们纵队挡住了廖耀湘十万精锐大军北归沈阳之路，

能不能全歼廖兵团关键在能不能堵住廖耀湘回窜。人家是十万王牌之师，新一军新六军都是响当当的五大主力中的两大主力，全部美械装备。他们纵队刚刚打完锦州，部队连口气也没来得及喘，酒都没顾上喝一口，新兵都没补充一个就拉上去了。纵队首长的一句话胜似战前动员讲一个钟头。仗打赢了，喝烧酒；仗打输了，喝狗屁！那仗打得真叫惨烈，师打残了，团打垮了，营连快打光了。但我们打赢了，围住了廖耀湘兵团，活捉了廖耀湘。打完仗，纵队首长带着一群领导扛着酒坛子到烈士墓前，首长说的话一辈子不能忘：虽说你们在地下，我们在地上，但烧酒得一块儿喝，胜仗得一块儿庆，喝！一碗一碗的纯高粱烧锅酒，将士们滴酒未沾唇，却倒在了黑土地上，让烈士们先喝……

最先攻入沈阳城的东野二纵的部队，开过一次庆功会。团里是用汽车把敌人仓库中的酒拉来的，那真叫管够，让弟兄们大开眼界。即使是自称为酒篓子、酒坛子的老酒徒也没见过那样的酒，有美国酒、法国酒、日本酒，各种啤酒、荷兰汽水，有关内的各种大曲、二曲、特曲，还有东北的各种烧锅酒。五颜六色像等待检阅的万国兵。那是庆功酒、胜利酒，今日不醉更待何日？也奇怪，喝那么多酒就是没人醉，团长倒好像先醉了，他端着玻璃酒杯光激动，说不出话来了。团长想起了战争，想起了阵亡的烈士，想起出关这三年的艰难困苦，啥也不说了，一仰脖底朝天，干了！然后才冒出一句由衷的话：东北全境都解放了，全东北都是我们的了！都是解放区啦！这是多么大的胜利啊。全体将士虽然都喝得七分酒三分醉了，但却不约而同地唱起"解放区的天是晴朗的天，解放区的人民好喜欢……"团长带头，扭起来，一直扭到大街上。

谁说大兵没文化？谁说喝酒莫谈文化，那才是没文化。醉，没留下丝毫痛苦、丝毫遗憾，只有酒香和幸福，那是征服者、战胜者、胜利者的酒后一舞。

酒里日出醉里雨，道是无情却有情

镜头摇至辽宁鞍山郊外"柴员外"的庄园。

柴员外名片头衔不少，且都是实官实职，从董事长、总经理到基金会会长、理事会会长，人很热情、豪爽、直率，没有像鲁迅先生说的"人一阔，脸就变了"。拿起电话来就说，我有几个朋友来了，杀头驴。一共十一个字，一秒钟通话时间，把我吓一跳。杀头猪，吃口现杀现宰的杀猪菜就上好口味了，杀头驴？看着我睁大眼睛，柴总真挚诚恳地笑着说，天上的龙肉，地下的驴肉。咱们自己家庄园养的驴，一天跑两次山坡，喂四次精料，吃全天然青草，喝三次豆浆，柴员外还挺幽默，说人家都说卸磨杀驴，咱们是先君子后小人。我猛然间想起《水浒传》中的柴进柴大官人，柴员外可是柴大官人之后？手中可有"丹书铁券"？但柴员外的宅子、庄园肯定让柴大官人羞愧难言，相形见绌。

吃饭不进餐厅，是在后花园内。

老北京王府讲究"天棚鱼缸石榴树，肥狗师爷胖丫头"。我拿眼量了量柴员外后花园搭的天棚，有一丈八尺高，比当年庆王爷府中的天棚还要高出一尺多。坐在天棚下，清风徐来，鸟语花香。仿佛听见有潺潺流水声，循声而望，但见一尺左右深宽的水渠中清澈透底的水急流而去。阳光下，渠底竟然如铺宝石，五颜六色，七彩缤纷，把渠水映照得光怪陆离。细看方知，竟然全是一瓶一瓶啤酒衔头接尾地躺在水渠底下。柴员外十分自豪地说，这叫"拔"得"瓦凉瓦凉"的，比冰箱里冻出来的自然、润口、不扎嗓子眼。方知，那渠水是专门从地下深井中抽出来的，啤酒在凉水中已经浸泡了两天两夜了，喝酒要喝自然凉。原来如此。

柴员外悠悠然地说："渠中水五颜六色就对了，那是因为有五朵金花，五花争艳，岂能不艳？"看我茫然，他才徐徐道来，"渠中放着国内外的五种名啤，故称五花争艳。想喝哪瓶拎哪瓶，哪瓶对口喝哪瓶。"《水浒传》中的柴大官人没这么牛。

上桌方知，还有外国友人，原来是俄罗斯人，柴员外在符拉迪沃斯托克有买卖，且做得还不小。其中有个俄国人中国话讲得挺溜，一看就是中国通。他自我介绍，中国名字叫艾我中，看我有点儿不太明白，就用东北话解释说，八年前，他起的中国名字叫爱我中华。后来因为有人说四个字是日本人的名字，他就改成三个字了。这洋大个儿挺懂幽默。我调侃他，说你没有日本名字吗？他翻着蓝眼珠子极认真极严肃地说，有，在日本学习期间有一个日本名字。叫什么？我问。他说叫艾我吾太郎。桌上有位朋友说，改为艾我武大郎吧？引起哄然大笑。没想到那个艾我中却摊开双手，耸着肩膀，无奈而坦诚地说："连潘金莲都不爱武大郎，我怎么能去爱呢？"这家伙不可小觑。

喝酒，正题。

我发现"柴员外"的朋友来了不少，王朝马汉，张龙赵虎，都是一方的人物。

柴员外的长项是整啤的。

在北京喝酒，有许多人讲究共同饮前三杯，叫三杯过后尽开颜。柴员外在东北关外，他柴家庄园讲究"三气成仙"，人人面前摆三瓶刚刚从冰冷渠水中拎出来的啤酒，每个人面前不摆啤酒酒杯，所谓"三气成仙"是用啤酒瓶子互相一磕一碰要听响听脆，然后对嘴吹，要求一口气吹到底。连吹三瓶，这才成仙，成仙后再开席。

我试了试，这仙绝对不是一般人能成的，没有几年的硬功夫是练不成的。我只吹了三分之一瓶还不到，噎得我啤酒从口腔鼻子里往外冒。其滋味真如五味瓶打翻，不知该笑该怒该喊该骂。但桌上人人都成了"仙"。

一个腰围绝对不超过二尺一的丝瓜脸据说也是一方"员外"，说当初他们整的时候没人坐着吹，都是站着，每个人脚踩一箱啤酒，把十二瓶吹完再坐下慢慢喝。我有些疑惑，这般细柳小腰，灌水不过半桶恐其肚皮爆矣。实践出真知，这位瘦细员外那天至少喝了整整两箱啤酒，还不算白酒。

吃过一波驴肉方知柴员外的用心良苦，原来当地有一百验不疲的经验：二斤"龙肉"三斤酒。驴肉之所以被称为龙肉，因龙能治水，也能治水做成的酒，因此吃了龙肉酒不醉人，可以放心大胆地喝。

酒过三波，菜过五上，开始斗酒。围绕酒说"本事"。

柴员外庄园酒文化深。

我一瓶没吹，抛砖引玉说一斗酒的老段子。

法国人、俄国人、中国人酒桌上比酒。

法国人说我们法国的波尔多葡萄酒全世界闻名，魅力无穷。说着放一白鼠在桌上，白耗子一开始还吓得匍匐在桌上浑身乱颤，一动不敢动。法国人用小勺喂了它一口波尔多的葡萄酒。没想到，小白鼠一个激灵打了个倒立，然后竟然在桌上，众目睽睽之下跳起芭蕾舞来了，跳得真美，也跳疯了。法国人高兴地说，法国葡萄酒真神奇！

俄国人咧开大嘴无声地笑了，不出声的大笑在顿河两岸是极轻蔑瞧不起的表示。他让一只又小又瘦又弱的小白鼠喝了一口他带来的伏特加。小耗子像还了阳的怪物，先活动活动手脚，小耗子爪左右一捺，爪指之间发出极脆极亮的"噼啪"声，像老式的马克沁重机枪连发，吓了众人一跳。但见小耗子疯狂至极，抢起桌上的餐刀餐叉像古代武士一样拼杀起来，最后一个完美亮相，秀肌肉，两爪一使劲，竟然把一把头号大钢叉窝弯了，把头号不锈钢的大汤勺掰断了。这回，俄国人头往起一昂，放肆地哈哈大笑起来，似乎是一种胜利者、征服者的欢笑。

轮到中国人了。送来的是只病怏怏的小白鼠。中国人并不介意这种"设局"，给病鼠喂了一勺中国白酒，高粱烧。没想到小病老鼠转眼不见了，满桌的洋人都畅怀大笑，中国酒似乎栽了。没想到笑声之中，小病白鼠一身精神一个箭步跳到餐桌上，这一跃足有一米五高，手里还托着一整块板砖，小耗子眼大瞪，耗子须倒立，不仅怒发冲冠，全身的毛发皆倒立如刺，大叫一声："猫那孙子哪儿去了？我一板砖拍了它！"这工夫，有一德国人围在桌边观斗，他带着一条纯种德国黑背狗，身长如虎，头大如斗，对着小病鼠凶凶地低啸一声，没想到一下子激怒了小病鼠，小病鼠二话不说，抡圆了就一拳，只一鼠拳竟把那条德国黑背打得当场满脸花，立马晕过去，四脚抽搐，命在旦夕。

中国人一片喝彩声，再干白的！再吹啤的！

艾我中说，既然是斗酒，我也斗一斗。中国话说得地道，有股飘香的大蒜子味。

说斗酒桌上有位德国人，拿出一瓶纯德国烧酒，绿瓶绿皮连酒都是原液。这个世界上喝过纯绿酒的人不多，据说酒力奇大。当年"泰坦尼克"号上的船长和大副就是因为喝上了这种被译为"绿妖"的德国烧酒，神经被麻醉了，才导致冰海沉船！但大家喝了以后，并未出现"泰坦尼克号现象"。

中国人拿出的是纯粮食烧酒，是经过至少两次蒸馏法酿制的，酒精度都在79度到81度。据说一杯酒下肚，就醉在其中，就会展示中国功夫，闹酒。但大家连干三杯，并未出现李小龙。

俄国人出场了，拿的是瓶毫不起眼的伏特加。包装太不讲究了，像伏尔加河畔农舍中自酿的农家乐。没想到法国人一杯下肚竟然眼含热泪地高声大唱《马赛曲》；美国人一杯落地一个标准的立正，两目圆瞪，高唱《星条旗永不落》；中国人干了，刚放下杯竟然泪流满面，咬牙切齿地说，操他妈小日本的，在我们家乡搞过"三光政策"，有朝一日，非灭了那小丫挺的不可！轮到俄国人，俄国人说，我刚刚吹了一瓶,还有吗?

艾我中真会玩文化。他答应散席后送我们每人一瓶俄罗斯最好的艾达龙牌伏特加。

酒后醉后有文化。

酒足肉饱后,文房四宝摆开。二丈二的红酸枝木大条案上,一字摆开六张安徽宣城老店的纯正宣纸。

柴员外有七八分酒了,醉态却有八九分,摇晃有度,醉而不倒。他出一题目,题词不能离酒、醉、情,题中未有一个字,罚一杯,或吹一瓶;未有两个字加倍。不题不写者自罚白加啤。并放言:席中无戏言。柴员外估计家藏有"丹书铁券",玩得还挺深沉。没想到第一个提笔留字的竟是艾我中,我都怀疑这家伙是不是克格勃?他太精通中国了。中国字写得不好,蜘蛛爬似的,他自解自嘲为蜘蛛体。他写的就是柴员外出的三字题,不同的是中间加两点,韵味就来了。酒·醉·情。那帮"王朝马汉"初入我眼无非都是"帮闲""土豪",没想到拎起酒瓶能吹,提起笔来敢写:"酒醉人,情更醉人";"酒不醉人,情醉人";"醉因酒,情因醉";"情,醉,酒"……

柴员外是东道主,醉眼醺醺地提起笔来,在他出的题词中每字后面加一个"人":"酒人醉人情人"。

柴员外没醉。

酒后闲说下酒菜

中国人喝酒讲究,再穷再窘喝酒也得要碟下酒菜。

喝酒端得是一种奢侈行为,酒从祭坛走向宫殿,走向贵族,终于走向民间,走进底层。酒间有个说法,最不济的人喝酒叫穷喝,穷喝也得有下酒的,手心里攥着一撮盐末,拿手指头沾点儿,吮到嘴里下酒。咸菜头、生辣椒、鬼子姜、臭豆腐下起酒来也是有滋有味,满脸的滋润幸福感,仿佛下酒的是龙肝凤胆、山珍海味。

老北京穷喝的人一般不进酒店,更不敢去饭庄,也没有鲁迅笔下绍兴咸亨酒店那规矩,穷人可以站在柜台前不紧不慢地喝酒,像孔乙己那样。京城有京味,老皇城穷喝酒的是下酒摊、串胡同,蹲着喝酒,像四合院门前的石狮子。没有坐的,也没有站的,蹲着说着笑着喝着。正应了那句俗话:物以类聚,人以群分。喝酒也有酒场的潜规则,走错了人群就犹如羊群中钻出个大骆驼。出酒摊的,担副酒挑,前面是酒桶,上面有一木制平盖,一圈摆着七八个粗白瓷的酒壶,酒是最便宜的大锅烧,一壶二两,只能溢不能亏。后面的那半担就是下酒菜,穷喝也穷讲究,据说都是八旗子弟落魄留下的规矩。也是一个木头盖,上面摆着醋碟大小的四荤四素,都是极便宜别人看不上眼的小菜。四荤：猪头肉、羊脑子、牛肚子、鸡爪子。四素：臭豆腐、炒黄豆、南瓜子、独头蒜。那小担挑看上去不大，像早先的剃头担子，但内容不少，下面还有四干四鲜：四干是铁蚕豆、豆腐干、苦杏仁、花生米；四鲜是芥末堆、白菜心、鲜红的辣椒、苦菜筋。用摆酒摊人的行话说，穷喝不能干喝，再穷不能漏裆。摊摆在胡同口，蹲在那儿喝酒的一般都是一壶酒一碟菜，但都喝得神仙似的。高兴了，褪了汗湿透的破衣衫，昂头对落日，咿咿呀呀，捏着嗓子来一段梅老板的《贵妃醉酒》，周围的酒友嘴里帮打着家伙，唱完，七八个粗壮的喉咙一起喊好。偶尔谁多挣了块儿八毛的，会喜笑颜开的向摊主高高地伸出两个指头，意思是来两碟下酒菜，引得蹲成半圆的酒友们一片啧啧声。

当然北京有名的八大饭庄酒菜摆得"光辉灿烂""万紫千红"一般，让人感到"不知天上宫阙，今夕是何年"。中国的下酒菜又称凉菜，属于开胃菜，先酒后饭，先凉后热。下酒菜一般分四荤四素，又称"四海四山"。讲究山珍海味，四方八邻，五湖四海。"四海"：鲜螺片、熏黄鱼、醉酱蟹、鞭河虾。"四山"：水晶肘花、酱卤牛舌、白水羊头、卤水雏鸭。真让人眼花缭乱，真让人目瞪口呆。讲究、排场、气势、说道。之前还有"八仙献宝"，又称"八素尝鲜"：鲜莲子、鲜马蹄、鲜花菜、鲜香椿；如果不赶季，还有鲜黄瓜、鲜苋菜、鲜莴苣、脆萝卜，摆得也是五颜六色春满园。

第一次直奉战争，直系吴佩孚率军大败张作霖的奉军，一举奠定了直系在中国的统治地位。曹锟乐得曾半夜笑醒。为了庆祝这"伟大"的胜利，他决定在北京中南海请直系参战军队团以上军官"大吃二喝",那是一顿纯粹的大鱼大肉。曹锟认为,天上的神仙不过如此,因为他是受苦人出身。下酒菜不分凉热,曹锟亲定,八大盘:红烧大肘子、红焖大块牛肉;红烧大鲤鱼,个个都是二尺多长四斤以上;清蒸大肥鸭、清蒸四喜大丸子、红烧驼峰、保定曹家酒楼出的烧鸡,最后是一尺八寸大盘的红烧海参;酒是陈年原浆的衡水老白干儿。那酒宴吃得真可谓山呼海啸,热火朝天。中南海设宴再凶猛也不过"曹三傻子"。

张作霖也曾在中南海请段祺瑞吃饭。事先曾派人问段想吃哪口菜,段答复:张大帅爱吃哪口就吃哪口,客随主便。段骨子里瞧不起张,认为张不过是"胡子",请吃饭无非是大鱼大肉。也有谋士称,如张大帅以徽菜迎请段合肥,说明张的政治态度。段祺瑞万万没想到,"胡子"出身的张作霖摆的下酒菜竟然那么简单,那么素净,那么平民,让段祺瑞好生感慨。据云:我们大帅正喜欢素下酒,荤下饭。但前人没有留下张作霖下的下酒菜单子,后人也只能根据段祺瑞的感慨猜测了。

北洋政府时期曾出了位"三不知将军",不知自己有多少兵,不知自己有多少钱,不知自己有多少姨太太。他就是曾经做过山东省主席的张宗昌。但张宗昌知道自己是中国人,他曾经对日本人吼过一句豪言壮语:"老子是张宗昌,不是张邦昌!"日本人在山东想攫取更多的利益,就请张宗昌吃饭,下酒菜就是生鱼片。日本人为给张宗昌个下马威,就在生鱼片上加倍拌了很多日本芥末。张宗昌没吃过,辣得鼻涕眼泪一起流,又打喷嚏又咳嗽,洋相出得让每个在场的中国人都十分尴尬,日本人都得意地哈哈大笑。张宗昌气得当场直骂娘,也不知道他是骂自己的娘还是骂日本人的娘。

张宗昌决定回请日本人。日本人来了,按中国规矩先上下酒菜,一共上四大凉盘,都是一尺八的海盘。第一盘是满满的,似活似爬的五香七色大土鳖;第二盘是冷冻又肥又大、全须全眼的大蝎子;第三盘好像个个活、个个正在蠕动的大蝉蛹;第四盘是堆成一座山丘状的花蚂蚁。日本领事一看,竟然发出一声哀号,抽过去了。原来张宗昌手下的密探侦察出来这位日本领事自幼最怕昆虫,比见狮子老虎都怕。张宗昌放声大笑,说这才上了几盘下酒菜都把日本人吓抽抽了?这点儿屁胆还和我张宗昌喝酒?

又说到了孔乙己的下酒菜。不过是小碟碟里放着几颗茴香豆,但孔乙己下起酒亦其乐无穷,多乎哉?不多也!鲁迅不但爱抽烟,也甚爱喝酒,酒量不大。其兄弟周作人也好这一口,每餐坐下,总要杯中有物。鲁迅文集中似乎没有留下他用何物下酒,周作人下酒菜倒极有特色,是"四臭"下酒,估计一般人难得享受:臭苋菜、臭豆腐、臭冬瓜、臭卤菜。四臭上桌,一般人真受不了。我曾在绍兴街头"遭遇"过绍兴臭豆腐,其猛烈和熏人度远远超过北京王致和的臭豆腐,美其名曰:香飘十里。

周瘦鹃,公认的文学大家亦美食大家。周先生爱吃亦爱喝,讲究吃亦讲究喝,地道苏州人,讲究下酒菜。不奢华,但追求雅致高尚,口味品格。他夫人范凤君亦烹饪高手,几样下酒小菜顷刻上桌。一碗咸肉炖鲜肉、一盘竹笋片炒鸡蛋、一碟肉馅鲫鱼、一盅笋丁炒蚕豆,好香又好下酒。周瘦鹃有一美食理论：不懂得吃的人"吃饭店"，懂得吃的人是"吃厨师"。周先生嘴认厨师，厨师端上来的菜是炒虾仁、炒腰花、炒鳝丝、炒蟹粉、炒塘鲤鱼片，讲究下酒要十三炒。

陆文夫号称中国作家中的著名美食家，陆文夫先生自幼在家乡就能喝两口酒，其酒量当和郁达夫有一比。陆先生半辈子艰难，却未见陆先生放下这杯中之物。陆文夫自1958年被打成右派后，于世界不馋，于酒馋。有一次挑河泥强劳动，一整天下来，浑身的骨头都要散架了，但一想到烧酒竟然平添了许多力量，摸黑到小镇上，敲开店门，打半斤白酒，幸哉，店中还有兔肉可售，陆先生喜出望外，想不到竟有荤菜下酒，把四两冷兔肉放在口袋里，亦步亦趋，一口酒一口肉，其行色匆匆，但其神色乐陶陶矣。

陆文夫还曾偷喝酒，因为是右派，恐怕别人看见，就在面条里倒进二两白酒，以面条下酒。试看前后，以面条做下酒菜的恐怕唯陆文夫是也。

张贤亮也有过这样的光景。张贤亮先生偶得一小瓶的酒，苦于无下酒菜。无酒不成席，无菜不下酒。张贤亮酒量不如陆文夫，性急之中，上天赐一冻土豆，张喜出望外，用袖子擦干净，一边啃着又冻又硬的生土豆，一边喝着热辣辣的烧酒，心中也美哉！以冻得发黑的生土豆做下酒菜，且能喝得优哉乐哉，天下恐唯张贤亮也。

我曾认得一位屠夫，经他手宰杀的猪羊牛无数，据他说，被他宰杀的骆驼就有几百峰。屠夫入户杀猪宰羊是要被招待喝酒吃饭的，这位"双手沾满牲畜鲜血"的职业屠夫规矩也大，点的四样下酒菜竟然全素，白菜心、萝卜皮、土豆丝、黄瓜条，绝不沾星点儿荤。屠宰界称之为"吃孝",是为告诉经他手而亡的生灵们,他是因生活所迫,为生计所逼而提刀为业。"吃孝"是为了表达一种歉疚的心情。原来下酒菜里有文章。

中国人喝酒的历史长矣,但记载下酒菜的不多。《史记》中司马迁先生笔下的鸿门宴中有记载,可能是最早的吧。樊哙闯进鸿门宴,项羽先"赐之卮酒",又"赐之彘肩",下酒菜是一只猪腿。

其实下酒菜亦非有菜。

京剧评论大家齐如山在剧场听戏,有酒却无下酒之物,齐如山先生听到好处,高送一声好!端杯而饮,以戏佐酒。

以文佐酒的多矣。看到妙处,拍案叫绝,端杯饮酒,别有情趣,别有境界。但现在这种读书人太少了。

中国最有才也是最倒霉的皇帝宋徽宗,焚香听琴饮酒,细听慢品,琴到好处,酒恰到好处。宋大书法家米襄阳更怪,他是对着怪石奇石饮酒,观赏得其乐无穷,如醉如痴,让人不知道米芾是石醉其人乎,还是酒醉其人乎?齐白石先生也有此好,看着鱼儿游、虾儿游、鸟儿飞、虫儿爬,高兴得连斟连饮。王羲之先生的《兰亭序》真迹已被带入唐太宗昭陵之中,世界上现存最权威的五大摹本之一是《褚本》。据说这位唐代大书法家褚遂良从不醉酒,如若酒醉,必然是欣赏《兰亭序》所致。看得入神之后,酒不醉人人自醉。

我还见到过以惊险佐酒的。

三峡的西陵口两岸壁立千仞,不知哪位有商业头脑的"冒险家"在此修了一个五六十米高的蹦极,从四五十层高的大楼上头朝下栽下来,直到水面又重重地弹回去,栽蹦极的人有多刺激不得而知，看的人可谓心惊胆战。在其对面隔峡而建一家酒店，其名曰"放翁酒家"，引得酒客醉翁爆满，其中临江望蹦极的酒座尤其红火，原来酒客皆把酒望险，尤其看到披长发少女，一个筋斗翻下几十米深涧，不禁倒吸一口冷气，弹指之间又反弹起来，有惊无险，有惊才美，干杯，劝酒之声此起彼落，别是一道风景线。

老北京还有以洗佐酒的。澡堂子里，水包皮，烫澡烫得如同刚出笼的对虾，这时会有一小碟，上有几个小酒盅和一小酒壶，碟随水走，漂到谁面前，谁就小酌一杯，也甚惬意。人生不过如此！

当然也有三国张飞那样的怪人，阵前是以兵士相扑为下酒菜，令两粗壮士卒又摔又打，看得高兴，哈哈大笑，饱饮一大盅。

北齐时候出了个暴君高洋，他最好的下酒菜是把俘虏、犯人在酒席宴前活生生地肢解，被害人越哀号、越痛苦、越惨烈，他酒喝得越顺快、越心悦、越有兴致。当然也不是高洋一个人有此下酒恶好，唐朝三大酷吏周兴、来俊臣、索元礼之残忍更甚，他们饮酒之时必给冤案之人动大刑，其状惨不忍睹，正常人会吓得魂飞魄散，大小便失控。但酷吏们却酒兴愈浓，以此下酒，甚至以此显示品酒风格。

有史可查，绍兴曾出一名辛亥革命的烈士徐锡麟，为推翻清朝统治，其死极其悲壮。他刺杀了安徽巡抚恩铭，被捕后除了被刽子手用大铁锤生生击碎睾丸外，被救醒后，还当堂大开膛，从胸中取出还在跳动的心脏，做恩铭手下的下酒菜……

人心做下酒菜，悲乎哀哉！

醉里挑灯谈酒

甲

套用了辛弃疾《破阵子·为陈同甫赋壮词以寄之》中"醉里挑灯看剑,梦回吹角连营",那就该先挑灯谈辛爷,谈谈辛爷豪饮一醉的事。

辛弃疾是山东汉子,生在北宋活在南宋,那个时期的铁血汉子不多,奴颜婢膝患软骨病恐金病的人不少,缺少男子汉缺少铁血大丈夫。辛弃疾算是一条热血男儿汉子,宁愿站着死,不愿跪着生。烈酒一饮,喷腔而出,生不逢时,劈手难斩小楼兰。

辛爷是跃马横刀提刃杀贼的英雄,又是豪气万丈的文人,南宋文坛中流砥柱苏辛豪放词派的扛鼎之人。处在金宋乱世,怀才不遇,有报国之志,无报国之门;空有一番抱负,空有一腔热血;醉里挑灯看剑,把栏杆拍遍,无人会,可怜白发生。

辛爷好酒,酒能冲血,酒能壮怀,酒能抒情,酒滴在剑锋上如泪沾襟。辛爷喜酒贪杯,借酒抒情,跺颤地,指破天。生死置之度外,提刀血刃,挥笔成词,滴酒不沾的有,不多。

辛爷虽好酒喜酒,但酒量不大,常常饮酒必醉。有时候喝酒不为品酒，不因酒而醉，所谓醉翁之意不在酒也。辛爷喝酒目的也单纯，为醉，醉倒为目的。你们不让我指点江山，激扬文字；你们不让人提刀陷阵，"短刀穿虏阵，溅血貂裘涴"，罢、罢，酒中自有雄兵列甲。醉眼乾坤，大千世界。辛爷懂得醉里有生活，正如他一首小词《西江月》竟能把人在醉态中的癫狂勾勒得惟妙惟肖，不禁让人拍手叫绝。

醉里且贪欢笑，要愁那得工夫！近来始觉古人书，信著全无是处。

昨夜松边醉倒，问松我醉何如？只疑松动要来扶，以手推松曰去！

辛爷真是醉了，他醉在酒里，却让后人醉在词里，醉在景里，醉在诗情画意里。

笑吾庐，门掩草，径封苔。未应两手无用，要把蟹螯杯。说剑论诗余事，醉舞狂歌欲倒，老子颇堪哀。白发宁有种？醒时栽！

天下不平何至于此？让人一腔热血空自沸腾，醉里狂歌，醉眼抛泪，醉语问天？醉了也罢！

辛爷踉踉跄跄奔到江边，那滚滚的江水在辛爷眼中就是滔滔的英雄血。

落日楼头，断鸿声里，江南游子。把吴钩看了，栏杆拍遍，无人会，登临意。

辛爷仰天大吼一声，一道白光，竟然把身佩的长剑抛到江中，众人搀扶之，皆曰：稼轩醉矣，稼轩醉矣！忽有天声喝之：辛爷没醉，尔等皆醉，辛爷独醒哉！

乙

中国人喝酒的历史，几乎和人类的文明史一样漫长。

公元前21世纪，夏王朝的王臣就开始用酒祭天地敬神灵醉君王。那时普天之下，能以酒醉人的，只有大巫师和夏王朝的君王，即使国君更迭了，夏王朝的制度也没改。没人有资格醉酒，醉酒几乎等于僭越，刑上要砍头的！谁敢醉？醉是一种级别、规格、等次、待遇，大巫师喝醉以后，方能有神灵附身，方能和天神对话，领会天上神灵的意志，得以把神灵的意志传达给君王。君王喝醉了是表示神灵之伟大不凡，让掌管天下的王魂不守舍，飘飘然，昏昏然，以示天下君王是天地间唯一的天子。即使是天子，也不是任何场合都能喝醉的，须敬天地、祭鬼神时，有大巫师在场方能一醉。

到了商纣王时期，这位中国历史上有名的昏君，却曾被毛泽东称之为"能文能武，很有本事"。其成为中国历史上著名昏君的一条罪是荒淫无度，侈奢无度，建酒池肉林，终日大吃大喝，和佞臣美女喝醉得昏天黑地。其实，无怪乎毛泽东为其"翻案"。商纣王一国之君，没必要"显阔"。商纣王被称之为昏庸的一个原因是其不讲规则，不循规遵礼，不按部就班，不守君臣之礼。国家之大，财富之多，岂不够君王大吃大喝的？商纣王的"小辫子"是离经叛道，不要礼仪不要规矩。要醉就臣下美女一块儿醉，要喝就臣下美女一块儿喝，不必遵循什么规章制度，想什么时候喝就什么时候喝，想醉到什么程度就醉到什么程度。喝酒敬酒在夏、商乃至以后的周、春秋，都有很严格的一整套规定，衣必着何服，酒必举几高；先敬谁后敬谁；如何下跪，如何举爵，如何唱喏；如何示天，如何敬神，口张多大，酒在爵中怎样饮……一丝一毫一个细节都不能少，都不能错，都不能乱。商纣王要"革命"，不要这些繁规诫令，不要这些条条框框。他要解放个性，既然喝酒就君臣一块儿喝，一块儿醉；既然是喝酒就要彻底放松，何必衣冠楚楚？何必战战兢兢？何必拘于礼节？怡然悦然就行。商纣王的这一举动，是对封建礼教的反动，卫道士们岂能容他？戴上高帽子挂上黑牌子亦在情理之中。但中国人喝酒，使酒走出王门，走下神坛，商纣王是拓荒者，像盗火的普罗米修斯，被啐一脸脏痰，是封建特色。

酒也，醉也，皆出自文字记载，最早出自甲骨文，出自青铜器上的铭文。中国国宝，国之重器，一级国家文物，其名为大盂鼎，乃周康王二十三年铸造，内有十九行铭文，分三段，共两百九十一个字。是周康王嘉奖一位叫盂的贵族的，盂为了感激周康王，遂铸此鼎以昭示子孙。细看其铸鼎铭文，其详细记载了周康王的嘉奖：第一宗就是香酒，乃最重要的赏赐，排在礼服、车马以及一千七百二十六个奴隶之前。可见酒在当时的地位和重要性，赏赐酒当是一种至高无上的嘉奖。但最早中国酒的实物何在？这是中国酒文化中一个久未被破解的题目。非常遗憾，我们很可能再也看不到商纣王时期的"琼浆玉液"了，这是一个历史的遗憾。

1971年，河北省石家庄市平山县三汲乡在发掘战国时期一座古墓时，从出土的青铜器上的铭文确定，此墓乃春秋战国时期中山国第五代国君错的陵墓。在出土的青铜器中，有一硕大的青铜器，经专家鉴定乃是酒器，称"青铜圆壶"，上有铭文二百零四个字。据述它是错的专用酒器。考古专家搬起来一摇晃，感到壶中有液体晃动，感觉很明显，几位考古专家皆判断其中肯定有液体，但奇怪的是此墓并未被盗，亦未渗水，更未遭过水淹，墓室里很干燥，那么壶中的液体应该是当年下葬时灌进壶中的，古人崇尚视死如生，如是，可能是水，但更可能是酒，错嗜酒。但当时青铜圆壶的壶盖被锈住了，打不开。他们就把这个宝贝搬到他们的考古临时驻地，就在三汲乡附近的农村农舍中。那时候条件有限，在农家炕头上，专家们终于打开了锈住的壶盖，立时酒香扑鼻，香气满屋。所有的人都惊呆了，谁能相信？谁敢相信？这飘逸绕梁的酒香是来自两千六百年前酿造的酒？令人不可思议。这该是人类智慧的佐证，这该是人类文明的实证。他们赶快找来一个有瓶塞的玻璃瓶，把青铜圆壶中两千六百年前的酒倒出来。我看那酒的颜色不是清的，也不是浊白的，而是像褐黄色又略带些黑色。这可是宝贝，是中国乃至世界酿造史上的里程碑。这酒最后鉴定得如何我不得而知。科学鉴定以科学为依据。但那时，中山国酿造技术的发展水平已远远超出了我们的想象。错不但是一国之君，而且还喜欢喝酒，可能酒量还不小。更重要的，错还是一位了不起的科学家。在他的墓里出土了一块刻着诏书的青铜板，经专家考证，这正是中山国国王错下发的，是直接下发给他的宰相帮的，让帮按照他诏书上的比例去营建他的陵墓。诏书上不但有图，且有比例尺，是按 1∶500 绘制的。陵墓分五座，中间最大最宏伟的当然是中山王错的，两边是皇后，再两边是夫人。在这之前中国发现的西晋裴秀作的比例尺图已经让国内外专家张大了嘴，这次错的更让他们不知所措，难以相信。最值得称道的是这位王爷死时并没有让美人活活陪葬，这和周幽王不同——周幽王就是那位"烽火戏诸侯"的东周末代国王，竟让一百多位青年女子活活给他陪葬，真乃死有余辜！而错的陪葬只有佳酿。幸亏这位中山国王有此嗜好，才未在其陵墓中给我们留下一具具殉葬的白骨，留下的是两千六百多年前的美酒！

丙

"瓦罐不离井口破，大将难免阵前亡。"这话讲得悲凉沉重了。

民间有俚语：常在河边走，怎能不湿鞋？在这个世界上，古往今来，能喝酒爱喝酒却从来没有喝醉过的人，没有！铁嘴钢牙说自己从来都没醉过的人，正沉醉在酒醉之中。

但大千世界无奇不有，中国历史上或许还真有过很能喝酒，却一辈子从未喝醉过的人，这可不是一般人，是曾被称为"天不生仲尼，万古如长夜"的孔子，是孔夫子先生。

孔夫子先生的酒量有多大？能饮酒百觚也！先秦时代的觚在历史博物馆中已不少见，青铜酒器也！一觚大约相当于我们现在的一啤酒杯。保守地说，大约相当于我们民间酒器二两的杯子。孔子能饮百觚，那应为二十斤。公元前6世纪的酿酒技术还处在初级阶段，据专家考证酒精度应在8到12度，大致相当于白葡萄酒。能连饮一百杯斟满啤酒杯的白葡萄酒的人，可谓之海量，孔夫子先生是也！明朝的一位达人袁宏道先生就恭恭敬敬地称孔子为"饮宗"，宗，祖宗也。敬孔子为饮酒的宗师祖爷。

但孔子饮酒有度，从未喝醉过。这也是孔子为"饮宗"之由。孔子重礼，绝不会也不能越礼而为。其实"饮酒"亦春秋之礼。孔子习礼，对饮酒亦十分讲礼仪，礼仪不到不饮，礼仪过度亦不饮，能在饮酒中准确把握度的人非孔夫子先生莫有。孔子所言实在中听："人心所欲，不逾矩！"即使是饮酒的酒器亦有礼制。不到位不饮，更不能越位而醉。孔子曰："觚不觚，觚哉！觚哉！"随便拿个碗、罐、杯的是不能饮酒的，"言不得为觚也"。

先秦时代，酒最早是祭天、祭神的"神水"，饮"神水"是身份、地位、待遇的标志。不是谁端起来就能喝的。喝错了，一口酒是要换一颗人头甚至一个家族的，神圣得近乎法律。一国一朝之君，不能不饮酒，不能不会饮酒，不爱饮酒。不饮、不会、不爱便要学会，要登基为君，不遥拜天神如何？那三拜三饮三爵酒是要爵底朝天，向神灵表示敬意诚心的，江山永驻和神灵降福皆倾注在手中的一爵酒上。朝中大臣和国中百姓视国之君王饮酒犹如国王纳妾，天之理也！国之礼也！在先秦那个年代乃至封建王朝中的帝王，要是滴酒不沾，沾沾就过敏，恐怕臣子国人都会惴惴不安。

酒走下神坛，也经历了一个漫长的历史过程。外国的洋酒如何不是？葡萄酒最早是诞生在修道院，一开始是服务于修道院的，向神忏悔的信徒要在主的面前饮葡萄酒，那是忏悔邪恶悔过从善的自责，也是主对他宽恕和听其言观其行的恩赐。渐渐地，葡萄酒开始走下神坛，走出修道院，走向人间，走近凡人……所不同的是中国白酒走得更远，走得更壮烈、更血气。中国人每临大阵，每临生死攸关的关节总要大碗斟酒，一饮而尽，摔碎酒碗，以断魂壮行。那悲烈那壮穆，那慷慨那激昂，催人泪下。即使是临到九泉之边的判刑人，仍要有三碗断魂酒。当年戊戌变法失败，谭嗣同死得何等壮烈、辉煌，死得何等光明磊落，顶天立地。谭爷的名言足以光耀千秋：

各国变法无不从流血而成，今中国未闻有因变法而流血者，此国之不昌者也。有之，请从嗣同始。

即使是钦犯罪再重，催命炮再响，也要让谭爷饮了那满满的三大碗酒，刽子手两手高捧，祭天祭地祭神，端着让谭爷一饮而尽。三碗上路酒，碗碗见底，白瓷白沿白底的大碗，高高举起，脆亮亮地摔碎，一声悲凉："黄泉路上走好……"

法国葡萄酒可没这么悲壮、血腥、玩命。当年从修道院出来的"老酒"是1760年酿的。天字第一号的，当时此酒还是无品无牌，谁买下算谁的。就像美国人只花一千五百万美元就买下阿拉斯加这么一大片看都看不到边，走都走不到沿的国土，买下了就是美国的了。当时有两位名人张手要买，都是朝野显贵，都是国之大家。一位是当年法国国王路易十五的堂兄弟，富可敌国，权倾朝野，康帝亲王也；另一位也不是好惹的，财大气粗，让路易十五站着，国王就不便坐下，石榴裙下有江山，蓬巴杜夫人也，路易十五的情妇，当时两人正甜蜜得如胶似漆。最后还是亲王名正言顺，财大气粗，用高于周围酒庄十倍的天价买下来，从此诞生了罗曼尼·康帝酒庄。现在"玩"得成了全球的"爷"，号称罗曼尼·康帝是百万富翁喝的酒，但只有亿万富翁才能喝到。在法国葡萄酒中号称"王中之王"。而蓬巴杜夫人岂可小觑？是可忍，孰不可忍！她从此不再喝勃艮第的葡萄酒，因为罗曼尼·康帝酒产自法国勃艮第。她一手捧红了产自波尔多的拉菲酒，宫里宫外，只要她出席，只要有路易十五国王出席，必须上拉菲酒。拉菲酒红了，从皇宫又走向民间，竟然一路张扬显赫地走进中国。但那些葡萄酒香，酒甜，却总隐隐有一种宫廷的浪漫，喝着你能喝出舒伯特的《小夜曲》。中国白酒刚烈如火，壮烈如血。喝着，迎着关外塞上的朔风喝，能喝出《大刀进行曲》来……

丁

秦始皇千古一帝，荡平关中，横扫六国，其势如摧枯拉朽，雷霆万钧。秦始皇十数年便得天下，四海归一，得益于酒，绝非危言耸听。始皇帝会用酒，他知道酒的魅力、魔力，深知酒的战斗力。有咸阳兵马俑为证。

历史地看，当时偏居一隅的秦帝国无论是从文化、生产力、人力资源、土地资源，都远远不及关中六国。关中六国，行礼仪之规时，秦王国才像刚刚睡醒的年轻后生，土里土气，与关中文明、文化、发展格格不入。关中六国送其称号为"戎"，不但政治上是边缘化的"西戎国"，而且地域也是边缘化的少数民族地区，文化、经济更落后，不入关中六国之眼，不入关中六国之列，有谁能正眼端看刚刚从黄河上游贺兰山下走出来的西戎之国呢？但秦经商鞅变法之后，"尚武"精神由国家的一系列奖励政策固定下来，靠政策推动"尚武"，是商鞅发布的"中央一号文件"。秦国的平头百姓，包括在册的奴隶，要想翻身求解放，要想发家致富，要想出人头地，出路只有一条，简单、实用、可靠——当兵杀敌。军官更是如此，提级升迁，不是靠跑官要官，是靠杀敌立功，官阶有路，路在脚下。靠杀敌溅起的鲜血，可以染红头上的"顶子"。

秦当时由商鞅定下二十级爵位，实际上就是我们今天的军衔制。秦制定规：杀敌一人凭首级即可晋爵一级，奖宅院一处，仆人数名。如杀敌两名，父母为奴的立即免，获取爵位可以世袭。秦国的农民甚至包括奴隶都可以一夜暴富，一夜晋爵，世代相袭。这不是神话。在秦国竟出现父母送儿、妻子送郎上战场的现象，百姓纷纷赤膊滴血要求参军入伍。

秦始皇不愧治国之王，他军队的后面不光是粮车，首先是酒车。杀敌之前，两军阵上，秦军士兵个个畅饮。厮杀前的壮行酒，战鼓隆隆敲得越响，喝酒干杯的频率越快，直喝得六七分醉，眼里喷血，看对面的敌人犹如看礼物，犹如看见爵位，看见父老妻子的重托，恨不能一步上前将敌斩首，提首级得胜回营，受奖受爵。因此即使是在天寒地冻的隆冬，上阵的秦兵在冲锋前都自觉地纷纷去掉头盔，铠甲，甚至脱掉战靴，高度的烧酒燃烧在他们胸腔，他们要拼命，要杀戮，要溅血，要割首，酒的魔力让他们把眼前的敌人看成一群等待宰杀的绵羊。他们害怕落在同伴后面，怕跑不快，怕冲锋落后，杀不上敌人。有的甚至几乎裸体，只掌着武器嗷嗷大叫。用老子的话说叫："入军不披甲兵。"这样的军队是无敌的军队。秦军的阵前酒让士兵忘记了恐惧，忘记了血腥，忘记了寒冷饥饿，忘记了一切不平、不满，甚至忘记了纪律，为夺取一个敌兵的首级，两名秦兵也能瞪着血红的醉眼刀枪相对，玩命。烧酒，热血，杀敌，立功，这天地之间还有什么？秦国的酿酒工艺和作坊在先秦时期是先进的，产量是巨大的。六国悲矣，差就差在喝酒上，关中六国是君王喝，大夫喝，有权有势有钱的喝，文人骚客喝，临阵拼命的士兵只能舔着一圈干燥、暴起卷皮的嘴唇，企盼天下能下点儿雨点子，滋润滋润他们干得冒火的嘴唇和火燥燥的心灵。请问将军能不能给兵士们点儿烧酒喝？得到的回答像青石板一样无情，只有血，焉有酒？军败定矣！

戊

开国皇帝中刘邦算是酒量大，能喝酒也爱喝酒的。他的后辈东汉开国皇帝刘秀是中国历史上唯一一位上马能杀敌，下马能安邦，却不喝酒的皇帝。刘秀为什么不喝酒？他起事之前也喝酒爱酒，后来却忌酒，不再喝酒。其因待考。

刘邦是中国历史上第一个平民皇帝，被称为"流氓""无赖"，喜好两样"东西"，一好喝酒，二好女人。刘邦举事前有些赖，喝酒是赊酒，喝醉后随地醉卧。但刘邦起义也得益于酒。

《高祖本纪》中说："高祖被酒"。"被酒"是喝酒喝高了，但尚未深醉，正是酒盖脸，酒壮胆之时：

……夜经泽中，令一人行前。行前者还报曰："前者大蛇当径，愿还。"高祖醉，曰："壮士行，何畏！"乃前，拔剑击斩蛇。蛇遂分为两，径开。行数里，醉，因卧。

要不是喝了大酒，刘邦早被大蛇吓退回去，早被秦法斩首，哪儿还有什么大汉王朝？

刘邦刚掌事时，占领了现在的河南省陈留县，此县有一狂生，六十岁了仍然癫狂不已，视天下为己任——郦食其也！西汉初年的名士！郦去见刘邦，刘邦已是拥兵万余的军阀了，正坐在床上，叉开两腿让两个年轻女人给洗足。一听说是文人求见，心中甚烦，他认为今后的命运何如是当务之急，哪儿有闲心思去见酸文人？刘邦那时也真够赖的，竟然拿文人的帽子撒尿，不愧为流氓。不见！哪儿知门外之徒果然狂傲，大声斥责门卫，说你给老子滚进去禀报，就说是高阳酒徒求见，这小子还想不想要江山啦？仿佛天下就装在高阳酒徒兜里，取江山不过如探囊取物，易耳！刘邦一听是高阳酒徒，又问能喝酒吗？一个酒字把两个酒徒一下子拉近了，酒徒见酒徒，何来咬文嚼字？刘邦急让洗脚女撤走，和高阳酒徒促膝长谈，当然忘不了喝酒，长饮。

和刘邦争天下的项羽也谓酒徒，但酒量不行，历史上最著名的鸿门宴，酒宴未开，项羽似乎就高了，似乎一直处在酒醉之中，懵懵懂懂，糊糊涂涂，当断不断，竟然怜悯之心徒升，被刘邦儿戏的假扮可怜所迷惑，把事先和范增定好的除刘大事抛在了脑后，甚至把自己在汉营中的卧底——刘邦军中的左司马曹无伤轻易出卖给了刘邦。曹无伤死得冤枉！鸿门宴没有记述项羽喝了多少酒，我怀疑项羽一直沉醉在酒醉之中，还没在夺取咸阳的胜利酒中醒过盹儿来呢。鸿门宴上的半醉半醒就决定了他霸王别姬、自刎乌江是必然的，当醉不醉该杀，不当醉沉醉必亡！

刘邦不易，"抗战"八年，终立大汉。庆功酒几乎天天喝，夜夜喝，未曾发现汉皇帝酩酊大醉，不省人事的。刘邦好酒量，有《史记》为证。

高帝十二年，公元前195年，刘邦大败黥布，挟胜之威，回到老家沛县，距他起义屈指已然十五个春秋了，刘邦广召乡亲布恩布威，畅谈共饮，竟一连畅饮了十几天。"悉召故人父老子弟纵酒。"纵酒，即放开喝，想喝多少喝多少，能喝多少喝多少，没有任何节制。喝皇帝的御酒，何乐不醉？

但刘邦没醉。乡亲们听说刘邦要走，又空城相送，献上酒肉，乡亲之情真挚感人。刘邦虽然是在血与火中滚爬出来的，但人非铁石，孰能无情？又在沛县城西设帐畅饮三天。要说刘邦喝得有些高了，也可能，司马迁写得生动：

酒酣，高祖击筑，自为歌诗曰："大风起兮云飞扬，威加海内兮归故乡，安得猛士兮守四方？"令儿皆和习之。高祖乃起舞，慷慨伤怀，泣数行下。

汉高祖刘邦是真醉了。

皇帝中喝酒最能喝出花样，喝出"幺蛾子"的当数明朝正德皇帝朱厚照。正德皇帝根红苗壮，可谓真龙天子。他是明朝第十个皇帝，在明朝十六个皇帝中，他是唯一一个由正宫娘娘生的皇太子。从小就是由着性子来，真正的我行我素，天地之间我唯大，想干什么干什么，想怎么干就怎么干，那才叫和尚打伞，无法无天。喝酒亦然。高兴了拉个大臣太监喝，这位皇帝爷酒量特别大，史书上没有记载是天生的还是后天改造的，大酒樽一连喝十樽八樽的没一点儿事。朱厚照的酒风还是比较正的，从来不以皇帝欺人，更不弄虚作假，自己不喝假喝少喝，灌着别人喝。朱厚照是以身作则，要求别人做到的自己必须身先士卒，喝酒绝不偷奸耍滑玩阴的。而且一碰一杯，皇帝先饮，饮必喝干，喝完再斟，绝不少倒。皇帝都这么喝，臣下太监焉敢不真喝？陪酒的大臣太监受不了，个个喝得东倒西歪，昏天黑地，就差把苦胆吐出来。正德年间，宫里宫外都知道陪皇帝喝酒是件苦差事。奇怪的是所有的人都喝倒了，喝醉了，喝糊涂了，喝得酒精中毒了，唯独朱厚照一点儿事没有，正喝在兴头上。

正德十四年六月十五日，朝廷得报，南昌宁王朱宸濠叛乱。谁也没想到地方动乱的十万火急的朝报让朱厚照大喜若狂，这位皇帝爷正憋着劲儿要去南方开开心心大耍一通呢，这下真好，正中下怀，想睡觉就有人递枕头。朱厚照别出心裁地自封为征讨大将军，御驾亲征，谁也劝不了，谁也挡不住。师出有名，起兵平叛，事关国家安宁，国运长久，皇帝爷亲征，正名昭昭，大气凛然。王师南下浩浩荡荡，金鼓亮旗，威武雄壮。谁知道才二十多天工夫，朝廷又报，南昌叛乱已平，宁王已擒，地方安定，王师即可班师回朝。正德皇帝好生郁闷，老大不高兴。正德皇帝真恨宁王朱宸濠这么不争气，这么不经打，才坚持了二十多天？反叛也没积攒下点儿实力兵力？真乃纸老虎，一斗即垮。这下连出师之名都没有了，多大的扫兴。

但皇帝爷有主意，把朝廷的快报压住，只当没看见，只当宁王还在造反，只当平叛战正烽火连天，大军接原定方案继续前进。走到保定府，保定的巡抚叫伍符，也是天下一怪人，不知怎么当上的巡抚，也嗜酒，也酒量极大，喝遍保定府官场无对手。正德皇帝也正兴致勃勃，酒席伺候，席间杯来盏去，渐渐喝出点儿头绪来，原来棋逢对手。当然是巡抚先敬正德皇帝，三杯三杯地敬，不停地敬，越敬皇帝爷越高兴，可算碰上一个相对干杯的高手了。索性小杯换大杯，金杯换玉盏。喝到兴头上，正德皇帝看伍巡抚确实能喝，一杯对一杯的还真难灌趴下他，就提议划拳喝。自古中国皇帝喝大酒的不少，划拳的只朱厚照也！说好规矩，伸手就划。在喝酒上正德皇帝确实没有丝毫架子，平起平坐，酒友也！这也真难得。正德皇帝没想到伍巡抚竟然也是划拳高手。一来二去，伸拳猜枚，周围的大臣太监都急了一身汗。朱厚照又输了，且输了两大壶酒。伍巡抚酒盖着脸，硬是看着皇帝爷端着酒壶喝干了输的两壶酒。

朱厚照心不甘，渐渐有些急了，酒也攻心了，非赢几把博回皇帝的面子不可。划拳赢不了，改抓阄，一把决胜负。谁知道伍巡抚竟然是位老千高手，这小子每抓必赢，把把都赢。酒场讲究酒不下肚，拳不上路，又加上皇帝爷酒风正，每输必喝，这下可把朱厚照灌得够呛，他身边的人看得清楚，万岁爷从来没喝成这个样样儿。这时候跟随皇帝爷出征的一位御前将军机灵，假装自己喝醉了，失礼了，一头撞倒伍符，在伍巡抚的耳边低声说，你该输了，再不输……后面的话咽下去，再不输酒就输头。伍符心中这才明白，他并不傻，他是理解错了，他看皇帝周围的人个个向他使眼色，挤眉弄眼，他还以为让他继续赢，让皇帝爷彻底喝舒服呢！看皇帝那贪酒的样，他还以为在京城大内管得严，皇帝喝不好酒，到了他管辖的保定，还不让万岁爷喝好？伍符出了一身冷汗，一肚子的烧酒都化作冷汗出了。这下他明白了，他本是官场的老鬼，下面是每抓必输，每拳必败，次次都是他喝酒。

有史可察，伍符是中国历史上第一位也是唯一一位和皇帝划过拳，抓过阄，并且连连赢了皇帝，灌了皇帝酒的人。

己

曹孟德喝酒误事。

曹操亲率大军十五万讨伐张绣，张绣投降，曹引兵进宛城屯扎，每日尽喝胜利酒。曹酒量不大，常醉，一日又醉，趁醉竟然掳张绣的叔叔张济媳妇邹氏私通于营中，用《三国演义》中的话说，曹操每日与邹氏取乐，不想归朝。这才引张绣兵变，几乎要了曹操的命，大将典韦血染营栅，侄儿曹安民被砍成肉泥，长子曹昂为掩护曹操，以身挡箭被射成刺猬。

赤壁大战前，曹操踌躇满志，讨江东八十一州势在必得。"操大喜，命左右行酒。"这酒喝得可谓天长地久，竟然"饮至半夜"。"时操已醉，乃取槊立于船头，以酒奠于江中，又满饮三爵。"酒已快溢出喉咙矣，用现代的话讲曹操喝得快"现场直播"了。喝醉了的曹操竟然持槊当众刺死刘馥。刘馥久事曹操，多立功绩，无缘无故死于曹操醉酒。次日，"操酒醒，懊恨不已"，然人死不能复生。

但曹操一世之英雄，提笔吟诗，上马杀敌。建安文学的创始和代表人物之一，"建安风骨"三曹：曹操、曹丕、曹植，曹操为首。曹孟德真才子，曹孟德真英雄，曹孟德也真风流。古往今来独曹孟德能以酒祭江，横槊高歌，即兴而发，一气呵成。《短歌行》是酒歌，是心歌，是军歌，也是壮志抒情歌——壮怀激烈，又抒情旦旦；声震寰宇，又倾诉平生。

对酒当歌，人生几何？譬如朝露，去日苦多。
慨当以慷，忧思难忘。何以解忧？唯有杜康。

真曹孟德也!

苏东坡在他的《前赤壁赋》中曾对着大江朗声高唱：

酾酒临江，横槊赋诗，固一世之雄也。

曹操喝酒也有"文喝"的时候，政治家喝酒诡秘必在其中。历史上曾留下曹操"煮酒论英雄"，那酒喝得就滋味深长，即使曹操也不敢有丝毫醉意。

刘备做出"大事"，图谋曹操，心中揣着个小兔子，忐忑不安，就怕"鬼"叫门，曹操就在这生死当口上请他喝酒，他好比赴鸿门宴。盘置青梅一樽煮酒，二人对坐，"开怀畅饮"。然而这种饮既不能开怀，更不是畅饮，酒后失言必然失命。那对盏碰杯都是小心翼翼的，都是别有用心的。所以"酒至半酣"才有了曹刘之间奇妙的对话。

曹操借酒故意让刘备列举天下的英雄，刘备故意遍数当时的大小军阀，以图搪塞。曹操何许人物，一语捅破窗户纸：

操以手指玄德，后自指，曰："今天下英雄，惟使君与操耳！"

玄德闻言吃了一惊，吓得连筷子都掉到地上了，估计刚刚喝到肚子里的酒也化作一身冷汗出了。

煮酒论英雄论的是一股劲儿，一股气儿，一种精神，一种胸怀气度，一种机智才华，一种政治预见，这句成语也就流传下来了，但煮酒论英雄已成绝唱，两千多年不曾再有。煮酒论英雄也证明了东汉末年人们喝酒都要温酒，不像现在这样，酒不温不热，混吃混喝，一点儿不讲究，倒上就干。

曹操当年看见孙权的军队整肃，一股杀气，曾感慨地抚剑长叹：

生子当如孙仲谋，刘景升儿子若豚犬耳。

刘景升刘表也曾英雄一时，坐镇荆州九郡，他儿子猪狗不如，但不是说刘表也豆腐渣。刘表武装割据，竖旗荆州，号令九郡，也曾威风，也曾辉煌。刘景升酒徒也！三国时期也可谓数一数二的"酒鬼"。在荆州当土皇帝几乎天天酒宴，天天不离酒。刘景升酒量也大，无记载这位军阀爷曾经喝醉过。只记载他让人专门设计制作了三种大酒杯：最大的酒杯取名"伯雅"，能盛七升酒；中等杯取名"仲雅"，能盛六升酒；小酒杯取名"季雅"，能盛五升酒。据《中国历代度量衡考》一书介绍，汉末及三国时期的一升大约相当于今天的五分之一升，以此推算，刘表的"伯雅"杯倒满酒应该是二斤八两，"仲雅"应该是二斤四两，"季雅"正好盛两斤。魏汉时期尚未有蒸馏发酵酒，酿出酒的酒精度一般不会太高。《三国演义》开篇词罗贯中就写道："一杯浊酒喜相逢。"浊酒是当时的酿造工艺决定的，这种浊酒更需要酒量，浊酒易醉，喝过酒的人都会发出这种感叹！和刘表喝酒是要有点儿酒量的，刘表喝酒是在客人面前摆上他设计制作的三种型号的大杯，斟满，酒前辞说完，拱手示意，干杯为敬！一般人"季雅"

一杯就彻底放翻。刘景升的规矩是干,用冯巩、朱军春晚小品的戏词,说让"走一个",既不能"杯中养海豚",也不能"杯中养金鱼",干为敬,干为净。两斤酒一气喝干,猛哉!喝过酒的人都清楚,慢慢地文文静静地喝和端起杯来一扬脖生生灌下去不是一个等量级的。刘表当时是个大军阀,他的酒风就如此,请你赴宴,就要客随主便,干!然后是"仲雅",继续干!当然"季雅"和"仲雅"之间是有停歇的,要唱喏,要恭维,要扯淡,有时候也谈一些国家大事,赋诗明志。刘景升真酒徒,他会不失时机地端起"伯雅",满满一"伯雅"美酒,是当时最好的杜康酒了,举杯,示意,一饮而尽。三次豪饮,七斤浊酒灌下肚,刘景升还要发表演说,堪称"酒仙"。最要命的是你醉了也不能不喝了,刘爷不愧为军阀,竟然设一个木杖,木杖的头上安着一根大针,如果客人在席中醉倒了,醉得趴桌或钻桌底了,那也不能不喝,就用针把醉客扎醒,醒了再喝。没有点儿酒胆酒量,没有点儿拼命精神的人,焉敢赴景升的酒宴。

庚

关云长因喝酒出了大名,不亚于他过五关斩六将,秉烛夜读《春秋》。

十八路诸侯让董卓的大将华雄镇得鸦雀无声。关云长一个名不见经传的马弓手站出来要杀华雄,此亦不足道。人不可以"官"相,海水不可以斗量。关键是那场对白唱成千古绝唱——曹操令人热了一杯酒,端给关羽,这酒也不好喝,在众人眼中明明是断魂酒,送死酒;曹操也没觉得是胜利酒,权作壮魂酒,壮胆酒。满饮此杯好上路,大有上刑场之感。人家关羽的自我感觉太好了,自信自慰。只说了八个字,硬如金石,掷地有声:"酒且斟下,某去便来。"然后出帐提刀,飞身上马。

罗贯中真会渲染:

众诸侯听得关外鼓声大振,喊声大举,如天摧地塌,岳撼山崩,众皆失惊。正欲探听,鸾铃响处,马到中军,云长提华雄之头,掷于地上,其酒尚温。

这杯温酒让关羽光辉灿烂了一千多年!

脍炙人口的武松醉过景阳冈。三碗不过冈,武松偏不信,什么透瓶香,出门倒,我喝我的酒,关你屁事。由着性子,凭着豪气,靠着酒量,一个劲儿大碗筛来,前后共吃了十八碗,才提了哨棒,口叫"我却又不曾醉",直奔景阳冈。酒喝到这个份儿上,才正是春意最浓时,没有那一碗一碗十八碗酒,倒不会衍留下让后世之人仰慕赞叹的英雄史了。

《水浒传》中讲得清楚:

这轮红日,厌厌地相傍下山。武松乘着酒兴,只管走上冈子来。

没有一腔烈酒,只留下一身清醒,怕武二郎也会理智地思忖再三，打道回府了，这就是酒的魅力啊。武松一生最辉煌的莫如"四醉"，不但有酒，而且酒后皆醉，十分醉也罢，九分酒也罢，反正武松为英雄汉子、为后世流传的段子都没有离开一个酒半个醉——

醉过景阳冈，醉入孔家庄，醉打宋公明，醉打蒋门神。

武松醉打蒋门神格外精彩耀眼，把英雄与醉酒描绘得淋漓尽致。这便先是"无三不过望"。

武松笑道：

我说与你，你要打蒋门神时，出得城去，但遇着一个酒店，便请我吃三碗酒，若无三碗时，便不过望子去，这个唤做无三不过望。

当施恩怕英雄酒醉误事，打虎不成反被咬时，武松大笑道：

你怕我醉了没本事？我却是没酒没本事。带一分酒便有一分本事，五分酒五分本事，我若吃了十分酒，这气力不知从何而来。若不是酒醉后了胆大，景阳冈上如何打得这只大虫？那时节，我须烂醉了好下手，又有力，又有势。

天下英雄无数，盖无武二郎此英雄语。那酒给人胆、给人力、给人势、给人技，在武二爷身上酒的魅力深不可测。这也可能就是美酒造英雄罢。

杯中之物，并非男子汉专利。女子饮酒赋歌亦不让须眉。当然，女子饮酒不像水浒中那些厮们，大碗只管筛来，她们在闺中绣楼细细斟来，慢慢擎起，也喝得别有一番滋味在心头。最有代表性最让人称道的莫过金陵十二钗。

曹雪芹在《红楼梦》中近几十次描写过宴席的场面，即使是纤纤细女，大家闺秀，亦每宴必酒，无酒不成席。连身体最差，最经不起风雨的林妹妹也会饮几盅，也会行酒令，也会作酒诗。至于个性男子化、性情爽快的史湘云饮起酒来，更不让须眉。从六十二回"憨湘云醉眠芍药裀　呆香菱情解石榴裙"中可看出，喝什么酒，行什么令，怎么抓阄，谁的令官，谁分派，谁听令，谁该罚，怎么罚，规矩是挺多挺细的。按曹雪芹先生笔下之约，我们今天恐怕没有几个会饮酒的了。你想，按史湘云说的："酒面要一句古文，一句旧诗，一句骨牌名，一句曲牌名，还要一句时宪书上的话，共总凑成一句话。酒底要关人事的果菜名。"好家伙，什么样的学问才能成酒徒？尚如此也不知天下佳酿能沾予谁人？当然酒过几巡后，便是深闺大宅的千金小姐，也会被那酒的魅力慑拿住，不能不由它，不能全由己。你看，她们也是"呼三喝四，喊七叫八。满厅中红飞翠舞，玉动珠摇"。看来多多少少都有几分醉意了。而史湘云更有个性，酒醉之后，独卧于山石僻处一个石凳子上，已经香梦沉酣，四面芍药花飞了一身，头脸衣襟上红香散乱，手中的扇子掉在地上，也半被落花埋了，一群蜂蝶闹嚷嚷地围着她，又用鲛帕包了一包芍药花瓣枕着。美人之醉，其态莫如史湘云。酒不但能成全英雄，亦能为美人添姿。

嗜酒如命的，以命嗜酒的，我以为莫若魏晋之交的"竹林七贤"了。

刘伶可谓天下第一饮。先不论其量如何，单论其饮酒之精神，恐无人能较量。文载："常乘鹿车，携一壶酒，使人荷锸而随之，谓曰：死便埋我。"气壮如山，神飞似虹，看天下英雄谁能比？酒喝到此，也足矣。他喝酒已不再是品、赏、饮、抿，而是为醉而喝，非醉不喝，要喝就喝醉，喝昏、喝死，喝得人事不知，席地而躺，让人都知道其无非是一个酒疯子、酒呆子、酒虫子。刘伶如此，无非是借酒保命。他处魏晋交替之际，天下变化不定，矛盾错综复杂，随时都有杀身灭族之祸。那时候他们既不能兼济天下，亦不能独善其身，政治的旋涡无时无刻不在追逐着他们，吞噬着他们。他们只好沉醉在酒里，隐蔽在醉里。

同为七贤之一的阮籍，也有绝招儿。饮酒常常是醉饮狂酗。以至于晋文帝曾打算为武帝求婚于他，想与他结为儿女亲家，阮籍有意逃避，又不敢不应，于是连饮昏醉，大醉了六十天，皇上只好因其不能说话而作罢。醉六十天不醒，除阮籍外，天下不知还有第二人否？当时手握重权的钟会几次欲借故加罪于他，阮籍的办法还是那一条，酣醉不醒朝事不问，所言所行所欲所为似乎只有一个字，酒。真是欲加之罪，也难找词。他还真因酒因醉得福，没有做刀下之鬼。其侄阮咸亦同为竹林七贤之一，也是有名的酒鬼，他们一家子亲戚要是碰到一块儿，什么也不干，就是围坐下来喝酒。文载：其宗族都能饮酒，用现在的量看，65度的老白干儿一个人喝两斤是不该有问题的。先是杯,再是碗,最后改为用大盆盛酒,始为长饮,继而直灌。有时一群猪也挤过来喝他盆中的酒,阮咸索性趴在地下,与猪相争,同盆共饮。这种喝酒的恐怕也难寻第二吧!

七贤之中官做得最大的要数山涛,酒量也够大,"饮酒八斗方醉"。八斗我未研究过,换算成65度二锅头,估计至少得四斤酒吧。有一次晋武帝想试试他的酒量,令人取酒八斗,其实已暗做手脚,悄悄加到九斗十斗了,而山涛也真有本事,酒多量有度,喝到八斗就不喝了。山涛能长寿高官还有一个原因可能与他会做人有关。当时陈郡的袁毅贪污钱财,贿赂公卿,也给山涛送去一百斤丝,山涛出于无奈收下后放在阁楼上,后袁毅东窗事发,山涛令人取出丝交给司法机关。据查,揩去丝上陈年的落尘,印封竟完好如初。在魏晋时代,政治极其腐败,山涛能够如此,不能不令人佩服。似乎离开谈酒了。

嵇康就没那么幸运了,他酒喝得还太文静、太深沉、太贵族、太士大夫,酒醉得还不深不沉不昏不死。因此,被钟会在晋文帝面前上了谗言,曰:"愿文帝以嵇康为忧。"那还了得,做刀下之鬼已成定局。酒也没能救了他的命。

辛

说文人喝酒不能不说李白,李白有"诗仙""酒仙"之称。《月下独酌》有诗:

所以知酒圣,酒酣心自开。

李白饮酒,一曰豪饮,二曰常醉,三曰愿醉不愿醒,只怕不醉,只怕不长醉。这当然和李白所处时代以及他的生活环境有关,他不可能"跳出三界外,不在五行中"。他才高齐天,但天生我材不得用,只好把酒问青天。

他在《赠内》诗中说:

三百六十日,日日醉如泥。

他在《襄阳歌》诗中说:

百年三万六千日,一日须倾三百杯。

他在《将进酒》中吟唱:

君不见高堂明镜悲白发,朝如青丝暮成雪。
人生得意须尽欢,莫使金樽空对月!
天生我材必有用,千金散尽还复来。
烹羊宰牛且为乐,会须一饮三百杯。
岑夫子,丹丘生,将进酒,杯莫停!

李白真是了不起,他的气魄胸襟胆略品德,足够后人赞叹敬服的。他是天地之间大写的人,不为权贵谄媚,不为金钱折腰。豪情万丈,放任自如,他的酒胆儿酒量都是堪称为冠的。李白是伟大的浪漫主义诗人,白发三千丈,银河落九天。他的"会须一饮三百杯"怕也是比喻,但他也绝不是"浅斟低唱"之辈,要喝酒一醉方休,要唱就仰首问天。

李白一生嗜酒,曾因酒而诗,因酒而名,也因酒而祸。杜甫在《饮中八仙歌》中彩笔丹青勾勒出李白:

李白斗酒诗百篇,长安市上酒家眠。
天子呼来不上船,自称臣是酒中仙。

李白是硬汉,醉而不媚,醉而不俗。不因官高作恶,不因家贫失节,任唐玄宗翰林时因材高得到赏识,仍我行我素,高歌深醉,蔑视权贵,敢叫高力士脱靴。不枉为一代诗仙酒仙。后来读书多了方知,李白也有软的时候,媚的时候,唐玄宗曾问李白,说:"联与天后任人如何?"李白答曰:"天后任人如小儿市瓜,不择香味,惟取其肥大者;陛下任人,如淘沙取金,剖石采玉,皆得其精粹。"唐玄宗大笑。

李白饮酒除非不饮,饮则大醉,非醉不饮。即使一个人独饮也要饮得痛快淋漓畅意抒情。

花间一壶酒,独酌无相亲。举杯邀明月,对影成三人。
月既不解饮,影徒随我身。暂伴月将影,行乐须及春。
我歌月徘徊,我舞影零乱。醒时同交欢,醉后各分散。
永结无情游,相期邈云汉!

读后让你不醉自醉,有声有泪。这就是李白醉酒。

李白一生多送朋别友,但凡好友亲朋上路相别,总是以酒相送。那酒里寄托了他的深情真意。如《金陵酒肆留别》：

风吹柳花满店香，吴姬压酒唤客尝。
金陵子弟来相送，欲行不行各尽觞。
请君试问东流水，别意与之谁短长？

又如《宣州谢朓楼饯别校书叔云》：

弃我去者，昨日之日不可留；
乱我心者，今日之日多烦忧。
长风万里送秋雁，对此可以酣高楼。
蓬莱文章建安骨，中间小谢又清发。
俱怀逸兴壮思飞，欲上青天揽明月。
抽刀断水水更流，举杯销愁愁更愁。
人生在世不称意，明朝散发弄扁舟。

李白几乎是酒伴其一生，醉伴其一生，诗伴其一生。后读到李白酒醉之深，失意之深，落魄之深，以至落水溺死，竟不禁潸然泪下。还作过一首诗写在日记本上，其中有这么两句："他去了，像天边的流星飞溅在冰冷的江水上，悄然消失；他去了，升华到神空化作一颗恒星，永远不会消失。"浮浅单薄也没有什么诗意，只是两个结构简单的句子，但语言中却有一颗充满无限崇敬的心。那时候我还是一名少年，曾在《少年文艺》杂志上发表过一首很幼稚也很可爱的诗，对李白崇拜之极，如仰目观天。还曾恨过酒，在人家都虔诚地高唱《听妈妈讲那过去的故事》时竟离奇地飞想,李白要不是喝酒,不喝醉酒该多好啊,那他肯定死不了。一阵阵犯傻。

初一教我们语文的老师是刚从北京大学中文系毕业的学生,似非常不得志,多次自嘲"为五斗米折腰"。他曾在课堂上当众问:"《归去来兮辞》何人所作?有会背一句者请立此讲台!"课堂悄然。他一脸轻蔑,大有孺子不可教也之态。后来我弄清了,陶渊明,五柳先生,辞官归隐,不与世争,终日饮酒,种豆采菊,回归自然,吟诗作文。陶渊明饮酒也是名留青史的,喜饮长醉,但因家贫,无钱沽酒,就自己种糯米,自己酿酒自己喝。诗中所说一饮一日,我想陶先生饮的是自家酿的米酒,度数不会太高,他醉成那样子,恐怕酒量不会太大。陶渊明有《饮酒》诗二十首,都为酒后醉中所题。上初中时我们班有个文学小组,鉴于语文老师让我们全班同学难堪的那张脸,我们终于把陶渊明先生《饮酒》的二十首诗都逐字逐句地理解记熟了。有一天我突然背诵其中一首,问那位毕业于北大中文系的语文老师,此诗何人所作?老师一下子让我们蒙住了,一脸茫然,终于让我们考住了,捉弄了!我们几个人互相击掌而笑,说北大有什么了不起?我们以后就不上北大!鬼使神差,以后我们都历经坎坷,又顺应历史潮流,纷纷考上大学,但真没有一个人去了北大,应了前言,老人说讲话不能过头。已是题外之言。

文人喝酒最有特点的当属张旭。张旭,唐代大书法家,善于草书,韩愈对其推崇备至,把张旭的草书,李白的诗歌,裴旻的剑舞称为"三绝"。

张旭嗜酒,每饮必狂,王维喝了酒曾赠给"三绝"之一的大将军裴旻一首绝句,写得也是饱含酒气:

腰间宝剑七星文,臂上雕弓百战勋。
见说云中擒黠虏,始知天上有将军。

狂饮必醉,醉则放浪形骸,任其自然,任其发挥,待其大醉深醉张狂疯癫时,挥笔如风,若有神助,笔走龙蛇,变化无穷,张旭也!据李肇《唐国史补》中记载,张旭每次饮酒后挥笔大叫,甚至把头浸在墨斗里,用头发书写。他的"发书"飘逸奇妙,意趣横生,连他自己酒醒后都难相信。这似有夸张之嫌,否则太玄。但张旭醉后狂书出精品是真。有杜甫《饮中八仙歌》为证:

张旭三杯草圣传,脱帽露顶王公前,挥毫落纸如云烟。

李颀在《赠张旭》一诗中也说:

露顶据胡床,长叫三五声。
兴来洒素壁,挥笔如流星。

张旭是个能人、怪人,其能其怪也全在一个酒字一个醉字。怀素的狂草,则是因为酒醉心醒,半醉半醒。狂靠酒力所恃,靠醉后嚣张。

少年上人号怀素,草书天下称独步。
墨池飞出北溟鱼,笔锋杀尽中山兔。

非醉不能张狂,非醉不能脱俗,非醉不能忘我,非醉不能尺情,怀素也。

唐白居易先生曾为"醉吟先生"作传,其实是为自己作传,其文如下:

醉吟先生者,忘其姓字、乡里、官爵,忽忽不知吾为谁也。

后面便是依序记载其人其事。细闻,其为人交友喜怒哀乐都透着一股浓浓的酒香,字里行间都隐隐有一个酒字。最后一段写得尤有醉意:

遂率子弟,入酒房,环酿瓮,箕踞仰面,长吁太息曰:"吾生天地间,才与行不逮于古人远矣,而富于黔娄,寿于颜回,饱于佰夷,乐于荣启期,健于卫叔宝,幸甚幸甚! 余何求哉! 若舍吾所好,何以送老?"因自吟《咏怀诗》云:"抱琴荣启乐,纵酒刘伶达。放眼看青山,任头生白发。不知天地内,更得几年活? 从此到终身,尽为闲日月。"吟罢自哂,揭瓮拨醅,又饮数杯,兀然而醉。既而醉复醒,醒复吟,吟复饮,饮复醉。醉吟相仍若循环然。由是得以梦身世,云富贵,幕席天地,瞬息百年,陶陶然,昏昏然,不知老之将至。古所谓得全于酒者,故自号为醉吟先生。

醉吟先生嗜酒如命，其况可窥一二。称其姓醉名吟可能不为过。可贵的是此先生不仅畅吟常醉，还能从酒从醉中悟出人生的道理，醉而不昏不混，醉而不沉不死。一生所做，无酒不为，先酒后为，为酒而为。也有其人生哲理。

先生之齿六十有七，须尽白，发半秃，齿双缺，而觞咏之兴犹未衰。顾谓妻子云："今之前，吾适矣，今之后吾不自知，其兴何如？"

此先生不愧为醉，嗜酒一生，喝出文化喝出哲学来了。

皮日休，字逸少，也自号醉吟先生，是诗学居易，文宗韩愈，才子酒先生。他一说为唐军所害，一说为黄巢所杀。据我考证，皮日休不过四十九岁就死于非命，绝非六十有七，终了于酒。这位自戏曰醉士，自谐曰酒民的醉吟先生自作酒箴，曰：

皮子性嗜酒，虽行止穷泰，非酒不能适……继日而酿，终年荒醉……酒之所乐，乐其全真。宁能醉我，不醉于人。

也真品出人生的哲理来了，酒的魅力就在于卸了妆才美吧。

壬

宋朝的文学大师有早晨空腹喝酒的习惯——此习惯好像

已经失传——史书上称之为"吃卯酒"，即天刚蒙蒙亮就爬起来，什么都不吃，先"举杯邀明月"，那时月儿尚在，"对影成三人"。空腹喝酒一般人是经受不起的，易醉，用现代科学的话说伤脾胃。但苏东坡苏大侠爱好这一口。苏大侠被贬黄州时，每每鸡未鸣时晨起，晨起即坐下喝酒。

苏大侠十分喜爱杯中酒，但其酒量不大，常入口三杯已销魂。

浮浮大瓿长饮玉，溜溜小槽如压蔗。

以苏轼的酒量，这么大瓿大瓿地喝，又是空腹空喝，苏大侠醉倒几乎就在端杯之际。

据专家考证，喝卯酒是中国古代文人的一种嗜好，喝卯酒酒劲上来得快，上来得猛，待酒劲上来后，趁着酒劲再重回帐中睡回笼觉，这觉更甜更沉；也有一说是卯酒犹如西方的早餐咖啡，空腹喝上劲快，提神快，神经兴奋，办事能更快进入状态。

不光苏轼苏大侠有此爱好，白居易白大仙亦喜好这一口，早晨醒来的第一件事便是呼之"上酒"，后问茅台酒厂原党委书记纪克良先生，他说他早晨也要小斟一番，清晨饮酒犹如早晨喝咖啡、牛奶，提神、活血、利胃，没有什么不好，因人而异。白大侠有诗为证：

空腹尝新酒，偶成卯时醉。醉来拥褐裘，直至斋时睡。
醒酣不语笑，真寝无梦寐。殆欲忘形骸，讵知属天地。

醒馀和未散，起坐澹无事。举臂一欠伸，引琴弹秋思。

白大侠活得自在，活得滋润，不做那屁官也值得。卯酒喝得啊！

癸

现代名人中能喝酒的，也能并列半部书。

郭沫若、瞿秋白就够厉害的。郭沫若说1927年，他那时是国民革命军政治部副主任，代主任，扛中将军衔，瞿秋白是中国共产党的总书记，两个人在武汉碰上了，真有说不完的话，讲不完的情，郭沫若就拉瞿秋白进了一家酒楼，找了一个僻静的地方，两个人坐下边喝边聊，一气竟然喝了整整五瓶茅台酒，两个人竟然都没醉，至少没大醉，不过带着七八分酒气，郭老曾说，那才叫豪饮呢。两个人干五瓶白酒，堪称豪饮。

郭沫若在逃亡日本时，和在日本的朋友喝酒，当然是喝日本的清酒，喝得空酒瓶子摆了一地，一圈喝酒的日本人全都醉成烂泥，人事不省，侍者进来吓得进退不得，只有郭沫若还在笑眯眯地一个人独斟独饮呢。郭老善饮，能喝！瞿秋白也不俗。他在就义之前依然镇定自若，那壶断魂上路酒也是慢慢斟满杯，细细品着，满满三壶酒，瞿秋白只喝得有些脸热。借着酒劲，他高声吟诵起自己1935年6月17日晚作的《偶成》。一切都是劫数：

夕阳明灭乱山中,落叶寒泉听不穷。
已忍伶俜十年事,心持半偈万缘空。

许世友上将也以豪饮著称军中,不吃饭可以,不能不喝酒。据说许上将的工资都买了茅台酒喝了,那个年代也没有给许司令送茅台酒的,就是有人送许司令也铁着脸斥人家又按价付钱让人家拿上钱才走,谁还敢给他送酒?许司令喝得最多的有两次,一次是指挥解放山东济南城,听说捷报传来活捉了王耀武,高兴得许司令大呼拿酒来,用山东的粗瓷大碗,连干三大碗,一点儿事没有,有人算过账,许司令一气喝了二斤半。还有一次是在中越自卫反击战前,许司令曾一口气喝了一瓶多茅台酒。晚年许上将生肝病,医生劝其戒酒,许司令铁齿铜牙五个字:"不喝酒宁死!"许上将临终在昏迷之中,似有遗言未尽,其他急救办法都用上了,最后还是他家人示意,用棉棒沾一些茅台酒在许司令的嘴唇上涂了一涂,许司令果然有知。

开国上将中比许世友上将还能饮的当推宋时轮宋上将。宋时轮当司令的华东野战军九兵团,宋司令自喻"酒司令",九兵团被呼之"酒兵团"。部队从司令到战士人人能喝酒!但打起仗都是拼命三郎。国民党军队当时有一句戏言:"排炮不动,必是十纵。"当时宋时轮指挥十纵。部队能打,"打起仗来都是不要命的酒疯子"。据说宋上将爱喝酒好喝酒是祖上传的,毛头小娃时就喝酒。一次痛饮一大碗酒,酒后独自回家,天黑又加上醉酒竟然迷路,昏头昏脑地走进一个山洞，倒头就睡，酒醒后觉得有猫狗类的东西不断地舔他的脸，舔他嘴里流出的酒液，宋上将觉得挺神，挺纳闷，睁眼一看竟然是四只小老虎在舔他的脸和嘴，小老虎个个都微微带醉，宋上将因醉酒不死！

听前辈讲过周恩来饮酒的故事。

20世纪60年代，非洲民族独立运动风起云涌，自称是非洲大陆第一个社会主义国家的加纳共和国总统恩克鲁玛率团访华，周恩来总理负责接待。恩克鲁玛年轻气盛，傲视一切，以社会主义革命者自称。在欢迎的宴会上，一切都按两国事先安排的有条不紊地进行，周恩来陪着恩克鲁玛，敬酒时，恩克鲁玛发现中国的酒是倒在一个小小的玻璃杯里，他觉得很有趣。他从来没接触过中国的茅台酒，他是法国留学生，博士，喝的是波尔多、勃艮第的红白葡萄酒。很可能这位黑人总统把茅台酒当成法国的白葡萄酒了。他觉得很有意思，碰杯干杯，他也端起茅台酒，但他骨子里瞧不起茅台酒，瞧不起中国酒，他喝的法国名酒意大利名酒足够倒满好几个游泳池的。恩克鲁玛极富有挑战性，桀骜不驯，他突然向周恩来提议，两个人不用小杯，改用喝葡萄酒的大杯子来喝茅台，周恩来微笑着，看着眼前那张生动的、充满朝气的，年轻的，带有挑战意味的脸，对他简单而明了地说明中国茅台酒的特点，告诫他不要小看"水一样"的中国酒。恩克鲁玛犹如好战的小公鸡，他高昂着头，乜斜着一切，包括中国的总理——他的眼神能说明一切，不用翻译，他在问中国的总理，你是应战还是回避？不必使用外交上的语言。周恩来慈祥而亲切地笑着说，中国有句俗语，叫主随客便！

换上大杯就开始畅饮,一杯又一杯,恩克鲁玛气盛,喝酒他内行,他很快喝出中国酒的醇香了,他也终于喝得得意了,他更终于喝高喝大喝得现场醉过去了,中国俗称叫"溜桌"。没人劝他,没人敬他,是他一杯接一杯和周恩来一对一地干。

恩克鲁玛的卫队和随行人员急眼了,他们认为是中国人在酒中放了毒药,才使他们的总统昏死过去,于是纷纷冲上来围住了周恩来,氛围顿时紧张起来。中国方面人员一看,也不自觉地紧张起来,出于保护周总理,有人也要冲上来。周恩来见过多少大风大浪,他立即严肃地制止住中方人员,然后神态自如地安慰加纳方面的人员,告诉他们,恩克鲁玛总统不过是喝醉了,很快就会清醒过来,一边让服务人员赶快拿来浓浓红茶,给恩克鲁玛灌进去。俄尔,总统阁下终于睁开眼缓过劲来,他不解地看着周围的一切,又纳闷地瞧着一脸关切始终慈祥微笑的周恩来,自己真的喝醉了?周恩来说有一点点儿,他又不解地问周恩来,你怎么没喝醉呢?周恩来谦虚地说我也有一点点儿。恩克鲁玛一下子站起来,高呼:茅台、茅台!宴会后工作人员统计,恩克鲁玛和周恩来一个人喝两瓶半,两个人喝了五瓶高度茅台。以至于恩克鲁玛回国后,加纳国家媒体记者采访他时,问他中国什么给他留下了最深刻的印象,天安门广场?万里长城?人民大会堂?恩克鲁玛都摇头否认,他说,印象最深刻的是茅台,茅台!

周恩来也有喝高的时候,那是欢迎抗美援朝的英雄从朝鲜归来,周恩来举着酒杯给英雄们敬酒,一共一百多桌,周恩来一桌敬一杯,杯杯都是恭恭敬敬,干得彻彻底底,那回周恩来喝醉了,有人统计,周总理那次一共喝了三瓶白酒。

2007年深秋的一天,我们和乔羽先生及其夫人喝酒赏秋。喝的是我从山西杏花村带来的三十年原浆老白汾。乔羽老爷子20世纪60年代去过山西杏花村,不但为电影《我们村里的年轻人》写了歌词,还为杏花村留下一首赞歌:

劝君莫到杏花村,此处有酒能醉人。
我今来此偶夸量,入口三杯已销魂。

乔老爷八十多岁了,独饮半斤53度老白汾,未见丝毫醉意,但其夫人拦住不让他再喝了。乔老爷讲了一件他喝酒的往事,当时有金凤和新华出版社总编辑张首第在座可以为证。乔老爷说,他也经历过欢迎志愿军回国的事,一百多位胸前挂满勋章的志愿军功臣,怎么能不让人激动?乔老爷端着酒杯一位英雄一位英雄地敬,英雄怎么喝他不管,他是毕恭毕敬地一干到底,一共喝了一百多杯53度的老白酒,大概有三斤半左右,别人都认为乔老爷不行了,非醉倒不行。乔老爷幽默地说,我不但上下楼如履平地,还一连跳了好几个舞曲。

乔老爷真神!

毛泽东酒量不行,高兴时也不过喝点儿红葡萄酒。但也喝茅台,喝白酒,那得政治上需要他喝。

1945年7月1日,黄炎培和褚辅成、冷遹、章伯钧、左舜生、傅斯年等六位国民参议员应毛泽东之邀访问延安。7月2日下午,毛泽东在杨家岭设宴欢迎。六个人心中都不太有底,进到毛泽东的会客厅中,欢迎宴席就安排在这里,木桌木椅,简单明快,四壁有字画。黄炎培一眼就看见墙上挂着的一幅画是沈钧儒的次子沈叙羊画的，一把酒壶上写着"茅台"，壶边上有几只杯子，画上有黄炎培黄先生的一首七绝诗：

喧传有客过茅台，酿酒池中洗脚来。
是真是假吾不管，天寒且饮三两杯。

此画此诗都颇有意味，毛泽东把它挂在客厅内却着实让黄先生心中一动，一热。毛泽东对他洞察秋毫。毛泽东心中有数。那画那诗说的是1935年3月15日的中国工农红军三渡赤水，途经茅台镇时，红军官兵着实过了一把茅台瘾。那时，因为国民党的宣传，茅台镇大一些的酒厂老板都吓跑了，红军就驻在厂里，连喝带灌水壶，一些伤员也就此用茅台擦洗伤口，泡脚的也有，以至于1955年被封为上将的李志民曾回忆说，新中国成立后，每当宴会上饮茅台酒时，我常回想起长征途中用茅台酒泡脚的故事来。后来国民党重占茅台镇后也大肆宣传，茅台镇的酿酒池中红军又是洗澡又是泡脚。宣传红军是土匪流寇。黄炎培当然也听说了，借着沈叙羊的画，题诗讽喻，没想到毛泽东不但知道，还挂在自己的会客厅里。那天下午的宴会上毛泽东一再说，菜只有四样且都是延安的土特产，但酒是千辛万苦淘回来的，正宗的茅台酒，请各位尽意，频频敬酒，频频干杯，这在毛泽东的喝酒史上是极少见的。据黄炎培、傅斯年回忆，毛喝得脸面渐渐红涨起来，这才引出黄炎培有名的"窑洞对"。毛泽东喝了一次"大酒"。

子

1938年春，台儿庄大战正打得血肉模糊，你死我活。头上缠着印着太阳旗的布条的日本敢死队已经冲进台儿庄的最后几座院子，台儿庄危在旦夕，失守在即，几万名中国烈士的鲜血就可能白淌了。国民革命军第二集团军总司令孙连仲咬着牙对二十六军三十一师师长池峰城说："台儿庄不能丢在我们手里，士兵打完了，你自己填进去，你填过了我就来填进去！"池峰城组织起敢死队。壮士列队，出征前，池师长给每个人倒了一大碗满满的杀敌酒。池师长高高端起酒碗说："这时候说什么话都是废话，就这句话，把这碗断魂酒、上路酒喝了。血债血偿！杀鬼子，不回头！"一百多位中华热血男儿一起端起酒，一起祭天地，一起仰脖喝下，一起高高扬起喝空了的白瓷碗狠狠地摔碎在地上，头也不回，杀鬼子去！

台儿庄大捷杀小鬼子一万多！

忻口战役宰杀小鬼子二万多！

忻口战役最关键的一战是原平保卫战，第二战区司令长官阎锡山下死命令，原平城必须坚守十天。坚守原平城的晋绥军一九六旅几乎拼光了，但日本军队也终于冲破了原平城，攻进了原平城。一九六旅旅长姜玉贞组成八十多人的敢死队，要坚决消灭冲进城里来的这股凶残的日本鬼子。临冲锋前，姜旅长给杀鬼子的壮士们斟满山西的老汾酒。姜旅长瞪着血红的眼珠子只说了一句话、军人的话："杀了那帮小鬼子！"

在一片瓷碗摔到青石上的震耳欲聋的破碎声中，壮士们义无反顾地冲出去了。他们把刚刚冲进原平城内的四十多个日本鬼子杀得一个没留，八十多人的敢死队只回来五个人，个个都挂着彩，带着伤！

1979年中越自卫反击战，要攻克谅山城外的一处高地，把守高地的是越军主力团的一个加强连。在敢死队冲锋前，人人托着一大碗断魂酒，齐喊："国威军威看西南！"摔碎了碗，送断了魂，如同阴阳两界的男人，用战士们的话说，杀一个够本，宰两个赚一个！

战争年代中国军人喝酒有时候是端着一腔热血喝下去的。

丑

老百姓有老百姓的喝酒法。

我在晋西北插队时我的房东大哥就大醉过一回，还是我帮助把他找回来的，帮他把事平了的，印象特深刻。

那年，房东的西房要重盖，架子都立起来了，要上顶加盖，这就需请匠人帮手，也就必须请吃一顿饭，约定俗成，必须有酒。房东大哥借了一辆自行车去八里地外的公社所在地买烧酒，借下一个能装五斤的大肚子玻璃瓶。后来的事就惨了，我也是后来才知道。他打完酒回村，一没留神，车倒了，摔在路边，赶忙回头看，绑在车后面的大酒瓶被摔碎了，心疼得来不及细想，赶快把还没洒尽的酒全都就着破玻璃趴在地上喝了，洒到地里可惜了，喝到肚里总算便宜了自己。谁知喝得太多，太猛，太着急，一下子大醉了。等醒过来，已是繁星如织了。扶起车来才发现，不知何时，自行车的前后轮胎已被人扒跑。房东大哥当时气得差点儿背过气去，房东大爷急得差点儿上吊，车主翻了脸就在他家炕头上等赔，不是我悄悄拿出十元钱，怕要闹出人命来。

1971年，记得是十一二月末的天气，正是学大寨，达纲要过黄河跨长江的年月。队长领着社员们下水挖渠，渠水已经结了一层薄薄的冰，弟兄们互相推诿，谁也不往下跳。队长招几绝，从供销社赊回一瓶瓶装的高粱白酒，那年月，这东西比现在见了金子都宝贵。人们的眼立时蓝了，也没人说话，也没人动员，也没人喊一二三共产党员冲，队长只把酒瓶往土坡上一墩，脱得赤条条地先下了水，弟兄们屁都没放一声，下饺子似的跳进渠里。这都不是正题，正文是酒。挖完渠，弟兄们蹬上裤子，不约而同地都奔向酒瓶子，十几条汉子精壮的手，十几双蓝幽幽冒光的"狼眼"，十几张已结了冰碴的大板铣。一瓶酒？十瓶都不够喝，分不均，就要出人命。有人冒了一句腥气话："咱可十年没喝过瓶装粮食酒了，今儿个拿血换着喝，我算头一个。"都挤上去，队长双手攥着酒瓶子，谁都想喝第一口，一口下去不喝六两也得咽它个四两五。轮不上两个人，后面的只能喝西北风，谁心里都冒火都着急。弄不好，分不均，一人一铣就要出人命。我们队长还真行，现在想起来真有股江湖侠客的风骨，伸手从毛驴车后头一把揪下个喂牲口用的小木水桶，挤开人群，蹿到井沿子上，打回小半桶冰凉凉的井水，当着众人的面，一伸嘴，上下牙一较劲儿，咬开了酒瓶子盖，把酒咚咚一滴不剩倒在了桶里，又使劲摇了摇说："都别嫌弃，也别骂我糟蹋了好东西，非这个法儿分不开，这酒还得赶快喝，待会儿味都跑了。一人一口，多大口都行，就是不能喝连口，仰脖灌。"那酒大家都说喝得香，喝得美，喝得滋润，喝得英雄。几十年后回味，还觉得牙齿缝中丝丝冒着香气。

寅

看见美联社发的消息，印度"毒酒"已经毒死一百七十一人了，喝了这种勾兑的有毒的酒，人可能还有病重病危死亡的。法新社播发的一张图为悲痛欲绝的受害者家属，让人心酸。美联社在消息中说，尽管印度的宗教和文化禁止人们喝酒，但至少有5%的印度人，大约相当于六千万人嗜酒。其中2/3的酒是在偏远的山村里非法制造的。

老百姓喝酒不容易，我就亲身经历过1996年山西假酒事件，当时喝假酒毒死了一百多人，闹得沸沸扬扬的。我当时在新华社山西分社当社长，去过毒酒毒死人的村庄，老百姓真苦，喝一口酒不容易。我曾含着眼泪对他们说，戒了吧，别喝了！嗜酒的老百姓也含着热泪说，一年到头，受苦受罪就想着盼着喝口酒，酒再戒了，不喝了，活着还有什么劲儿，还不如他们。用头一摆示意着一排排躺在坟地里的薄皮棺材。

我长长地叹了口气，不能站着说话不腰疼，喝就喝吧……

别样喝酒别样情

李叔同的歌比酒有名。

长亭外,古道边,芳草碧连天,晚风拂柳笛声残,夕阳山外山。天之涯,地之角,知交半零落,一瓢浊洒尽余欢,今宵别梦寒。

民国初年,在知识青年中这首歌儿唱遍大江南北,有些像我们做知识青年时高唱"好儿女志在四方"一样。

李叔同的名气大,那个时代提起李叔同,犹如我们那个时代提起邢燕子、侯隽几乎无人不晓一样。他们都是站在时代大潮潮头的弄潮儿。李叔同是第一位把油画、西洋乐和话剧介绍到中国来的中国人,是第一位启用裸体模特进行美术教育的中国人;他是第一位自编自导自演《黑奴吁天录》和《茶花女》的中国人……

李叔同还是热血男儿,他曾一心一意追随康梁闹变法,自刻一印:"南海康君是我师。"

李叔同喝酒却不像热血汉子,满斟满饮,一醉方休,李喝酒是细酌慢品,温酒见工夫,颇有些"醉翁之意不在酒,在乎山水之间也"！李喝酒无景无趣无兴无友不喝，分场合分地点分人物分心情。用酒家之言挑酒挑友。

李叔同讲究月夜挑灯饮酒，无歌无弦无声无语，三五好友雇扁舟泛舟于湖上，观景赏月，听风闻浪，也喝得有滋有味，喝得兴高八丈，情飞万里。

李叔同是其未出家之名，出家便是有名的弘一大和尚，人说"顿化"，我不甚理解，佛教讲缘，六世祖几乎一夜成佛，李叔同一夜观天，一夜赏月，一夜听风，一夜随波，一夜诵经，一夜似诗无诗，一夜似语无语；一说与友人饮茶，一说独自饮酒，只道一句：出家为僧。从此踏入空门，专心为僧，弘一的佛心真大，心硬如铁，心实如地，绝不回头。中国大家中读佛经的何止弘一？章太炎读佛经，鲁迅读佛经，林纾读佛经，陈独秀读佛经，康有为读佛经，梁启超读佛经，段祺瑞读佛经，陈寅恪读佛经，王国维读佛经，视群贤之中抛妻弃子一脚遁入空门，头都不回的，唯李叔同也。

言之彻底的唯物主义者是无所畏惧的，真正的大无畏敢于能够战胜自己的非彻底的唯心主义者不可。有友人到弘一出家的湛山寺看望弘一，特意准备一席素菜。弘一端坐纹丝不动，只得端上四菜一汤，弘一仍不动声色，最后只送去两个小菜，弘一依然不动筷子，只到和其他僧人一样了才进食。真弘一也。

李叔同在日本求学时曾有一位日本妻子，极贤惠，极忠贞，极爱他，为嫁李叔同曾不惜投海赴死。她曾是李叔同在日本租房时房东的女儿，那时李叔同几乎一无所有。她先为李叔同作裸体模特，又毅然嫁给他。

李叔同出家后,这位日本妻子誓死不离开他,拒绝回日本,拒绝和李叔同离婚,但每次去寺中寻李叔同都不得见,无论其哭泣在寺院门外如何。最后,其妻拜倒在寺院门外,哭倒在寺院门槛,感动了所有人,这位不曾留下姓名的日本女人,手托李叔同在日本最爱喝的日本清酒,以酒示别,不喝不走不别,李叔同并未出寺院,只在大殿台阶之上,远远望着山门,双手举一木碗,碗中有清水半钵。对寺院大门,也对日本妻子浅浅饮一口,即转身入经堂,再不露面。弘一大师绝非常人,此饮也称绝饮。

胡适先生年轻饮酒是随兴而饮,乐则饮,愁则饮,爽则饮,悲则饮,闲则饮,闷则饮。

胡适并非嗜酒,酒量似乎亦不大,酒友亦不多,当不属酒徒之列。酒乃瘾品,不知胡适何时沾染上此嗜好,胡适修成正果后,似乎再不提饮酒一事。

胡适当年在上海,有些漠然相对,在命运面前,在婚姻面前,他反抗争斗终归败于颓废,甚至有些像六十年后京城"顽主"。至少胡适在那个时候开始喝酒,喝上瘾,喝大酒。白天喝,晚上亦喝。正餐喝,酒店亦喝。朋友相聚喝,有时苦闷无聊自己也独斟独饮,有时对酒有诗有感有文有言,有时一言皆无喝醉即乐。据胡适自己说,有时候喝得连日大醉。

胡适喝酒的喝法有些与众不同,请教过一些长辈,似乎也没有像胡先生这种喝酒的。据胡先生在日记中记载:"我们一班人都能喝酒,每人面前摆一大壶,自斟自饮,从打牌到喝酒,从喝酒又到叫局,人人叫局吃花酒,不到两个月,我都学会了。"胡先生酒后吐真言:"我那几个月之中,真是在昏天黑地里胡混,有时候整夜地打牌;有时候,连日大醉。"半个月就去吃过五次花酒。胡适玩得够飘的。

胡适喝花酒在当时似乎也是"高贵人"喝酒的"雅致",在北京八大胡同中经常出没的很有一些名牌的大学的名牌教授。像陈独秀就喜欢喝花酒。据说胡适曾经酒后和陈独秀说起喝花酒事,大家皆畅怀大笑。因何大笑?大笑为何?似皆无人可考。

据胡适自己在《四十自述》中写道,他曾经喝过串场,即这席酒喝完再喝一席,再加上叫局喝花酒,胡适终于按捺不住,喝得酩酊大醉,已然醉得人事皆忘。被黄包车夫扒去马褂扔在路边,那情那景也够惨的,十足一醉鬼。没想到胡适还有"昨天"。直到巡警看见,但已然深醉的胡适却不识好人之心,以皮鞋砸巡警,一副凶相,完全看不出胡适受过教育且有大学问,把巡警惹恼,被带进"炮局",当了一回"胡炮爷"。

胡适在婚后五年,三十三岁时,婚姻曾出现危机,他和他的"粉丝",学生、女诗人恋爱终于发展到偷偷同居。其夫人江冬秀得知后,并无丝毫斯文,立即直奔厨房高擎一菜刀厉声道:离婚可以,我先把两个孩子杀掉!让胡适断了离婚的念想。有一次气愤之极,甚至向胡适掷刀玩命。胡适终于败下阵来,江冬秀非绵软之人,于是只好独擎一壶酒,自斟自饮,自饮自醉,一醉醒来,告别昨天。

别样饮酒别样情。

台静农被人当推台公。有几句评语,不是盖棺之论:"煮酒论艺,品茗著书,精育桃李,口碑极隆。""学问、襟抱、道德、文章，犹令后学敬仰。"台公喝酒有风格，有品位，有瘾头，有说道，数十年不变，我行我素，我斟我酌，深则长醉，浅则三杯，酒前有论，酒中有兴，酒后有感，醉后必有妙文，大醉之中必妙语连珠。

台公喝酒是深度爱好，无论环境多么艰苦，多么尴尬，多么窘迫，多么棘手，该喝则喝，绝不委屈，绝不改弦易张，绝无架子，亦不讲面子。酒前无尊卑。

台公也因酒得福。

1946年，台众曾为抗议教育部对白沙女师风潮的野蛮处理，愤而辞职，但家贫无奈，最后连酒也喝不起，真到了喝酒要赊，举债度日，实在无奈。许寿裳邀请他去台湾大学任教，并无二言，只说来台保你酒长饮，不用赊。后人有说，台公为酒亡命，为酒去台，为酒别文坛。在台湾大学中文系主任上，做园丁教育二十多年不息，真乃应了许寿裳先生之言酒长喝，人生一大快事，喝得有滋有味，喝得云飞万里，日照山河。

台静农多才多艺。工书，善画，金石，且都能"玩"精"玩"出名堂，其书法师自明人倪无路。张大千评论："三百年来，能得倪书神髓者，静农一人而已。"未见大千先生再如此评论过他人。台公诗、书、画俱精，但皆酒中、酒后之作，一手执杯，一手执笔，如神附身，其乐无比。台公并无求财求名之心。"佐酒"耳！真乃千古饮仙！

静农生活极简朴，几无奢望。

且乐生前一杯酒，何须身后千载名。

台静农宁可吃穿从俭,八十年代穿的旧毛衣上还有洞,但喝酒从不马虎,从不将就,从不降价。不喝则矣,喝则必好酒,名酒。故有"烟酒贵族"之名。

台公喝酒师出有名,不喝无名无故之酒。

他邀友喝酒,必酒出有名,天热则言之去暑;天寒则名之御寒。逢年过节则为欢而聚;有朋而来不喝何乐之有?

台静农以酒为乐,偶有郁闷,偶有不快,偶有气愤,偶有难解,一壶好酒,两碟小菜,则烟消云散,有酒无忧无愁无烦亦无闷,台公神仙。台静农曾自撰一联:

不养生而寿,处浊世亦仙。

台静农酒德好酒品好,酒量亦好,曾有人掐算过,台公一辈子喝酒过万斤。晚年病重期间,一位学生前去探望,曾在信中写道:"您这一生当中吃的好菜,喝的好酒比谁都多,教的学生,交游的好友也最多,您的一生真可以抵上别人两辈子了。"台静农似乎没有什么不满足的,只是表示还想再品品好酒,好酒如人生啊……

细酌慢品说烈酒

中国有句老话：吃香的喝辣的。问题来了，为什么不说吃香的喝甜的？中国人形容一个人生活过得滋润，称其掉进蜜罐罐里。据我考证，此词原本应为"吃香的，喝甜的"。因为那时喝的最上等的饮品当为"甜酒"即发酵酒，即使到了春秋时代的古越龙山酒也是甜中有蜜感，酒中不放姜丝口感不辣。那这句俗语到什么时候才改为"吃香的喝辣的"呢？至迟应在西汉初年。刘邦建立大汉王朝后荣归家乡，因喝了几天大酒，留下了一首声贯历史的酒歌。刘邦在沛县喝的酒应为烈酒、白酒、蒸馏酒，直到前些日子江西南昌海昏侯墓被保护性发掘才得实证。刘贺是汉武帝的孙子，公元前1世纪的人，当了二十七天皇帝，做了一千一百二十七件恶事，其中相当一部分都是和醉酒有关，被大司马霍光废掉。这个短命皇帝骄奢淫逸，倒给后世留下了值得炫耀的财富，据说海昏侯的墓中出土的文物比湖南马王堆墓还要多。让我倍感吃惊和兴奋的是，出土的文物验证了我的考证。在海昏侯墓中出土了酿酒用的蒸馏器，海昏侯刘贺生前喝的是蒸馏酒。这就意味着至少到公元前1世纪，中国已经开始酿造蒸馏白酒，刘贺生前喝的是烈酒，高度酒，入口即辣的辣酒，当然那是有身份有地位拥有财富的人才能喝上的酒,所以才改为"吃香的喝辣的",那是百姓向往的小康社会。

刘贺喝的酒不是百姓家就能酿出来的,用高粱、玉米、豌豆酿出来的蒸馏酒是官方作坊酿出来的,以当时的技术看,其酒精含量的度数应该在30度左右。在西汉称其为好酒、烈酒应当之无愧。

又过了两百多年,到了东汉末年,国家的政治更加腐败,官僚猖獗,民不聊生。但酿酒技术却是在稳步提高,这是一个很奇怪但却在中国带有规律性的现象。"何以解忧?唯有杜康。"曹操饮的杜康酒已然是纯粮食的发酵蒸馏酒,且已净若清水,说明至少过滤过数次,甚至数十次,其酒精含量应达到45度左右,难怪曹操十次大饮九次醉,能在醉中一槊刺死刘馥,说明其酒之烈,完全把曹操拿下,醉中杀人不自觉,直到第二天酒醒后才后悔不已,用"三公之礼厚葬之"。建安七子,各个是才子,各个是酒徒,皆受益于烈酒,亦受罪于酒烈,以曹植为例,终日沉醉在酒中,不分昼夜地昏醉,没有烈酒何至于此?

关公刮骨疗毒,并不用丝毫麻醉药,也不用土法,缚臂于柱,而是饮酒下棋,从容自若。华佗的手术刀刮在关公的臂骨上滋滋有声,周围的将士皆经百战不死者都被瘆得魂飞魄散,不能自持,关公靠什么?光靠英雄气壮是不行的,他靠的是烈酒。关羽未醉是因为被剧痛化解,酒与痛俱飞。关云长饮的酒不但是烈酒,而且极有可能是他藏在军中的高纯浓度的烈酒。烈酒真厉害,它成全了一代军侯,一代英雄,它也留下了厉害的美名。

由关云长"酒尚温时斩华雄",引发东汉末年烈酒饮法的争论,是热喝还是冷喝?两千年前的蒸馏白干酒是极为少见且很珍贵的高级酒,汉代人重礼教,喝那么高级的好酒要经过一个加温的仪式,以示隆重,饮前还有歌舞、吟诵,关云长在军前就免了,但喝热酒依然。也有一说当时北方天寒地冻,常常零下二三十摄氏度,喝热酒更易挥发,更易豪饮。

但到了宋朝时期,民间多"筛酒",尤其《水浒传》中一说喝酒就大呼二叫"把酒只管筛来"。何用"筛"?何为"筛"?如何"筛"?

酒到了宋朝,已经成为第一大饮品,其霸主地位已确定无疑,不但官吏饮,军人饮,皇亲国戚饮,而且老百姓也饮,不但国有大宴,官设官宴,要上好酒、烈酒,就是民间互请互饮,也必有酒相佐。酒已经普及到有事必有酒,请客必上酒,就是没事没客也要独酌独饮。不但男人饮,女人亦饮,不但年轻人饮,老人更上瘾。酒到北宋已然是天下第一"瘾品"。

酒在北宋时期彻底走向社会,走向民众,但高纯度的蒸馏白酒,仍在高层未下基层。而《水浒传》中描绘的恰恰是普通老百姓的生活,民间社会基层。据我考证,北宋那个时期民间饮的酒,绝大部分是发酵酒,街坊邻居稍有技术的就能酿造,开酒店的也大都是前店后厂,像《水浒传》说的十字坡孙二娘开的店,其酒很可能是自己酿的。这些自酿的土酒往往不加过滤或仅经过几道过滤。据我所知,现代中国的高端白酒一般要经过近百道过滤,白酒中绝对不能出现一丁点儿杂质或者沉淀。白酒评比的第一项就是看它的纯净度。而宋朝时期的家庭作坊式的小酒坊是酿造不出纯净的白酒的。土酒不但有渣子，而是很可能有杂物，就像唐朝人喝茶要"筛"一样，宋朝人喝酒也讲究"只管大碗筛来"，那种靠"筛"来过滤的土酒绝非高度的烈酒。所以在《水浒传》中说到皇帝赐的御酒也绝不用"筛"，而用斟。也就可以得出这样的结论，皇宫中的好酒、烈酒都是高纯度的，要"筛"的仅仅是土酒、混酒，绝非是烈酒，才能用大碗"筛"来。

当年看过电影《红高粱》以后就对其中的红高粱酒"十八里红"表示有疑问，至今也愿与张艺谋、莫言商讨。之一，从电影中看他那个酒坊，是一间简陋落后的乡村家庭小酒坊，看他发酵酿酒的方法是酿不出烈性酒来的，但电影中他爷爷拿火一点，一大碗红高粱酒便被点燃了，而且发出蓝色的酒精火焰。从其燃烧看，那碗酒的酒精含量至少应在60度，但那座小酒坊恐怕连40度的烧酒都酿不出来。之二，红高粱酿出的烧酒是无色透明的，绝酿不出红如胭脂的红色烧酒来，这应该是常识。中国的白酒几乎都是用高粱做原料，但酿出来的都是"高粱白"绝非"高粱红"。

什么酒是烈性酒没有一个标准。

20世纪80年代中期，我到俄罗斯的符拉迪沃斯托克旅游，非常偶然地走进一家临街的人家作客。给我印象最深的除了女主人娜达莎的超级身段和男主人那马克思似的胡须外，就是那串烤肉，足有一米长的铁钎子上串着切成像中国小月饼似的鹿肉。主人从柜橱拿出一个四方形的大玻璃瓶来，这种容器我在中国从未见过。玻璃瓶上并没有任何商标，裸瓶，里面的溶液是乳白色，不透明，像是清水中滴进了牛奶。老爷子很兴奋，大胡子笑得一抖一抖的。蹩脚的翻译告诉我们，这是他珍藏的最好的烈酒,是他做军官的儿子特地捎回来的,是高加索地区出的一种特殊的伏特加。问他此酒叫什么名字?他极认真地回答:叫烈酒。老爷子真慷慨,每个人面前放一个玻璃杯,我估计是150毫升容量的,统统倒满。看着那浑浊得有些翻泡的烈酒,不禁让我想起《水浒传》中下了蒙汗药的白酒,有些可怕,但老爷子极豪爽,微笑着敬完每个客人,然后撩开胡须,一伸脖,一气竟然灌进大半杯,足有中国的二两多。我小心翼翼地喝了一口,一股很奇怪的味道,辣中有涩,涩中有苦,不对中国人的口,但老爷子喝得神采奕奕,得意扬扬。后来我终于搞明白了,那的确是高加索一带的土法酿造的土酒,土伏特加,像肖洛霍夫在《静静的顿河》里写的那样,是个哥萨克爷们儿就能喝一瓶半瓶土伏特加。那些土酒真的没有任何商标,没有任何标志,裸装,被俄罗斯人统称是"烈酒",有一个极惹人爱的爱称:小宝贝。

我一直认为俄罗斯的伏特加应该列为低度烈酒,伏特加的酿造法似乎不可能酿出中国酒徒心中的烈酒。若干年后我出访俄罗斯,在圣彼得堡见到一瓶俄罗斯圣彼得堡出品的蒸馏伏特加,其酒精含量竟能高达82度,没喝就差点儿醉倒。2000年初,我到波兰访问,波兰朋友告诉我,他们波兰出的一款烈酒可以和中国的烈酒有一拼,此酒的名字叫"Spirytus",酒精含量为96%,吓得酒徒也得抽筋。

我喜欢欧洲的葡萄酒,温馨、滋润、香甜、高尚,颇有欧洲绅士的风派。一般中国人习惯性地称其为果酒,这种称谓中含有此酒不是烈酒,很难称为好酒之意;果酒在中国酒徒眼中普遍被认为是水果酿出的甜水。一瓶葡萄酒可能比一瓶中国白酒贵若干倍，在这个世界上最贵的酒是葡萄酒，但喝它不过瘾，就像拳击运动，葡萄酒可能是最轻量级的，即使是葡萄蒸馏酒我也不曾把它们看得格外重。比如法国、意大利的白兰地，苏格兰、英格兰的威士忌，喝起来都味道十足，且极易上瘾，整个欧洲都称它们为烈酒，似乎谈它色变，但一般中国人不会，他们似乎从来没有把白兰地、威士忌当作是烈酒。

只有德国人让我刮目相看。德国朋友拿出一瓶看上去并不太起眼的矮瓶胖肚酒，告诉我，这瓶酒翻成中文可能叫"绿妖"。这是一种至少蒸馏发酵过几十次的蒸馏葡萄酒，德国人称之为烈酒，他讲了一个故事让我后脊梁冒凉气。他说当年"泰坦尼克"号起航前，船长、大副等为庆祝这艘当时空前豪华，号称永不沉没的巨轮的处女航，喝的就是这种德国烈酒"绿妖"，以至于数日酒劲依然，醉了大脑、醉了小脑，也醉了四肢。再不敢小看葡萄蒸馏酒，方知德国除了黑啤冰酒外，后面还有压台压阵的"大将"——90度酒精含量的"绿妖"。

我在中国除酒精外，没听说有酒精含量90度的烈酒，中国的烈酒和"绿妖"相比，皆温良恭俭让矣。据说苏格兰还有一种比"绿妖"还妖魔的威士忌，酒瓶的商标上大字注明"苏格兰四次蒸馏威士忌"，酒精浓度92%。喝这种酒不允许抽烟，严禁明火，否则会引起爆炸。把这瓶"苏格兰四次蒸馏威士忌"倒进汽车的油箱里，它可以让一辆跑车每小时跑一百公里。此酒真烈！也真厉害！中国也没听说。我不忍喝也不敢喝，一直把它带回中国，放在家中的酒柜里。有时候无意看它一眼，觉得它像夜里草原上的孤狼，瞪着绿幽幽的双眼。

　　美国的葡萄酒最地道最有味最绵长的要数加州的红葡萄酒，我喝加州的葡萄酒总感到有些加拿大冰酒的味道。美国的国酒鸡尾酒没有喝头，在场合上举杯邀酒尚可，连美国人也不真心喝它。但有一次，我在加州一家美国友人的酒庄里喝酒，喝得得意了，也喝得有些高了，对美国酒的烈性表示了怀疑。美国朋友说美国酒不但有女人味，还有西部牛仔味，不知中国酒友是否敢喝？他拿出一瓶包装极像中国酒的地道美国酒，上面的大字英文标明是"Golden Grain"，翻译成中文似乎应该是"金麦酒"。

　　一杯无色透明的液体，在中国该叫"琼浆玉液"，当时散发出一种奇怪的异香，一种闻所未闻的异域酒香。我小心翼翼地端起酒杯，这在中国人看来这不是喝烈性酒的杯子，是喝"色酒"的高脚杯。我极内行地浅浅地、轻轻地吮了一小口，品它，立时感到此美国酒不可貌相。

　　酒一进口，立刻直冲口腔，冲击力、辐射力极强，让人神经一颤，浑身一抖，口中不是香甜，不是醇厚，也不是柔润，更不是畅快美顺，甚至不是辣、麻、苦、涩。而是一种火辣辣的灼烧痛感。那燃烧的灼烧感直通口腔，瞬间征服舌头，直冲鼻子、眼睛，这种美国烈酒厉害在它一口能让你双眼发直、眼眶发烧，这种灼痛直逼脑门。而胸腔乃至胃肠此时此刻已被这种燃烧的液体燎烧成沸腾的沸锅。我自喻喝酒数十年，酒场酒阵烈酒好酒见多不怪，但从未见过这种洋烈酒。我猜想当年费翔唱《冬天里的一把火》，估计是喝了这么一大杯后才忘我成那样。拿过酒瓶一看才见"真佛"，原来其已标明酒精浓度95%。

中国市场上销售的白酒中，绝对没有如此之烈的。中国没有"西部牛仔"。

我的一位大学同班同学当年在河北衡水当副专员，他送给我两瓶纯真的地道的衡水老白干儿，据他讲，中国烈酒中最有代表性，最有品牌价值，最烈最高档也是最悠久的就是衡水老白干儿。

我品过号称中国最烈的烈酒。

70多度的衡水老白干儿之烈，有句不胫而走的名言，喝时一定要腚顶住墙，防止被老白干儿冲一个跟头。我也只喝过一次，只尝过一杯，但那感觉依然刻骨铭心。

中国酒有中国特色，中国烈酒也<u>丝丝缕缕、点点滴滴</u>都离不开中国人的口味。酒也有一种灼热感，但恰恰是热到烫人，又灼不痛人，灼不伤人，绝对没有"灌辣椒水的味道"。它让人中枢神经一激灵，但也仅仅是点到为止，像中国武术中的高手过招，点到不伤到，指到不打到。那股热烫的扩散是缓慢而执着的。不仅仅是苦、辣、涩、麻，而是沁出一种难以充重复的绵香，直沁人心脾。

我感到那股酒的热流静静地流过喉头，舒缓地流进胸中，轻轻地流到腹内，你甚至能感到那烈酒的源头在哪里，这真是太神奇了……

据我所知，中国70度以上多次蒸馏酒的最早酿造时间应该在20世纪50年代。之前的酒，倒退三千多年是发酵酒，推到两千多年前开始有了蒸馏酒，那才真心有了烈性酒，直到五六十年前才有了双蒸馏白酒，才开始有了现代意义上的烈酒。中国从20世纪60年代开始，酒界开始追求低度白酒，一度曾出现18度的蒸馏白酒，后到近三十年才又开始提温提高，很多人讲究喝高度酒、原浆酒。烈酒又重归。但据我所知，中国的白酒中从来没有哪种酒是四次蒸馏酒，因此中国没有高过80度的烈酒。像美国的全麦酒、苏格兰的高烈度威士忌、牙买加的朗姆酒、保加利亚的"BV"酒都是经过四次蒸馏的烈酒，酒精的含量都是85至95度。其酒之名亦浓烈，叫"尖叫的紧衣耶稣"、"瞬间死亡"等。

如果认为烈酒必然醉人就是望文生义了，外国的烈酒不敢概括，中国70度以上的烈酒不醉人，说它不醉人不是醉不倒人，是因为喝它的人都小心翼翼地提着心吊着胆，像在刀锋上行走，几乎没有人大口喝，皆品也、尝也，以喝过为荣，故曰：烈酒不醉人。

戏说毒酒、药酒

成语"饮鸩止渴"典自《后汉书·霍谞传》，鸩这种鸟居然那么毒，其羽毛泡过的酒"甫一沾唇，未入腹中，已告命丧"。《后汉书》中未写明这种像美国大火鸡一样的鸟其他部位的毒性如何，但注明一点：其五彩身体，羽毛像孔雀，双眼血红发光，栖树上，以食毒蛇为生，估计把毒蛇的毒都浸注到自己的羽毛上了。请教一位专家，他不屑一顾地说，如此，鸩岂不是比眼镜王蛇还毒。在地球上人类现掌握的一百二十多万种鸟类中，绝无鸩或像鸩一样的毒鸟。但他又明确且肯定地说，其羽毛之毒比氰化物还甚，可能人类为取其毒羽毛制作毒酒，捕杀过度而使之灭绝。原来鸩可能成于毒酒，亦可能亡于毒酒。但对此原因我仍颇感疑惑，广东人一年要吃掉三千吨蛇，其中有些人专喜欢吃毒蛇，甚至非眼镜蛇、眼镜王蛇、非蝮蛇、蝰蛇不吃，但未闻用他们的毛发包括他们汗毛、阴毛、阳毛泡酒，沾唇即亡。可见鸩鸟为何而毒尚为课题。可惜鸩鸟已亡矣。

司马迁曾经说过，人固有一死，或重于泰山，或轻于鸿毛。人被他杀或自杀，或光明磊落，悲壮而亡，或被阴谋而杀，死无葬身之地。鸩酒见证过多少悲惨痛苦的场面？经历过多少人间悲剧、断肠时分?

有文字记载的最早以毒酒致命的应是司马迁的《史记·吕不韦列传》。

司马迁写到秦王嬴政要杀吕不韦时说:

> 君何功于秦?秦封君河南,食十万户。君何亲于秦?号称仲父。其与家属徙处蜀。

从处理嫪毐一案,吕不韦已看出嬴政手段,不但车裂嫪毐,灭其宗族,又诛杀亲兄弟二人,囚其亲母,株连数千人。对嬴政,其功莫大于不韦,其恩莫大于不韦,封君河南享十万户亦不为过,称其仲父亦名正言顺,这些秦王心中明白,吕不韦亦清楚。现在要卸磨杀驴,焉愁无罪名乎?吕不韦知道,等待他的很可能是生不如死,人不如鬼。他的选择是明智的,自杀了结这场恩恩怨怨。在怎么死上,他没有选择像春秋战国时期君王臣子那样自刎而死,他选择了"饮鸩而死"。体面快速几乎无痛苦,又能落个全尸。吕不韦到他临死的一刻都没糊涂,像他总撰《吕氏春秋》一样。很可能吕不韦亲眼见过鸩酒的厉害,也可能他以相同的身份刻意去寻找过这样的毒酒。在秦王临政以后,韦相国就发现嬴政不是他玩于股掌之上的小王爷,他懂得成则王侯败则贼。我揣测,这种有剧毒的鸩鸟很可能是吕不韦派人寻找到的,从发现鸩鸟的羽毛有剧毒,到泡制成毒酒,都是在吕不韦秘密控制下完成的。

自秦以后,以毒酒要人命的事件才层出不穷。鸩酒毒死的最大人物恐怕要推汉孝灵帝。董卓专权后,废汉孝灵帝。

虽然董卓大权在握，却时时不放心这位被废皇帝，常常派人窥探，终于以莫须有的罪名，派亲信以送寿酒为名，给汉孝灵帝送上一壶鸩酒，孝灵帝誓死不喝，竟然被董卓手下强灌。在中国皇帝中，被鸩酒毒死，汉孝灵帝是第一位。

《汉书·齐悼惠王刘肥传》中有记载：

太后怒，乃令人酌两卮鸩酒置前，令齐王为寿。

幸亏刘肥的同父异母的兄弟孝惠皇帝刘盈紧急相救，否则早已尸陈阶前。刘肥得知寿酒为鸩酒时，吓得魂飞魄散，他太知道他的这位母后的手段了，她把刘邦的宠妃戚夫人折磨成人彘，她能把与刘邦共同打天下的韩信加害至死，刘肥每思至此，冷汗如注，两股战战，身瘫如泥。虽然刘肥在手下人的献计之下逃脱一死，但从《汉书》中可见，吕后的鸩酒是常备着的，时刻准备酌而用之，说明用毒酒杀人已是西汉的一种行刑规格和待遇。史书中似无记载，汉宫中吕后到底贮藏下多少鸩酒。这个想起来就让人浑身战栗的女人。

一千年过去了，历史的尘埃也积厚如石了，但毒酒依然毒，鸩酒依然用。真乃其毒千年不散。不知毒酒曾要了多少人的命？

据《南唐书·申渐高传》记载，南唐皇帝要毒杀大臣周本，就置毒酒赐给周本。周本警惕性甚高，他既有司马昭之心，便有司马懿之疑，就把皇帝赏赐的鸩酒分为两杯，要和皇帝共饮共庆，这的确为孝武高皇帝出了道几乎无解的难题。谁都没想到，这时为皇帝演戏奏乐的优人申渐高见到皇帝在犹豫，一边舞之,一边歌之,一边走上前,接过周本的酒说,请皇帝赐予我吧,一饮而尽。申渐高不但救了周本,也破解了高皇帝的难题。高皇帝立即派人带解药去救申渐高,但其毒发甚快,申渐高已经"脑裂"而死,让人不寒而栗。这鸩酒经过千年改进,其毒力已非沾唇而死,而是"脑裂"而死。

到了唐朝,饮鸩而死,几乎相当于现在的"安乐死"。

唐武则天重用酷吏,酷吏折磨人的办法让人肝胆皆碎,绝不能让人饮鸩而亡,而让受刑者享尽人间酷刑,甚至是十八层地狱的酷刑。何谓生不如死?唐之酷吏明白。他们还创新发明酷刑,如请君入瓮。

酷吏在完成其政治历史使命后,武则天又把他们像扫垃圾一样赶出政治舞台。据说武则天下诏书,赐两壶御酒与来俊臣之类的酷吏,且明白告之,一壶是鸩酒,一壶是醇酒,自己选择,自斟自饮。条件只有一个,喝醇酒者,要重新经历酷吏们自己曾经实施的酷刑。据云:来俊臣这帮酷吏们皆毫不犹豫,纷纷抢鸩酒,且诚心诚意地谢武皇帝的隆恩,痛快且幸福地饮鸩酒而死。

中国历史上最卑鄙、最无聊、最愚昧、最残酷的谋杀之一就是赵光义毒杀李后主李煜,他使用的毒药牵机药,让这位亡国之君死得更惨。问题是这种剧毒的毒药李煜是怎样服下去的?历史上似乎认为是赘言,其实是细节。它不是药丸,亦非药粉,更非药汤,它只能是皇帝赵光义赏赐的毒酒,逼李煜喝下。至此可见,至宋时代,要人命、杀人致死的毒酒不再独为鸩酒,能成为毒酒的还有牵机药。

宋王朝时,更"时兴"一种毒酒,更准确地讲是药酒——

把蒙汗药投放在酒中把饮酒者蒙翻，该下手则下手。

问了很多人，皆不知蒙汗药是怎么做成的，会有那么大麻醉劲儿？亦不知宋时蒙汗药到何朝何代就不消自亡了。

施耐庵对蒙汗药是比较了解的，在《水浒传》中多次显示出蒙汗药的威力。在"杨志押送金银担　吴用智取生辰纲"中，一桶放了蒙汗药的酒，竟然把十五个身强力壮的军汉麻翻了，连杨志这种好汉只喝了半瓢药酒也被麻得全身麻醉且睡死过去，这药酒何其厉害！再到武松遇见母夜叉，施耐庵这次交代得清楚，酒是好酒，但其中放了蒙汗药，蒙翻过路客人，肥的切做包子馅，瘦的却拿去填河。加了蒙汗药的药酒是微微发浑，且就热酒喝下，药力来得更快更猛，像武松这样的壮汉子，母夜叉丝毫没有担心，三碗药酒下去就能把这位曾经十八碗仍过岗，赤手空拳打死斑斓猛虎的大汉拿下，这药酒端的好生有力。

伴有蒙汗药的药酒多次出现在以宋为背景的文学作品中、舞台艺术上，像《三侠五义》《小武义》等，蒙汗药的药酒其力无穷，酒入口则人倒矣，于是生出许多让人提心吊胆的杀人越货的故事，也派生出许多采花摘花的花下鬼的风流韵事。

但似乎到了元朝时期蒙汗药酒就悄然无声了。而到了宋朝，鸩酒也如断了线的风筝，已不知飘到何处。

元以后，蒙汗药几乎绝矣，但药酒未绝。中华民族讲民以食为天，也以喝为本，自明、清以来各种滋补药酒尤其昌盛。以"五毒"泡的药酒横行城乡，已为行医的药方。各种珍奇动物、鸟类、昆虫、植物，几乎无不入药酒，世界有多大，药酒的天地就有多大。

在李时珍的《本草纲目》中泡药酒的各种植物，包括叶、茎、根、花、蕊、果，竟达数百种。像虎、豹、豺、狐，全身上下几乎无处不入药，无处不入酒。《金瓶梅》中的西门庆就曾喝泡着人参的药酒以壮其阳。

在一家并非很有名的酒店里，摆着几十瓶泡着人参的烧酒，隔着瓶看，泡在其中的人参几乎个个都是比胡萝卜还粗壮的"野参"。这并不奇怪，从朝鲜回来的人，几乎人人都买几瓶朝鲜参酒，酒瓶里都安然地躺着一棵茁壮发育的高丽参。据说朝鲜的药酒火力旺壮。

在一家中医中药厂曾经目睹一只老虎，除了皮、肉，几乎都被分散泡在硕大的玻璃圆缸里，有些惨不忍睹，但据介绍，人有数十种病，非此药酒莫解。

在一家饭庄的酒柜上赫然摆着一排圆柱状的大号玻璃瓶。里面泡的东西既让人毛骨悚然，又让人大开眼界。蛇，皆手腕粗细的眼镜王蛇；蜈蚣竟然是长约一尺粗若拳头的庞然大物，让人无不跌眼镜。一群肥壮的四脚蛇，似乎还活着，似浮似游；最可怕的是一种红头尾的怪虫，在药酒里那凸出的大眼睛闪闪发亮，直瞪着外面的世界，让人瘆得慌。还有的药酒缸里泡着缩成一团的穿山甲，还有毛发毕现，个个都像醋碟大小的毛蜘蛛，细看那几只蜘蛛王的腿脚好像还在蠕动，甚至还有从医院捡回来的死胎儿，让人受不了。但治什么、疗什么、干什么都写得清楚。药酒都有标价，且有疗效，现打现喝，保证见效。

有的酒店的药酒以壮阳为主，特大号玻璃瓶中泡着马、驴、狗、牛的鞭，个个硕大无比，极其难看，但广告词写得明白，喝上即补，三杯见效。三杯过后不见效，如找到经理，经理会一本正经地告诉你，犹如大夫对病人：你肾亏过度，阳气衰竭，三杯不足以补，可连饮数杯，必然崛起争雄。

药酒的内容越来越多。

那时行过一阵鳖热，全国上下通吃王八，一时间无鳖不开席。鳖宴中最重要的一道风景是把活王八捉来，当众以利刃刎颈，颈血不能四溅，要保证王八血一点一点滴进白酒杯中。但见王八血滴入酒中后立即四散，血竟然呈丝状向上下左右洇湿，能让人想起滴血辨亲的京剧《三滴血》。据说有人曾经招待过一位德国人喝王八血酒，话不投机，德国人老土，死活不肯喝，最后一脸怒容拂袖而去。德国佬不认货，中国人不缺他那根葱，王八血酒照喝，而且喝得真是煞有介事似的，如沐新生。喝蛇胆酒，把一条拼命挣扎的毒蛇擒到餐桌前，厨师极熟练地像剪指甲吐口痰一样活活把蛇开了膛，又极熟练地像拿筷子解裤子一样把那颗似动非动的青蓝色的蛇胆放到白酒杯中，一挑，挑出蛇胆的皮，白酒渐渐变成浅蓝色、浅灰色。厨师会叮嘱你趁鲜一口闷，其作用伟矣，既能明目，又能活血，兼可去瘀，且能壮阳，如果是女宾即可滋阴。

有广告说，每天一杯春药酒，可令人筋骨强壮，返老还童。

应该让他喝一杯真正的药酒，喝一杯鸩酒，喝一杯蒙汗药酒。

划　拳

非物质文化遗产正热，应邀去参加一个座谈会，果然讨论得热火朝天，历数我国非物质文化遗产种种，让人兴奋激动。见山见水，我也顺着专家们的思路谈锋畅谈一番我了解的中国非物质文化遗产，大概也说了十数种，看众皆额手称道。不知为什么临要说完时，突然冒出一句：我认为"划拳"也应列为中国非物质文化遗产，甚至可以申遗，据我所知世界上还没有这种酒文化，这种酒文化要比京剧还源远流长。看得出众人皆一怔，疑为怪论，认为划拳可以属于酒文化的伴生品，但低俗粗野难登大雅之堂，和非物质文化遗产似风马牛。我也较起真来，先对一位哲学专家说，哲学上讲，大辩若讷，大苦若甜，大直若曲，大起大落，何不谓大俗大雅呢？又对在座的专家提出了一道似易却难的命题：谁会划拳？我愿与其一搏，搏中方显文化，方能辨出是雅是俗，还是雅俗共赏。都不会吗？既然诸位都不会划拳，焉知其不为非物质文化遗产？划拳一词显粗，其实早在隋唐时期划拳已经盛行，只不过那时称其为"猜枚"，直到今天华北和西北的一些地方仍然延衍千年前的老称呼，叫"猜枚"。不该属非物质文化遗产？

一

学会划拳是我到农村插队接受贫下中农再教育的结果。

我插队的晋西北农村穷，但遇到红白喜事却从不马虎，一盆山药蛋也能做出七八道菜来。没有鱼就在盘中放一条木头刻的鱼，上面淋上一勺浆汤，下面铺着切成薄片的山药蛋，起个吉祥名：鱼在水中游。肉是自家养的猪羊，杀翻一只足够摆十桌八桌席用的。晋西北人会过日子，看着一大盆红烧肉，红灿灿油光光那般的诱人，其实就是表面一层，下面是白萝卜山药蛋。炸丸子也分荤素两种，主桌上摆的是盘小丸子，那是肉丸子，其他桌上是海碗堆尖，上面薄薄一层摆的是像樱桃似的肉丸子，下面全是萝卜酸菜土豆粉捏的素丸子。最实惠的是红烧粉条子，端上来都是用的"盆子"——北京人称那东西为黑瓷盆——两三厘米宽的山药蛋粉做的粉条地道，多少年后想起那些一提足有二尺多长的又有嚼劲儿又有味道的纯粉条，还牙缝滋滋地冒馋水。

最开眼的是划拳，插队之前在北京没见过划拳，没见过从头至终完整的一个单元的划拳，更没有见过手之舞之，头之摆之，口之唱之，眼之转之的划拳。把我们几个北京插队知青都看得"晕了"，"镇了"。

划拳是酒席上的最后一台戏，刚开始上菜时，人人都饿得眼里冒火，喉咙里恨不能伸出一双筷子，谁的嘴都不够使唤，谁还顾得上划拳？"硬菜"过去以后，连汤带卤带菜，吃得微微冒汗，这个时候才是划拳的开始。名曰：鼓腹而歌。

农村的白席红宴都是摆在院子里，气派讲究的摆在场院里，对着自家大门的大街上，一摆摆一院，一摆摆一街，无论冬夏皆然。因此不怕你嗓门儿高调子尖声音脆，四野天地而歌。酒也不是什么好酒，不是纯粮食酒，估计是县里小酒厂土法酿的烧酒。一般都在买回的酒里兑注些井水，没有人会计较这些，这是那个时代的潜规则，否则酒到三巡而枯，那才是失礼没面子的大事。

我们都围在旁边看，看得津津乐道，看到高兴之处拍着大腿高声叫好，像看京剧看到台上的名角一个亮相一个高腔赢得满场的"碰头彩"！

西北农村的酒盅不大，五盅一两酒，掺了不少井水的烧酒顶多20多度，像我的酒量当年喝一公斤恐怕也只是微微带醉。

两个对阵的饮者"门"前先"立"三盅，酒要斟满，溢出酒盅。两个人见面，先笑笑，一摆手即上阵，叫阵的开门词唱得漂亮："高高山上一头牛，两个犄角一个头，四个蹄子分八瓣，尾巴长在腚后头。"

高亢，苍凉，激动，飘逸……两个人的声音和谐押韵，扣得紧又分得清。难在不是光有嘴功，是五官配合，手腰并动，手之舞之，歌之导之，两个人的动作一模一样，约定俗成，只是分左右不同。唱"高高山上一头牛"，两个人同时把右手的四指攥拢，大拇指竖起，拳对拳，指对指；又唱"两个犄角一个头"，两个人同时把左右两手竖在左右两耳旁，唱到"一个头"时又把左右手同时攥成拳，竖起拇指，讲究拳对拳指对指；又唱"四个蹄子分八瓣"，左右两手一变，分别扬起做四指状，唱到分八瓣时双手齐做八状；又唱"尾巴长在腚后头",两手回收,夹腰提臀挺胸昂头,夹腰要左右摇两摇。真美。真歌舞也!两个粗壮的汉子,面对面,眼瞪眼,张开大嘴,像在黄土高坡上唱走西口二人台,毫无顾忌地吼,一种真情的发泄,一种带有野性的张狂。他和唱民歌还不一样,他想赢,在争斗中赢,一种男性胜出的渴望,一种自然的流露……那才叫酒不醉人人自醉。然后才是五魁手啊,六六顺啊,三结义啊,银河会啊……

农村真是个大课堂,知识青年到农村去接受贫下中农再教育太有必要了。我们回去就认真学,反复练,拿一大碗凉水做酒,足有五百毫升,谁也不敢含糊大意,否则连输三碗就腹胀如鼓。渐渐我们都成了划拳的高手,四十年后偶有小试,竟然牛刀未老,可见功夫不负有心人。

二

那年我去俄罗斯采访,在绥芬河一老酒店里遇见几位东北老客,正有滋有味、有腔有调地在划着拳,喝着东北小烧。规矩似乎是"祖国山河一片红",每个人面前摆三满盅酒,那酒杯够个儿,一杯足有一两二,东北小烧一般都是56度,一点火一片蓝色的火焰。因为是在酒馆里,唱酒歌的声音不大,不吼,男中低音,东北味儿山东腔,划起拳来别有一番滋味:"上有天,下有地,左右哥哥右有弟,中间摆上那酒一具。叫你喝,你不喝,请你喝,你不喝,伸出手来你就得喝……"唱得美,比画得也美。唱"上有天"时,两个人把拇指跷得高高指天,两个人四只眼都向上看着房梁;唱"下有地",两人同时把大拇指翻转,拇指向下指,两人同时低头往地下看;又唱"左有哥哥右有弟",手形不变,拇指同时指左,脸左摆眼左望;唱到"右有弟"手又变为右指,脸右转眼右望;又唱"中间摆着酒一具",二人同时翻手,手掌向上手背向下,指着摆在酒桌上的酒;又唱"叫你喝,你不喝",右手立掌,同时左右摆做拒绝状,"请你喝,你不喝"依然重复刚才的动作;又唱"伸出手来你就得喝",两人以目示意,攥拳相碰,代表行了礼,这就吆五喝六地开划。

当然也有开门见山即奔主题的,那也要先约定"碰头好",是一个好还是两个好。如定下一个好,两人先抱拳或拉手示礼,然后年龄小的喊一声"老哥你好啊——"年龄长的也要同时喊出来"老弟你好啊——"这就开始划起拳来了。

我曾在青海湖边见到几位当地的老乡,野炊划拳,那才叫真正的唱,像西北人立在塬上唱《兰花花》。面对面盘腿而坐,酒杯斟满,两个人不约而同地咧开大嘴唱起来:"一个哟哟尕老汉哟哟哎,七呀七十七哟——"两人先跷起拇指过顶,然后两手拇指食指中指捏成七状,分左右对应。又唱"七十七的老汉汉哟哟颤巍巍——"唱到"颤巍巍"时两人都轻轻地摆动右手,像微微起波的水;接着唱"过了十年哟哟尕老汉汉啊八十八十七哟——"唱到"十年"两人平立手掌,叉开十指,用力往前推,但两人掌不碰掌,唱到"八十七"时一手做八状,一手做七形,一点儿不能错,错即输了;接着唱"还是颤巍巍哟,颤巍巍哟——"两手同时再做波浪状。极美,极韵,沧桑的烟酒嗓,浑厚的青海风味,古朴的韵调拉腔，火爆爆的男人野性。那才叫文化，叫艺术，叫原汁原味的原生态，那才叫酒不醉人人自醉，醉得还深哩。

三

划拳也有规矩。输拳必喝，先喝后划，"酒不下肚拳不上路"，耍赖不是汉子。如果是两人划，一般三杯酒为一单元，如果连赢三拳，输家要喝三杯，但拳场上的规矩是"干三不过"，不能叫输家自己满饮三杯，输拳不输酒。这时赢家要主动端酒陪一杯，输家要把两根筷子并齐，用筷子头在桌面上磕一下，做谢礼。拳场上的规矩是"拳打胜家"，你赢了，输的这一方就没有资格和你再划了，别人再上，很像现在比赛场上的淘汰赛。如果是"打通关"就不一样了，一般酒桌上的高手要端着酒壶，一位一位地划，一位一位地赢，要把全桌人都划遍，又称"打圈"，没点儿功夫是打不下来的。

划拳出拳的规矩似乎全国一盘棋，没有人做过规定制定过法则，但天南地北的酒客坐到一起，会划拳的伸手必成规矩。只要你出拳不喊"宝一对"，即零对零，都要挺直拇指。无论喊几出几都离不开拇指，拳场上的术语叫"大旗不倒"。如果你喊"三结义""三桃园"，而伸出的是无名指、小拇指、中指，俗称"边三"——五指中靠边上的三指，那就很幼稚了，行家会笑话你，周围看拳的人也会笑话你。但如果你喊哥儿俩好，却亮出了八字状，立起拇指伸平食指做手枪状，则是划拳中的忌手，要被罚一杯，对人不礼貌。划拳的大忌是出"黑拳",出黑拳一般是要罚酒的,划拳中出三次黑拳人家就会"跳"过你去,和别人划,不带你玩了。黑拳就是喊少出多,像打麻将中的相公。你喊"四进财"啊,却伸出五指来,这就是黑拳,失水准。初学划拳的人一般都喊一水儿的五魁手,因为你无论伸几个指头都不会成黑拳。不犯规。但高手坐在一起,喝的是72度的衡水老白干儿或70度的山东琅琊台、73度的吉林闷倒驴,那就不一样了,高手过招儿,一拳是一拳,一杯是一杯,定下的规矩就苛刻得多了。"免魁去宝不请全",就是说在十个数字中不许出5、0、10,这样碰击的概率就更高了,难度就更大了。如果两个人喊的是同一个数,出的指头之和又恰恰相符,拳场上叫"喜相逢",两人端杯互敬互饮。当然也有"江湖乱道"的没规没矩,十个数都可以出,"喜相逢"也不对饮,另起一行再来。

  划拳讲究心明眼快,心灵手巧,缺一不可。眼不快不准不行,划快拳的出拳如击鼓。五指伸曲有度,变化无穷,你稍稍一慢一走眼,赢的拳早已云飞天外,子虚乌有。捉要捉得准,划到"八匹马啊"突然停了,对方还想继续划,人家晃着手不言不语,拳能说话,煮熟的鸭子才飞不走。老手欺负新手,你好不容易赢了一拳,他一快一晃就溜了,你没捉住,才使到手的胜利化为乌有。熟能生巧。我有位朋友,也是在基层工作时学会的划拳,出拳一左一右,两手对两人,且风格不同,左拳是柔拳,一水儿的兰花指,京剧中的青衣手指;右拳是刚拳,一水的重拳直指,京剧中的铜锤花脸。一心二用,还是常胜将军。

四

划拳的历史到底有多长？起始于何年何代？文字尚未有记载。但酒喝到一定程度要有一种游戏伴酒，既能活跃气氛，又要各人参与其中，还要促进饮酒。叫劝酒的人有一种胜利感、荣耀感，饮酒者也自认技不如人，差错就在瞬间，该罚该饮。划拳自然就派生出来了。

现在有史可查的是，西汉时这种酒席上斗智斗勇的游戏就有了。汉武帝是位玩家，善饮，喜看别人饮，这时酒席间的饮酒游戏叫投壶，而原始意义上的投壶从春秋时代就开始了。

孔子善饮，有酒宗之称，能喝酒百觚。我相信孔夫子老先生绝不会一个人自己喝闷酒，喝一百杯，酒精度再低也扛不住。孔夫子老先生肯定在宴席上有行酒令。

西汉的开国皇帝汉高祖刘邦回到故乡大宴乡亲们，刘邦本来就是高阳一酒徒，能喝酒，能喝大酒。据我考证，高皇帝在席前的《大风歌》——"大风起兮云飞扬，威加海内兮归故乡，安得猛士兮守四方"——就是一首酒歌，让乡亲们、弟兄们饮起来的行酒令的歌。那些曾经和高皇帝一块儿玩的沛县的老百姓，想必和刘邦当年一样没有什么"文化"，不是像鲁迅说的那种"穿长衫的喝酒人"，都是一帮混混、"青皮"、土痞子，酒酣之时，必然赤臂上阵，出拳猜枚，赌胜负为喝。

到汉武帝时，投壶已经十分普及，至少在高层贵族士大夫皇宫大院里喝酒时皆有投壶。不过那真是贵族皇家的气派。

离酒席五到九尺远，置一青铜壶，形象地说，那壶从外形上看极像老北京王爷贝勒爷家中的高膛大肚细脖的铜痰筒，不同的是壶脖两侧有耳。投壶的人一人拿四支去了镞的箭或者是粗细相当的荆条，投进壶的为赢，投不进的罚酒。但礼仪搞得过于隆重，要有乐队奏乐，要分主宾列席，还要有裁判站在投壶边上，还要有专门的计算器，有专人计算，计算也繁杂，都投中或都未投中，投不中离壶的远近等，也只有皇家能行。那时皇室显贵把酒会称为"嘉会之好"，酒席上必有的节目就是投壶。

汉代无名氏曾作一乐府古辞说得直白：

东厨具肴膳，椎牛烹猪羊。主人前进酒，弹瑟为清商。
投壶对弹棋，博弈并复行，朱火飏烟雾，博山吐微香。
清樽发朱颜，四坐乐且康。

乐曲声中开始敬酒，然后就是投壶一博。汉武帝时有一叫王胡的人投壶百发百中，西晋时石崇家有一伎女，隔着一架屏风投壶，亦能百发百中。还有位投壶高手闭眼"瞎"投，竟能凡投必中。投壶这种酒席上的游戏何时渐行渐亡不得而知，但凡太烦琐太铺张太阳春白雪了，其行难远。

西汉时还流行一种酒席游戏——类似划拳的"射覆"，说白了就是猜谜。以后到唐、明、清，越来越复杂，终究难以流行到今天。汉武帝也沉溺于射覆，酒席间汉武帝的内侍东方朔常和郭舍人玩射覆。郭舍人先"覆"：

客来东方,歌讴且行,不从门入,逾我垣墙。游戏中庭,上入殿堂,击之拍拍,死者攘攘。格斗而死,主人被创。是何物也?

东方朔"射":

长喙细身,昼匿夜行,嗜肉恶烟,掌所拍扪,名之曰蚊。

射覆太高雅了,象牙塔中的玩意儿。

但射覆到唐不衰,说明那个时代士大夫玩的是深沉。唐代大诗人李商隐也喜欢玩这种游戏:"分曹射覆蜡灯红。"一玩玩半夜,瘾头不小。但玩射覆的圈子会越来越小。

北宋四大名家拳划得也好,酒令行得也深奥。苏轼、秦观、黄庭坚、佛印和尚,那酒令行得,起句要一种花,这种花还要落地无声,次句要引出一个与这种花有关的古人,第三句这个古人又引出另一位古人,而且还要前古人问后古人一种事,后古人要用唐诗作答。苏轼也行:

雪花落地无声,抬头见白起,白起问廉颇:如何不养鹅?廉颇答曰:白毛浮绿水,红掌拨清波。

这位东坡居士的酒令句句有出处。白起为战国时秦之大将,廉颇为赵之大将。白起由雪花引起,会意为"白",雪纷纷扬扬引出"起",语带双关。颇与鹅押韵,采用兴的手法引出白鹅。"白毛浮绿水,红掌拨清波"诗出自唐骆宾王五言绝句《咏鹅》。这酒令行的曲高八度。

在酒席上坐着的还有晁补之，北宋大家，为"苏门四大学士"之一，一肚子经纶学识，行的酒令也高雅：

笔花落地无声，抬头见管仲，管仲问鲍叔：如何不种竹？鲍叔答曰：只须三二竿，清风自然足。

管仲、鲍叔不必多作解释。笔花乃李白之梦，梦见笔头生花，此花落地肯定无声，如何引出管仲？原来笔花之笔古称之为管，所以抬头见管仲。叔与竹押韵，以鲍叔起兴，引起种竹。这酒令原该失传。

轮到秦观，秦观也是"苏门四学士"，被尊为婉约派一代词宗，好生了得！但听秦观行酒令：

蛀悄落地无声，抬头见孔子，孔子问颜回，如何不种梅？颜回答曰：前村深雪里，昨夜一枝开。

孔子、颜回不必解释，如雷贯耳。倒是这蛀悄似乎无人知道。蛀悄，蛀屑也，就是东西被虫蛀后产生的细微尘屑，自然落地无声。秦观真能想。最绝的是把孔子在酒令中作双解，即是孔夫子，又作孔，即小洞解释，这才引出抬头见孔子，为什么不是仰首见老子，是因为东西遭虫蛀以后必然留下一个洞，即孔也，所以才抬头见孔子，对连得极巧妙。回与梅押韵，由回起兴，引出种梅。

佛印禅师最后行：

天花落地无声,抬头见宝光,宝光问维摩:斋事近何如?维摩答曰:遇客头如鳖,逢僧项似鹅。

大家到底是大家。

曹雪芹先生是高手,《红楼梦》中有不止一场射覆的场面,写得热闹,但看着清冷,谁会啊?谁有资格玩那酒令?曹雪芹的那段射覆的文字不长,倒不妨抄录下来,看看我们谁还敢喝酒?

轮到探春了:

探春便覆了一个"人"字,宝钗笑道:"这个'人'字泛得很。"探春笑道:"添一字,两覆一射也不泛了。"说着,便又说了一个"窗"字。宝钗一想,因见席上有鸡,便射着他是用"鸡窗""鸡人"二典了,因射了一个"埘"字。探春知他射着,用了"鸡栖于埘"的典,二人一笑,各饮一口门杯。

再看看史湘云的"令",更是好生了得:

酒面要一句古文,一句旧诗,一句骨牌名,一句曲牌名,还要一句时宪书上的话,共总成一句话。酒底要关人事的果菜名。

请看黛玉是怎样说的:

落霞与孤鹜齐飞,风急江天过雁哀,却是一只折足雁,叫的人九回肠,这是鸿雁来宾。

黛玉又拈了一个榛穰,说酒底道:

榛子非关隔院砧,何来万户捣衣声。

这真真是不让人喝酒了,就是坐一圈文字博士博导,玩起这种射覆,行起这种酒令,恐怕也是寸步难行。
当然曹雪芹先生也说:

湘云等不得,早和宝玉"三""五"乱叫划起拳来。那边尤氏和鸳鸯隔着席也"七""八"乱叫划起来。

曹大师也说得直白,"一国两制",有玩高雅深沉深奥的,也有玩大众直白简约的。就连大观园内的小姐们都会划拳,且热衷于划拳,划得入情入戏,极上劲极热闹,更不用说一般闾阎街舍了。我猜想曹大师肯定不懂不玩或当时不屑一玩划拳,但细想似乎也不是,宝玉会划拳啊,且瘾大啊,划起来上劲啊,赢啊输啊的从不赖酒,罚则必喝。但曹大师又显然外行,把划拳称为"乱叫"。划拳是博智博勇,类似两军对垒,是有个谁压倒谁的气势,但绝非乱喊,乱喊的不是不会玩就是喝高了。曹雪芹不懂划拳的门道,一个乱字好生了得,暴露了他不懂"下里巴人"啊。

五

俗语"酒逢知己千杯少"是一种夸张,喝酒划拳可以把酒劲喊出来唱出来,又可以放慢饮酒的节奏,抒发感情,升华性格,让人借酒劲恢复人性的自然,卸了妆的自然。我偶尔碰上一位会拳的朋友,总要在适当的场合划几拳:"高高山上一头牛,两个犄角一个头……"

美,感觉真美……

闹　酒

据有关抽样调查表明：中国男人中，包括老、少、边、山、穷地区，除了未成年人，一生滴酒未沾过的爷们儿为万分之一；喝酒一生从未醉过的人为万分之一；喝醉酒包括佯醉、半醉、假醉后，闹过酒的人又为万分之一。

喝酒、醉酒人皆知之，何为闹酒？

20世纪60年代侯宝林先生讲过闹酒的段子。

侯先生认识一位爱喝酒闹酒的人。用侯宝林先生的话讲，有些人一喝就高，一高就闹。老北京酒友中称这种人为"闹爷"。闹又分群闹孤闹，顾名思义，群闹是两三位酒主儿都喝高了，一块儿闹酒，用北京话说，那就大发了，热闹了。侯宝林先生说的闹爷基本都属于孤闹。

这位闹爷喝高了，摇摇晃晃离了酒桌，晃晃悠悠来到马路当街上，冲四周瞧热闹的人直言相告：没喝高，也就喝了半瓶多，还能再喝半瓶，有点儿燥热，哪儿凉快点儿？马路中央？对！这位闹爷开始闹，四肢朝天，呈大字平躺在马路上，凉快！有人赶快喊，快起来，自行车来了！这位闹爷一指自己的胸口，口吐狂言，从这儿碾过去！骑自行车的一瞧，焉敢玩命？从旁边骑过去了。又有人喊，有三轮车过来了，那位闹爷依然爱答不理，一指自己的胸口，从这儿碾过去！没人敢惹。又有人高喊，汽车开过来了！谁知那位闹爷仍旧躺在马路上如躺在自家床上，纹丝不动。又有人大喊，救火车来了！没想到这位闹爷一个筋斗翻起来，抱头鼠窜。为何？侯宝林先生幽默地说，因为救火车轧死白轧，要闹酒回家闹去。

其实回到家中，他老实得如鼠见猫。进门都属黄花鱼溜边儿，闹爷的河东吼孙二娘似的站在门口虎视眈眈地正怒视他。他进屋先把衣服脱了自己洗去，因为躺马路脏了衣服，他家"孙二娘"不依。乖乖的，小毛驴似的，此谓闹酒。

闹酒在中国自古有之。平民闹，名人也闹。

李白闹酒闹出大名来，在朝廷闹酒，当着皇帝、贵妃闹酒。酒高了，李白的脾气上来了，唐玄宗、杨贵妃不是想要我写诗吗？倚马可待，随手拈来。但爷是醉了。李白有些酒量，也爱酒，也属于不喝不沾不醉，一喝一沾必醉，醉则闹，闹才出诗。

人生得意须尽欢，莫使金樽空对月。
天生我材必有用，千金散尽还复来。

不是酒话又是何言？

主人何为言少钱，径须沽取对君酌。
五花马，千金裘，呼儿将出换美酒，与尔同销万古愁。

不是闹酒又是闹何？

但这次李白是酒高了,闹大了。李爷愣是让当朝宰相杨贵妃的哥哥杨国忠为其研墨,让皇帝的大太监相当于秘书长的高力士为其脱靴,亘古未闻,历朝未见,当然"名垂青史"。

柳三变亦喜酒好色之奇才。柳永酒量有限,但好酒,一生不离酒色,过得风流倜傥。柳永亦狂士,酒后闹酒,好词好语尽出在闹酒之中。倚红偎翠之中,酒酣高歌之余,正是狂意未尽之际,秦楼楚馆之间正是闹酒良处。

知几度,密约秦楼尽醉。便携手,眷恋香衾绣被。

柳三变岂为等闲之辈?苍天无眼,眼中无才子,因此才闹酒,狂吟"忍把浮名,换了浅斟低唱"。这位北宋第一大词人,风流才子,没想到这一闹酒竟然真把功名闹飞了。本来能中进士的柳三变被宋仁宗钦批:"此人好去'浅斟低唱',何要'浮名'?且填词去。"柳永真才子,从此知功名已绝,自喻"奉旨填词",自做自风流浪子,仍然醉在红楼之内,闹在翠房之中。这次闹酒似乎决定了柳三变的人生轨迹,"才子词人,自是白衣卿相"。

闹酒闹出笑话一笑了之,闹飞功名随风而去,但要闹出人命,闹出政治事件、桃色事件就闹大发了。

春秋五霸之一楚庄王一次和群臣痛饮,估计喝得差不多了,就请出自己的美姬助兴,为各位斟酒。场面热闹欢快,高潮不断。正在此刻,堂上蜡烛突然灭了,此时有人闹酒,要没了酒劲则无人有此胆量敢调戏君王之爱姬。没想到那位楚庄王的美姬竟然是块"老姜",趁那位将军占便宜之际拔下他的帽缨，求楚庄王严惩无缨之人。好在楚庄王也是好酒闹酒的酒徒，才让众大臣将领皆取去帽缨，喝个够，闹个够。不是楚庄王大度，很可能这顿酒会闹得人头落地。此绝非耸人听闻。

东汉末年曹操的知名度要远远高于楚庄王。曹孟德好喝酒，亦酒色狂徒。曹操不但喜酒，亦深知酒的魅力，虎牢关前曾斟满一杯热酒为关羽战华雄壮行，才留下关羽温酒斩华雄之美谈。曹操亦常醉酒，醉酒之后才失宛城，失长子，失典韦。英雄酒醉，亦如爱之永恒。但曹操闹酒。一次酒宴，都喝得非高即大了，曹请出在宛城得的美人甄氏，众人皆为其美貌惊得几乎魂飞魄散，张口结舌，座中只有一位只管自吃自饮，自得自乐，对美女视而不见。曹操闹酒，浑劲儿上来，竟然找机会把人家杀了！赤壁大战前，曹操自称率八十万大军要一举荡平江南，踌躇满志，势在必得，因此率群臣于战船上痛饮，在大江之上闹开了酒，才演出大醉的曹操横槊立江上，把酒酹滔滔，又连干三大爵，曹操开始闹酒。先是"对酒当歌，人生几何？"尽情抒发，又唱又和又舞又蹈，闹酒至极致，即乐极生悲，曹操酒兴之下当场一槊刺死扬州刺史刘馥，闹酒闹出人命。

闹酒也有闹出"政治事件"来的。

公元前131年夏天，汉景帝的小舅子、国舅爷田蚡被封为武安侯，官居丞相的田蚡要娶燕王刘嘉的女儿，那婚礼搞得犹如"国庆大典"。喜宴开得山呼海啸一般。除了汉景帝没去祝贺，还有够不着的，级别不到的，其余满朝文武鱼贯而入。酒席上一贯对田蚡所作所为不满的灌夫看到官员们对田蚡毕恭毕敬,阿谀奉承得让人肉麻,而对原来的丞相魏其侯窦婴却大刺刺地"避半席",爱答不理的。灌夫曾和窦婴是"哥们儿",政治盟友,他想,老子们在台上时,田蚡不过是我们廊下的一名掮客走卒而已,事到如今,真可谓天变地变人心变。于是灌夫借酒骂座,抒发心中的不满,羞辱新秀权贵。那天灌夫确实喝醉了。酒喝高了闹酒,借酒骂座亦喝酒之常事,劝下去拉下去醒酒去也就罢了。但田蚡从中看出这是一种政治较量,不是你压倒我就是我压倒你;不是东风压倒西风,就是西风压倒东风。田蚡也借酒闹酒,一声令下,将灌夫拿下,推到死牢,重刑严审,追查同伙,严究后台。魏其侯不乐意了,心中的愤懑、政治的失意、旧情的深陷,使窦婴再也按捺不住,跳出来为灌夫求情鸣不平。"闹酒"终于变成了"闹朝",灌夫落得个全家被斩,罪莫大焉,魏其侯最终也在渭城被处死。一顿酒闹得让司马迁满怀感情点灯熬油地写下数千文字。这顿酒闹得,史上有名,让司马迁抚案长叹数声。

闹酒,天子有天子的闹法,王侯有王侯的闹法。有文闹,有嬉闹;有武闹,有胡闹;还有异想天开地闹,往死里折腾地闹。

北齐皇帝高洋,嗜酒贪杯,喝则暴饮,醉则大醉,闹则浑闹,没边没沿没人性地折腾着闹。

喝醉之后的高洋闹酒发泄首先就是杀人,醉眼惺忪之中,瞧见谁不顺心不顺眼,手起刀落,鲜血四溅,头颅落地,他异常兴奋。于是不再以刀剑杀人,而是用斧子、砍刀、锯子、锛子,把人活活肢解,大卸十几块。最能让他感到刺激的是人在绝望临死前痛苦的惨叫,忍受不住剧痛发出的歇斯底里般的怪叫。他把几个甚至十几个活人绑在柱子上活活烧死。即使是他心爱的女人，他也说翻脸就翻脸，又杀又剁又剐，还都是自己动手。

这位高洋皇帝爷也有"绝闹"。寒冬腊月，滴水成冰，气温估计在零下二十多摄氏度。高洋喝醉酒后，脱得赤条条一丝不挂在大街小巷狂奔，最让人称"绝"的是，他借酒力，竟然像猴子一般爬到几十米高的宫殿上，在宫殿光溜溜的琉璃瓦屋脊上来回飞跑，吓得下面的侍者臣子看都不敢看，他却没事似的开心玩闹。

北齐从开国到亡朝五个皇帝，个个闹酒，一个比着一个瞎胡闹。直闹得皇帝丧了命，亡了国，灭了朝，连皇后、皇太后也流落到大同当娼妓谋生。

百姓也有百姓的"闹法"，这就是酒的魔力。

我在色织厂工作时，认识了工厂锅炉房的孙师傅。孙师傅有一米八几的高个头，称得上高大魁梧；高鼻大眼，宽额方脸，人帅，有股自然溢出的神气。初我还以为他是篮球运动员，后来才知道他原先是县剧团唱武生的，当年唱革命样板戏《智取威虎山》头牌，扮杨子荣，唱念做打，曾红遍半个县。后来因为生活作风问题被开除出剧团，罚到我们厂劳动改造烧锅炉。后来我把这事打听清楚了，他和小常宝搞上了，还搞得人家肚子大了，把他批斗得又臭又狠，工资也由三十八块半降到二十二块钱。

孙师傅平时轻易不动酒。但据说当年在县剧团唱夜场戏，又有县里区里领导坐在前排看，孙师傅临上场要一仰脖喝几口高粱烧酒，酒能提神壮胆。

那天我们"打拼伙",就是现在的AA制。孙师傅拿来两瓶土法制的烧酒,现在绝对见不着这种劣质的"粗酒"了,透过酒瓶看是一瓶混浊不透明的液体。那年代,会喝酒的人一眼就能看出来那是劣质高粱烧酒中又加兑了薯干酒。用酒圈里当年的酒话说,喝这种酒一定要靠着墙喝,提防着一口酒下肚就能撞倒你。

忘了因为什么了,反正那天孙师傅高兴,说爬床底才找出这俩"宝贝疙瘩"。没多大工夫,又没什么菜,我们几个喝成够上台不化装了。喝红脸的,用酒圈中的酒话说跟猪肝差不多,比关老爷还老爷;喝白脸的,脸白得跟刚解下绳的吊死鬼一个模样。

那酒跟原子弹似的,没人能扛过四两。厂里几乎没人看见孙师傅喝醉过。那天不知因为什么,孙师傅喝高了。

孙师傅激动得说起剧团的往事,那些感动人的爱情故事,直讲得孙师傅终于忍不住哭了,劝都劝不住。人厉害,酒比人厉害。孙师傅也够惨的。

突然,孙师傅摇摇晃晃站起来,又晃晃悠悠在当屋转了一圈,煞白的脸上突然升起一片红晕,像化装前脸上打了一层底色。孙师傅显灵了,两步一拖竟成了台步,嘴里打起了山西北路梆子的家伙什儿,过门以后,一个高腔叫板,打板的、司琴的、小锣小镲的。孙师傅不愧是县剧团唱头牌的,高调高音高腔,戏牌子还是《智取威虎山》,唱词是他有感而发:"想当年,登舞台,气冲霄汉,满堂赞,齐欢呼,面对群山。"又是打板拉弦小鼓小锣小镲,"我是真心爱她,她也真心想嫁我,为何啊,为何?你们又批又斗,又斗又批,生生拆散鸳鸯拆散人家？把我批得，斗得，整得，臭得，就像、就像、就像……"孙师傅恨恨地一个垛板，一口北路梆子的悲哭长调，说出一个人把我们吓得酒都醒了——

"就像、就像、就像那林、林、林彪！"

这酒闹的。

酒　歌

中国最早的酒歌当推《诗经》。《诗经》就是中国的祖先酒微醉、半醉、大醉后的放歌集，直抒胸怀，直颂情感，直唱爱憎，高歌现实。

《诗经》是什么人写的？是多少人写的？似乎已无从考证。但《诗经》之成诗应该是在公元前11世纪到公元前6世纪。从《诗经》中的三百零五首诗来看，能留"青名"的几乎全是酒徒醉翁。正应了李太白在酒歌《将进酒》中的高腔高调：

古来圣贤皆寂寞，惟有饮者留其名。

《国风·周南·卷耳》：

我姑酌彼金罍，维以不永怀。

颇有酒醉，尚未到佳处。
《国风·郑风·叔于田》：

叔于狩，巷无饮酒。岂无饮酒？不如叔也。洵美且好。

酒喝到如此，不歌不酒也。醺醺有醉矣。

《国风·郑风·女曰鸡鸣》：

弋言加之，与子宜之。宜言饮酒，与子偕老。琴瑟在御，莫不静好。

看似酒后初醒，或未深醉。

《小雅·鹿鸣》：

鼓瑟鼓琴，和乐且湛。我有旨酒，以燕乐嘉宾之心。

以酒会友，以酒待客，以酒欢乐，其欢其乐，其酒其醉，虽隔三千年不散。

翻开《诗经》，至今还能闻到一股股醇绵的酒香。

到屈原时，就更是无酒不悲，无酒不吟，无酒不唱，无醉不舞，无醉不疯，无醉不狂。

朝饮木兰之坠露兮，夕餐秋菊之落英。

屈原如无酒无醉，恐怕不会演绎出惊天地泣鬼神的壮举，中国会少一个伟大的节日。再次证明酒醉能使人叫、使人跳、使人疯、使人闹，使人殉情、上吊、投河、自刎、撞崖。

《史记》中未见秦始皇喝大酒，更未见这位始皇帝酒后而歌。但《史记》中却极形象极细腻极成功地刻画出中国第一位平民皇帝不光彩的形象,后人喻之流氓、市侩、小人、屠夫,几乎没什么赞歌。而刘邦留下了一首酒歌、醉歌,也是千古一歌。

大风起兮云飞扬,威加海内兮归故乡,安得猛士兮守四方!

再未见中国有哪位皇帝有此气魄,有此胸怀,有此气势的酒歌。

西楚霸王的醉歌堪称生死绝唱,堪称大丈夫横刀立刀视死如归的壮歌。四面楚歌,数万汉兵,山崩在前,地陷在后,虞姬将别,赴死已然,生死一线,命绝于前。项霸王真英雄,真君子,真大气,真无畏,也真情长,也真爱情,也真血肉,也真豪情。其歌声烈长空,其歌声动人间,其歌撼动五岳,其歌唤回江河。项霸王的死和屈原的死,一样悲壮,一挥热血,一样鬼泣神号。项霸王和屈原一样,死前的醉歌独享人间。

力拔山兮气盖世,时不利兮骓不逝。
骓不逝兮可奈何,虞兮虞兮奈若何!

酒歌之论,还当推曹孟德曹操。曹操嗜酒,逢喜必酒,遇酒必饮,饮则必醉,醉则必歌。

曹操治国与其酒歌当齐名,都在中国历史上留下英明。曹操的《短歌行》那酒歌唱得面对沧桑,面对天地,面对人生;感叹光阴,感叹事业,感叹忧伤;渴望未来,渴望成功,渴望人才；抒发情感，抒发胸怀，抒发志向——高唱酒的魅力，唱响酒的赞歌。

对酒当歌，人生几何？譬如朝露，去日苦多。
慨当以慷，忧思难忘。何以解忧？唯有杜康。
……

全歌一百二十八个字，把酒临风，高歌畅思，直抒胸怀，字字是真情，句句有酒香，非曹孟德不能有此胸怀，有此感情；非曹孟德不能有此悲壮雄浑的酒歌。

曹孟德死后三百多年，中国又出了一首酒歌，传之之远，传之之广，让人把酒之际，思绪飞扬，目空四野，心潮澎湃，热血沸腾。那是在东西两魏打得难分难解，打得人仰马翻之时。东魏权臣宰相高欢带兵十万围困西魏重镇玉璧，苦苦攻打五十多日，战死病死七万多人，不得不撤围而退。军心不稳，谣言四起，加之高欢年高病重，军队陷入崩溃的边缘。高欢不愧是政治家、军事家，令全军在草原上升起篝火亲自和全军将士一起痛饮，以示帅在军心在，令身边猛将斛律金醉吟酒歌。斛律金大醉，以刀柄击盾，醉声嘶哑，唱出了一首在中国历史上被呼之为最伟大的民歌：

敕勒川，阴山下，天似穹庐，笼盖四野。天苍苍，野茫茫，风吹草低见牛羊。

高欢及全军齐声和唱，不少将士被唱得热泪滚滚。高欢斛律金甚至东西魏的战争能有几个人记得？但是这首近乎伟大的酒歌却一直流传至今。

商纣王名声不好，亡国亡朝之君。他头上的"帽子"集中在三顶"桂冠"：暴君、昏君、庸君。主要原因是被一个妖艳歹毒的美女妲己所迷惑，置国置朝于不顾，商纣王是典型的好色美人第一，追求爱情理想第一，爱美人不爱江山，为美人折腾朝野，踢腾糟蹋江山。但却很少有人提及妲己为爱情付出生命。

妲己酒量甚大，天生嗜饮。据《商轶》记载商纣王宠爱妲己，几乎天天、夜夜摆宴。商纣王好大喜功，在宠妃妲己更是奢尽天下之侈，穷尽天下美食，一醉方休。但几乎每次参加酒宴的商纣王和近臣美女都醉得昏天黑地，唯独妲己不醉，也深得商纣王之爱。商纣王也不知妲己能喝多少酒，多少酒能醉。商纣王兵败牧野，"登鹿台，衣其宝玉衣，赴火而死"。而妲己此时此刻决心以命殉情。据说这是妲己第一次喝醉，醉后长涕高歌，那酒歌醉歌唱得周围所有人皆涕泪，让围攻鹿台的周武王的士兵也瞠目结舌。可能因为妲己是亡国亡朝之祸，她酒后殉情之醉歌唱的是什么？没有任何记载，只记得妲己趁酒醉歌罢，一说投火而死，一说自尽而亡。还有一说，因妲己酒歌唱得山林为之呼啸，河流为之畅涨，连鹿台大火都似乎停止燃烧，周武王士兵都忘记去杀妲己，是周武王亲自催马一箭射死妲己，虽野史，亦感人也。商纣王没有白爱妲己一场。

最让人感动的是卓文君。卓文君恐怕是中国历史上女权主义的拓荒者。为了爱情她舍弃了一切，不要金钱，不要安逸，不要奢华，不要地位，不怕与她那钟鸣鼎食的巨富家庭断绝关系。不要忘记那是公元前150年的事，礼教的束缚如茧缠身。为心爱的司马相如不惜私奔，不惜连夜夜奔。卓文君真豪杰，和司马相如奔回成都后，家徒四壁，无以为生，又不得不返回临邛老家。卓文君敢面对世俗，面对贫苦，面对残酷的现实，自己开酒店，自己动手酿酒，自己站柜台卖酒。要知道卓文君娘家是临邛县数一数二、身价千金的富贵人家。非常可惜，司马迁先生可能不如我对卓文君认识得这么深。他在《史记·司马相如列传》中没有展开写卓文君。卓文君不但懂酒知酒喜酒，会酿酒、卖酒，而且还会品酒、喝酒。有婉转美丽的传世酒歌《白头吟》：

愿得一心人，白头不相离。
竹竿何袅袅，鱼尾何簁簁！

没有酒，没有酒歌，中国将丧失一支足以感动整个中国历史的爱情晨曲。

当今的酒歌唱得更明白，更清爽，更火爆，更煽情，更直接，更要命。

姜文曾在电影《红高粱》中唱红、唱亮、唱脆了酒歌：

九月九，酿新酒，好酒出在咱的手。
喝了咱的酒，上下通气不咳嗽。
喝了咱的酒，滋阴壮阳嘴不臭……

一四七，三六九，九九归一跟我走，好酒好酒好酒。

这酒歌唱得粗犷、浑壮、裸白、火辣。

当年我曾经听李光羲唱《祝酒歌》不禁落泪，后得知触情落泪者几乎整礼堂。那歌唱得真如翻身解放，唱得真情四溢，唱得人心花怒放，唱得人心潮澎湃，唱得人思绪万千。

美酒飘香啊歌声飞，
朋友啊请你干一杯，
请你干一杯，
胜利的十月永难忘，
杯中洒满幸福泪……

酒歌中不光有欢有喜，也有悲有泪。

中国的一代歌王堪推王洛宾，王洛宾自采自编、自弹自唱的民歌，从新中国成立前一直唱到新中国成立后，从20世纪的30年代，一直唱到现在；从战争唱到和平；从痛苦唱到幸福，又从幸福唱到悲苦；从监狱内唱到监狱外。

1947年王洛宾创作的民歌就被外国人公演，那个时期外国乐坛只要提到中国民歌，舍王则无人。1998年在台北"跨世纪之声"音乐会上，美国爵士天后戴安娜·罗斯，世界三大男高音之卡雷拉斯和多明戈，都以唱王洛宾之《在那遥远的地方》作为压轴歌。环视天下，中国似无人能与之匹对。

王洛宾的歌一半是情歌，一半是酒歌；一半是热血，一半是烧酒。那每一首民歌几乎都以爱作曲，以情作词，几乎都是吉他伴奏，酒做拍节。

《在那遥远的地方》虽然只有四个小节，音域不超过一个八度，却没有人不推崇其为世界名曲、绝世之歌。但他却没有能和他心爱的姑娘卓玛终成眷属。似乎歌唱完了，酒也醒了，情缘也尽了。老天对王洛宾真够残酷的，真够无情的。爱是那么真挚、热烈、幸福，却是那么短暂。而那位美丽、多情、浪漫、天真的卓玛的命运就更悲惨。她仓促结婚又无奈离婚，再婚再嫁，似乎幸福在那首传世民歌中已经光顾过她了。留给她的只有阴影。卓玛，让王洛宾时时忧伤地弹起吉他，时时悲惨地唱起她时，总禁不住有热泪夺眶而出。卓玛1954年死时才三十二岁。王洛宾只能在落日余晖时，独饮冷酒唱残歌。

那是一首情歌，一首让世纪低头的民歌，也是一首酒歌，一首醉歌，没有酒就不会有王洛宾的热情，没有这首绝世之歌。

有人把王洛宾称为"狱中歌王"。他从1960年以后整整坐了十五年大狱。其罪名之一是他写过一首新疆民歌《萨拉姆毛主席》。王洛宾有诗人的气质，有民歌王的热血，有男儿的冲动。当他看到新疆的库尔班大叔要骑着毛驴进京见毛主席，就谱写了这首歌。

像我们这茬被呼为"50后"的人，几乎无人不会哼两句《萨拉姆毛主席》，可见其传播之广，也可见其艺术之生命力。据说王洛宾也是边饮酒边创作，自饮自弹，自编自唱。但不知为什么，也不知何时，此歌被禁，被称之"无与伦比的反动"，因为王洛宾要"杀了个毛主席"，不点不明，不批不臭。这么一传达，我们再唱时就再也唱不出"萨拉姆毛主席",全都被拐到"杀了个毛主席"。那年头一唱也一激灵,难道王洛宾真想用歌声"杀了个毛主席"?歌王被开除军籍,判十五年徒刑。

其实"萨拉姆"是原音翻译的阿拉伯语,其意为"你好"。但其词谁辩?其实《国际歌》在中国流传也是借助于外语的音译,也是一支酒歌。其翻译者瞿秋白乃中国共产党中的一位"酒魁",估计无人能喝过他,瞿秋白曾经和郭沫若两个人在武汉的一家酒楼对饮五瓶茅台,谁也没醉,且无醉态。那晚在翻译《国际歌》时,瞿秋白亦高饮独饮,自译自唱,热血沸腾,但是译到最后实在找不到一个合适对应的词来合拍合意,估计酒意之下难以细想,便欣然以音直译"英特纳雄耐尔"。

王洛宾是靠民歌闯过灾难的,民歌、酒歌给了他生命,给了他青春,给了他希望,也给了他活力。

因酒歌落难的还有更喜剧性的,也应了那句老话,林子大了,什么鸟没有?他就是一只极快乐的"鸟",极有个性的"鸟",也极嗜酒如命的"鸟"。

"文革"期间有一首歌唱得特别红,经过那个时代的人现在依然能哼唱两句——

天大地大不如党的恩情大,
爹亲娘亲不如毛主席亲。
千好万好不如社会主义好,
河深海深不如阶级友爱深。
毛泽东思想是革命的宝,

谁要是反对他谁就是我们的敌人。

那位酒徒一时饮之高矣,尽兴边改词边唱,周围皆酒友,一边赞和一边唱,不料数日之内竟然传之四方,被立为现行反革命罪案。原来他是毛泽东思想宣传队的,会唱会弹也会编,其词改编如下:

天大地大不如酒的恩情大,
爹亲娘亲还有酒也亲。
千好万好不如兄弟们喝酒好,
河深海深不如酒瓶酒杯深。
喝酒是团结克敌的宝,
谁要是不喝谁就是我们的敌人。

很容易就破了案,他也因酒蹲了几年大狱,好在以后平反补发工资,恢复待遇,因曾是被"四人帮"迫害的人物,着实红了一阵。据说他的酒友们欢迎他归来时,人人端着大酒碗,齐声高唱他改编的《饮酒歌》:"天大地大不如酒的恩情大……"

其实今天的酒歌多情歌、豪歌、喜歌、真情之歌,能唱得人热血沸腾、热情奔放、热泪禁不住往外流。

那位在《三国演义》中扮演关云长的陆树铭,每每唱起他作的酒歌,都使我禁不住热泪流。母亲已去世十余年,却从他那酒歌中看到泪珠,从泪珠中看到母亲。

喝一壶老酒，让我回回头。

回头啊望见，妈妈的泪在流。

每一次我离家走，妈妈送儿出家门口。

每一回我离家走，我一步三回头……

喝这壶老酒啊，让我回回头。

回头啊望见，妈妈你还没走，

一年年都这样过，一道道皱纹爬上你的头。

一辈辈就这样走，春夏冬和秋……

酒话 酒事 酒疯子

高阳酒徒

吾是谁？吾高阳酒徒也。

"酒徒"最早见著于文字的，我研究当属司马迁之《史记》。河南杞县有一狂生，司马迁称其为郦生，其大名郦食其。说生也六十岁矣，秦末一甲子当为老者，但其高傲狷狂之气冲霄汉。去见当年起兵造反的军阀刘邦，没想到刘邦不见。刘邦也狂妄，老子一天到晚脑袋悬于裤腰，浴血拼搏，哪儿有闲工夫和酸文人"磨牙"？《史记·郦生陆贾列传》中三笔两画勾勒出刘邦的嘴脸：

沛公不好儒，诸客冠儒冠来者，沛公辄解其冠，溲溺其中。

视中国历史上，当着来访之客，摘下客人的儒冠，往人家帽子里撒尿，除了刘邦，别人做不出来，呼之流氓皇帝，不冤。像刘邦这样的人，也只能由郦生对付：

郦生瞋目案剑叱使者曰："走！复入言沛公，吾高阳酒徒也。"

刘邦老实了。

遽雪足杖矛曰："延客入。"

至少"徒"在先秦时代不是具有明显贬义的词，然而此后只要和"徒"相连，皆为不入流的"烂仔"：赌徒、匪徒、暴徒……

高阳出了位酒徒，郦食其当算名人。高阳酒徒从此出名。高阳酒徒死在韩信手中，亦悲乎惨乎。本来郦食其奉汉王刘邦之命去说服齐王降汉，齐王听从这位高阳酒徒的分析，决定降汉，于是和郦食其"日纵酒"。我看齐王亦鲁之酒徒，酒徒见酒徒，除整日纵酒，焉有其他？没想到淮阴侯韩信听说这位高阳酒徒光凭一张嘴，一杯酒，让齐国七十多座城不战而降，心中抖然不乐，趁齐国兵马刀枪入库，马放南山，"乃夜度兵平原袭齐"。齐王田广以为高阳酒徒"涮"他，赚他，于是"令烹"郦食其。郦食其千嘴难辩，临入鼎被烹之际请巨樽狂饮，不负高阳酒徒之名也。

沛县酒徒

刘邦头衔多了，唯独缺一桂冠，"沛县酒徒"也。

司马迁有记，说刘邦"好酒及色"。比高阳酒徒多一好。

且行为无赖,喝酒挂账,耍赖皮,赊酒,只不过司马迁碍于他是汉朝开国皇帝,编了一个段子说他喝醉了,得哪儿就在哪儿醉睡了,人家"见其上常有龙,怪之。高祖每酤留饮,酒仇数倍"。这些皆后人编造,给皇帝贴金,其实他常常赖酒那两家酒店是惹不起刘邦,他身为亭长,又是青皮、流氓、无赖,黑白两道皆通,别说白喝几顿酒,就是砸了酒店又当如何?说声造反有理,不是斩白蛇就起义了吗?人家是有苦难言。"岁竟,此两家常折券弃责。"

刘邦不容易,戎马一生,征战一生,伴酒一生。脱去龙袍,除左股上有七十二颗黑痣,其本色酒徒色鬼是也。

屠夫皆嗜酒

曾问一专业人士,答曰:酒可化瘀,酒可解仇,酒可消恨,酒不令人心愧。人皆曰不可理解。或曰,不提屠刀,焉能认可?呜呼!

《史记》中最著名的屠夫乃樊哙。樊哙主业不是屠猪、羊,而是屠狗。没跟随刘邦造反闹革命时就嗜酒巨饮,军中猛士,攻城拔寨,出生入死,杀人如麻,更是离不开酒。在鸿门宴中,正是这位屠夫救了危在旦夕的刘邦。樊哙有多凶多猛多要命?"瞋目视项王,头发上指,目眦尽裂"。连项王都被这股凶气所迫,"按剑而跽",壮士惜壮士,项羽爱樊哙这股冲天霸气,要赏他酒,赏他"斗卮酒",我估计按现在的计量应在三千毫升左右,樊哙不辞,"立而饮之",用现代的喝法叫一饮而尽。项羽又赐给他一只生猪腿，看猛士如何食之？那樊哙把手持的盾牌放在地上，拔出佩剑，生切之，吃生猪火腿片。我在意大利也吃过生猪火腿皮，人家切得极薄，隔着火腿片能看见意大利红葡萄酒的商标。而两千多年前的樊哙用的是青铜剑，我揣测，他那把青铜剑再锋利，也不会切成半透明的薄片，且鸿门宴那环境那场面，也不允许他玩手艺，估计切割成肉条就放嘴里嚼了，生吃之。所以当项羽问他："壮士，能复饮乎？"樊哙说了两句酒话："臣死且不避，卮酒安足辞！"酒后真言，命都舍了，还在乎再喝多少酒吗？司马迁云："舞阳侯樊哙者，沛人也。以屠狗为事。"

罗贯中说张飞："身长八尺，豹头环眼，燕颔虎须，声若巨雷，势如奔马。"张飞就是屠夫，不同的是张屠夫杀的是猪，不是狗。"死了张屠夫，就吃混毛猪"不知是不是言指张飞。但张飞喝了一辈子酒，且酒量极大，《三国演义》上说，张翼德喝酒是大碗干，论坛喝，有酒必醉，这可能和他年轻出道就操刀杀猪有关。张飞到头来喝了一辈子酒，最后死在喝酒上，酒后无德，"暴而少恩"，让自己的部下手刃于酒醉之中。

我在山西农村插队时，结识过一位屠夫，当地称"杀猪的"，我对他有几分敬穆。不是因为他杀过多少猪宰过多少羊，阉过多少牛马驴，而是他曾经手刃过二百多头骆驼，那么大的一个活物，一袋烟的工夫，就被他"办"成一盆血一堆肉，一副下水，头蹄、骨，想"庖丁解牛"绝非虚言。那"杀猪的"干瘦精灵，六十多岁了手脚依然麻利，但他每次喝不会超过二两酒，那年头能喝上二两酒已经是让人垂涎欲滴了。他认为我是个有学问的人。因为我给他讲过庖丁解牛的故事，有时候会叫我也喝几盅。让我奇怪不解的是他喝的烧酒都是经过公社供销社、村里供销点买来的，都已经兑过至少二三次水了，我们知识青年称其为"水酒"，估计其酒精含量不会超过30度，端起酒盅来闻都很难闻到酒味。但那位"杀猪的"我呼之为大叔，二两酒下肚以后，从他口中吐出的酒气可长达数尺，我坐在他对面，酒气直扑我面门，那酒气65度的二锅头半斤也不过如此。我端起酒杯深深地闻了又闻，酒杯中一丁点儿酒气都没有，那水酒难道经过他的肠胃就蒸馏发酵了吗？数十年过去了，这其中的奥秘我一直没有搞明白。

青梅煮酒论英雄

青梅煮酒论英雄，曹操乃沛国谯县最出名的酒徒也。

《三国志》上说曹操"少机警，有权数，而任侠放荡，不治行业"。曹操年少时就是一个一肚子鬼点子，行为不轨，不务正业的少爷。喝酒、喝大酒、喝醉酒是常事。

曹操一生留世的"语录"不少。最著名的"语录"是："对酒当歌，人生几何？譬如朝露，去日苦多。何以解忧，唯有杜康。"曹操真厉害，把一首酒歌唱得惊天动地，一千多年的"语录歌"唱遍乾坤，非曹孟德莫能。

《三国演义》中，曹操青梅煮酒与刘备论英雄，演绎出多少政治的碰撞，智慧的交锋，为后世留下多少戏曲和故事。

曹孟德是"煮酒"，不是温酒，不是烫酒，也不是晾酒。

曹操为何煮酒？煮的又是什么酒？

曹操和刘备煮酒论英雄极其精彩地表现了曹操把握政治大局、政治走势的政治家风范，极其准确地预测和论述了东汉末年在政治舞台上活跃的英雄人物的下场。江山在握，论英雄唯与使君耳。曹操真英雄，冠之伟大不过分。曹操设青梅煮酒宴与刘备对饮，就是要告诫刘备，数天下英雄皆在吾手中，了解你者，吾之为也。所以才把刘备吓得把手中的匙筯掉到地上，也看出刘玄德的智慧和应变能力。"勉从虎穴暂趋身,说破英雄惊杀人。巧借闻雷来掩饰,随机应变信如神。"刘玄德也是政治家。毛泽东曾手书"天下英雄唯使君与操耳"。毛泽东手书曹孟德语录，说明毛泽东真心欣赏曹操，也说明毛熟悉曹操青梅煮酒论英雄，明白曹操是借酒喻事喻人，是点刘备的穴，是摸刘玄德的脉。

曹操设酒宴请刘备，是在其后花园的小亭中。

盘置青梅，一樽煮酒，二人对坐，开怀畅饮。

曹操青梅煮酒师出有名。他先讲自己在征战中望梅止渴的得意之作，然后才言："今见此梅，不可不赏。"

有些人看不太明白，认为青梅就煮酒，又是二人对饮，何能开怀畅饮？青梅佐酒未曾听说，一位是权倾朝野大权在握的丞相，一位是当朝皇叔封为使君的刘备，为何"干喝"？我以为非然。

曹操既设酒待客，且是早就计划安排好的，说是饮酒，实则是政治较量，故不会简陋至此，更不会"干喝"，什么下酒菜馔皆无。百姓请客喝酒亦不能。特别是曹操论破英雄惊杀人时，刘玄德吓得"手中所执匙筯，不觉落于地下"，说明案上有盘、碟、碗，有丰富的酒菜佐酒，所以刘备一手执匙，一手执筷，正吃得痛快，喝得抒怀。而那盘中的青梅，应是煮酒中的"泡料"。我研究曹操请刘备喝的酒绝非杜康，既非蒸馏白酒，亦非发酵白酒，而应是一种黄酒。东汉之时，时兴喝温酒、热酒，故有"酒尚温时斩华雄"。把青梅放入壶中煮，或在煮开的黄酒中加上青梅以提味。现在我们喝黄酒还在延续千年前的做法，常常把话梅、青果等放进黄酒中煮开，或者把话梅、青梅直接放入盘中，饮者按自己的口味自行加放。

原来如此。

曹孟德"闹酒"

没有人统计过曹操一生大醉过多少次。但有文字记载说曹操大醉之时必有后悔之作。后悔莫及是因为其酒醉不能自已，酒醉后现其真态。

赤壁大战在即，曹操踌躇满志，志在必得。在帅字大旗飘扬下的大船旗舰船头，曹操兴奋至极，喝得已然酩酊大醉，已开始"闹酒"，甚至当众畅言，取江东不为别的，"当娶二乔，置之台上，以娱暮年，吾愿足矣"。都说曹操酒色之徒，果然？"操又大笑，时操已醉，乃取槊立于船头上，以酒奠于江中，满饮三爵"，对江赋诗。曹操已深醉，又满饮三爵，估计已难自己，已然酒精中毒，这才"手起一槊，刺死刘馥"。"众皆惊骇，遂罢宴。"等到第二天曹操酒醒，恢复理智，才记起昨夜酒宴失态之事，曹操"懊恨不已"。刘馥跟随曹操多年，不但忠心耿耿，且功绩多多，冤死于曹操醉酒。曹操是真后悔，悔之之深，悔之之痛，令三军之帅痛哭流泪。令曹孟德痛哭是其后悔至极之意。英雄不避酒后，曹操是也。

曹操在中国舞台上是大白脸，京剧叫净，二花脸，奸贼也。后来曹操的冤案似乎是翻了，但脸色未改，仍然白如霜，涂得跟吊死鬼似的。

曹操在征宛战一役中，开始兵不血刃，白白捡了宛域，收编了张绣的部队，可谓开局甚好。谁知道形势一大好，曹操酒瘾、色瘾俱发。每日张绣都宴请，曹操终日在酒中，在醉中，在兴奋之中。他要找女人。曹操的侄子曹安民给他叔叔推荐了一位美女，曹操一看美若天仙。虽然明知人家是张绣之婶，但曹操何惧？人皆称色胆包天，曹操掌大如天，于是纳入帐中。这果然播下火种，至此引出张绣反叛，若非大将典韦据寨门死守，曹操早被张绣的军队剁成肉泥。几次险情都险些要了曹操的命，天不灭曹，却要了大将典韦和曹操长子、侄子的命。那位引下大祸的张绣的婶母邹氏也不知下落。可谓赔了夫人又折兵。

曹操不能喝醉，但不醉焉有《短歌行》，焉有《龟虽寿》？

名贯历史的"酒疯子"

喝酒喝出"酒仙"而名留青史固然不易，喝出"酒疯子""酒痞子"而名贯历史亦难。

李白喝酒名闻天下，声震历史，冠之"酒仙""酒圣"，似乎历史上再无第二人能与其并肩。但比李白喝酒喝得凶，喝得猛，喝得狂，喝得不要命的当数魏晋"竹林七贤"中的阮籍、刘伶，堪称"酒疯子"。喝酒能喝疯了，古今除阮、刘二人有他人乎？不见！

阮籍能喝酒，能喝大酒，敢喝，敢醉。后人言之以喝酒、醉酒而避祸，此非本文所考。但阮籍是无日不喝，无餐不喝；会友喝，自己也喝；有喜事喝，悲事亦喝；有事喝，无事也喝；醉前喝，醉中亦喝，醉后还喝；站着喝，坐下喝，躺着亦喝。有请必到，有到必喝，有喝必猛喝、大喝，一泻千里地喝，无所阻挡地喝，非往醉里喝不可，不醉不罢休，醉了也不罢休，阮籍真地道酒徒也。

阮籍有一称谓："阮步兵"。现代人听起来挺可笑，以为是步兵，非炮兵、骑兵。得此名是因为他曾谋得一军职：步兵校尉。他一生不为官，是官避三分，为何又去做官呢？原来他听说步兵营中藏有美酒，多不胜数，且军营中有能人酿得佳酒。阮籍自从当上这步兵校尉以后，真如鱼得水，大饱口福，左边是酒坛，右边亦是，后边还是，从此大醉二醉三醉，再不理步兵校尉之事。步兵营中的弟兄们倒也落得自在。这样的长官好伺候。

司马昭想给其儿定下阮籍之女做媳，正式托人登门求婚。

司马昭何许人也？不是皇帝胜似皇帝，司马昭之心，路人皆知，阮籍不出门，酒醉中亦知。怎么办？阮籍有高招儿，酒人有醉招儿，一急之下，猛喝猛饮猛灌，"三猛战术"，愣一醉六十天不醒，媒人无奈，官方无奈，司马昭亦无奈。我请教过一位医生朋友，他说那是不可能的，六十多天不醒，直接诊断应是酒精中毒导致肝中毒，肝昏迷，抢救不及时导致死亡。呜呼！

和他齐名的刘伶，酒疯子也。刘伶身材不高，据查仅一米四多，个儿小，但酒量大，喝酒不论杯，论斛，一饮一斛。不论时，只要睁开眼没闭上眼，随时喝，喝则必大喝，醉则必深醉，不醉不罢休。最有名的就是他令仆人荷锸相随。放言醉死在哪儿，就挖个坑埋在哪儿。刘伶自己曾作《酒德颂》："唯酒是务，焉知其余！"刘伶酒风酒德极佳，从不弄虚作假，不言官话套话虚话，其喝则往醉里喝。

当他听说司马氏要请他出山为官时，这位"酒疯子"猛灌一气后，全身脱光，一丝不挂地去迎圣旨，吓得来人扭头就回。

喝醉了，刘伶常常裸体在屋中继续喝大酒，如有人来，他还怪罪人家，说房屋就是我的衣服，你怎么钻到我裤裆里来了？史上有酒疯子否？刘伶是也。

阮家真有喝酒基因，和阮籍共称"大小阮"的阮咸是阮籍的亲侄子，这"小阮"喝酒也喝得邪乎，千万别喝上瘾，喝上兴头，否则就喝出洋相，喝出毛病来。"小阮"和"大阮"有共同点，只说喝酒、喝大酒、喝醉酒，不论什么礼、节、制，"小阮"喝酒是由杯换盏，由盏换碗，再由碗换盆，喝得按捺不住就双手抱酒坛直脖往里灌。最呈"酒痞子"相的是有一次喝得醉醺醺的，已经站不稳了，此时正有一群猪走过来拱倒酒坛酒罐，那群猪想必也是吃酒糟长大的，对酒有一种特殊感情，纷纷低着头，往里拱，狠劲哼哼着急抢喝酒。"小阮"一看，岂能示弱？岂能让猪独占酒场？于是冲进猪群，趴下和猪争喝酒。这就是历史上有名的"与豕同饮"，皇皇数千年历史，除阮咸外还有他人乎？无！

斯文酒喝出《兰亭集序》

王羲之喝酒斯文。条条大道通罗马，骑骡子骑马，各有各的喝法。

王羲之史上有名，因为其《兰亭集序》。此序好生了得！虽然仅二十八行，三百二十四个字，但此文之妙，此书之高，堪称词翰双绝，被尊为"天下第一行书"，自公元358年之后，中国历史上再无一人敢言与王右军相比。此"峰"当为世界屋脊也！

但有多少人知道没有酒就没有兰亭聚会，没有醉酒王羲之就写不出这篇千古绝唱《兰亭集序》。

王右军喝酒讲究，讲究排场，讲究形式，讲究宾客，也讲究山水，讲究"师出有名"。晋之大夫、大家、贵族的气派。每年三月初三是"修禊"，其实就是春游，但要到河边去。我研究在魏时是一种祭祀求神保佑消灾去邪之举，演绎到东晋经过了三代皇帝，只剩下春游为内容了。王羲之果然不凡，请来东晋永和年间最有名最有才也最有权势的四十一位大家，用王右军之言称，"群贤毕至，少长咸集"。坐在弯曲的小溪旁，赏景饮酒，放眼四处，"崇山峻岭，茂林修竹，又有清流激湍，映带左右"。喝酒怎么喝？是把酒碗放进眼前曲曲弯弯的小溪中，随流而去，觞到谁的面前谁作诗一首，否则，罚酒三杯。我考证，王羲之用的酒碗大小如我们现在切开的木瓜，谓之觞木制或竹制，内外有漆，有文有图，斟一半酒放入溪流之中，四十一位群贤的位置是事先定好的。名唤"流觞曲水"。酒喝得高雅。我曾在和珅府中看见过大人按王羲之"流觞曲水"建造的一座小亭，亭中有用玉石搞得弯弯曲曲的清流，坐在旁边模仿王羲之"一觞一咏"。和大人真能附庸风雅。

兰亭之咏结集自然由王羲之作序，其实王右军已然飘飘然，醉醉乎，这才有提笔行文，文中有改字，二十一个"之"字变化莫测，忽而行书，忽而楷书，忽而草书，忽而信手由笔走，宋氏大书法家米芾不得不由衷赞叹："之字最多无一似。"王羲之酒醒后，看他手书的序，其中有几处改字，觉得不美，就提笔重写一遍。但怎么也找不到那醉微微，微微醉的感觉，字再也写不出醉时那么帅，那么飘，那么潇洒，那么流畅，那么见形见神，至此才投笔于案，不再复写，余之叹之。酒也，醉也！神也！

唐宋诗词的"酒性"

谈唐宋词风格，风格就在酒中吟，醉后歌。自唐宋后，文人酒不行了,醉不深了,诗词也像阉了势的雄鹿。

杜甫有首饮酒名歌《饮中八仙歌》。我估计杜工部吟此古风时已微微醉矣。依我看醉八仙中二仙为首,一位当然首推李白:

李白斗酒诗百篇,长安市上酒家眠。
天子呼来不上船,自称臣是酒中仙。

第二位酒仙应推张旭:

张旭三杯草圣传,脱帽露顶王公前,挥毫落纸如云烟。

这位张旭爷好生了得,饮酒之法未多见,"饮如长鲸吸百川"。其势不可当。如长鲸吸百川,要想不醉,不大醉,不深醉是不可能的。神仙也得灌醉。

张旭的醉态也堪称古今中外一绝。张旭喝得酩酊大醉以后,不是躺着、卧着、睡着,而是闹酒,大闹特闹,如疯如狂如癫,因此被称为"张颠"。他不但狂呼长啸,还狂跑疯癫,无人能劝,无人能挡。张旭到底能喝多少酒?实无史料记载,只记得他酒后醉后的失态,也好玩。据说张旭不喝酒时,彬彬有礼一君子,行端言正,目不斜视,说话都十分讲究词句语气。酒能改造人。据李肇在《国史补》中说,张旭每次饮酒后就提笔草书,尤其在他大醉深醉以后,其一举一动,其笔一挥一画仿佛有神相助,云蒸霞蔚,龙腾虎跃,行云流水,鬼神莫测。张旭还边写边喊、边吟边啸,看得人全傻了、呆了、昏了，以为神仙到。特别是张旭有时会把头浸在墨斗中，然后猛然甩头，用长发在墙上、地上自由挥洒。"写"得光怪陆离，飘逸奇妙，变化莫测。都是杰作、大作，草书经典也。读到这里方知，张旭为中国的"草圣"，亦为欧洲艺术派中现代派之先祖矣。张旭当为酒疯子，但酒却造就了这位中国书法一代"草圣"。

高适在《醉后赠张九旭》中直言：

兴来书自圣，醉后语尤颠。

无酒无醉焉能有中国草书之圣哉！

但杜工部之醉八仙尚缺一仙，"老九不能走"。此仙正是杜工部本人。

杜甫爱喝酒，可能比酒仙李白更甚。有人统计过，李白留传下来的全部诗歌有一千五百多首，其中写酒吟醉的有一百七十多首。而杜甫留下的一千四百多首诗中，就有三百多首非吟酒就吟醉。

李白杜甫谁更能喝酒？谁的酒量更大？我翻阅资料，无人能断，因为历史没有留下准确的记载。但我认为两个人的酒风不同，喝酒的风格迥异。杜甫喝酒更沉稳，更老实，更实际，无李白"酒仙"之风。写出《三吏》《三别》《茅屋为秋风所破歌》的杜甫，更知道百姓之难、生活之苦、官吏之狠，更清楚什么叫水火之中，什么叫苦苦挣扎。

一生坎坷，半生贫苦的杜甫常常喝苦酒、闷酒。当然"诗圣"杜工部亦有飘扬潇洒，神游如仙的好诗：

如《登高》:

万里悲秋常作客,百年多病独登台。
艰难苦恨繁霜鬓,潦倒新停浊酒杯。

如《客至》:

舍南舍北皆春水,但见群鸥日日来。
花径不曾缘客扫,蓬门今始为君开。
盘飧市远无兼味,樽酒家贫只旧醅。
肯与邻翁相对饮,隔篱呼取尽余杯。

杜甫生活凄凉苦楚,是惨了点儿。《登高》中已然凄凉、潦倒到连一杯浊酒都喝不起了。即使是酒量深似海,英雄亦无用武之地。何以李太白"烹羊宰牛且为乐,会须一饮三百杯",杜甫穷得只能喝点儿过去剩下的残酒。即使但愿长醉不复醒,想醉也不容易,家贫无酒难买醉。

杜甫太放不下了,不醉更待何时?

且看《乐游园歌》:

却忆年年人醉时,只今未醉已先悲。
数茎白发那抛得,百罚深杯亦不辞。
圣朝亦知贱士丑,一物自荷皇天慈。
此身饮罢无归处,独立苍茫自咏诗。

悲乎哉？苦乎哉？

还有《谢严中丞送青城山道士乳酒一瓶》：

山瓶乳酒下青云，气味浓香幸见分。
鸣鞭走送怜渔父，洗盏开尝对马军。

杜工部醉矣，唉，酒杯虽在握，眉头皱成峰。但愿杜工部长醉不醒。

查唐之诗人有一共同嗜好，嗜酒也，仿佛谁不嗜酒就不够诗情，就吟不出好句。

白居易更绝，他索性吟诗《酒功赞》，不但把酒之魅力，生动形象地、富有感情地描绘出来，而且还把怎么做酒都极准确生动地记录下来。我考证，白居易不但是饮酒大仙，酷爱喝酒，逢酒必醉，而且自己会酿酒，自己动手，自酿自饮，别有一番滋味在心头。遍查唐之诗歌大家、饮酒大仙们，未查出第二个自己酿酒自家饮的。白居易《酒功赞》不可不听。听之莫醉。

麦曲之英，米泉之精，作合为酒，孕和产灵。孕和者何？浊醪一樽，霜天雪夜，变寒为温。产灵者何？清酤一酌，离人迁客，转忧为乐。纳诸喉舌之内，醇醇泄泄，醍醐沉瀁。沃诸心胸之中，熙熙融融，膏泽和风。百虑齐息，时乃之德；万缘皆空，时乃之功。吾尝终日不食，终夜不寝。以思无益，不如且饮。

白居易喝酒有依据,师出有名,不醉不可,无酒不醉,非酒世上将无趣矣,将无物育人矣,世界将不再精彩矣!

白居易曾作文写一饮酒怪人——《醉吟先生传》。醉吟先生嗜酒如命,酒比命重要,喝了一辈子,醉了一辈子,有点儿传奇色彩。说醉吟先生"遂率子弟,入酒房,环酿瓮,箕踞仰面",准备放开大喝。果然,醉吟先生又是长叹,又是感悟,又是吟诗。然后:

……揭瓮拨醅,又饮数杯,兀然而醉。既而醉复醒,醒复吟,吟复饮,饮复醉,醉吟相仍若循环然……陶陶然,昏昏然,不知老之将至。

这种饮酒之法,古今少见,抱着酒瓮开喝,醉了醒,醒了醉,酒不离口,瓮不离怀。谁能想到,这位醉吟先生竟然长寿,六十有七时,酒情未改,酒瘾未消,依然杯不离手,酒不离口,"须尽白,发半秃,齿双缺,而觞咏之兴犹未衰"。真乃酒中老英雄。他对其老婆有高论:

今之前,吾适矣,今之后,吾不自知其兴何如?

不知其老婆对之何言?但醉吟先生也可谓世之少有,酒者,老酒徒,白话言之酒疯子,酒傻子。但酒傻子自有傻福气,活到六十七岁还能那么喝,也真了不得!唐时六十七岁大约相当于现在的百岁老人,未闻现世哪位百岁老翁如此喝酒的,醉吟先生真乃百岁老醉翁也!

李白高论：

古来圣贤皆寂寞，惟有饮者留其名。
陈王昔时宴平乐，斗酒十千恣欢谑。

一万个观众就有一万个哈姆雷特
一万个醉翁就有一万个感悟

在中国历史上，一次饮酒时间最长的恐怕要推春秋时代的齐景公。《晏子春秋》中记载，齐景公一次喝大酒一直喝了七天七夜，七天七夜不下酒席，可以想象这酒喝得如何翻天覆地了。曾和几位对"酒事"有所研究的酒徒探讨，一席酒怎么能喝到七天七夜？晏子说七天七夜不停止，谁知道齐景公这位酒爷到底喝了多长时间？国事、家事、天下事，军事、民事、政治事、外交事，一概不闻不问，一心一意喝大酒。大家一致认为齐景公的酒风是喝慢酒、文酒，这种酒喝得实在，喝得体面，但须一醉方休。齐景公是喝了醉，醉了醒，醒了再喝。这种不怕酒醉，不怕一切的与酒拼命的精神，古今少见。以至于他的大臣弘章实在看不下去，也实在喝不下去了，就对齐景公说，请君王戒酒，如君王不戒酒就赐我去死。以死劝戒酒古今亦未见有来者。还是晏子机警，说弘章很幸运，说如果遇上夏桀、商纣那样的暴君，弘章早就一命呜呼了。弘章说得齐景公上不去也下不来，脸色很难看，以后就不再饮酒了。我不相信齐景公这样的酒徒会嘎巴一声就戒了酒,但查阅春秋历史,好像史官都疏忽了这一点,《晏子春秋》也再无记载。

没查出历史上韩非子是不是位酒徒,但他的确讲过一个和酒有关的寓言故事。韩非子云:

宋人有酤酒者,升概甚平,遇客甚谨,为酒甚美,县帜甚高,著然不售,酒酸。怪其故,问其所知间长者杨倩。倩曰:"汝狗猛耶?"曰:"狗猛则酒何故而不售?"

杨倩果然厉害,看问题入木三分,你的酒卖不出去,他不问你的酒如何,服务如何,而是张口就问你的狗凶猛不凶猛。开酒店的宋人挺纳闷,说我的狗凶猛,跟我的酒卖不出去有什么关系?话里话外有几分责怪杨倩文不对题。杨倩可谓老姜也,有条有理地道来,让宋人心服口服:

人畏焉。或令孺子怀钱挈壶瓮而往酤,而狗迓而龁之,此酒所以酸而不售也。

韩非子真乃一政治家,见微知著,望小而大,因酒酸而感悟出狗恶,从酒的故事感悟出人生,感悟出政治,感悟出治国安邦,韩非子了不得啊!

王绩,隋末唐初之才子,文学大家。性狂傲,嗜酒能文。给自己起的字号也挺有意思,名曰:无功。中国人自古至今叫建功、立功、有功、成功的甚多,自称无功的不多。这位王无功人送雅号"五斗先生",自作传文《五斗先生传》。王绩做官时,曾日饮斗酒,是位不恋官却嗜酒,不贪财却贪酒的人,故人送其雅号"斗酒学士"。我查阅一些资料,唐初时的一斗酒,折算到现在的换算单位应该大约相当于六公斤。也就是说王无功每天要喝十二斤以上的酒,无论其酒精含量有多少,其酒量都已极可观。但王无功并非以"斗酒学士"骄傲,他不以为然,他自测喝五斗酒而不醉,估计在唐初时代,喝五斗酒而不醉者非王无功而无人矣,故王绩自己修《五斗先生传》。喝五斗酒不醉,按我查的资料连我都生出怀疑,一斗十二斤左右,五斗乃六十斤酒也。喝六十斤酒而不醉,似无有比王绩更能喝的。李白被封为"酒仙""酒圣",杜甫了解李白,他说"李白斗酒诗百篇",以杜甫之论,李白的酒量应在斗酒之间。照此看来,李白的酒量和王绩不在一个水平线上。王绩是喝五斗酒而不醉。我判断王绩说话靠谱,他可能因喝酒而染病,因戒不了酒而病加重,当他预感到自己快不行时,与陶潜一样,自己写自己的墓志铭《自祭文》。王绩出奇的冷静,不像醉后胡言乱语。能给自己写祭文的人,在给自己修传记时绝不会肆意夸大自己。

晚唐有两位有名的诗人,后人送之称谓"皮陆",即皮日休、陆龟蒙。二位皆晚唐醉客,也可称晚唐时期的"酒仙"。皮日休酒后有《酒箴》,陆龟蒙醉中有《中酒赋》,都是喝大酒、嗜酒如命的酒徒。皮日休自称:"醉士""酒民",自谓"终年荒醉"。他有一高论:

酒之所乐,乐其全真,宁能我醉,不醉于人。

阅古今酒徒，除此外似皆无此论：宁能我醉，不醉于人。

"女儿国"里的酒世界

男人国来了位女酒徒。

翻阅历史，仿佛自古以来，酒世界中只有爷们儿，那该是一个男人的王国。"但愿长醉不复醒"，喝大酒，酒中醉，似乎为酒世界发放通行证是有性别要求的。其实非然，女人喝酒也厉害，女人醉酒也百态，酒不分男女。现代人有句明白话，说酒场上有几类酒徒不可小觑。所谓：红脸蛋儿的，吃药片儿的，扎小辫儿的。这"扎小辫儿的"就谓女酒徒。不喝则已，喝则大家。敢上桌的、敢端杯的、敢劝酒的、敢打圈的，都是男人惹不起的。

但男女酒徒表现有异。

男酒徒多为豪饮长醉，追求"会须一饮三百杯"，不喝则已，喝则杯盏齐飞，直喝得人仰马翻。

女人喝酒则不同，讲究环境、场所、心情，所谓"醉翁之意不在酒，在乎山水之间也"。该用在女人身上，女人喝酒是"醉妇之意不在酒，在乎心情也"。因此，男人喝酒往往是逆流而上，女人喝酒常常顺水而下。女人喝酒绝不大呼二叫，疯喝狂醉。而是"常记溪亭日暮，沉醉不知归路。兴尽晚回舟，误入藕花深处。争渡，争渡，惊起一滩鸥鹭"。

男人喝酒，常常喝一夸十甚至夸百，虽圣贤亦然，仿佛愈能饮，愈能醉，愈有才，愈有志。《孔丛子·儒服》中说：

> 昔有遗谚：尧舜千钟，孔子百觚，子路嗑嗑，尚饮十榼。

认真起来，诸如孔子百觚，绝无可能。莫说孔子，把孔老先生的七十二位弟子统统招来集体喝，恐怕人人都喝得酩酊大醉也喝不完这百觚之酒。

李白自述其饮酒，也往往是醉中吟，酒中语，他说自己"三百六十日，日日醉如泥"，"百年三万六千日，一日须倾三百杯"。这不过是李白的一厢情愿，他可能天天喝酒，但不可能日日醉如泥。即使是唐代的"葡萄美酒夜光杯"，李白也一日饮不下三百杯。但夸男人酒量大，能喝酒，敢饮大酒，敢一醉不起，是夸男人有胆量，有勇气，有侠气，敢作敢为，真爷们儿，热血男儿。

而女人不同，女人饮酒往往是喝了、饮了、醉了、醒了，不说不夸不吟不诵。像湖面上的水波，划过就过去了。女人喝醉了似乎不值得人夸，更不能自夸。女人做酒徒，常喝常醉且醉卧不醒会被人斥为无妇人之道。因此女人饮酒是饮了不说，饮得多说得少，绝不会像李白、杜甫一般，更不会像"竹林七贤"一样把长饮深醉作为美德风扬。

直到今日，似乎亦如此。男人们喝完酒，都说自己喝得多，拍着胸脯说不是七两就是八两，十人报下来，一算是有六七斤酒，但其实一共只喝了二斤酒。女人不同，都说自己只喝一小口，一小杯，一小点儿，加起来不过二三两，实际上一斤酒几乎喝光。酒和醉的世界，似乎是男人的世界，让女人走开。女人醉酒，该是——

昨夜雨疏风骤，浓睡不消残酒。试问卷帘人，却道海棠依旧。知否？知否？应是绿肥红瘦。

男人国真的来了位女酒徒。

称女人为酒徒似有不敬，其实非然，做酒之门徒非男人专利，女酒徒更显女中之丈夫，之豪气，之威武，之侠肝义胆。

要为女酒徒，先为女侠客，非大丈夫豪气，焉有此咏叹调。

生当作人杰，死亦为鬼雄。
至今思项羽，不肯过江东。

李清照大丈夫也，女中豪杰也，肝胆照人也。项羽乃中国历史上的大英雄，有多少文人豪杰歌颂过他？有多少诗词歌赋记载过他？唯李清照仅用二十个字就把项羽的神，项羽的魂，项羽的本质、气质，不倒的精神内核如此生动，如此逼真形象地刻画出来，真传神！真传奇！没有一腔热血，没有一腹诗歌，没有滔滔江水，没有莽莽群山，岂能用二十个字写出项羽？我可以判断，李清照写此诗时，必为酒后微醉之时。

说李清照有侠客之气，有英雄之骨，有大丈夫之情，还在于李清照从不避讳自己饮酒，从不忌讳自己喝多喝醉，她把酒后醉态看作是真情的表露，在那个社会中，一个女人要遮着、盖着、避着、瞒着的地方太多了，女子无才便是德，连孔子都说,唯女人与小人难养也。做女人难,李清照敢在喝醉酒后向男人世界也向千年的女人规矩挑战,非满怀勇气、智慧,历经磨难、奋起反抗不行!在李清照前未见,在李清照后亦罕见。

风柔日薄春犹早,夹衫乍著心情好。睡起觉微寒,梅花鬓上残。
故乡何处是?忘了除非醉。沉水卧时烧,香消酒未消。

"故乡何处是?忘了除非醉。"有人指点文字论是非,我认为李清照该醉。家乡沦丧,故乡不堪回首,你让一个纤纤女人何作何为?招兵买马,组织"义勇军",驱逐敌寇,恢复北宋?"二十万人齐解甲,方知无人是男儿。"别让女人指着男人骂。你无权指责李清照寻醉忘家。除此之外,焉有他途?

夜来沉醉卸妆迟,梅萼插残枝。酒醒熏破香睡,梦断不成归。
人悄悄,月依依,翠帘垂。更挼残蕊,更捻馀香,更得些时。

这就是女人之醉。

寻寻觅觅,冷冷清清,凄凄惨惨戚戚。乍暖还寒时候,最难将息。三杯两盏淡酒,怎敌他、晚来风急。雁过也,正伤心,却是旧时相识。

满地黄花堆积，憔悴损，如今有谁堪摘？守着窗儿，独自怎生得黑？梧桐更兼细雨，到黄昏、点点滴滴。这次第，怎一个愁字了得！

女人无愁不酒，无愁不醉。人生谁无忧无愁？遑论男人女人？李清照无遮无盖，无拦无挡，该喝该醉！

莫许杯深琥珀浓，未成沉醉意先融，疏钟已应晚来风。瑞脑香消魂梦断，辟寒金小髻鬟松，醒时空对烛花红。

李清照当醉。不醉不解心头愁、胸中忧，难抒心中苦、意中闷。男人醉得，女人为何醉不得？

韦庄堪称晚唐五代时期女儿国中的酒仙子，醉在女儿国，醉在美女枕，风流才子，美人美酒，绝不长鲸吸川般地豪饮，晚唐五代之人已无盛唐气势。韦庄饮酒是细饮，醉是浅醉，眠在美人帐中，谁言其不是酒仙？比李白还神仙。

如今却忆江南乐，当时年少春衫薄。骑马倚斜桥，满楼红袖招。

翠屏金屈曲，醉入花丛宿。此度见花枝，白头誓不归。

韦庄也真有女人缘。"骑马倚斜桥，满楼红袖招。"此时不醉更待何时？韦庄喝的是美人敬的甜酒，他不怕醉，"醉入花丛宿"，美女相依相随，女儿国来了这么个醉酒仙，焉能不醉？

劝君今夜须沉醉，尊前莫话明朝事。珍重主人心，酒深情亦深。

须愁春漏短，莫诉金杯满。遇酒且呵呵，人生能几何？

韦庄的酒醉让人羡慕，让人嫉妒，肯定也有人批判。但韦庄活得比李白、杜甫、白居易都滋润，都浪漫，幸福指数都比他们高。

韦庄可能又醉了。现在有一首歌叫《酒醉的探戈》，没有人谱"酒醉的韦庄"？

没有不散的筵席，没有不醉的酒徒

《红楼梦》中喝酒的场面不少，但真正的酒徒不多，焦大算一个。焦大喝醉酒后大骂宁国府中的那帮不肖子孙，"每日偷狗戏鸡，爬灰的爬灰，养小叔的养小叔子"，吓得众小厮魂飞魄散，把他捆起来，用土和马粪满满填了他一嘴。焦大当数《红楼梦》中第一酒徒。

《红楼梦》中三日一小宴，五日一大宴，银子花得像流水一样，酒喝得也像流水一样。但《红楼梦》中多是女儿国里饮酒，不但喝得斯文高雅，还要讲究情调规矩，绝未见只要大碗筛来，喝酒论升论斗的。大观园中即使有人醉酒，也是女儿醉。

《红楼梦》中的贾母，七八十岁的老人家也喜欢饮两杯。

曹雪芹专门写有一章"史太君两宴大观园　金鸳鸯三宣牙牌令"。

但见那老太太说："咱们先吃两杯,今日也行一令才有意思。"听贾母之倡议,用的是"也行一令",说明她们喝酒是"非令不行"的。再听作为"酒令官"的鸳鸯如何行令:

比如我先说一副儿(牌),将这三张牌拆开,先说头一张,次说第二张,再说第三张,说完了,合成这一副儿的名字。无论诗词歌赋,成语俗话,比上一句,都要押韵。错了的罚一杯。

先看贾老太太怎么行的令:

鸳鸯道："有了一副了。左边是张'天'。"贾母道："头上有青天。"鸳鸯道："当中是个'五与六'。"贾母道："六桥梅花香彻骨。"鸳鸯道："剩下一张'六与幺'。"贾母道："一轮红日出云霄。"鸳鸯道："凑成便是个'蓬头鬼'。"贾母道："这鬼抱住钟馗腿。"

这酒令行得难度够大的。据说中国现有烟民过亿,酒民过三亿,我估计没有一位行这种酒令的,不是不愿试,是不会,我喝酒数十年,可谓走遍大江南北,"酒经考验",但从未见过这阵势。大观园不出酒徒,是因为想喝醉都不容易。

《红楼梦》第二十八回,贾宝玉与冯紫英、蒋玉涵、薛蟠行酒令行的是"女儿令",以女儿悲、愁、喜、乐为令,每句都要有出处。贾宝玉是这样行的酒令："女儿悲，青春已大守空闺，女儿愁，悔教夫婿觅封侯，女儿喜，对镜晨妆颜色美，女儿乐，秋千架上春衫薄。"

贾宝玉这四句酒令，除"悔教夫婿觅封侯"是出自唐代王昌龄《闺怨》外，其余三句皆其自己胡编的，与酒令不符，贾宝玉当罚。

有懂此酒令的挖空心思作了四句：

女儿悲，南陌征人去不归。

——宋之问《明河篇》

女儿愁，何处相思明月楼。

——张若虚《春江花月夜》

女儿喜，楼上箫声随凤史。

——骆宾王《代女道士王灵妃赠道士李荣》

女儿乐，春从春游夜专夜。

——白居易《长恨歌》

难怪薛蟠被逼得走投无路，行出四句下三烂的顺口溜。这酒令放到今天恐怕没几个人能行得来。不把它束之高阁这酒怎么喝？

文人喝酒行令，不但求文雅深奥，有时也讲究"偶尔露峥嵘"。张大千先生和他的一群朋友相聚。席间赋诗，轮到岳军先生，岳军即口吟一首："我本一条狗，只懂守门口。一日饱三餐，吃饭不喝酒。"酒话。岳军先生嗜酒，友人皆知，张大千先生也欣赏他。但言其席中有不饮酒者为狗，不是找乐子活跃酒场，就是岳军先生醉矣。

我和几位文友相聚。酒都喝到七八分上了，也要学习古人联诗为博，作得好的众人皆饮，作得差的，自罚三杯。别人作的什么诗，联的什么句都忘了，但坐我对面的穆兄端着杯站起来，满怀深情地念道："抬头看我娘，脸已黄，发已苍，娘这一辈子，不喝辣，不吃香，不穿好衣裳，心思都在儿身上。"我分明看见，穆兄硕大的泪珠子掉进酒盅里，溅起泪花似的酒花。

白居易有首小诗我爱读，相信每个会喝酒的人都爱读。读诗如醉酒。

绿蚁新醅酒，红泥小火炉。
晚来天欲雪，能饮一杯无？

没有不开的筵，也没有不散的席。
没有唱不完的曲，也没有喝不醉的人。

美人醉酒

中国美人醉酒醉得最出名、最出彩、最出色,也最出戏的当数杨贵妃——贵妃醉酒。

据说唐玄宗李隆基最醉于杨贵妃的"四后",即杨贵妃醉后、浴后、舞后、醒后,而在这"四后"中最能展示杨贵妃美的、娇的、妖的、魅的,当推杨贵妃醉后、浴后。堪称绝代佳娇,令"六宫粉黛无颜色"。

春寒赐浴华清池,温泉水滑洗凝脂。
侍儿扶起娇无力,始是新承恩泽时。

长安城外有唐玄宗专为杨玉环修建的华清池。也有一说华清池温泉唐太宗时就有,到玄宗之时又扩建又改修,装饰得极豪华高雅,极讲究排场。浴池大有九方,池底都雕有盛开的大朵芙蓉,花团锦簇之间有温泉自然流出,当年泉自有香,温泉四壁皆由南国香料合成,又喻"椒房",暗喻"娇房"。让人可笑的是,唐玄宗杨贵妃洗过的水顺势走暗道又流入宫外的浴池,一串有九座浴池,能在其中洗浴的是按官职爵位而定。据说洗过的文武大臣无不交口赞美,皆言用贵妃洗浴的水再洗，其肤亦如脂矣，以致信誓旦旦，言其身数日香味不散。甚至有时竟然当廷争相显示"如脂"的肌肤，齐声高呼，盼皇帝、贵妃再带他们华清池一浴，李隆基美不掩饰，笑而应诺。呜呼，中国何时皆不乏佞臣！

浴后的杨贵妃被喻为出水芙蓉，国色天香！

醉后的杨贵妃更如仙如神，如狐如妖，飘飘欲仙，如仙女下凡：

缓歌慢舞凝丝竹，尽日君王看不足。
渔阳鼙鼓动地来，惊破霓裳羽衣曲。

醉后的杨贵妃风姿百态，神飞魂荡，美从自然态，媚从放纵出。谁对杨贵妃醉后之美最了解？最知？最有研究？最能体会？梅先生，梅兰芳是也。

梅先生去世后，吊唁簿上有位老先生悲怆地甩下一行字：再无贵妃。

没见过杨玉环醉酒，但见过梅兰芳的醉酒——《贵妃醉酒》。梅先生演的《贵妃醉酒》把杨玉环酒醉之后的神态、心理、举动、表情都表现得惟妙惟肖，活脱脱一个杨贵妃醉酒后如何"疯"。飘、转、扭、走、跃、摇、摆、晃，集中表现一个美！不看《贵妃醉酒》不知道女人醉后竟是那般美！

梅先生扮的杨贵妃在戏台上那一甩水袖，一晃凤冠，一扭腰肢，一飘披风，一溜飞步，一挑梅花指，回眸一瞥，嫣然一笑，何处不美？美人醉，恐怕再无美过贵妃的了。

也有一种说法,贵妃醉酒的美是一种"疯醉美""闹醉美",美在动中。还有一种美人醉酒的美是"文醉美""静醉美",曹雪芹先生写的《红楼梦》中"憨湘云醉眠芍药裀　呆香菱情解石榴裙"当推静醉美人。

曹雪芹懂酒、饮酒,晚年残生以老酒相伴,深知酒的魅力。

《红楼梦》中处处有宴席,有宴必有酒,很多皆为女儿宴,美人饮,有酒则有醉,古今一是,男女定论。《红楼梦》中的美人醉和《水浒传》中的一丈青、母夜叉,甚至王婆、虔婆不同。

刘姥姥喝到七八分酒时,已经醉了,不吵不闹既不像"坐地炮",也不像"地头蛇";既非孙二娘,亦非母夜叉,而是找一个僻静的地方悄悄地躺下醒酒。只不过醉眼惺忪地找错了地方,一头扎进怡红院,在宝二爷的炕上呼呼大睡起来。

《红楼梦》中的美人要醉酒也不容易。按照《红楼梦》中的喝酒规矩,我们现在的人想喝都喝不上,想醉都醉不了。

美人喝酒讲究有"酒令"。据刘姥姥说,她们农村喝酒也非干喝,不是端起来就干,也要行几句酒令。我们今天真有些愧对前辈,敢说能上酒席行酒令之人少矣。我所见者,皆一满即碰,一碰即干,连自喻文化人也道不出几句文化词来,岂不悲哉?

曹雪芹先生告诉我们,大观园中的美人喝酒,一般是先喝一杯安席酒,共饮一杯,然后要定谁的令行官,行的是什么令。黛玉、宝钗这些姑娘们都是美女才女,玩得深奥的是"射覆",而如今估计大学中文系的博导会玩这一"古朴"的也是凤毛麟角了。加上一群丫头那就雅俗共赏玩的是通行令,连刘姥姥也一看就会,一听即懂。

就是在"射覆"酒席上,史湘云醉了,看她酒后的憨态,是深醉。

见湘云卧于山石僻处一个石凳子上,业经香梦沉酣,四面芍药花飞了一身,满头脸衣襟上皆是红香散乱,手中的扇子在地下,也半被落花埋了,一群蜂蝶闹嚷嚷地围着她,又用鲛帕包了一包芍药花瓣枕着。

当史湘云被众人唤醒后,口内犹作睡语说酒令:"泉香而酒冽,玉盎盛来琥珀光,直饮到梅梢月上,醉扶归,却为宜会亲友。"

何为美人醉?此为醉美人。

美人醉酒,也有醉得悲壮的。

霸王别姬,虞姬是也!

有专家考证,虞姬在出生之时,"五凤鸣于宅,异香闻于庭",其称之虞美人,远近闻名,才艺并重,舞姿绝美,感情甚重。

虞姬从何时何地因何跟随并深爱上霸王,野史上都少有,何况正史乎?

《史记》上只有一句:"有美人名虞,常幸从。"然后就是霸王慷慨悲歌时那四句既震撼人心又让人牵挂难忘的"绝命诗":

力拔山兮气盖世，时不利兮骓不逝。

骓不逝兮可奈何，虞兮虞兮奈若何！

"歌数阕，美人和之，项王泣数行下，左右皆泣，莫能仰视。"悲壮！

霸王别姬，应为姬别霸王。

虞姬深知与霸王永别的时刻到了，她也深知霸王已经再难为王，她把美好的祝愿、希望和未来都无私和全部地寄托给霸王了，她将用一死来送别和激励霸王：

汉兵已略地，四方楚歌声。

大王意气尽，贱妾何聊生。

虞姬陪霸王喝的是送行酒、送别酒、明志酒、决死酒。酒醉的虞姬把生命献给爱，献给她深爱的楚霸王，自刎殉情。她那一甩水袖，一舞宝剑，一飞身转，一掬情泪，那是美女，是烈女，是义女，更是情女。

虞姬醉酒，拔剑自刎，与世绝唱，当如屈原投江。

也有美人因醉酒惹祸的。

曾经脍炙人口的《白蛇传》中的美女，由青城山上五百年的白蛇精修炼化身为白素贞，为追求人间美好幸福的生活，有过一段美满的婚姻。就因为醉酒引来了无数灾难，也引出了无数故事无数戏。

白娘子宛若白衣仙女，秀美典雅，美貌绝伦，用戏曲中的话形容，称其俏、孝、美、柔。后在西湖畔"巧"遇许仙，男才女貌，一见钟情，相敬相爱，终成眷属。但端阳节日，许仙兴致，看周围皆饮酒为乐，以酒助兴，也置酒欲与娘子一醉同乐，人之常情，美满幸福。白娘子不忍心拒绝，才不得不饮，结果酒醉现出原形，吓晕了许仙，这才引出盗仙草、法门寺等一系列的美人救夫斗恶戏。锣鼓正紧，板弦正浓，台上唱得悲苦，台下听得心酸。此戏既是梅派的经典唱腔，亦是程派的代表唱段，实属罕见。"四大名旦"——梅兰芳、程砚秋、荀慧生、尚小云都唱此戏，把《白蛇传》唱成"红戏"。更让人击掌称绝的是"四小名旦"也热衷于唱此戏，久演不衰，而且李世芳、毛世来、张君秋、宋德珠合演《白蛇传》，每位小名旦分唱一折，听得满剧场一片片喊彩，也开创了四位名家合演一台戏，合演一位角儿，全都扮白娘子，记入中国京剧史。据我所知，那是1936年的事，至今未有人打破这一纪录。

白娘子醉酒醉得值！

貂蝉是中国民间传闻的四大美女之一，貂蝉醉酒是别有洞天，另类是也。貂蝉醉酒是酒醉心明，酒醉人而人未醉，始终不醉、微醉、半醉，绝不深醉、大醉，更不一醉方休。

貂蝉喝的是"政治酒"，因为她肩负着重大的政治使命。稍一醉过度，醉糊涂，酒后吐真言，就可能把王允设计的整个"政变计划"付之东流，用王允的话讲："事若泄漏，我灭门矣。"貂蝉也是做出过政治承诺的，是以生命做担保的："大人勿忧，妾若不报大义，死于万刃之下。"

酒色之徒，皆先酒后色。貂蝉肩负实施"连环计"任务的第一步是因酒识董卓，识吕布。我的判断，貂蝉喜酒，懂得酒的魅力，且自己也能饮，酒量也不小，她曾经一个人伺候董卓、吕布喝酒，而且要喝好，喝出气氛，喝出冲动，喝出欲望。貂蝉醉酒难，心中仿佛有座山。貂蝉不敢像杨贵妃一样"喜醉"，也不敢像虞姬一样纵情抒怀；貂蝉要在醉酒中办大事，人命关天的大事，天下政治走向的大事，拯救朝廷百官于倒悬的大事，焉敢酒醉至深？她要"先酒后兵"，杀了眼前这个肥大体壮、野牛一般的军汉董卓，而且要不劳自己动手，绝非像曹操那样，趁董卓酒醉沉睡后，从背后执刀行凶。貂蝉要靠酒色，让眼前这两个大男人角斗。她要坐山观虎斗，坐享其成。王允毒辣，貂蝉厉害。

貂蝉首先面对的就是董卓。

《三国志》里陈寿说董卓：

狼戾贼忍，暴虐不仁，自书契已来，殆未之有也。

董卓有多残忍？说有一日，正与百官大饮于宴，恰遇有招安降卒数百人解到。董卓竟然下令让把这数百名"起义"和"投降"的"人犯"统统"或断其手足，或凿其眼睛，或割其舌，或以大锅煮之。哀号之声震天，百官战栗失箸，卓饮食谈笑自若"。

董卓酒量巨大，豪饮不醉，貂蝉能把董卓灌醉，貂蝉不简单。貂蝉未敢深醉，因为"连环计"刚刚起头。所以当董卓还在酒乡梦乡醉乡之时，貂蝉已经起床并梳洗打扮上了，可见昨夜其未大醉，或伪醉，迷惑董卓并让其深醉大醉。见吕布后，"貂蝉故蹙双眉，做忧愁不乐之态，复以香罗频拭眼泪"。貂蝉勾魂之术不可谓不高。

貂蝉的酒醉是含有一股血腥杀气的，是裹着一层厚厚的阴谋诡计的，那不是酒，那是人血，那酒中晃动的不是酒花，是董卓血淋淋的人头骷髅。

貂蝉的醉是阴谋的醉，是以酒以醉为阴谋为杀机的经典，空前绝后，据我知道传至今日的各类戏剧就有数十种。方知美人醉酒还有杀机。美人不能醉。

冯梦龙在《卖油郎独占花魁》中，讲述一位叫王美的美人醉酒的故事。这位王美在杭州西湖一带以美出名，人唤作"花魁娘子"。冯梦龙借西湖子弟之口说"花魁"之美：

小娘子，谁似得王美儿的标致，又会写，又会画，又会做诗，吹弹歌舞都余事。常把西湖比西子，就是西子比她也还不如！那个有福的汤着她的身儿，也情愿一个死。

"花魁娘子"沦落为妓女，因美因艺大红，有位卖油郎秦良动了心，把自己辛苦攒下的十两银子花在妓院里，想和美人做一夜夫妻，虽死亦足。没想到，千努力万争取才得到的良宵一夜，王美人竟然大醉，醉不及人意，且半夜连连呕吐，秦良辛苦伺候一夜，没有丝毫怨言。就是因为这一醉，"花魁娘子"认识了卖油郎，结下了姻缘，因美人醉酒、吐酒，在醉酒中识别一个人的品德，冯梦龙别出心裁，让卖油郎独占花魁，也是在酒中醉中结缘。

潘金莲美人也，不但貌美，且吹拉弹唱、女红手艺俱佳，当为女才子。能让西门庆这样玩弄女性的老手、风情场上的"惯盗"一见钟情，一见勾魂，足见潘金莲不但长得天仙一般，而且内在气质也绝非一般。

潘金莲的醉酒单纯"可爱"，她醉酒就为追求幸福，追求刺激，追求性爱。为情、为色、为爱、为淫。没有酒也就无法"社交"，无法应酬。潘金莲生活的那个年代里，连像王婆这样的孤老太婆也时不时地自斟自酌几盅。高兴了那是必喝必醉的，女人喝酒不但是一种消遣，而且是一种时尚，是生活中的一部分内容。所以当武大听说潘金莲为王婆做衣服让人家谢了以后，也说拿一吊钱去请王婆喝壶酒。女人之间答谢也要小酌一下。潘金莲侍女出身，大家丫头，见过世面，故饮酒并不生疏，推测还是有一定酒量的。

潘金莲以酒为媒，追求婚外恋寻找自己的幸福是人性之使然。很多人都理直气壮地指责潘金莲淫荡、色情，却没人去认真对待潘金莲的婚姻。她婚姻不幸福，不允许她挣扎吗？人非草木，孰能无情？潘金莲有权爱，也有权被人爱。潘金莲首先看上了打虎英雄武二郎。她的办法还是以酒为媒，以醉作情。潘金莲是位美人，多情之人，敢爱敢恨之人，会爱会男女之道之人；也是位苦命人，追求幸福而在泥潭中挣扎之人，是位强烈要求改变命运之人；也是因为这种追求，渴望男欢女爱，渴望真正的夫妻生活而被涂成花脸的人；被定性为"荡妇"，色情、淫荡、污秽、丑恶的"下流女人""下贱淫妇"。潘金莲追求爱,追求性,何罪之有?美人无错亦无过。社会使然,命运使然矣。

从《水浒传》走到《金瓶梅》,潘金莲爱欲未变,本质未变,善酒未变,醉酒亦无变。以酒为媒,以醉为乐。醉生百态,亦人之情也。即使像"潘金莲醉卧葡萄架",被人指责为淫荡色情,甚至无耻下流。潘金莲是醉了,醉后的潘金莲与酒后的西门庆,是醉酒的夫妻生活,尽管潘金莲是西门庆的第五房妻子,也是名正言顺的夫妻,夫妻之间的性生活该有什么标准吗?该有什么规定吗?难道有什么样的性行为是该表彰的?有什么样的性行为是该指责的吗?

人言可畏。潘金莲冤。

"若见美人甘下拜,凡闻过失要回头。"这不是人皆能为的。

宋玉曾作名文《登徒子好色赋》,其文云美人之美:

天下之佳人……莫若臣东家之子。

何美?

增之一分则太长,减之一分则太短;著粉则太白,施朱则太赤;眉如翠羽,肌如白雪;腰如束素,齿如含贝;嫣然一笑,惑阳城,迷下蔡。

宋玉是位高超的画家,画仕女图当属第一。这样貌若天仙、倾城倾国、沉鱼落雁般的美人,"登墙窥臣三年,至今未许也"。宋玉有毛病。有人曾分析说贾宝玉乃性冷漠病症患者,亦有人指出,宋玉极可能是同性恋者。我看还有一种可能,那位美人不像潘金莲懂得生活,懂得男女之恋,懂得酒色的关系。美人不醉,徒登墙空窥三年矣。

"曾因酒醉鞭名马,生怕情多累美人。"还是郁达夫懂得酒醉,懂得美人,懂得美人醉酒。

半醉半醒读庄子

庄子真神。

庄子想得飘逸飞扬，洒脱玄妙。

北冥有鱼，其名为鲲，鲲之大，不知其几千里也；化而为鸟，其名为鹏。鹏之背，不知其几千里也；怒而飞，其翼若垂天之云。

玄乎也？神乎哉！连毛泽东也只能顺着他的思想往下说：

鲲鹏展翅，九万里，翻动扶摇羊角。背负青天朝下看，都是人间城郭。

庄子的思维何限于天地城郭？

庄子真敢言之，古今中外，天下人垂钓者何止千千万？但谁能如庄子所言？谁能言庄子所说？

任公子为大钩巨缁，五十犗以为饵，蹲乎会稽，投竿东海，旦旦而钓，期年不得鱼。已而大鱼食之，牵巨钩，陷没而下，骛扬而奋鬐，白波若山，海水震荡。声侔鬼神。惮赫千里。

庄子真敢"侃",一个鱼钩挂着的鱼饵竟然是五十头阉割过的牛。那鱼出水的动静堪比现代的潜水艇。两千四百年前的庄子是怎么构思出来的？称其为神，颂其为仙，誉不过矣。

庄子的语言诡秘、奇特、神鬼莫测，妙不可言。

子祀、子舆、子犁、子来四人相与语曰：

"孰能以无为首，以生为脊，以死为尻，孰知死生存亡之一体者，吾与之友矣。"

四人相视而笑，莫逆于心，遂相与为友。

"天下莫大于秋毫之末，而太山为小。"我在酒中醉中读《庄子》，感到庄子亦在酒中醉中，庄子神乎其神，既伸手可触，又远在万里。

把"无"作为头，把"生"作为身，把"死"作为屁股，这样的人可为友？神话乎？痴话乎？醉语乎？梦话乎？

言"天下莫大于秋毫之末"，"秋毫"就是秋天大雁之毫毛，微不足道也。而庄子却说"天下"小而"秋毫之末"大。司马迁曾把泰山喻为大。庄子却早有高论，"太山为小"，天下都微缩得比秋雁毫毛之端还渺小，何论泰山？死重如泰山还是轻如鸿毛？原来泰山之小之轻焉比鸿毛乎？

庄子有意思！

在诸子百家中，庄子的神奇度最高。让人不可理解，不可想象，不可思议。

《后汉书·郭太传》载一个叫孟敏的故事。故事简单，但看法截然不同，都是大家——孔子也，庄子也，老子也，墨子也。

孟敏走在路上，一不小心把身后挑着的罐子掉在地上摔得粉碎，可他头也不回，看也不看，径直走了。郭太见了很奇怪，就问他原因，孟敏答曰：罐子已经摔破了，看它又有什么用呢？

孔子觉得价值不可碎，碎了也要尽力弥缝。

老子觉得本来就不该挑着罐子，摔了肩上就轻松了。

墨子觉得总要站立回首，总要感慨有言啊。

唯独庄子特别，庄子觉得这个世界它不就是一个破罐子？破罐子就得破摔。摔破了活该！

老子想得开，墨子看得透，孔子拿得起，庄子放得下。

庄子穷，但庄子快乐着，想入非非，自陶自乐，那才叫视王侯为粪土。你为富，你可能不仁；你为官，你伴君如伴虎。庄子做庄子的学问，既不眼红人家，更不嫉妒人家；既不羡慕人家，更不追逐人家。庄子立水如石，迎风如峰，我行我素，庄子有哲学。庄子的思想深渊无底，五千字的《逍遥游》使中国多少文人大家都争着拜读而似懂非懂，如雾中雨中观岳望湖。

曹商，庄子之穷友，但曹商不甘于贫，有鸿鹄之志，有孔子、孟子、韩非子之心，游说诸侯，先游说宋王偃，又千里迢迢游说秦王，秦王为其所动，赐其车驾百乘。曹商终于可以"衣锦还乡"了。曹商并非小人，也曾得教于庄子，但此时此刻得志了，他要用自己的现实去教育教育安于贫困的庄子，叫庄子开眼看看何为飞黄腾达，何为鸿鹄之志，何为大鹏展翅！

庄子家徒四壁,土里刨食,粗衣草履,有时甚至食不果腹。没查见庄子的刻像,估计"富态"不了,皮包骨头,骨瘦如柴。

曹商气派异常,惊天动地地来到庄子的破烂茅草房前。一百乘车估计把庄子的住处里三层外三层围了个水泄不通,车隆马嘶,地动山摇。曹商得意地放声大笑,想当初他和庄子在一起有谁瞧得起他?

连庄子也时时流露出视其为异类也。山高水长,今天终于水落石出。让庄子惭愧吧,让庄子伤心吧,让庄子忏悔吧,最后曹商还有一句心中的隐私:让庄子生气去吧!他不远千里荣归故里就是要出口闷气,长长而畅畅地在庄子面前出口气,让庄子生闷气去吧!

庄子睁眼看宝马雕车,看颐指气使不可一世的曹商。曹商微翘着下巴,他在等待庄子难堪的下一步。

没想到,庄子缓缓站起来,拍打着破衣服上的尘土和草屑,他好像没有看见那逼人的气势,震人的架势,慑人的场面,他只看见了曹商。曹商没有想到,庄子竟然微微地笑了,那种他曾经常见的微笑,不急不躁,不高不低,不轻不重,若有若无,若动若静,若冰若水,曹商感到后脊梁有冷汗流下。

庄子笑而有言。

庄子云:我听说秦王得了一种病,其病为痔疮。秦王甚为痛苦,下令招医。秦王诏中有规定,治痔疮手段越下流,赏赐就越高,用刀割除痔疮赏一辆车;用舌头去舔净痔疮上面的污脓,赏赐五辆车。听说秦王赏赐你一百辆车,你是怎么干的?你下流到何种程度?

庄子真智慧,庄子真淡定,庄子真自信,庄子真厉害,庄子就是庄子。

《庄子》有三十三篇，近十万字，其中九成皆寓言故事。庄子寓庄于谐，闲说趣谈中竟然深不可测，厚不可量。

看其《人间世》，仅用二十多个字就道出一番哲学理念来。诸子百家，二千四百多年间，还有他人乎？

汝不知夫螳螂乎？怒其臂以当车辙，不知其不胜任也，是其才之美者也。

其《狙公赋茅》中有言：

曰："朝三而暮四。"众狙皆怒。曰："然则朝四而暮三。"众狙皆悦。

庄子太智慧了，随手拈来皆世之哲理。
庄子的神乎还是在于他的《庖丁解牛》。
二百九十多个字，后人竟然读出四种解读法。
第一种解读法叫技术解读法。顾名思义是解读庖丁这个屠夫是怎样杀的牛，运用什么手段把杀牛这种血腥的粗活，做得竟像舞蹈表演或交响乐演奏似的，其技何在？第二种解读法是科学解读法，说《庖丁解牛》中包含着科学知识、科学思维、科学方法、科学精神，把庖丁解牛这件事说得充满科学性。想必庄子会洒笑摇首，太科学了。庄周心里明白，心无遮拦，嘴才能无遮拦，微闭双眼才能腾云驾雾。第三种解读法为艺术解读法。认为庖丁的解牛是升华为无所系缚的精神游戏，正是艺术精神在人生中呈现的意境。认为《庖丁解牛》可视为中国古代艺术精神的源头。估计一般人即使读过三遍《庖丁解牛》也是体会不到这种境界的，虽然毛泽东曾经说过《红楼梦》读过三遍才有发言权。我曾问一位大学教古典文学的先生，《庖丁解牛》读过多少遍？他坦言不下数十遍，但仍难有这种超凡脱俗的意境。请教一位画家，他说读到这份儿上，作画就有些味道，有些意境了。他说以后再教学生，第一课不再上素描、艺术理论、艺术历史了，改攻读《庖丁解牛》，那确实是一座艺术殿堂，读通了，就把握住作画的脉络了。

第四种是哲学解读。这是最深的悟道，最该称道的解读。一位大学教哲学的"酒友"，曾说蘸着酒才能读《庖丁解牛》。庖丁岂一般厨子？一般屠夫？该称其为"丁师""丁爷"。文中有句说"丁爷"：

臣之所好者，道也，进乎技矣。

庖丁是"玩道"的，是讲规律的，是宣扬哲学的，是讲发展成长的。一句话即讲明"丁爷"何许人也，让文惠君也出乎意料。文惠君初看是"技术"解读法，看热闹，看精彩，看技术，听其解读声如听音乐，看其解读法如观艺术。但一问一答，文惠君立时感到，廊下解牛者非一般厨师、屠夫也，悟道之高人也。

悟道绝非一悟即得道。"丁爷"把宰牛比作道，须经过三个阶段，之一是"斫牛"，即说的族庖，宰杀牛是运力抡刀，硬把牛解体，砍得骨断筋折。族庖，当为作庖之初级阶段也。之二，便是到了良庖，良庖不再抡起刀来砍剁，"硬碰硬"，而是用刀割。这两个阶段的区分还在刀上，初级阶段的族庖刀是"月更刀"，一月换一把刀，而第二阶段的良庖之刀则"岁更刀"，一年才换一次。而到达最高阶段，即"丁爷"阶段，"今臣之刀十九年矣，所解数千牛矣，而刀刃若新发于硎"。庖丁果然神了，一把宰牛刀竟然用了十九年，杀牛数千，竟然没换过刀，且其利刃仍然像刚刚磨完一样锋利。庖丁当为大师，估计空前绝后。其一举一动，一言一行竟然皆为道也。比如"丁爷"初提宰牛刀时，眼见到的是一头活生生的、完完整整的牛；但三年后再见牛时，看到眼里的已经不再是一个囫囵完整的活牛，而且肢离待解的牛；十九年后，"丁爷"眼前待杀的牛已经不必用眼神来观察了，而是"神遇而不以目视"。在宰牛问题上，"丁爷"已由必然王国跨入了自由王国。其在解牛之间已幡然悟出了"以无厚入其间"，"游刃有余"，哲学至理名言矣，又道：

每至于族，吾见其难为，怵然为戒，视为止，行为迟，动刀甚微。

"丁爷"已把握住了事物的辩证法，即使是十九年不换刀的"神庖"，宰杀一牛已到了出神入化，化腐朽为神奇的阶段，真正操刀宰牛时却依然那么小心，那么谨慎，那么重视，那么一丝不苟，既要藐视之，更要重视之。

见过宰杀牛的人不少，古今中外谁见过"丁爷"这样解牛的？庄子真神了，如其所见，历历在目；如其所听，其声犹在耳边；如其所述，庖丁解牛耳！

手之所触，肩之所倚，足之所履，膝之所踦，砉然向然，奏刀騞然，莫不中音。合于桑林之舞，乃中经首之会。

把宰杀牛发出的刀进肉的声音，能听出是一种美妙的音乐，符合桑林舞曲的节奏，又合韵于乐曲的音律，两千四百多年只有庖丁解牛能杀出这种音乐的旋律，只有庄子能听出这种美妙音乐的节奏和乐感。

唐代有位禅师叫青原惟信，有过一段高论，说老僧三十年前未参禅时，见山是山，见水是水。及至后来，亲见知识，有个入处，见山不是山，见水不是水。而今得个休歇处，依前见山只是山，见水只是水。

青原禅僧之见有同于庖丁也，看来不同事不同体不同理，然同源同道矣。庖丁开始解牛时，也"所见无非牛者"，见山是山，见水是水；"三年之后，未尝见全牛也"，三年解牛再看见牵上来的牛，竟然不是活生生的全牛了，见山不是山，见水不是水；十九年后，但见"以无厚入有间"。技盖至此！从中悟出庖丁看牛的变化。所见是牛为俗眼，未尝见全牛为智眼，以无厚入有间是道眼。开眼是得道之助，古今中外除庖丁外焉有他人？庄子伟大，神仙，他把自己对待人生之道，"以无厚入有间"，润物无声、自然而然地贯注到庖丁的解牛中了，不信，再看看《庖丁解牛》。

庄子讲了一个又一个的寓言故事，都是一个又一个的谜，让后人皱着眉，点灯熬油去猜。庄子却躲在历史的深处偷笑。

庄子在《徐无鬼》中还讲过一段极神奇极有寓意的故事：

庄子送葬，过惠子之墓，顾谓从者曰："郢人垩慢其鼻端，若蝇翼，使匠石斫之。匠石运斤成风，听而斫之，尽垩而鼻不伤，郢人立不失容。宋元君闻之，召匠石曰：'尝试为寡人为之。'匠石曰：'臣则尝能斫之。虽然，臣之质死久矣。'自夫子之死也，吾无以为质矣！吾无与言之矣。"

庄子又说了一件玄而又玄的故事，鼻子上涂一层薄如蝇翼的白泥，让一石匠抡圆了斧子去削砍，这无疑是玩命。但结果呢，"尽垩而鼻不伤"。活灵活现的，好像庄子亲眼所见过似的。其实不但庄子没见过，连宋国的国君也没福气一饱眼福，因为搭档死了，"一个巴掌拍不响"，差点儿让庄子绕到里边。庄子之道，真乃博大精深，无所刃又无所不刃，顺着庄子的道，畅游宇宙，领略八方，循其自然，深邃玄妙。两千四百多年都过去了，尚无人精通庄子的道。一位老师曾说，庄子的道太深奥了，深可比宇宙。

但我判断庄子似乎没见过庖丁解牛，从他的风格可断。

世上本无鲲无鹏，他能栩栩如生地描绘出鲲为何物，鹏为何样，且能让鲲鹏笑着斥鷃。他能"不知周之梦为蝴蝶与？蝴蝶之梦为周与？"他能言："鯈鱼出游从容，是鱼之乐也。"惠子曰："子非鱼，安知鱼之乐？"庄子曰："子非我，安知我不知鱼之乐？"庄子不是一般人，其见其解其说其道皆神乎其神，用现代的话形容玄之又玄，因此庖丁解牛十九年的一切皆为庄子之"梦也"。我想庄子不是诗人,若庄子为诗,不会言之"白发三千丈",恐怕会诗之白发三千里。

庖丁解牛中庄子没说庖丁是怎么杀死牛的,解牛的关键是杀牛,何不言之?我判断极有可能庄子根本没有亲眼见过宰杀牛时怎么把牛杀死。

我在徐州的汉石刻绘画中看见,西汉初年,宰杀牛的第一道手续是用铁锥将牛头击碎或者是用大石锥猛击牛的头部,将牛击昏,然后才进入解牛阶段。我询问当地老人,有知晓者说,现在当地宰牛依然是用铁锤或石锤将牛击昏或者击毙,然后挂在栽在地上的十字木架上剥皮肢解。说起来也挺残酷瘆人的,但从我们祖先到今人两千五百多年一直在用这种办法。不知当年庄子言庖丁解牛时是不是用锥击之?庖丁持刀十九年宰杀数千头牛而不换刀,且刀如新磨出来的一样锋利,刀可以不换,但他宰杀数千头牛时首先用来击牛之后脑的锥必然要换,估计至少要更换几十次,牛后脑虽弱,但其骨亦坚。无论如何,我想庄子再神也不会把以锥击牛后脑之声再描绘成打击乐的演奏吧,庄子真高,他把牛头骨被击裂的瘆人之声省略了。

我在山西农村看到的杀牛不是以锥击之,而是用刀。

看了杀牛,让人心里甚不自在,有一种凄凄惨惨的味道。在农村,当时杀牛是件大事,围观者甚众。当年有"国法",因牛属于大牲畜,随便宰杀是犯法的,因此要生产队打一个报告,讲明原因,大队、公社都盖了章,这才能杀,才合法。

我真真切切地观看了杀牛的每一个细节,距离"庖丁"

不过数米远,最近时近在咫尺。

把老牛牵来,是我们队上合作化时的老牛,真乃为社会主义农村建设贡献了青春,如今又要献身了。它走得很凝重,也很迟疑,有种要入刑场的感觉。

"刑场"的地上放着做成四个绳套的麻绳,牵牛者让牛慢慢地将四个蹄子踏进去,然后再把麻绳捋高,突然拉紧。这时候"行刑"的屠夫用嘴叼着一把一尺长的杀猪刀,但见他突然靠近等待挨宰的牛,用肩头用力一扛,那头牛因四条腿被绳索捆紧,突然倒地,屠夫会招呼助手拿一个大瓷盆放到牛的脖子下。这个时候我清楚看到牛眼睛里滚出一颗颗硕大的泪珠。老牛已有预感,其死期将至,几次想抬起头来。屠夫似乎很温柔地用手轻轻地、慢慢地抚摸着老牛宽大的脖颈,老牛几次抬着泪眼望着他。突然,只见屠夫一挥手从嘴里抽出叼着的屠刀,一刀就扎透了老牛的脖颈,原来他刚才假意抚摸是为了找准下刀的血脉。血泉水似的流出来,冒着泡,泛着热气,老牛竟然不再挣扎,只是全身痉挛抽搐,一颗一颗晶莹的泪珠流出来,竟然打湿了一片干燥的黄土地。

若干年后,我看到在《参考消息》上登着这么一条消息:英国《新科学家》周刊网站上登的文章说"人是唯一会因为感情而流泪的动物",我曾勃然大怒。英国人敢说牛不会因感情而流泪?他们没有见过屠杀牛?后来去英国方知,英国屠宰场中是先给牛注射麻醉剂,等牛在不知不觉中,在幸福地咀嚼中昏死过去以后,再进入肢解车间进行分类和解体。

牛在知道它们将死亡,被屠杀时确实会流泪。且我看那屠夫剥皮杀牛绝无庖丁一丁点儿本事,绝无"手之所触,肩之所倚，足之所履，膝之所踦"；更没有听见"奏刀騞然，莫不中音，合于桑林之舞，乃中经首之会"。我清楚地看见，那位嘴角上叼着半截烟卷的屠夫不远处放着细磨刀石，他一会儿就走到磨刀石跟前，从容地蹲下，很自豪地磨着他的那把宰牛刀，这个空当会有人过去把他叼在嘴角已经浸湿了的小半截香烟取走，再给他按上一支新的，并且划着火，很殷勤适时地给他点上，显然他是庄子说的"庖族"。当我无意中问他，几年换一把宰牛刀？因为他的宰牛刀已经成为有弧度的弯刀了。他十分自豪地说，几年？十年吧！怎么可能？按庄子在"庖丁解牛"中所说：族庖月更刀，良庖岁更刀，只有庖丁才会十九年不换。我们村里就有一个"庖丁"？且那屠夫不论是猪、羊、马、驴、骡，凡能宰的，让他下刀的，他都来者不拒，甚至连劏猪、劏羊、劏马、劏驴，也都用这把刀，但刀虽常磨却从不换刀。这就使我产生疑问了，要么庄子所述庖丁有误？要么庄子没真正见过杀猪宰牛？再要么就是庄子的年代宰牛刀的质量不高？

庄子津津有味地叙述庖丁解牛，把宰牛的过程说成是艺术的享受。由此我断定，庄子根本就没有见过宰牛，见过宰牛尤其是初次见的人，几乎无不掩面，无不战栗，无不避而走之。即使是像庖丁这样的"神庖"也不可能把宰杀活牛、肢解死牛的过程"升华"到一种"美"的享受过程。当我在叙述几十年前见到的宰杀牛的过程时，仍然能看到那头老牛先晶莹后混浊的眼泪，仍然能看到那被切割下来高高挂起的牛头，老牛至死都没闭眼，一直恨恨地瞪着人间。

我看的那屠夫解牛，非一人，有一助手相帮，没有看见

"以无厚入有间"，"游刃有余"，更无"奏刀騞然，莫不中音，合于桑林之舞，乃中经首之会"。但见把那两个屠夫忙得一身大汗，脑袋上渐渐有腾腾蒸汽。有需要斩断胫骨时，皆由那位助手手执一大刀，又割又砍又切，但那刀好钢口，折腾了半天，待其把刀放在地上，我凑上前细看，没有丝毫损伤。倒是那位老屠夫，时不时地走到磨刀石前蹲下慢慢地磨着他那把锃光瓦亮的屠刀。后调查，此屠夫干屠宰一行恰恰二十七年。庖丁言其"所解数千牛矣"，问他，他说何止数千？当然这其中可能包括猪、羊、驴、马，他说他宰杀的骆驼也有数百头。终于两屠夫把一活牛分解成牛头、牛皮和一块块渗着鲜血的肉块，把四只牛蹄子切割下来，挂在牛头上，把牛尾拴在其后，表示干净利索地完成了宰杀牛的任务。据说这是杀牛行业中祖传的规矩，但我在庄子"庖丁解牛"中未见。

庖丁解牛，老子未见，老子肯定不会乐于见之，因为老子爱牛，他平生独骑一青牛，从不骑马坐车，老子对牛情有独钟。

庄子神人也，为何如此欣赏一庖丁解牛？且很可能庄子根本就没见过解牛，更何况说庖丁乎？细读几遍，几次读到最后，"文惠君曰：'善哉！吾闻庖丁之言，得养生焉。'"何为善哉？何为得养生焉？终于破解，乃"吾闻庖丁之言"也。原来庖丁之言是"虚"，言其养生为"实"。庄子见没见过"族庖"，见没见过"良庖"，直到见没见过"神庖"都不要紧，他要说的是"道"，是一种养生之道也。

庄子画了那么一个大圈，终于在养生上落下笔。解牛和养生有什么关联？"依乎天理，因其固然"，即依据天然的机理，因循固有的规律。解牛之道，养生之道，皆如此，两道相通，触类旁通，举一反三是也。

庄子的思想是"全生养身"的思想，与孔子儒家"杀身成仁"，"知其不可为而为之"的思想完全相反。庄子认为，相对于生命，一切高官厚禄、名誉地位都是次要的。《史记》和《庄子·秋水》中都记载楚王遣人请庄子为相，庄子却对使者言：

千金，重利；卿相，尊位也。子独不见郊祭之牺牛乎？养食之数岁，衣以文绣，以入太庙。当是之时，虽欲为孤豚，岂可得乎？子亟去，无污我。我宁游戏污渎之中自快，无为有国者所羁。终身不仕，以快吾志焉。

庄子惹不得，碰不得，世上有神人乎？庄子也！喝酒去，且莫再看他。

张飞的真醉与假醉

张飞,世之猛将也。其兄关云长曾放言:吾弟张翼德于百万军中取上将之首,如探囊取物。《三国志》云:

先主闻曹公卒至,弃妻子走,使飞将二十骑拒后。飞据水断桥,瞋目横矛曰:"身是张翼德也,可来共决死!"敌皆无敢近者。

张飞不但勇猛,且胆大包天。仅带二十名败军之卒敢抗曹数万精锐虎狼之师,《三国志》中称其"万人之敌,为世虎臣",当名副其实。《三国志·蜀书》记载,张飞官至"宜都太守""征虏将军""封新亭侯"后被刘备封为"五虎上将",兼任巴西太守。《三国志》中"五虎上将"的排序为关羽、张飞、马超、黄忠、赵云。民间传说更形象,三国战将如云,只排前六名大将,即:一吕(布)二赵(云)、三典韦,四关(羽)五马(超)六张飞。

纵观张飞一生的忠义、刚烈、勇猛,皆与酒与醉有关,无酒无飞,无醉无飞。性情使然,命运使然。张飞得名于酒,失生于酒。张飞有时是酒不醉人人自醉,有时又是酒醉心亦醉,一醉糊涂，一醉不醒。说张飞死于醉酒，不如说张飞死于梦中。酒醉的张飞亦无人敢杀，无人能杀。

张飞第一次扬名是在酒后。罗贯中称其饮了几杯闷酒，看见其兄刘备的顶头上司督邮正狐假虎威，作威作福，听到百姓皆为刘玄德求情。这位督邮，我考证一番，实无对照。东汉末年设的督邮一职大致相当于现在地市级一级的领导，视百姓如草芥，非要逼县吏出黑材料往死里整刘玄德，其仇其恨皆出于刘玄德没有向这位督邮行贿。张飞一听一见，大怒，睁圆大眼，咬碎钢牙，硬闯督邮馆寓，一步跨上，一把扯下，只手揪住那督邮的头发，生拖硬拽，拉下堂来，二话不说，绑在拴马桩上，折一把柳枝，暴打一顿。估计把那位督邮抽得鬼哭狼嚎，爹娘喊破天，求爷告奶的话也说得大过天，丑态尽显。张飞疾恶如仇，"一连打断十数枝柳枝"。人心大快，百姓传颂。当时谁敢光天化日之下，像拉猪拎鸡一般对待朝廷命官？谁敢像教训地痞流氓一样当众暴打政府官员？且是位"大老爷"？刘备绝对不敢，关羽不会那般做，唯独张飞也。张飞借酒借醉，为民为己出气。张飞酒未醉，如醉肯定把督邮鞭至死矣。

张飞有戏出彩，京剧中扮"黑头""花脸"的名角儿没有没演张飞的，从侯喜瑞、裘盛戎一直到尚长荣，都把张飞演活了。京剧《戏说脸谱》唱的有"黑脸的张飞叫喳喳"。张一叫，地动山摇，京剧中就有"一声喝断当阳桥"，"一声吓死夏侯杰"。这时候侯喜瑞老先生有四句唱：

长坂桥头杀气生，横枪立马眼圆睁，一声好似轰雷震，独退曹家百万兵。

京剧中唱关公"大意失荆州",也唱张飞"醉酒失徐州"。张飞醉酒失城失家,险些失命。

刘备带着关羽出征,把守卫"根据地"徐州的重任托付给张飞。张飞信誓旦旦,以命相押,绝不醉酒。但酒虫难忍,酒瘾难熬。张飞也有绝招儿,他的思维方式是逆向的,干脆从根上斩断,不是按刘备交代的要少喝酒,而是戒酒,滴酒不沾,拒酒于千里之外,但前提有一个,今日放开量地喝,喝他个地动山摇,喝他个江水倒流。于是把守徐州城的文武官员一并招来,宣布他的这一"伟大而不平凡的决定",然后一声令下,以身带头,开怀畅饮。《三国演义》上讲张飞把酒先巡一遍,即今天酒场上的"走一圈",和在座的每一位一人喝一杯,然后又"自斟巨觥,连饮几十杯,不觉大醉"。

巨觥?何为巨觥?一觥能满多少酒?请教过一位专家,他说一巨觥没有定数,应为现在的四两到半斤之间。吓我一跳,屈指算来,张飞至少喝了十几斤酒。东汉末年的白酒,其酒精含量至少也在30度左右,这样算下来,张飞真乃酒翁、醉翁,一气饮十几斤酒,且是"痛饮",不是慢慢抿,细细喝,而是端起"巨觥"直接"干杯"。即使这样,张飞仍然"不倒"。仍然又在宴席上每人再干一"巨觥","走一圈"。不知道这位张翼德到底有多大量?这才引出曹豹求饶,引出事端。张飞的理论有张飞的个性特点,先是问:"哪儿有厮杀汉不饮酒的?"喝!后又轮到曹豹喝时,又说你上杯都喝了,这杯为何不喝?显然是装的,不给我面子。曹豹再三拒饮,酒在兴头上的张飞大怒，下令责打曹豹一百鞭子。这才引出曹豹痛恨张飞，深夜约来其女婿吕布夜袭徐州。

张飞被吕布袭破徐州，落荒而逃，酒犹未醒，还有几分醉意。曹豹见张飞只有十几个人跟随，"又欺他醉"，更兼仇恨在心，"遂引百十人赶来"，要杀张飞，去心头之恨。没想到醉张飞仍然是猛张飞，交战只三回合，曹豹就被醉张飞一矛刺死。

张飞丢了徐州，丢了刘备的家小，也使刘备成为"丧家之犬"，遭到关羽埋怨后，张飞"惶恐无地，掣剑欲自刎"。一剑一命偿一酒一醉。代价可谓高矣，但只要张飞不死，则其酒不会戒，其醉不会无，否则何谓张飞也？

张飞秉性暴躁、粗野、鲁莽，又喜饮、无度，常一饮至酣。性暴饮酒如火上浇油，醉酒又使性情如野马无缰。张飞醉饮误事几乎成为中国民间的歇后语。

与张不同，其兄关羽一生也曾两次因酒出过"盛名"，但皆与醉饮无关。《三国志》和《三国演义》中都未记载过关羽醉酒误事。这是关、张不同之处。

关羽第一次出名是酒尚温时斩华雄，在十八路诸侯面前光彩照人。中国京剧中有这出戏，杨小楼先生扮红脸关公，他有四句定场诗，唱得剧场地动山摇：

威镇乾坤第一功，辕门画鼓响咚咚。云长停盏施英勇，酒尚温时斩华雄。

一杯酒，一杯尚温之酒，把关云长陪衬得如天神下凡，这杯酒是关公走上神坛的第一步。

关羽第二次神勇也依赖于酒。

关云长攻樊城遭曹仁暗算,右臂中毒箭,华佗闻之前来治疗。《三国演义》上说得精彩,说华佗在给关云长动手术之前,曾要求立一木柱,木柱上钉一大铁环,让关云长把右臂穿于环中,以绳系之,然后还要"以被蒙首",再动手术。按当时的医疗条件看,是大手术。华佗之所以做那么多准备,是因为以刀刮骨,一般人忍受不了。华佗有经验。但关云长神人也,神奇也,竟然什么都不需要准备,只是连饮数杯酒,即伸臂让华佗动刀。那手术在全自然的情况下动刀,"佗用刀刮骨,悉悉有声。帐上帐下见者,皆掩面失色"。须臾,血流盈盆,再看关云长,饮酒食肉,谈笑弈棋,全无痛苦之状。如此,关羽古今一人也,神人非凡人也。我请教懂医学的朋友,皆曰:不可能。有一友人言,关羽喝的酒虽数杯,必然巨杯,且酒的酒精含量应在60度上下,由此判断,关云长一次能饮超高度酒精的烧酒至少应在数斤,其酒量比张飞要大。关羽不常醉饮是"醉不起",他"面如重枣",我估计其患高血压,醉酒后头疼定如曹孟德,故绝不无缘无故饮酒。即便是当年曹操三日一小宴,五日一大宴,未闻关羽喝大了,喝高了。关羽懂政治,拿捏得当,也是"其病"使然。

张飞不是关羽,绝不委屈自己。绝不讲什么大局全局,他只讲酒局醉局,喝的时候喝个痛快,醉的时候醉个彻底,酒后醉后又如何,酒醒醉醒再说。张飞喝酒甚有意思,军前痛饮,无以为乐,他助酒的办法是令两个军汉相搏为乐。查中国史上饮酒醉酒留名的,以军汉相搏下酒的不多,张飞有个性。张飞得酒名醉名亦不在乎。他觉得酒乎醉乎概出于"厮杀汉如何不饮酒"？命尚且不足惜何惜酒乎醉乎？张飞有张飞的人生观、世界观。

张飞也会借酒做文章，借醉打仗。莫小瞧张翼德，有时候酒会让张飞头脑开窍。酒会让敌方中计，酒肉兵也厉害。

张飞当时和魏国大将张郃相拒于瓦口隘。张郃虽然打不过张飞，但他占据险恶瓦口隘死守不出战，让张飞狼吃刺猬无处下嘴。于是张飞只好打发部下去隘口处骂阵，但张郃不为其所动。如何打破张郃采用的"野猪不出洞"的战术？张飞酒后得一机灵，于是亲自出马，在阵前寨中每日饮酒，喝一阵就扯开嗓子冲着曹营大骂，骂累了再喝，喝高兴了再骂。喝酒也越喝越放肆，直到大碗灌，大碗筛，直至大醉而归。天天如此。

张郃也是曹营之大将也，一生领兵打仗，硬仗、恶仗、大仗、险仗经历无数。张郃前去观，气得也暴跳如雷。原来张飞竟然让部下全都放开酒量大饮特饮，他自己坐于帐中一碗接一碗地大碗喝酒大盘吃肉，"还令两小卒面前相仆为戏"。张郃看罢大怒，决定当夜下山劫张飞的营寨。张郃亦名将，如遇到蜀中将领如关羽、赵云等如此，他绝不会烦更不会怒，他深知那是"引蛇出洞"之计，但张飞不同，他认为张飞不会用心眼儿，且帐中喝酒是真喝真醉，天下人谁会以为张飞会用计耍阴谋？连刘备听说后都"大惊失色"。张郃坚信不疑，张飞当夜必大醉于营帐之中。所以当张郃半夜冲到张飞营中，看到张飞时，飞马上前，一矛刺中，原来是一假张飞，真张飞可能口吐一尺多长的酒气，但绝未醉酒，酒正喝到好处。真张飞大喝一声,跃马挺枪,直取张郃。醉张飞本色也,假醉扮真醉,张飞了不得!

　　张飞死于醉酒。《三国志》上说,其死于部下之手,其尸躯干被葬于阆中,头颅葬于云阳。有说张飞因"暴而无恩",酒后虐待将士,激起兵变。有说杀张飞时也让反叛的部下心惊肉跳,说张飞睡觉不闭眼,鼾声如雷,几乎无人敢近前,被当胸刺一刀后,竟腾身而起,口中先喷洒数口酒,然后才喷血,其腥无比,吓得行刺的部下多人晕倒。

千年醉兰亭

兰亭有名,享名千年。其名概出于王羲之,王羲之作《兰亭序》,其序醉千年,而序中推崇的正是兰亭此地。否则,兰亭有可能仍然"藏在深闺人不知"。王羲之言其所美:

此地有崇山峻岭,茂林修竹,又有清流激湍,映带左右。

王羲之非画家,然仅二十一个字就把兰亭之美述之备矣。

此地名兰亭,其出处久远矣。传之春秋时代越王勾践曾在此种兰,得此美名。虚算亦二千五百多年矣。慕名而去兰亭者不可胜数。然我去未被其风景所迷,亦未被其佳境所醉。确实兰亭之美,美在《兰亭序》上,美在王羲之的醉酒狂舞秃头笔上。

亦非是我独有此言,且看柳宗元评《兰亭序》:

夫美不自美,因人而彰。兰亭也,不遭右军,则清击湍修竹,芜没于空山矣。

而我以为以浙江为言,有茂林修竹,清流激湍之地何其多乎？即使在绍兴亦非一处一地。然兰亭独得其名，不能不探，不能不观，不能不身感神受。

古往今来，迁客骚人多汇于此，皆非慕景而来。俱因慕名而至，慕王羲之之大名，崇拜《兰亭序》之大名也。连清康熙皇帝也如此，为兰亭题名。

兰亭的每一处景，每一处物，每一个故事，每一个传说都离不开王羲之，都离不开王羲之的《兰亭序》。

王羲之因写下《兰亭序》，写下这三百二十四个字，从此享名"书王"。《兰亭序》自东晋穆帝永和九年，公元353年起，再无人能超越这二十八行，三百二十四个字，前无古人，后亦无来者。视中华三千年文明史，《兰亭序》为"天下第一行书"，竟无人能比，呜呼，敢不让人为王羲之所醉？谁不为《兰亭序》所醉？

有研究者说，王羲之生之艰难，生不逢时。我之论恰恰相反，王羲之之所以能醉卧兰亭，兰亭能有醉事，醉中有"天下第一行书"，皆因其生之逢时。幸哉，东晋出了个王羲之，中国出了个王羲之。

晋王朝是司马氏通过阴谋诡计，搞宫廷政变建立起来的。有人说，没有犹太人就没有资本主义，我言之，没有中国人可能就没有封建主义。司马氏的祖先司马懿就是一个封建社会的"经典"，典型的阴谋政治家。阴阳八卦，明里暗里，阴险毒辣，心黑手毒。其子司马昭果然是司马氏的杰出后代。司马昭之心，路人皆知，那心就是野心、贼心，想篡权当皇帝之心。

没想到司马昭的后代，几乎个个都是司马氏之心天下皆知。野心都比其祖上大，但耍阴谋论本事皆不及司马懿、司马昭百分之一，这才有"八王之乱"，天下让这群只有野心，没有本事的司马氏子孙折腾得奄奄一息，几乎死掉。"八王之乱"之后，又是"五胡乱华"，直折腾得刚刚统一三国的大一统国家朝亡国灭，生灵涂炭，民不聊生。汉民族几乎被断其脉，司马氏封建集团于国于民其恶大焉。

司马氏集团闹得最欢，折腾得最凶，也失败得最快，下场最惨。那时候的中原大地，长江以北别说练字练得墨染池水，恐怕连坐下写字的安全、安静、安逸的时刻都没有，不是他杀过来，就是你杀过去，越是骨肉相残，越黑越凶越无人性。烽火狼烟，遍地战乱，赤地千里，白骨堆山。当年琅邪王司马睿跑到江南时，真乃历尽千难万险，几乎血溅周身。

公元318年4月，晋之国都长安被匈奴刘曜攻破，十七岁的少年天子晋愍帝司马邺先是被俘，继而被杀，西晋灭亡。惊魂未定，只恐逃不过杀身大祸的琅邪王司马睿做梦都没有想到，他竟然因祸得福，江南的官绅士族为保一方平安，为安民定境，决定推司马睿为皇帝，这便是中国历史上的晋元帝。东晋王朝在建康登上历史舞台。失魂落魄，经历过生死逃亡的司马睿深知，他这皇帝之位能不能坐稳，他的性命能不能保全，全看江南士族和官绅势力。司马睿比他那些曾经封为王侯的司马叔侄兄弟都聪明，是残酷的争乱教育了他，他紧紧依靠江南地方势力，依靠以王导为首的大官僚集团，总算渐渐把皇帝的宝座坐稳了，以致中国历史上有"王与马，共天下"之说。王即王导及其代表的士族势力，马即指晋元帝司马睿。江南一带此时此刻享受了相对的安宁与和平。而江北仍然是"五胡十六国",打得人仰马翻,杀得血流成河,城头变幻大王旗。正是在这个时刻,王羲之活得潇洒,王羲之官拜右军将军,会稽内史,也正是在这个历史时刻,王羲之才有时间学字,有时间苦练,有时间修行,有时间成功成名。

有些后人不知道何故,言王羲之做官很不得意,很不自在,是迫而为之。我以为王右军之所以成功,之所以醉享千年,正因为其为官,且此官不小,有职有权有位。否则穷得像杜甫一样,何有兰亭聚会?无兰亭聚会,何来兰亭诗集?何之有序?王羲之非右军将军,非会稽内史,怎能召集起像谢安、谢万等四十一人,"会于会稽山阴之兰亭,以修禊事"?

王羲之是达官贵人,王羲之是骚客文人,王羲之有闲情逸致,王羲之有诗情画意,王羲之还有那份热情,有那个身份,有那份财力物力。王羲之登兰亭一呼,江南才子、当地绅士官吏纷纷响应,非王右军还有他人乎?

兰亭真世外桃源也。"八王之乱"后的中原,过的是水深火热的日子,连帝王将相都朝不保夕。而王羲之在兰亭"修禊",过着优哉乐哉的雅士贵族生活。有此雅致者,非王右军能有他人乎?

兰亭"修禊"可谓游山玩水,谈山阅水,吟诗诵雅,天上人间。这群人喝酒太雅以至于其喝酒之法在中国早已"绝版"。讲究"流觞曲水",顺曲水排定座位,盛有酒的觞顺曲水缓缓而行,觞在谁的身边停住,谁就要吟诗一首或歌一曲,否则罚酒三觥。

用现在的眼光看,王羲之玩得也高雅,玩得也心跳,玩得也"嘚瑟",玩得也贵族。

坦率地说《兰亭序》所收集进去的十五首诗都作得一般，酒中歌，酒中诗，应景之作而已。之所以享名千年，皆因为王羲之之序。序之文写得虽好，亦不足享千年圣名，关键是王羲之之字，龙飞凤舞，神舞仙作，折服天下人，光耀一千多年中华大地。人们仰望它，就像真诚信仰藏传佛教的善男信女仰望佛祖，仰望喜马拉雅雪山。

《兰亭序》终于成为千古一书。

让后人追趣探密的是，王羲之是如何写出这篇序的？

醉中写。"挥毫制序，兴乐而书。"写完大醉。酒醒后，见序文中有改有涂，便以为酒醉所致，故振作精神，养足气力，重新提笔，重写达数十百篇，比较竟无一能胜过酒醉之作，连王羲之自己都感到，醉中挥毫乃"神助之作"。

王羲之酒量不大，嗜酒是其兴趣雅致，但非能痛饮才能酒后作序，不至于醉得一塌糊涂。屈原之醉，多为忧醉。曹孟德之醉，多为真醉。曹丕之醉，多为诡醉。曹植之醉，多为傻醉。韩幌之醉，多为牛醉。韩干之醉，多为马醉。张僧繇之醉，多为龙醉。李白之醉，多为佯醉。杜甫之醉，多为穷醉。怀素之醉，多为狂醉。阮籍之醉，多为死醉。顾凯之醉，多为美醉。吴道子之醉，多为吓醉。曹仲达之醉，多为微醉。赵孟頫之醉，多为半醒半醉。朱襄阳之醉，多为石醉。黄庭坚之醉，多为寻醉。苏东坡之醉，多为乐醉。颜真卿之醉，多为爽醉。李清照之醉，多为深醉。柳三变之醉，多为情醉。岳鹏举之醉，多为愁醉。辛弃疾之醉，多为气醉。范仲淹之醉，多为人醉。王昌龄之醉，多为苦醉。李商隐之醉，多为爱不得、恨不得所醉。白居易之醉，多为月醉。至于像阮咸、刘伶之醉，多为醉而醉。

而王羲之之醉，多为字醉。王羲之之醉，醉在此处。一篇三百二十四个字，涂改处竟达十几处，却处处尽显自然闲达，顺畅流利，毫无扭捏做作，非酒非醉不可如此放松，如此直率，如此顺达。文中所写二十一处"之"字，竟然无一相同。甚至连"之"字之点都各不相同，非醉酒之笔、神助之笔所不能。王羲之酒后醉中之作，序文行文章法、结构、笔法等却臻于完美，无可挑剔。王右军到底有几分酒？又有几分醉？永和九年阴历三月初三那场醉，可能是千古醉之谜。

王羲之行书古今天下第一。有人言之，王羲之写《兰亭序》用的是鼠须笔，鼠须笔在毛笔中应为极品，否则王羲之怎么能写出让人拍手称绝的《兰亭序》呢？需要正本清源的是，王羲之写《兰亭序》时用的笔是非常普通的狼毫笔，而且还是用的"退笔"，酒后一挥而就，"挥毫制序，兴乐而书"。"退笔"就是用秃了头的准备一扔了之的毛笔。中国文人喜欢这样，乐意捧场。《红楼梦》高鹗续书中，贾宝玉出家当了和尚，还要披上一件大红斗篷；《兰亭序》虽是王羲之酒后醉中之笔，但也是他毕生融古通今登峰造极之作，更是他人生经历至暮年，熔铸精粹，自然旷达的结晶。《晋书》中记载："论者常称其笔势，以为飘若游云，矫若惊龙。"唐代书法家在评论王羲之书法时，言其"情动形言，取会风骚之意；阳舒阴惨，本乎天地之心"，"道微而味薄，固常人莫之能学"。到唐时，王羲之死后三百年，他已然飘然走向了神坛。

王羲之是有些神。据说卫夫人当年教王羲之学习写字时，不是一个字一个字地教，而是把字拆开教。先锻炼他的视觉审美。只教他学写点，就练习一个点，观察一个点，感觉一个点。卫夫人真够神道的。

她要王羲之目不转睛地盯着看毛笔沾墨后接触纸面所留下的痕迹，叫"高峰坠石"，让王羲之感觉悬崖上的石头如何坠落下来，就是笔画中的那个点，点不是随手点，不是应手点，也不是想怎么点就怎么点，那点就是高峰坠石的感觉。难怪王羲之在《兰亭序》中写的二十一个"之"字的点没有一个相同的。

为了让王羲之的一横一竖写出力量，卫夫人教王羲之去看"万岁枯藤"。老藤百年乃至千年不断，牢牢抓住岩石，顽强，坚韧，有力量。王羲之自幼便知要把"万岁枯藤"变成汉字书法中永扭不断的线条，无论那根线条有多细多长，它都充满着勃勃生机，顽强不可断。

《兰亭序》真正火爆天下，是在大唐贞观年间，李世民把他看得重如江山。我不了解李世民是如何懂得书法，如何热爱书法的。但唐太宗的确是鉴赏书法的高手专家，很可能在马上征战之暇，李世民就开始收集王羲之的书法，他对王羲之的书法热爱乃至崇拜，逐渐进入狂热，当他当了大唐王朝的皇帝时，他把要求得到王羲之的《兰亭序》作为其人生之大事来办。

"求见此书，营于寤寐。"为了求得《兰亭序》，他甚至和亲信大臣商讨，并听从宰相房玄龄之谏，派老练沉稳又懂书法的监察御史萧翼从八十多岁的老僧辩才处骗取王羲之的《兰亭序》。

《兰亭序》在王羲之手中就被视若珍宝，重过生命，认为是天助其成。王羲之深知，此宝绝无第二，连他自己都不能再造，这是他一生登峰造极之作，是其生命的化身，灵魂的造就。王羲之把《兰亭序》传给自己的嫡亲子孙，其庄重、其肃穆、其严厉，皆无以复加。想必儿孙的承诺亦应重若生命，重若家族。以我研究，王羲之自五十一岁写成《兰亭序》之后，到其五十九岁因病而亡，他手上《兰亭序》并未公开展示，即使是私人亮宝也极其罕见，晚年有病更是闭门谢客。其中一个原因就是不愿让人再看《兰亭序》，束之高阁，藏于密室。至今吾不明白，李世民是如何见过《兰亭序》的？《兰亭序》在王羲之手上乃至传其至七代世孙，都不可能让人临摹，世间也未曾记有摹本出现，那李世民从何处观得《兰亭序》的？既无缘相见，为何又如饥似渴？

王羲之《兰亭序》确在老僧辩才手上。王羲之的后人为何至七代之后传给僧门？又是一桩疑案。有一说法是王羲之第七代子孙出家为僧，其法号为智永，智永出家就带走了《兰亭序》。疑案正在其中，王家有家规，为《兰亭序》定下的规矩是王羲之亲定。为何智永能把《兰亭序》带入僧门？王羲之家不乏传世子孙，若如此，家门允许？家族同意？家规变了？而这位智永和尚不但把其七世祖的《兰亭序》带进佛门，而且传出王家，把宅秘传给了他的佛门弟子辩才。疑案顿生。《兰亭序》秘传和尚辩才，辩才视之如命，从不示之于人。天下有人知？天子如何知？对《兰亭序》不知是祸是福？

房玄龄不但是位政治家，亦是一位高深的阴谋家。他推荐的萧翼果然功夫老到。

萧翼乃南朝梁元帝的曾孙，出身于帝王之门，修养不凡，城府极深，琴棋书画无所不通，诗词歌赋无所不精。萧翼入住会稽，每日似闲非闲总要去辩才所在的绍兴永欣寺观看壁画，有游人问及，也点拨一二，渐渐引起辩才的注意。无意中交谈，辩才感到眼前此书生胸有文章，于壁画书法至通，遂看茶相待，交谈甚深。萧翼先只谈画，只谈壁画，后渐熟渐深方谈字，只说古字。辩才不知其机关，一步步顺萧翼设下的小路前行。有时两人说到兴致深处，辩才都要留萧翼饮茶吃斋甚至夜宿于寺。

坦率地说，辩才开始喜欢甚至疼爱这位落魄书生，能让自幼出家年逾八十的老和尚如此动情，非萧翼不可。

一夜风雪正紧。辩才与萧翼读书论画正浓，萧翼论起书法句句有力，字字有功，终于拿出几份王羲之的真迹请辩才老和尚过目，那正是萧翼在设计好整个方案后向唐太宗借要的王羲之手迹。辩才细看后称其确为真迹，但不是王羲之之精品、绝品。萧翼乘势而良感颇深："《兰亭序》只闻其名，焉能一见？"八十多岁的老僧辩才按捺不住，才从大殿的梁柱上取出王羲之的《兰亭序》，让萧翼一看。至此，事隔数百年，《兰亭序》始在世露面。待辩才和尚外出之机，萧翼才盗走《兰亭序》。虽然官府给永欣寺无数钱粮捐献，但辩才一气之下绝食而去，也有说触柱而死。从此《兰亭序》进入皇宫，被唐太宗视为国宝。

唐太宗似有远见，召天下临摹高手临《兰亭序》，现世上传之五大唐摹本，皆因李世民之远见，否则今人恐难见《兰亭序》。从唐太宗命人模仿了王羲之作《兰亭序》就可以断定，李世民已打定主意生要观赏《兰亭序》，死要《兰亭序》

作陪。唐之五大摹本之《虞本》为唐代大书法家虞世南所临，与王羲之书法意韵极为接近，用笔浑厚，点画沉遂。《褚本》为唐代大书法家褚遂良所临，笔力轻健，点画温润，血脉流畅，深得兰亭神韵。还有《董绢本》《定武本》《冯本》，其中《冯本》乃唐太宗时内府栩书官冯承素号金印所临。据说最接近兰亭真迹。后世印刷出版和我们见到的皆《冯本》，因其卷首有唐中宗李显神龙号小印，故也称《神龙本》。

真本《兰亭序》已随唐太宗去矣，至今已满一千三百六十年矣。

多少人在想念《兰亭序》，多少人在猜测《兰亭序》，多少人在研究《兰亭序》，多少人在期待一睹《兰亭序》。

王羲之让《兰亭序》醉倒多少人？王羲之让兰亭足足醉了千年有余。

王羲之千年不倒，又醉倒千年……

酒醉苏词

喜欢读苏词。

苏词豪放，大气，洒脱，真实，飘逸，飞扬。

读苏词要迎风高站，朗声高诵；如临大江而立，如望旭日东升。

读苏词心胸开阔，扬眉吐气，眉飞色舞；读苏词血气上涌，肝胆舒张，豪情内溢，奔放不可自抑。

据我研究，苏词中那些让人诵之激动不已、慷慨不止的诗词几乎全为苏轼酒中吟，醉后唱。酒让苏轼热血沸腾，酒让苏轼浮想联翩，酒让苏轼慷慨悲歌，酒让苏轼指点江山，激扬文字。无酒无醉时的苏轼似乎也无激情，其写出的诗、词、文几乎都是现实主义的白描平述。从中少见其才气、胆气、豪气、勇气、大气，未见其肝胆如昆仑，才气如海啸。我看苏轼只有在其把酒临风，酒中醉中之时，才有其流传后世，让人心悦诚服的佳句。酒助才子，苏轼离不开酒，酒能激奋他。无酒就可能没有苏词，没有这么波澜壮阔，让人回肠荡气的苏词。

因此，要真正把苏词读懂，读出味道，读出一腔热血，读出忧国忧民，读出慷慨激昂，就要酒后读，醉中读，才能读出苏词的原汁原味，才能读出苏词中的大气磅礴，才能读出苏词中的肝胆照人。

苏轼饮酒吟词和其先生欧阳修不同。

自称"醉翁"的欧阳修自谓：

饮少辄醉，而年又最高，故自号曰醉翁也。醉翁之意不在酒，在乎山水之间也。

苏轼自谓：

酒勿嫌浊，人当取醉。

醉醒醒醉，凭君会滋味，浓斟琥珀香浮蚁。

还来一醉西湖雨，不见跳珠十五年。

苏轼饮酒醉酒在乎酒，在乎醉，其余似乎倒不太在乎。酒助兴，酒助诗，酒助词，酒里乾坤大，酒里望江山，酒里悲今古，酒里抒豪情，酒里见真情，酒里真欢乐，酒里无官场，酒里无宠侮。酒能叫东坡神采飞扬，酒能叫东坡心旷神怡，酒能让东坡望见理想，酒能让东坡流下英雄泪。

老夫聊发少年狂，左牵黄，右擎苍。锦帽貂裘，千骑卷平冈。为报倾城随太守，亲射虎，看孙郎。

酒酣胸胆尚开张，鬓微霜，又何妨！持节云中，何日遣冯唐？会挽雕弓如满月，西北望，射天狼。

管他政治上遭贬，官场上遭逐，被人诬陷，遭人排挤，被人忌恨，被人设局，遭人迫害。苏轼活得潇洒，活得自在，活得自我，活得自信，活得优哉游哉，苏轼这首《江城子·密州出猎》曾使多少人癫狂？使多少人羡慕？使多少人向往？使多少人垂泪？使多少人暗诵自如？使多少人放下又拿起？我醉中看之，似乎宋词之中无出其右，横槊跃马，挽雕弓如满月，要酒酣正浓，要亲射猛虎，再射天狼，大丈夫当如是也。举杯为苏轼的人生观、世界观、名利观干杯。我曾在心情舒畅时临旭日高声朗诵，也曾在心情苦闷压抑时望江湖望群山而朗声狂诵，敬佩苏轼，由衷而发。研究苏轼，苏轼在遭贬遇冷遭诬遭陷到黄州时，几乎手不离杯，酒不离口。这首著名的《江城子·密州出猎》正是酒中醉后所作，非此举，恐不能力举此巨鼎。

想起李斯，这位为秦王朝的统一和建设立下过丰功伟绩的开国丞相，权集一身，红极一时，被赵高陷害，受尽折磨，死还要"遂具五刑，论腰斩咸阳市"，"夷三族"，他最大的奢望就是"复牵黄犬俱出上蔡东门逐狡兔"。然而，"岂可得乎？"呜呼哀哉，苏轼是神仙，"左牵黄，右擎苍，锦帽貂裘，千骑卷平冈"。苏轼因诗蒙冤"乌台诗案"，因酒只被贬未被杀。苏子瞻该喝酒，该喝醉，酒醉之人亦有酒醉福。

苏轼嗜酒有他嗜酒的道理。无酒不成诗，无酒也不成戏。

明月几时有？把酒问青天。不知天上宫阙，今夕是何年。我欲乘风归去，又恐琼楼玉宇。高处不胜寒，起舞弄清影，何似在人间!

苏轼醉了,飘飘欲仙,神游天地,似神似仙,苏轼醉了,非醉焉有此佳句?

转朱阁,低绮户,照无眠。不应有恨,何事长向别时圆?人有悲欢离合,月有阴晴圆缺,此事古难全。但愿人长久,千里共婵娟。

这首《水调歌头》,苏轼自己注写:

丙辰中秋,欢饮达旦,大醉。作此篇,兼怀子由。

中秋之夜,喝了通宵达旦的整整一夜大酒。苏轼喜酒,但酒量不大,一夜长饮,不醉不大醉焉有其他?正因为有醉,有大醉,才有此千年不灭之名篇。坦率地说,我小醉后听《明月几时有》的歌曲时,几乎泪落腮边,酒和曲终,如见苏轼先生,让人难以自抑,其实又何必有抑。

苏轼活得苦闷,也活得滋润;活得憋屈,也活得张扬;活得压抑,也活得潇洒。苏轼就是在这种左摇右晃,似官似民,像醉非醉中一路走来。狂癫时忘我羽化而登仙,居闲时饮酒举杯邀众友。进亦有酒,退亦有酒,何愁胸中块垒不灭?真苏子瞻也。

归去来兮,吾归何处?万里家在岷峨。百年强半,来日苦无多。坐见黄州再闰，儿童尽，楚语吴歌。山中友，鸡豚社酒，相劝老东坡。

云何，当此去，人生底事，来往如梭。待闲看，秋风洛水清波。好在堂前细柳，应念我，莫剪柔柯。仍传语，江南父老，时与晒渔蓑。

农家菜，土酿酒，山中友，亲情浓。何求？人生足矣。

苏子瞻出身好，根红苗正。这既不是按革命的口径说其家贫如洗，亦非传统说法言其家境殷厚。说其出身好，是因为他爹是苏洵，乃唐宋八大家之一，赫赫有名。不但散文写得好，书画俱好。苏子瞻六岁就受到其父亲教，可谓"根红苗正"。苏洵的家庭教育好生了得，一家出"三苏"，唐宋八大家苏家独占三席，其姐乃苏八娘，因在苏家大排行第八，故称八娘，人称苏小妹。

苏轼聪明好学，刻苦钻研，深得其父之高技，十几岁诗词文赋已然小有名气，常令其父点头称是，少小文章诗词已见老到。到二十岁出头，苏轼已然博通经史，驰骋文墨，文思如涌，倚马可待，进京考试正遇主考官号醉翁的欧阳修。那时候欧阳修已然是大家矣，看过苏轼的考文，认为此人是奇才，必有大用。看来苏轼要少年得志，得志宏鹏。

苏轼年轻气锐，血气方刚，曾写下《进策》二十五篇、《恩治论》等，政治上几近按捺不住，似火山喷发。但他还年轻，他还缺少城府，他还不懂什么叫政治。当他为父亲苏洵在老家办完丧事重回汴京时，正赶上王安石在宋神宗的支持下实行"王安石变法"。苏轼并不看谁支持，谁摆台，谁签场，谁唱戏,就明确表示反对,而且连续上书,并且要求调离京师。王安石不怕苏轼头硬,更不怕一个小小的苏轼张狂。苏轼似乎天不怕,地不怕,还常常"托事从讽",在诗文中坦白自己的观点。变法派官僚组织可不是由一群像苏轼那样的政治雏鸟组成的。他们是玩政治的老官僚,是左右官场的利益集团,且盘根错节;他们毫不犹豫地打击异己,排斥新生,罗织罪名,制造冤假错案,深文周纳,制造出被历史称为"乌台诗案"的冤案,把苏轼投入监狱。

苏轼的个性似乎决定了他的一生,出狱后亦未见仕途有所光明,"变法派"掌权迫害他,"复旧派"上台依然打击他。

我谪黄冈四五年,孤舟出没烟波里。故人不复通问讯,疾病饥寒疑死矣!

这就是苏东坡。

苏子瞻喜酒、嗜酒,常饮、常醉,极可能和他颠簸的人生、曲折的仕途有关。人生得意酒助兴,人生失意酒解烦,酒最忠诚。苏轼一辈子未改脾气,"口快笔锐",见不平而语,见不公而鸣。他的朋友劝他:"北客若来休问事,西湖虽好莫吟诗。"苏轼不是那种喜愁不形于色的人,不是韬光养晦的人,也不是那种追官逐利的人,他每每直言敢议,指正朝政得失,直言不讳。于是苏轼的命运就被决定了,一贬再贬,由莫州、惠州一直远贬至琼州、瞻州。我在海南岛瞻州拜访过苏轼被贬时的老屋,历尽沧桑、历尽苦难的苏东坡先生似乎安于现状,荷锄下地,乘凉吟诗,把酒问天,其也苦也,其也乐也。

我到瞻州方知，苏轼不但嗜酒，常一日无饭尚可，不可一日无酒。有酒则兴，有酒则乐，有酒则无愁，有酒则有诗。重要的是苏轼能自己动手，自己酿酒。苏轼喝酒有遗传基因，他的祖父、父亲都以酒为乐，生活中都少不了酒。常常家中有宴，苏轼幼时就站立一侧目睹老一辈人推杯换盏，其乐融融。再大就跃跃欲试。苏轼青年时已酒上瘾，作文吟诗词已离不开酒，如像我们现在有些文人提笔离不开香烟一样。苏轼曾说，我每天皆饮，非饮酒则疾病缠身。估计那时苏轼已经嗜酒如命矣，离不开酒矣。但苏轼酒量并不大，苏轼在《东坡志林》里说："吾兄子明饮酒不过三蕉叶（形似蕉叶的浅酒杯），吾少时，望见酒盏而醉，今亦能三蕉叶矣。"苏轼得家传会自己酿酒，我估计是一种米酒、土酒，酒精含量极低，所以在被谪琼州瞻州时，酒量并不很大的苏轼极少喝得大醉，和其自酿的土酒有关。未醉已饱矣，未深醉已肚圆矣。

中国历史上以醉酒出名的名士可谓多矣，李白、杜甫、白居易、谢灵运、王维、陶渊明、柳三变等，但未闻会自己酿酒的，苏轼真行，自己动手，被贬黄州时自己酿过蜜酒、米酒，被贬惠州时酿过桂酒，被贬定州时酿过松酒，被贬到当时极度荒凉贫穷的海南岛瞻州时苏轼又动手酿出"真一酒"———一种糯米酒，还边酿边喝边吟写过《真一酒歌》《真一酒诗》，有"人间真一东坡老"，苏轼真行！

苏轼遭贬，却有好词，"文章憎命达"。那年月的酒醉是真醉。真醉后所吟之诗皆酒后吐真言，那词写得真好，韵味深远，哲理精辟，读一遍有一遍的收获，吟一次有一次的体味。说受用终身恐有过，说酒后把读落泪恐不为过。

莫听穿林打叶声,何妨吟啸且徐行。竹杖芒鞋轻胜马。谁怕?一蓑烟雨任平生。

料峭春风吹酒醒,微冷。山头斜照却相迎。回首向来萧瑟处,归去,也无风雨也无晴。

读之不心动,读之不沉思者,非经历沧桑者,非杏花落满头者,非酒中醉后读者。苏东坡的高论,要酒中醉后读,因为苏子瞻的好词、好诗、好文章皆酒中醉后所作,非酒焉能读出其中的味道?

夜饮东坡醒复醉,归来仿佛三更,家童鼻息已雷鸣。敲门都不应,倚仗听江声。

长恨此身非我有,何时忘却营营!夜阑风静縠纹平。小舟从此逝,江海寄馀生。

理解苏子瞻。

夜酒醉人,醒复醉,非心中块垒相积何至累醉?醉人必有醉意,醉意必有醉心,酒不醉人人自醉,其实是酒醉人,心自明。江风吹面,夜阑万籁无声,叹人生感岁月,"长恨此身非我有",有道是人间万苦人最苦,何时也不可能忘却营营!我看苏轼只有醉时方是子瞻!

《八声甘州·寄参寥子》:

有情风万里卷潮来,无情送潮归。问钱塘江上,西兴浦口,几度斜晖?

《满庭芳·三十三年》:

三十三年,今谁存者?算只君与长江。凛然苍桧,霜干苦难双!

给苏轼先生斟酒。

苏轼先生是文人,文豪,更是汉子,一腔热血的猛汉,不是自我宫刀的太监,不是阿谀奉承的佞臣,不是搬弄是非落井下石的小人,也不是随波逐流的"官迷",更不是陷害忠良,误国误民的奸贼。

上殿可议政,提刀可杀敌,看神宗朝堂,何人似苏轼?

《南乡子·赠行》:

旌旗满江湖,诏发楼船万舳舻。投笔将军因笑我,迂儒。帕首腰刀是丈夫!

《将官雷胜得过字代作》:

胡骑入云中,急烽连夜过。短刀穿虏阵,溅血貂裘涴。

给苏轼先生敬酒!

醉眼惺忪看李白

太白,李白之字也。李白偏爱白,犹如其嗜爱酒。闻酒而动,见酒必喝,喝则长饮,尽兴必醉,醉则有诗,诗情必高万丈,跃出三山五岳,俯视纵横人生。笑则狂笑,赞则高声,唱则长调,诗则纵情,一醉出百态,百态生好诗,无酒无醉如枯苗久旱。中国历史上,喝酒出名的人不少,能喝善饮大醉深醉狂醉烂醉的酒徒无数,但能酒后醉中出千古不灭的好诗的,三千年来唯此一人。李白也。

出老巷进闹市,一旗招牌迎风而立,"太白遗风",以自己的字为商务广告长达千年,唯李白也。

李白喝酒豪放、挥洒、飘逸、热烈、浪漫,也癫狂、也脱凡、也忘我,更自信、更放任、更纵情。没人知道李太白能饮多少,多少为醉。

人生得意须尽欢,莫使金樽空对月。
天生我材必有用,千金散尽还复来。
烹羊宰牛且为乐,会须一饮三百杯。
……
钟鼓馔玉不足贵,但愿长醉不复醒。

……

五花马，千金裘，呼儿将出换美酒，与尔同销万古愁。

李白真饮真醉真神人。

李白是天才。

李白生于西域碎叶镇，即今天吉尔吉斯斯坦共和国的托克马克，五岁才回到内地。可以判断在那个偏僻落后的小镇上，李白是不可能受到良好的教育的，查史料未见其祖父、父亲如何从婴儿就优化其教育的，更没有经历过绅士贵族般的学龄前培训。但李白天生聪慧过人，他自己长大也说天生我材必有用，那是因为他自信其材乃国家栋梁也，是天生的。"五岁诵六甲，十岁观百家"，"十五观奇书，作赋凌相如"。按现在的话说，李白应该是位"少年大学生"，称其"神童"不为过。

二十五岁李白走出家乡闯世界。史书上看不见李白从十五岁到二十五岁这十年在家乡干了什么，但学问大长，豪气大长，信心大长，闯遍世界，找可用其天才之地。李白有志向有自信有肝胆，听其在《代寿山答孟少府移文书》中坦述：

俄而李公仰天长吁，谓其友人曰："吾未可去也。吾与尔，达则兼济天下，穷则独善其身，安能餐君紫霞，荫君青松，乘君鸾鹤，驾君虬龙，一朝飞腾，为方丈、蓬莱之人耳，此则未可也。"

乃相与卷其丹书，匿其瑶瑟，申管、晏之谈，谋帝王之术。奋其智能，愿为辅弼，使寰区大定，海县清一。事君之道成，荣亲之义毕，然后与陶朱、留侯，浮五湖，戏沧州，不足为难矣。

李白确实不是搞政治的，他追功求业是为了"事君""荣亲"，然后就开游放性，"浮五湖戏沧州"，功成身退。李白中规中矩，没有太大野心，只能说有一颗萌动的青春之心。和清朝二十岁时的李鸿章相比，差距大矣。后者是有政治野心的，想在江山社稷上有作为的，是要呼风唤雨的。有比较才有鉴别，李白酒后狂，醉中狂，是文人之狂，诗人之狂；李鸿章是心中狂，思想狂，意念狂，在政治上狂。

丈夫只手把吴钩，意气高于百尺楼。
一万年来谁著史？三千里外欲封侯。

李白是独行侠，只身闯世界。

李白真自信，视天下为股掌，取功名何难？"天生我材必有用"，何需"外力"？

李白既无世族的背景，又无贤师大家的力荐。二十五岁的李太白，"仗剑去国，辞亲远游"。我看二十五岁时的李白，天真无邪，淳朴自然。看世界，世界也一片纯净；望长安，长安也量才适用。读万卷书，行万里路，千山万水尽收胸中，然后"愿一佐明主，功成还旧林"。

李白不愿意沿着他那个时代读书人的轨迹生活，学而优则仕，科举赶考，中举为官。也不愿意学做"太监""佞臣"，投靠权贵，阿谀奉承，溜须拍马，卑躬屈膝，卖己求荣。李白瞧不起那些达官贵人，那些靠权术、阴谋，结党营私、钩心斗角、出卖良心的权贵。李白要走出一条有自己特色的仕途之路、人生之路。他要依靠自己的天才、奇才、真才去博得天下名，去上班议政，为国为民为天下。因此，李白并不刻意去投奔谁的门下，去博得谁的青睐，去引起谁的重视，他的路子是酒照喝，友常会，游历大山名川，饱学天下博闻，追求奇遇，梦想酒后遇仙。遇不上仙神仙道，不妨自己喝酒成仙，飘飘然，悠悠然，似人似仙似道。问天问地问山问川，仿佛李白并不着急，仿佛那功名尽在囊中，探手可得。李白的人生浪漫，他独辟新径，老子玩去啦。

出湖南，进江西，游江苏，逛湖北。李白玩心大，求仙欲望远比求仕理想大得多。那时候行路难，李白之途，屈指亦数千里，行得不易，收获颇多，见闻颇广，处处有酒处处醉，处处有醉处处歌。洞庭有水，襄阳有城，庐山有境，金陵有气，扬州有灵，苏州有景，常州有诗，荆州有醉，岳州有客。李白活得真如神仙。

娶妻生子也难锁李太白的神仙心。公元740年，唐开元二十八年，李白离家遨游，仗剑出行十四年后终于来到了大唐的政治经济文化中心长安。我以为十四年的磨砺，终成一剑，李白该在政治上大展宏图了。没想到偌大的帝国皇城竟无人响应。

我请教过一位研究李白的专家。那位先生坦言，李白学的都是"野学问"，跟政治、经济，尤其是跟官场、仕途几乎是水火两道。所以李白在长安并不得志，估计除了喝酒冷眼看世界，更坚定了他脱俗求仙求道的思想。满眼皆俗，不如酒中世界，不如境外世界，不如仙道世界，于是李白悄然无声地遁入长安城外的终南山，想如老子骑青牛隐居。但李白不是隐士，不是能按住性情的读书人，他是诗人，慷慨而歌的诗人；是酒徒，今朝有酒今朝醉的酒中客。他没有老子的修炼，没有严子陵的超脱，没有陶渊明的平常心，也没有谢灵运的执着，却像孟浩然坎坷之后为隐居而隐居，隐而不久，居而难静。在李白思想深处，穷极天地山水，富读诗书经典，何能默默一生？不仙不道不名不噪何来一生？隐居是示威，是报复世俗的一种蔑视，也是一种仰天长啸的无言表达。李白尚有孩子气，他不是政治圈里的人，不懂得玩政治与吟诗歌的关系，不懂得官场的门槛何在，只负气地发泄，喝酒，吟诗。

没有人理会一长安酒徒去不去终南山隐居，在不在终南山终老。终南山再美，一山也。李白胸中何止藏千山万水？借着酒力，自己又悄悄地走出终南山，悄悄的他走了，正如他悄悄的来。我翻阅李白的诗，没看见他如何吟诵这一走一来的灰蒙蒙的感情。这不像他的风格，要么大声唱，要么朗声骂；要么仰天啸，要么放声哭。我揣测，要么李太白喝醉了，大醉而归；要么李太白有吟无诗。李白厌恶吟苦诗，更不屑苦吟诗。

我读《下终南山过斛斯山人宿置酒》，那是李太白的一首高吟。

暮从碧山下，山月随人归。却顾所来径，苍苍横翠微。
相携及田家，童稚开荆扉。绿竹入幽径，青萝拂行衣。
欢言得所憩，美酒聊共挥。长歌吟松风，曲尽河星稀。

我醉君复乐,陶然共忘机。

美酒长歌,李白风格,但这首高吟不是李白梦初醒舍隐居灰溜溜出终南山而作,而是在终南山时所吟。此诗为"下终南山",而非出终南山,两种意境,两种心情,非然也!

李白做事做人,我以为无一定之规,乐在其中,乐在其为。不约束自己,放浪形骸,我行我素。出终南山,离长安,东南行,一路行,一路酒,一路醉,一路歌。李白的好诗好句好情好意俱在行走之中。望山山有情,望水水生吟。

李白的足迹飘忽不定,像他的诗歌,忽而入九天,忽而下五洋。一路酒香一路歌,随心所欲,任性而发。

出终南山后,李白又南下,边行边游,边醉边吟。游洛阳,游开封,游南阳,他醉眼看社会,觉得前途茫茫。游往何处?空为天才。再次感到人生渺茫,索性不和他们玩,自己寻古径登中岳,又隐居在嵩山。

李白的隐居不是遁入空门,也不是与世隔绝,不食周粟,而是消积避世,感觉无人能理解,无处好"安身",为官无路,出仕无门。李白想做官,想做一显赫之官,否则空活一世,也对不起自己的才能学问,苦闷至极,才又隐居。李白隐居的生活更多是闲望山川,以醉为乐。

公元740年,唐开元二十八年,李白举家北上,迁到山东济宁,那时称衮州任城。李白豁达、敞亮、开朗、乐观,居难不难,尤其是儿女已有妥善安排,似乎已无后顾之忧。他是性情中人,沉闷愁郁不是他的个性,他索性又和一群东鲁的诗友、酒友隐居进祖徕山中,山林溪边,烹茶饮酒,高谈阔论,吟诗颂赋。这段日子李白高兴,他是个能放得下的人,尤其有酒有友。他是对社会有些灰心丧气,但他对朝廷抱有希望,他是对政治的昏暗气愤不已,但对自己则充满信心。在信心和希望中喝酒吟诗,何愁之有?这就是李白,天真、直率、坦荡、透明、热情、真挚。

真是苍天不负才子,天生我材必有用。一场舒心快意的大醉后,竟有皇帝的圣旨到。普天之下有多少"平头百姓"能得到皇帝的圣旨?李白接旨,堪称激动的心,颤抖的手,"酒不醉人人自醉"。喜从天降,皇帝召我。我是何人?离开山东直奔长安,你看李白的得意、高兴、兴奋乃至张狂。

高歌取醉欲自慰,起舞落日争光辉。
游说万乘苦不早,著鞭跨马涉远道。
会稽愚妇轻买臣,余亦辞家西入秦。
仰天大笑出门去,我辈岂是蓬蒿人。

李白才高八尺,气高十丈。

何谓时来运转?何谓一步登天?紫微星正罩住李太白。中国文人中少有有李白这样荣耀,少有有李白这般辉煌。唐玄宗亲自召见他登堂御见,朝堂百官未曾料到,大出意外,一国之皇帝竟然降辇步迎,礼大至天,执手相行,安座以后,御赐宫食甚至亲手调羹。把李太白真的捧成李大仙、李大仙了。

上有所好,下必甚焉。李白超然成为明星,成为炙手可热的政治新秀。现代政治术语叫"蹿红"。

李白不是"政治大师",他骨子里是诗人、文人,加上"伟大"亦不为过。他"玩"的是千古不朽的伟大诗篇,他"玩"不转政治,不会搞"阶级斗争"。

他没有利用政治上的飓风,趁风而上,好风无限力,送我上青云,他不是那种阿谀奉承,苟且钻营,结党营私的蝇营狗苟之徒。

李白性格中,最动人最具大侠之气的是他的傲气、傲骨,对权贵的狂傲和轻蔑。他恃才自傲,傲岸无羁,卓尔不群。

府县尽为门下客,王侯皆是平交人。

李白还是初出茅庐的新锐时就从未大看那些王侯权贵,何况天子相呼时?

揄扬九重万乘主,谑浪赤墀青琐贤。

李白有股冲天的傲气,百折不挠的骨气,还因为他来到天子的身边才看清楚大唐帝国不是他想象的那样,大唐帝国的臣子中央和地方一样,天下的乌鸦一般黑;大唐帝国的皇帝不再是他想象中的明主,皇帝宠信他不是要他治国治民治吏,让他从政治上辅佐皇帝。唐玄宗看上他的才,让他为皇帝歌功颂德,他不过是养在皇宫中的一只八哥鸟。他的满腔热血,一心的报国抱负,宏图大志,由希望、期望变成失望、悲观;变成玩世不恭,任性而发;变成令杨国忠研墨,让高力士脱靴;变成"天子呼来不让船,自称臣是酒中仙"。不酒不醉之时尚尊天子,喝酒喝醉时皇帝之召也不去。宁为酒中仙，不作宠信臣。与酒相比，天子尚如此，遑论杨国忠、高力士乎？有史记载：

　　李白在翰林，多沉饮，玄宗令撰乐词，醉不可待，以水沃之，白稍能动，索笔一挥十数章，文不加点。

　　李白真神人，真天才。何谓天才？李白是也。才子的潇洒，醉仙的飞扬，酒后的发挥，达士的纵放，狂人的狷傲，诗圣的底蕴。天地之间唯李白也！
　　李太白真够倒霉的。命运多舛，道路坎坷。一辈子的荣华富贵，一辈子雕车锦服，一辈子的万人仰慕，尽在长安那三年之中了。今日李白方知何为"行路难，难于上青天"。实则官场难，像他这样的"大仙"做官更难。

　　大道如青天，我独不得出。

　　李白无奈，索性去庐山隐居。
　　有人估计过，李白一生隐居过六次，天下不养爷，爷自有去处。隐居，喝酒、吟诗、闲游，倒也清静，倒也洒脱。无官一身轻。罢，罢，多大的官，上至皇帝、贵妃也都较量过，多大的场面，皇帝摆的国宴，皇帝接见大臣、使臣的场面也见过，"曾经沧海难为水，除却巫山不是云"。庐山是个好地方，一千多年前更美，更清幽，更安静。是个隐居的好地方，也是李白求仙求道梦寐以求的地方。本来李白很可以在此终老残生，他的人生够丰富了，他留给后世、历史的够多了。

真乃天有不测风云，李白怎么知道"安史之乱"会突然爆发了？李白怎么能知道永王李璘日后能"反"呢？

李璘起兵江陵，当初的旗号也是平定安史之反，李白已安居庐山，已找到自己的归宿，况且那年李白也已然五十五岁，一千多年前的唐朝，五十五岁已是年迈高龄了。李白有心从军，但亦感无力。但人家义正词严，李白又早有一腔热血，平叛义不容辞。李白毅然决然地加入了永王的幕府，并写了《永王东巡歌》等激情洋溢的诗歌。这些都成了事后参加永王谋反的铁证，用现代一句政治术语说叫"上贼船容易下贼船难"。仿佛在一夜之间，李白就由诗仙、酒神、谪仙变成了蜷伏在阴暗肮脏牢房中的囚徒。李白狱中无酒无诗，有的是屈侮和眼泪。一念之错，一脚之踏，李白昂头问天，青天不在，望见的只是低矮牢房的狱顶。

南冠君子，呼天而啼。恋高堂而掩泣，泪血地而成泥。狱户春而不草，独幽怨而沉迷。

李白悲愤、痛苦，满腔忠贞、一身抱负却换来莫须有罪名，成为"反革命分子"，被专政被镇压被囚禁，何耻有此大？李白想不通，"拔剑击前柱，悲歌难重论"。

我研究李白，怎么也不理解，李白遭遇到人生这么大的挫折，身心受到那么大的折磨，其心却老而未衰，其志却苦而益壮。

李白遇特赦，元气未复，闻唐之大将李光弼欲东剿余寇，李白还要独撑百病缠身的老身去投李光弼，为平叛反寇尽自己残余的一点儿力量。李白冤狱未平,一旦能为,便又要为君为国效力,李白真君子,真猛士,真忠君为国之士。遍览天下,何人能比?双手擎起,敬李白一杯酒。

李白至死都未离开酒。他坠江而亡也是因为酒醉之故。李白痛饮一辈子,得名一世,其名于酒、亡于酒也是死得其所。人固有一死,何所求也?

李白喝酒以豪气称著历史。李白不要官不要位不要财,要贪只贪杯,只愿醉不愿醒。醒有何用?酒里乾坤大。敬佩李白的清醒,敬佩李白的理智,也敬佩李白的酒与醉。醉眼看李白,李白更伟大。

李白酒神、诗仙、谪仙,他毕竟还是凡人。男人皆有欢有愁,有喜有怒。李白兴奋时的豪饮其情其景仿佛就在眼前,"烹羊宰牛且为乐,会须一饮三百杯"。古今难见有如此豪饮的,难见有如此豪情的。

李白愁时亦饮,酒中有愁,醉中有愁。人食五谷,生于斯,长于斯,焉能无愁。李白也不回避。

抽刀断水水更流,举杯销愁愁更愁。

穷愁千万端,美酒三百杯。愁多酒虽少,酒倾愁不来。

哈哈,李白真正搞明白了酒、醉与愁的辩证关系。没有大话、虚话、套话、场面话。喝酒,何愁?

愁来饮酒二千石,寒灰重暖生阳春。

李白醉了。

李白也有喝闷酒的时候,李谪仙喝闷酒也不能闷。

花间一壶酒,独酌无相亲。举杯邀明月,对影成三人。
月既不解饮,影徒随我身。暂伴月将影,行乐须及春。
我歌月徘徊,我舞影零乱。醒时同交欢,醉后各分散。
永结无情游,相期邈云汉。

大仙就是大仙,一壶酒能喝出那么多诗,那么多歌,那么多舞,那么厚的情。

我喜欢李白晚年的一首诗,《陪侍郎叔游洞庭醉后》(其一),那气魄,那雄心,那胸怀,那酒情醉意:

划却君山好,平铺湘水流。
巴陵无限酒,醉杀洞庭秋。

中国人爱讲飘飘欲仙。李白是且酒且醉且吟之,先酒后醉,吟之仙之。

一鹤东飞过沧海,放心散漫知何在。
仙人浩歌望我来,应攀玉树长相待。
尧舜之事不足惊,自馀嚣嚣直可轻。
巨鳌莫载三山去,我欲蓬莱顶上行。

没饮酒,没带几分醉,就莫吟这首《怀仙歌》。因为李谪仙醉了,李谪仙飘飘欲仙了,李谪仙出神入化了。

很少有人提李谪仙除有酒之外还有美人。

李白一生嗜酒,有酒必醉,有醉必吟,但也有一个前提,李白有酒即有美人,有美人在则酒亦开张,酒才醉人。我们有人抨击李白行为放荡,追求声色,左手酒杯,右手美女,携妓狂游。故把李白咏酒与美人的诗都隐去,把李白生活中的最主要一项追求诉之为糜烂的低级的放纵的,其实李白就是李白。据研究李白的专家说,李白现存诗文一千五百余篇,言及酒者一百七十余首篇,而言及美色美女美人的有一百一十余首篇。别蔑视李白对美色追求,那才是真正的李谪仙。

五陵年少金市东,银鞍白马度春风。
落花踏尽游何处,笑入胡姬酒肆中。

有"君子"言:"李太白当王室多艰,海宇横溃之日,作为歌诗,不过豪侠使气,狂醉于花月之间耳,社稷苍生,曾不系其心。"又有"君子"云,李白"识污下,十句九句言妇人,酒耳"。

李白从不回避自己的美人美酒情怀,与美女相伴方显谪仙本色。

兰蕙相随喧妓女,风光去处满笙歌。
骄矜自言不可有,侠士堂中养来久。

李白一生处人如同喝酒,非友人不喝不醉,绝不与伪君子、卫道士、弄权佞臣喝酒。

不饮酒读李白的诗,总觉得读不出味道来。要饮酒不要和那些伪君子卫道士们饮酒,和虚伪者喝酒会醉翻的,会后悔的。

醉眼惺忪看李白,在酒雾之中走出来的李白,才是真实的。

时无英雄,使竖子成名

——与阮籍谈饮酒

说阮籍,必提此言。天苍苍,野茫茫,关山重重,残阳如血。古道瘦马,尘土木车。阮步兵心潮澎湃,热血沸腾,站在摇摇晃晃的驿车上,慷而慨之,指点江山,藐视风流,狂呼:英雄何觅?阮步兵处。以至于初唐四杰之一,天才少年王勃在著名的《滕王阁序》中也仰天长啸:

孟尝高洁,空余报国之情;阮籍猖狂,岂效穷途之哭。

其实皆谬矣!皆误矣!阮籍先生那时那刻车载数坛老酒,正半是清醒半是醉,醉里望万里河山,似雄伟壮丽又似苍茫缥缈,云里雾里。阮籍先生腹中酒在澎湃,血亦在澎湃;阮籍先生揽岁月历史于手中,更望青天把酒临风。他看江山倾倒,他看江水倒流,他看沧海横淌,他真的不能再喝酒了,已然高了,高上九天矣。酒气冲天才能豪情冲天,无酒又岂敢指点江山,粪土当年万户侯?阮籍大醉矣。他那句名言恰恰是酒话,但也是酒后吐的真言:

时无英雄,使竖子成名。

阮籍立在天地间，他所处的时代正是沧海横流、风起云涌的造势时代，阮籍还不是悄悄地躲在山阳城外嵇康宅院外的竹林里喝醉了算，什么英雄不英雄的，酒里乾坤大，壶中日月长。阮籍先生笑了，继而大笑，狂笑，没想到俺（阮籍先生河南开封人氏，操家乡方言）一句酒后话——更准确地说是酒中话——竟然震荡中国历史一千七百多年，不是俺的威力，乃酒的魅力。蘸着酒才能重写历史……

阮籍背后有文章。

阮籍和曹魏王朝打断骨头还连着筋。

阮籍之父，阮瑀是也。阮瑀何人？蓬莱文章建安骨，阮瑀在建安七子中排在四五位，该是曹氏父子三人为旗帜下的文人方队中的佼佼者。阮籍猖狂，他爹比他猖狂得早，一脉相承，薪火相传。阮瑀和曹操"不打不成交"，曹操极为赏识阮瑀，三番五次地要请阮瑀到自己身边做官，曹氏集团要谋天下，必集天下人才，阮瑀才子名人也。但阮瑀真有个性，我行我素，邀不去，请不去，三番五次亦不去，最后索性躲得远远的，跑到深山老林悄然隐居。曹操何许人也？岂容阮瑀猖狂？派兵围住山林，劝而不听，只得"武请"，一把火把山林烧着，浓烟烈焰，火请阮瑀下山，逼他入朝为官。曹操一直重用他。请"神"不容易，请来就要好好"供着"。阮瑀一度成为红彤彤的政治明星。阮瑀有才，真有才，有奇才。据说有一次曹孟德想拿捏一下他，叫他随乐人一起在堂下演奏音乐，那无疑是让阮瑀难堪的，众人都坐在堂上看阮瑀如何下台。没想到阮瑀并不难堪，反而做派起来，大摇大摆，拂衣飘袖。谱儿摆得大大的，气运得稳稳的，端坐抚琴，满堂皆惊，原来音乐在阮瑀十指之下竟然能这样牵魂摄魄，妙音袅袅，绕梁不绝。让曹孟德也不得不服。

高傲归高傲，桀骜不驯归桀骜不驯，但阮瑀爱曹操，欣赏曹操，也敬佩曹操。他们是一条船上的人，是同属于一个政治集团的人。亲不亲，阶级分，此言有哲理。然建安七子狂傲不过竹林七贤，阮瑀更猖狂不过阮籍。阮籍不同，他不是佯醉是真醉；不是装喝，是往醉里喝往死里灌；不是佯疯装狂，真癫疯真猖狂也。他看不惯看到的这一切，司马政权篡夺了曹魏政权，鸠占鹊巢，他也痛恨曹魏的无能昏庸，他也痛恨司马政权的血腥和腐败，当然他也害怕，深深地害怕人家给他"秋后算账"，揪辫子，打棍子，像宰嵇康一样要了他的命。"时率意独驾，不由径路，车迹所穷，辄恸哭而返。"阮狂士真苦闷也！

阮籍有才，谓之"通才"。琴、棋、书、画不说，论哲学、音律、诗词歌赋、儒学老庄，造诣都颇深，甚至舞剑弄枪，亦有功夫在身。阮籍不软。

但阮籍有名的还是喝酒。阮籍喝酒也得曹魏遗风。史料上未记阮瑀酒量如何，但亦嗜酒，也极爱杯中之物。想曹孟德看上的才子不可能滴酒不进。曹操就开一代酒风，倡导喝酒，身体力行，率先垂范。他留在中国历史上的酒歌透过一千七百多年还能闻见飘飘的酒香，那不该叫《短歌行》，就该叫《饮酒歌》：

对酒当歌，人生几何？譬如朝露，去日苦多。

慨当以慷，忧思难忘。何以解忧？唯有杜康。

阮籍肯定喝得酒兴大起，半夜风高月黑之时，高声吟诵曹孟德的《短歌行》，何以解忧，惟有杜康。曹公所言极是，今日不喝不醉何以解忧？阮籍有忧。

嵇康死于钟会之手，钟会真小人，他在政治的交易中时时窥测方向，寻找机会，以图政治上的一逞。钟会多次找阮籍坐下谈时事，谈政治，谈朝野，谈人物。那可是刀锋上的闲逛，是以生命为代价的。阮籍的办法是喝酒，你装疯卖傻是不行的，钟会的智商和对你阮籍的了解靠装傻是装不过去的。只有真的而不是装的才行，那就是喝酒喝大酒，不是佯醉，而是真醉。问非所问，答非所答，云山雾罩。论别的不着天际，玄而又玄，皆为酒话醉话，让人丈二和尚摸不着头脑。只有论酒才偶尔清醒偶尔醉，那就谈酒，论酒。钟会几次心中都愤愤然，阮籍比嵇康难缠，拉上你喝，也真能把你灌醉。朝廷的官员也不放心他。动辄把阮籍召去查询一番。阮籍以不变应万变，还是往醉里喝，醉得一塌糊涂，所答非所问，别不满意，不信你喝醉了试试。阮步兵这句话不是醉话。

阮籍爱喝酒，嗜酒如命，无罪可定，每日必喝，每喝必醉，每醉必卧，醉能排忧解难。

阮籍离不开酒，好像鱼儿离不开水，瓜儿离不开秧。但阮籍的酒量不足称道。阮籍先生似有所察，惊诧：何有此言？答曰：言之有据也。孔子不嗜酒，但孔老先生酒量堪称大，据史料载孔夫子能饮百觚。且饮后不醉不失礼，孔老先生那才叫豪饮，阮籍先生不能不服。若与和阮籍先生举角为敬，亮爵为干的嵇康先生论起喝酒，阮籍先生也得甘拜下风。嵇康先生堪称海量，阮籍先生与嵇康先生相比，真乃小巫见大巫，关公门前卖大刀。有史可证，嵇康"饮酒至八斗方醉，帝欲试之，乃以酒八斗饮涛，而密益其酒，涛极本量而止"。若此，阮籍先生早就酩酊大醉矣，何谈"本量而止"。一斗即十升，一升即二斤，八斗就是一百六十斤，傲视天下，何有英雄，能一次狂饮下一百六十斤酒？即使那些酒都是低度的浆果酒，一百六十斤，足能装一大啤酒桶，都一樽一瓠喝到肚里，且能知道喝到量没有，脑子还能清楚地准确判断数字？嵇康先生的酒量堪称古今一人。

但阮籍先生也有能打破吉尼斯纪录的，能独领风骚的，这就是醉酒。阮籍先生曾经一醉六十天，六十天深醉不醒，古今中外闻所未闻，更是见所未见了。曾问过一位著名医院的名医，他调侃地笑着说要么是痴人说梦，要么是神仙下凡。阮籍先生笑了，此绝非虚构，信不信由之。有史可察，司马昭对阮籍先生的大名早有所闻，一度确实想让司马炎也就是后来晋朝的开国皇帝世祖武皇帝娶阮籍先生的女儿，结成儿女亲家。这该是多么大的面子？多么大的诱惑？多么难得的机遇？而阮籍先生真乃先生也，不为所动，两股道上跑的车，走的不是一条路。何以应对司马昭？阮籍先生还是狂饮大醉，以酒拒礼以酒拒婿，这一醉足足醉了六十天，六十天人事不知，六十天深醉不醒，他既巧妙地回绝了皇家的结姻，又创造了可能永远都不为人打破的世界醉酒纪录。

阮籍不醉。

阮籍先生到底喝的什么酒？

什么酒能使嵇康先生喝一百六十斤不醉？什么酒能让阮籍先生一醉就沉醉六十天？

20世纪80年代河北省平山县曾发掘一战国时的古墓，经考证为公元前260年中山国国君错的陵墓。墓中出土了一件青铜盛器，里面正装的是酒。那这可是两千多年前的酒，是世界上现存的最古老的酒。

我细心地打量那樽盛器，如两千多年前装满酒应在三斤半至四斤之间，现存大约有三两多，也就是在两千多年间，这樽酒在地下挥发了十分之九。能开瓶闻见酒香的酒，以我的品酒经验看，应在40度以上，一瓶啤酒打开以后，是闻不到任何酒香的，如果不是蒸馏发酵酿成的"粮食酒"，其酒精度数也应在20度左右。中山国是公元前260年被灭的，这樽酒肯定是在公元前260年之前就已酿造出来了，这样度数的果酒，很可能是桃、杏、李子或其他野生的浆果酿造而成的，在中山国这样的国家，起码是在皇宫贵族中，已经普遍饮用。错死了还要带酒入墓，可见他嗜酒喜饮，到地下也不甘寂寞，杯中不能缺物。

再往后又经历到公元200多年，可以想象五百年间中国的醇造技术进步到何种程度。建安七子、竹林七贤喝的酒绝不是中山国君错喝的那种。

是什么酒，喝了多少，才能在使曹操在众目睽睽之下喝得酩酊大醉？使曹公酒后失态？

曹孟德在长江之上把酒横槊赋诗，一槊竟把扬州刺史刘馥当场刺死。"次日，操酒醒，懊恨不已。"那酒果然厉害，让曹公误杀一名官员。曹操喝的是杜康酒。何以解忧，惟有杜康。

魏晋时代，中国酒的酿造技术已经达到了一个高峰。应该已经出现蒸馏发酵酿造法。虽然从现在考古成果考证，中国的蒸馏发酵酿酒法是在元代才出现的，但这并不能说明元代之前中国就不懂得发酵酿造法。从我数十年的喝酒经历看，曹孟德临江横槊，喝醉了的杜康酒，应在40度上下，当属于中国古代的烈性酒，至少不"绵"于俄罗斯的伏特加。《三国演义》里说几十杯酒，就能把猛张飞灌趴下，没点儿酒精度数是做不到的。关云长温酒斩华雄，封在青铜爵里的酒肯定是酒，酿造出30多度的杜康酒，那才能酒壮英雄胆，洒酒祭群雄，如果是一种发酸的类似红果果汁一类的所谓酒，不用说温酒，就是煮开了恐怕也难以长英雄之气，荡起杀人之血！

阮籍能醉六十天，应当喝的就是曹操、关羽、张飞喝过的、喝醉过的那种酒。如果是果汁饮料似的发酵酒，就是喝他一百六十斤，也只能是喝得肚圆，酒不醉人，人亦不醉。

阮籍先生喝的酒和嵇康先生喝的酒不是一种类型的酒，说明在魏晋时期，中国酒的酿造已趋多样化，已分酒型，酒精含量自然不同。和现代人一样，喜欢喝红酒的不爱喝白酒，喜欢喝清香型酒的不爱喝浓香型酒，我以为嵇康先生喝的当为孔夫子喝的那种清淡绵长的果类型酿造酒，才能喝百觚，喝八斗。

阮籍先生喝酒非醉不可，但又不是醉而大卧，一醉数日，和刘伶之醉还有所不同。刘伶之醉是为醉而醉，醉死是一种境界，死为醉之高洁，才令仆人扛着铁锹跟着，何时喝到一头栽倒，昏死过去，游气全无时，即挖坑下葬，葬时莫忘洒酒祝行。刘伶也是竹林七贤之一，天地之间独此一人，堪称绝版。阮籍先生不同，阮籍先生的醉是因故而醉，无故不醉，或只小醉，浅醉，酒醉心明。不会其父立前，尚问何人挡道。阮籍先生醉了以后，舞剑如风，月下风中，那真武士也。阮籍先生醉了以后，善与人辩论，舌战数人，舌战几日滔滔不绝，引经据典，旁征博引，鬼神出入，人莫能辩，真好口才，好学问。阮籍先生醉了以后，登山临川，倚树卧竹，那才是好诗。咏怀诗一咏就是八十二首，非醉人非阮籍不能，阮籍先生喝的是好酒，把酒临风，把酒猖狂。

夜中不能寐，起坐弹鸣琴。薄帷鉴明月，清风吹我襟。
孤鸿号外野，翔鸟鸣北林。徘徊将何见？忧思独伤心。

读阮籍先生的诗，不是随便拿起来，就诵之的。要等寒冬、清月、朔风、飞雪、枯枝、残叶，方能诵之有味，诵之泣泪，方知何为人醉酒醉诗醉……

给五柳先生敬酒

五柳先生运背。

五柳先生命蹇。

他生活在魏晋时期,那个时代风云变幻无常,政治斗争险恶,盛行权术谋划,各种阴谋家、野心家风起云涌,钩心斗角,尔虞吾诈,朝秦暮楚,心怀叵测,老谋深算,弄虚作假,成为中国历史上绕不过去的"亮点"。像曹操、曹丕、司马懿、司马昭、司马炎,一直到东晋的王导、谢安,都是阴谋家、野心家的集大成者,无不阴险、毒辣、伪善、血腥,翻手为云,覆手为雨,扫除政治上的对手毫不手软、毫不迟疑,动辄夷其三族,株连无数。血腥气隔着史书书页尚能嗅见,让后人读史者汗毛倒立,冷汗四淋。

五柳先生就出生在这样的大环境中。

五柳先生不是搞政治的人,他没有搞政治的资本;五柳先生不是搞阴谋诡计的人,他也没有搞阴的玩毒的基因。五柳先生真诚企望一个和睦、平祥、自由、恬淡的农家乐园,但那是与世隔绝的、幻想的、梦境的田园。五柳先生生不逢时。

五柳先生,陶渊明、陶潜是也。梦中之君子,高处之清风。

陶潜先生二十八岁为自己写自传,自魏晋之前未见有古人,自陶潜之后方见有来者。足见陶潜先生生性个别,不顾世俗,我行我素。走自己的路,让别人说去吧——原来此言例证亦可来自中国。但亦有专家考证,陶潜写《五柳先生传》是因为其已酒醉矣。五柳先生终生嗜酒,酒不离身,醉酒寻常事,或喜或忧或乐或悲,都要杯中见,酒中有情。但我观《五柳先生传》一文二百余字,反复推敲琢磨,可能有酒但绝不至醉。醉有醉话,醉话也有风格,也有特点,《五柳先生传》中未见。

陶潜命苦。仅一苦字有些像杜甫。但和杜子美世界观截然两样,如果生活在一个朝代,陶潜会轻看杜甫的。

陶潜就是这么一个人,贫却甘于贫,清又不注入浊,苦又从中找乐,一杯水酒,一碗自己酿造的"农家乐"土酒却已然乐陶陶矣。真五柳先生也。

号"五柳"来得多少有些醉意。家穷,穷达四壁,茅屋之外见有五株柳树,其树何人栽,其树何人属皆不论,见其春风杨柳,活得也自在,故以五柳为号。陶潜为己起的号让我想起我曾经插队的晋西北农村。贫下中农给自家娃起的名字一般是"眼见为实",或叫碌碡或叫井沿或叫墙头或叫檩子,也有叫枣树的榆树的,还有叫树疙瘩的炕头板凳的。陶潜的成分按阶级划分应在贫下中农范畴,因其自传:

性嗜酒,家贫不能常得。亲旧知其如此,或置酒而招之。造饮辄尽,期在必醉;既醉而退,曾不吝情去留。环堵萧然,不蔽风日,短褐穿结,箪瓢屡空,晏如也。

五柳先生日子过得清贫。

生于清贫不易，安于清贫更难。五柳先生从未抱过"千金散尽还复来"之希望，他一生未见过那么多钱，更未有"天生我材必有用"的抱负，中国似乎自古就有这种人性传统，穷则思变。吴敬梓先生塑造的《范进中举》活灵活现。范先生穷成那样了，就差沿街乞讨了，但朝思暮想的是"中举"。不中举，范进这辈子就是临死也闭不上眼。司马迁笔下的陈胜，一个土里刨食的贫下中农，坐在地垄上也想入非非，"王侯将相宁有种乎？""苟富贵勿相忘。"皆心存大志。到西晋八王之乱，五胡乱华，一时间野心家、阴谋家竟然像虱子下虮子，焉能数得清？鲁迅笔下有位"穷则思变"的老秀才陈士成，考了十六回都泥牛入海。但他锲而不舍地"思变"，想一步登天，想"范进中举"，都不能得就看见了一团白光，那是财富的召唤，终于把他那间破屋子刨得地覆天翻，至死都不忘思变梦。五柳先生仿佛世外之人，不为世俗所动，不为富贵所惑，不为野心所兹；你话你的辉煌，你活你的光芒；我活我的平凡，我活我的贫穷。五柳先生言衷自己：

闲静少言，不慕荣利。好读书，不求甚解；每有会意，便欣然忘食。

五柳先生可爱，直率坦荡，心胸磊落，性格畅然。五柳先生又可敬，不追逐名利，不去当官做老爷，不学太监仰奉高官，闲静为恬淡，读书为精神。五柳先生有意思，他自白坦然，"性嗜酒"。五柳先生何时喜爱上酒？他未说，别人不得而知，但他言其"性嗜酒"，即归于其性也。判断陶潜先生自幼就好这一口，他家有酿酒的土法，家中酿些土酒是他家调节生活增加生活乐趣的必备品，用粮食造土酒，农家几乎家家皆酿，因此估计陶潜先生幼年时就以饮这种低度带有甘甜味道的酒为乐，久之上瘾。炊断无粮尚可忍，无酒无醉实难堪。二十八岁时的五柳先生酒瘾已经很大了，估计酒龄已经有二十余年了，可谓"老酒徒"矣。我判断其酒量并不很大，因为农家造的土酒就能把他喝得大醉而归。

酒可能是他精神生活的最大乐趣。

中国的诗歌我读的不是很多，但五柳先生以酒为歌作饮酒诗二十首，恐怕也是中国诗人中的唯一，爱就真爱，既不借酒撒泼，也不借酒使性。他不借酒装醉，装作酒后吐真言，其实全是假话、反话，借酒装疯卖傻，投石探路。有的干脆借酒"明志"。

酒就是酒，醉就是醉。他虽为酒徒，但纯洁，不像刘伶那样喝，那样醉，那样视酒如命；也不像阮籍那样喝，那样饮，那样半醒半醉，喝酒必醉，必大醉，唯恐不醉，借醉避难；也不像山涛、王戎似醉非醉，未醉装醉，借酒造势；也不像阮威、向秀，醉是醉了，但醉中仍有所思，有所想，有所谋，皆醉翁之意不在酒。陶潜非然也，其最大的特点，最让人敬佩的是醉翁之意就在酒，别的我不管、不问、不思、不忧、不说、不想，只为酒。

陶潜先生有意思，他一生只做了几个月的"大官"，在江西彭泽县当县令落下陶彭泽之称。按照当时的法令，作为县令的陶潜先生享受有三公顷公田。谁都想不到，这位彭泽县令让把他享受的三公顷公田全部种上高粱,目的很明确,他告诉人们,种高粱就为了酿酒,只要有酒喝,何忧何愁何闷之有?陶潜人生目标不高,有酒足矣,陶潜为官不贪不黑,当官为民做什么他没说,当官为己干什么表白得非常清楚,种高粱,酿高粱酒,人生有酒即足矣,何论其他?没想到,就这么一个清白简单的人生规划亦未能实现。像《三国演义》中刘备遇见那位督邮一样,陶潜没等高粱成熟就遇上了那么一位督邮,五柳先生受不了那位官老爷的刁难,高挂官印回家当农民。临走留下一句青史名言:

吾不能为五斗米折腰,拳拳事乡里小人邪!

老子回家喝酒去,不巴结你,不伺候你!
朱熹先生云:

晋宋间人物,虽曰尚清高,然个个要官职,这边一面清淡,那边一面招权纳货。陶渊明真个能不要。此所以高于晋宋人物。

其实又何止晋宋间?唐、宋、元、明、清也少见。梁启超先生曾说:

渊明只不愿见当日仕途混浊,羞与热中之人为伍耳。

陶潜先生自己找出源头:

少无适俗韵，性本爱丘山。

老子有志，不在投机钻营上，不在尔虞我诈上，不在拍马溜须上，不在装孙子学当太监上。

陶渊明是怪，有官不做，有财不敛，有佳酿不喝要回家喝自造的土酒。且心甘情愿，诚心诚意。安于贫困，安于农民，安于退隐，自甘"固穷"。

五柳先生难得，难得那片心。

他在《饮酒》第八首中，把酒唱道：

青松在东园，众草没其姿。凝霜殄异类，卓然见高枝。
连林人不觉，独树众乃奇。提壶抚寒柯，远望时复为。
吾生梦幻间，何事绁尘羁。

五柳先生和之后盛唐诗人不同。李白是无酒不成诗，几分酒几分醉以后就发狂，就浪漫，就高歌，就狂妄；五柳先生喝好了、微醉了就见物生情，见景吟诗，不狂不疯不傲，说说心里话，道道农家乐，抒抒农夫情。

孟夏草木长，绕屋树扶疏。众鸟欣有托，吾亦爱吾庐。
既耕亦已种，时还读我书。穷巷隔深辙，颇回故人车。
欢然酌春酒，摘我园中蔬。微雨从东来，好风与之俱。
泛览周王传，流观山海图。俯仰终宇宙，不乐复何如？

五柳先生活得滋润，比李白、杜甫活得轻松自在。

携幼入室，有酒盈樽。引壶觞以自酌，眄庭柯以怡颜。倚南窗以寄傲，审容膝之易安。

羡慕五柳先生，敬慕五柳先生。

五柳先生一生喜酒，乐在饮中、醉中，生活环境好要喝，心情舒畅愉快要喝，看风景高兴要喝，读书拍案叫好要喝，有亲朋好友来访要喝，邻里送瓜果蔬菜要喝，村人送酒送肉要喝，但未闻五柳先生酒后醉后疯狂、失态、闹酒、癫狂。五柳先生饮而有度，醉有深浅。五柳先生有意思的是穷则穷喝，达则达喝。我研究五柳先生喝酒，一未上过大席、大宴；二未喝过好酒、佳酿；三未醉得一塌糊涂；四未因醉出丑出错。五柳先生贫困时喝自己酿造的自家酒。那种酒喝起来更有滋有味。

五柳先生隐居不像老子隐居终南山，严子陵隐居富春江。人家皆挑名山秀水当神仙，五柳先生的"世外桃源"只是一种梦想。准确地说，五柳先生隐居属于"插队""回乡"。五柳先生是最早的"插队知青""回乡知青"。

五柳先生愿意走入"世外桃源"，那该是他的理想之国。现实中的他困顿时也捉襟见肘，连喝酒也只能有一顿无一顿，全靠友人接济，"性嗜酒，家贫不能常得"。但只要有酒，无论什么酒，五柳先生都能尽兴。

秋菊有佳色，裛露掇其英。泛此忘忧物，远我遗世情。
一觞虽独尽，杯尽壶自倾。日入群动息，归鸟趋林鸣。

啸傲东轩下,聊复得此生。

五柳先生眼中有美,心中存美,酒中醉美,诗中更美。五柳先生无酒难成美,无醉不赞美。

易中天先生说五柳先生跟刘伶、阮籍一样,嗜酒如命。然亦非然也。刘、阮二"仙"喝酒为保命,醉酒为避祸,喝的是政治酒。而五柳先生喝酒为恬淡、洒脱、飘逸。

故人赏我趣,挈壶相与至。班荆坐松下,数斟已复醉。
父老杂乱言,觞酌失行次。不觉知有我,安知物为贵。
悠悠迷所留,酒中有深味!

五柳先生的醉意、醉境,醉幸福、醉神仙!

只有喝了五柳先生自酿的农家酒,且饮到此境、醉到此境,方能"采菊东篱下,悠然见南山"。

五柳先生饮酒达到超凡的境界。

给五柳先生敬酒。

钟馗醉酒

钟馗不是人。

钟馗也不是神。

钟馗是官是臣。钟馗是老百姓期盼中的清官,镇邪去恶、驱凶捉鬼的保护神。他诞生于帝王梦,游离于阴阳两府,着官家绿袍,戴官帽,持笏板,蹬高靴,坐官轿。出行也威风八面,路过也惊天动地。钟馗有多大本事估计这个世界乃至阴曹地府的人都明明白白。钟馗捉鬼,鬼怕钟馗。钟馗厉害。阳世间再凶、再猛、再威风、再霸道、再英明、再伟大的人,一旦到了阴曹地府皆被扛夜叉的小鬼锁上,拽着、打着、骂着、赶着去见阎王爷。唯有钟馗除外,钟馗到阴间也是横眉立目,龇牙咧嘴,胡须倒立,遇门闯门,见殿上殿,小鬼胆战,大鬼失魂。钟馗黑靴皂冠,有时寸步不移,小鬼皆放下夜叉,找来绿呢软轿,挑体壮力大的小鬼抬轿,轿要抬着颤,且不能颠,否则,钟馗并不多言,只手把鬼擒来,做点心撕巴撕巴吃了。吓得周围的群鬼皆两股战战,冷汗乱流。钟馗谱儿摆得太大太圆了,轿前轿后俱挂着硕大的酒葫芦,喝酒要小鬼掀盖,让小鬼递酒。众鬼最怕的是钟馗喝酒,钟馗醉酒后必要审小鬼,如实道出如何敲诈世间的人!如何压迫世间百姓！如何替贪官污吏明目！如何为赃官昏官撑腰！又如何为非作歹！一旦钟馗大怒，把十恶不赦的恶鬼一把抓过来，直接做了下酒菜，生吃活啖，真乃鬼哭狼嚎，让群鬼心惊胆战，魂不附体。小鬼皆传：天不怕，地不怕，钟馗醉酒最可怕。

钟馗是从梦里走出来的，是从画里走出来的。

钟馗的寿命自唐始，其诞生于唐玄宗，源于帝王之梦。

唐开元年间，应该在公元730年前后，唐玄宗骊山讲武回宫后缠绵于病榻，什么病，没有记载那么细致。但久治不好，久睡不着，久卧不起，久靡不振。一日大白天竟然有梦，梦中竟然有鬼，那鬼乃小鬼，衣绛犊鼻，豆眼烂唇，腰系一破旧花带，脚踩一双翻头战靴，只有前脚掌，却无脚跟，把唐皇帝唬得够呛。来去无声无影无踪亦无奈，拿走唐玄宗玉笛，偷得杨贵妃紫香囊，还戏耍唐皇帝，玄宗正在无奈之际，由殿柱后又转一厉鬼，此鬼更狰狞、更可怕、更凶猛、更巨大，黑冠蓝衣，袒膊靴足，青筋暴露，两目圆睁，健步如飞，力擒小鬼，并无二话，折其腿，擘而啖之。估计把唐玄宗看呆了，也吓傻了，但宋代沈括的《梦溪笔谈》中没说唐玄宗的窘态，只说：

上问大者："尔何人也？"奏曰："臣钟馗氏，即武举不捷之士也，誓与陛下除天下之妖孽。"梦觉，痁苦顿瘳，而体益壮，乃召画工吴道子，告之以梦曰："试为朕如梦写之。"道子奉旨，恍若有睹，立笔图讫以进，上瞠视久之，抚几曰："是卿与朕同梦耳，何肖若此哉？"

唐玄宗唤出的是吴道子，钟馗才有了形象。吴道子不愧是"画圣"。他仅凭唐玄宗的说梦就能画出梦中的"大鬼"，且惟妙惟肖，似真似假，似鬼似妖，似神似臣，让唐玄宗叫绝。"曹衣出水，吴带当风"，吴道子为后世留下了钟馗，让钟馗出世，虽说在晋末的敦煌写本《太上洞渊神咒经》中就记有钟馗，但那时的钟馗并无形象，苍白得只是一植物叫"仲葵"，也有一说是一种驱鬼鬼戏中使用的法器"终葵"，此"仲葵""终葵"，非彼"钟馗"。

吴道子敢称"画圣"因为其画神、画妖、画鬼当数一绝，堪称前无古人，后无来者。

据说吴道子画鬼，先要喝得大醉，半醒之时才画鬼，因为他画出的鬼太狰狞，太可恶，以至于连吴道子也害怕。有一种说法是吴道子只有喝醉酒才笔下有神，才能把鬼的形、神画得栩栩如生，逼真得让人见了鬼。

吴道子画的钟馗成了驱邪镇鬼、驱病镇妖的法宝，唐玄宗不但自己挂上防鬼防妖，还把吴道子画的钟馗捉鬼图分给他的爱臣，钟馗开始走向人间，开始走向千家万户。

因为不可能人人都能得到皇帝的赏赐，也不可能人人都能得到吴道子的亲笔。于是吴道子的钟馗捉鬼图开始有无数版本的仿作。其中最著名的有龚开的仿作，有陈洪绶的再创作，直到现代的齐白石、丁聪都画过不止一幅钟馗的画。谁不怕鬼？谁不惧邪？谁不避灾？谁不求仙？钟馗的长相人人都觉得既可憎又可爱，乍看可怕，越看越爱。

谁也没有见过吴道子画的钟馗，见到的都是根据吴道子画的钟馗一世一代传下来的。钟馗到底长什么样，应该只有唐玄宗李隆基和吴道子清楚。现在把钟馗画得跟张飞、李逵、窦尔敦似的，不知是在哪朝哪代走的样变的形。但据研究者研究，其形其神其态确实是根据吴道子先生的"帖"临的。"蓝本"在吴道子，现在流传下来的钟馗都是师从吴道子。

钟馗方脸黑面，吊眼牛鼻，一脸的扎虬须髯，高身材，宽体魄，庞大有威，足蹬黑靴，头戴官帽，手持笏板，身带酒囊，有穿红袍的，如罗聘先生画的《钟馗醉酒图》，有着绿袍的，如陈洪绶先生画的《蒲觞钟馗》，也有穿白袍的、黄袍的，但都是官服官袍。吴道子笔下的钟馗据文字记载似乎是绿袍、素带、乌靴，参差不齐坚硬如戈的须发，吊眼圆睁的双眼。

钟馗也够可怜的。

钟馗吃鬼是被逼无奈。

钟馗喝醉是自我发泄。

在唐玄宗的梦里，钟馗托梦道身世。即"武举不捷之士"。直译就是钟馗曾考武举不中。在唐武德年间，钟馗可能是武生，也可能是文生。为什么未中？不是钟馗学业无成，钟馗寒窗苦读，才华满腹，却遭小鬼仇恨，被小鬼破相毁面，落得个人不人、鬼不鬼。没想到唐高祖取士时竟然以貌取人，看钟馗丑陋，并不问学问品德，御笔一挥革去钟馗应得的进士功名。极度的羞辱、极度的不平、极度的愤恨，刚烈耿直的热血汉子钟馗当庭触殿柱而死。钟馗这一死引来朝廷上下不平，内外为其鸣冤，唐高祖也追悔莫及，封官赐袍，让钟馗为民做事做主，驱邪镇鬼。

钟馗的官帽笏板是命换来的。

追根溯源，是小鬼的迫害，是小鬼的缺德，是小鬼的欺压，是小鬼伤害无辜造成的。钟馗捉鬼是有根源的。钟馗吃鬼、吃恶鬼、吃为非作歹的小鬼是因有仇恨。

钟馗嗜酒，一生无所好，唯有爱喝酒。据说钟馗的嗜好就是吴道子的嗜好。吴道子乃无酒便有愁有怨有烦有气，有酒则无愁无怨无烦无气，醉做神仙，醉则无他无人无我，钟馗是也。但钟馗也有一大毛病，闻酒则馋，闻酒则饮，饮酒必多，饮酒必醉。且一醉不醒，醉期可达数日、数月、数年也。

但未闻钟馗醉酒误事的。且闻有恶鬼在民间糟蹋百姓，胡作非为，钟馗便去捉鬼，抬轿的小鬼曾受那恶鬼的好处，便及早把这一信息透露给那恶鬼，恶鬼心慌惧怕，另一抬轿的小鬼为其谋划，言钟馗嗜酒如命，且深醉数载不醒，你备下好酒十坛，让钟馗醉死过去不亦乐乎？那恶鬼额手，厚谢二小鬼，果然送上十大坛佳酿，开坛瞬间酒香直入钟馗五脏六腑，已不能自已。先是用勺，后是用碗，再后索性端起酒坛灌。二小鬼大喜，钟馗即将倒头大睡，何时醉醒不得而知。谁知钟馗且饮且吩咐，把那恶鬼索来见我，我有好事告他。二小鬼屁颠般把那作恶多端的恶鬼叫来，再看钟馗十坛老酒已喝进六坛，两眼不再发光，不再圆瞪，不再狰狞，不再恐怖，已然快要"麻翻"了。没想到钟馗看到恶鬼无声无息地站到面前后，并无一言一词，却又搬起一大坛老酒开坛便灌，自灌得倒三江翻五海一般，一气喝完。三鬼相视皆会心一笑，钟馗醉矣。酒醉的钟馗也不可怕。没想到钟馗把空酒坛子用力一摔，怒发冲冠，胡须倒立，两目圆瞪，光闪耀人，牙齿错动，铮铮山响。脖子青筋暴起，两眉愤怒地倒立，煞是恐怖，一脸凶神恶煞。

钟馗一把把恶鬼抓到手中,厉声痛斥其在人间十恶不赦的十大罪状,声震寰宇,气势澎湃,条理清晰,抑扬顿挫,一点儿不错,鬼皆大惊。钟馗仰天大笑,言之朗朗,你们以为吾钟馗醉酒就会放过你们这些为害于人,残暴于民的恶鬼?吾正愁酒中无菜,这恶鬼正为吾下酒之菜。竟生啖之。那两个抬轿的小鬼吓得伏地乱战。钟馗道,你们也非良物,今日纵之,他日为害,鬼非善物,何况贪赃受贿,为非作歹,饶你不得,但死亦有别。让你们先醉死再嚼死。言讫,钟馗把抬轿两个小鬼手脚卸下,倒装进酒坛中。

呜呼,方知钟馗醉酒不误事,醉酒办事更公正。

是人都喜欢钟馗醉酒,是鬼都怕钟馗喝酒,更怕钟馗醉酒。

酒祭凡·高

凡·高命苦。苦了一辈子。一生未过一天好日子。一生都在苦苦中煎熬，苦苦中企盼，苦苦中挣扎，苦苦中勤奋。

凡·高苦，其面相也苦。

世界上没有哪一位画家像文森特·凡·高那样，在一生中，尤其在最后几年中，几乎每年都为自己一次又一次地画像。他似乎在苦苦地思索。凡·高在思索什么？凡·高为什么对自己的形象那么感兴趣？一遍一遍地画，画得那么专心细致，画得那么真实生动，凡·高想留给后人什么？想留给自己什么？他很欣赏自己的形象？凡·高长得实在令人不敢恭维。他活着的时候，几乎让所有见过他的人都鄙视他、蔑视他、埋汰他、挖苦他，即使凡·高死后，成为世界上最著名、最有价值、最伟大的天才画家，至今我仍未看到过恭维他长相的评论。

我看过凡·高几乎全部的自画像，包括他自己的素描自画草图。我该说什么呢？无论在阴暗的黄昏，还是在冰冷的夜晚；无论在秋日午后的田野，还是在夏天日落的树下；无论他在画板前作画，还是他面壁呆坐；凡·高都是一脸的孤独，一脸的郁闷，一脸的渺茫，一脸的冷漠和无聊。无论凡·高戴着破旧的窄檐小毡帽，还是头顶卷边米黄色的草帽；无论他的头发是呈自然乱，还是刚刚稍稍梳拢过；无论他多日未修的胡子从眼袋下一直四处乱窜到脖子的喉结处，还是似乎刚刚修过面络腮胡子呈一片乌青泛着红色——都丝毫衬托不出他的画家气派，显示不出他艺术思想的成熟。恰恰相反，初看给人一种疲惫、辛苦、苍老，甚至仿佛是一位拾荒流浪汉。凡·高对自己太写实了。他要么穿一件已经分不出底色的衬衣，要么穿一件又脏又旧样子有些奇形怪状的外套，显得凡·高格外松垮、肮脏、邋遢，让中国人感觉仿佛是位刚刚走出监狱大墙的刑满释放人员。真的一点儿都不讨人喜欢。

不知为什么凡·高画自己画的竟然一点儿也不让人同情。这难道是凡·高的本意？他在这幅画中把自己的胡子画成酱红色的，是照耀凡·高胡子的光线变了？角度变了？还是凡·高的心情变了？心理变了？望着那一幅幅凡·高的自画像，你只能揣测，你只能想象。

谁能想到凡·高自画像中还有两幅头上包扎着白色绷带的。那是凡·高自己用刀割掉自己的左耳朵，草草地包扎了一下以后自己给自己画的像。他叼着烟斗，戴着一顶又破又旧又不成样的无边无檐无护耳的皮帽子。这绝不是什么英雄行为，更不是什么艺术家的表现，自己割去自己多半个耳朵，血灌了一脖腔，估计凡·高当时疼得几近哭号上帝。不可思议、难以解释的是凡·高割耳三天后，他竟然把割下来的半截耳朵送给一名妓女。割耳后留下的不是一幅画像，而是两幅，素描还有两幅，从两幅油画自画像看，一幅抽着烟斗，一幅向前盯着看什么。他是精心剃过须修过面的。凡·高当时是怎么想的？难道在割掉自己耳朵之前，还要沐浴更衣？隆重得让这位后世人只可仰望，像仰望天上的星星一样仰望的天才，理发修面还从那堆又破又烂又脏的别人丢弃的衣服中挑选了一件他喜欢的翻领大氅？

有研究凡·高的专家认为，凡·高的耳朵不是凡·高自己割下来的，而是别人下的狠手，且没有把凡·高的左耳朵全都割下来，仅仅是割下了凡·高的耳垂。凡·高穷，一生穷困潦倒，但凡·高脾气大，个性强，凡·高会生气的。你们可以猜测凡·高为什么自己割自己的耳朵？为什么割去自己的左耳？为什么把割下来的左耳还当礼物似的送给和自己有感情且共同生活过一年多的一名妓女？但你不能怀疑凡·高为人所害，被人宰割。在中国人看来，割去自己的耳朵总不是什么光彩的事，不是值得炫耀的事，应该是件丢脸的事，"栽面"的事，不好见人的事，值得那么认真地、一丝不苟地、反复地描绘下来吗？天才就是天才，你无法和天上的星星对话，你的思维轨迹永远无法和凡·高重合。那就是文森特·凡·高。

凡·高确无福相。

他人瘦，油画的油彩和野兽派、现代派的画法把他的瘦脸涂得青一块、黄一块、红一块的，让人看了不舒服。高颧骨，两腮无肉，尖下巴，嘴前突，宽额，眉骨下压，眉宇间有拧成的眉头疙瘩，眼睛在窄细的瘦脸上显得大，但精气神不足，常常透着股茫然、无奈、苦愁无望的神态。

用中国民间的老话说,印堂发暗,眉宇间隐有瘴气,非福运有寿之人。

凡·高童年未见金色,凡·高少年未见潇洒。凡·高十七岁就出来"漂",说高雅一些叫"打拼",说通俗一些叫打工,再说得一针见血些叫混饭吃。凡·高一生都渴望金黄色,有的专家称之为"明黄色""鲜黄色",而我认为凡·高心目中的黄色是金黄色。

非常遗憾,凡·高无缘到中国,他没有看见中国皇宫那一大片阳光下的紫禁城,那一大片耀眼的金色皇宫,否则他会醉心于那片神奇的金光之中。

他最幸福的感应是享受金黄色的阳光,金黄色的田野,金黄色的麦地,金黄色的灯光。当凡·高把金黄色涂满画布时,那是他最享受的时候,你读懂了金黄色,你就读懂了凡·高半个人生。

凡·高从十七岁到二十七岁,在他人生的坐标图上行无定踪。我认为那也是他一生比较痛快和豪爽的时期。他干过学徒,学过买卖,做过店员,也下过厂矿,进过教堂,甚至传过教。我追踪凡·高,在他青年时代,他干过七种职业,换过八种工作,正是在那个时期,他观察社会,留意人生,探索生活,享受青春。他学会了抽烟,嗜好喝酒。凡·高挣的钱够他生活,也刚刚够他享受,他一人吃饱全家不饿。但他必须日复一日地工作,年复一年地从事他一点儿不喜欢不热爱的工作,否则他就可能断炊。青年的凡·高一切为了生存。他抽的烟都是价格便宜的烟丝,他喝的酒都是小酒坊里酿的土酒。虽然他住在法国，凡·高根本就没有见过盛大隆重而奢华的法国盛宴，他甚至没有闻过拉菲酒的香气，当然他也没抽过真正的古巴雪茄。但凡·高挺满足。他曾经画过酒瓶和酒杯，那种酒瓶和酒杯堪称古董矣。法国人早已不用这种酒瓶盛酒，也不用那种形状的酒杯喝酒。凡·高画的酒瓶和酒杯中的酒，不是白葡萄酒，应该是小酒坊自己酿造的一种土酒，带有一些烧酒的味道，介乎于白兰地和威士忌之间，极易上瘾，但价格公道，凡·高这样的打工仔能消费得起。可怜的凡·高，一生没沾过一口上等好葡萄酒，没抽过一支上等贵族香烟。

但凡·高挺知足。这比他专心攻画以后的生活更奢侈。他一生实际上创作只有不到十年时间，却画了二千多幅画，其中油画九百多张，唯一卖出去的一幅《红色的葡萄园》卖了四百法郎。即使这张唯一售出的油画，也是他弟弟提奥在背后运作，让朋友买下的。凡·高从事专业创作后，唯一的经济来源就是他做画商的弟弟提奥，换句话说，凡·高是靠他弟弟养活着。他弟弟并不富裕，一旦到月头没有寄钱来，凡·高的下场比他当打工仔四处"漂"时更惨，只有勒紧裤带不停地吞咽唾沫，喝酒抽烟离他遥远得仿佛是天上人间。

凡·高梦中都想着如何把他的画再卖出去一张，再卖四百法郎，若如此，他该要编织多少金色的梦？凡·高激动得不但声音有些发颤，而且周身有些发抖。这是第一次拿到画酬，这意味着他的画得到了公众的认可，得到了市场的准入。他要了一杯玫瑰色的葡萄酒，踏踏实实地坐在餐桌前，眯起眼睛眺望远处泛起金光的田野。凡·高在盘算，他售出的那张《红色的葡萄园》并不是他画得最好的，他还可以画出更好的，他可以再画十幅、一百幅，不，他要再画一千幅更好更经典的，这样他就可以成为画家了，人们就不再背后或当面叫他"疯子""怪人"，对他指指点点，轻蔑鄙视，会尊敬地叫他"画家"，在一间小小咖啡馆里展出他的画作。他不再需要弟弟每一个月甚至半个月就给他寄一次生活费，他甚至可以给弟弟寄钱。凡·高阴沉忧郁的脸上终于灿烂起来。希望在明天。

如果凡·高知道这张画卖出的背景，他会提前五年用手枪对着自己的腹部开枪。不是他绝望于世，是世界拒绝凡·高。我请教一位油画专家，现在这幅《红色的葡萄园》能卖多少钱？第一答复是出多少钱都没人卖，第二答复是应该由五千万美元起拍，大致相当于当时价格的七十一万倍，真得惊吓着天堂中的凡·高了。朋友告诉我，现在只要拍一幅凡·高认为画得最不成功的《斗牛士》，也足够他喝一百年好酒的。可怜的凡·高，当初拿他精心画的画去换一瓶酒甚至几颗土豆就遭到店家无情地拒绝。人们以为他是疯子。凡·高只好干涩地蠕动自己的喉结。中国的屈原曾发感慨，世人皆浊吾独清。凡·高要长啸，世人皆疯吾不疯，此时不疯日后疯。凡·高真远见，现世何人不为凡·高的画疯？

凡·高是天才。无与伦比的天才。

他二十七岁才学画，可谓"半路出家"，且非科班出身。凡·高甚至没有系统地学习过绘画，他曾经跟他的表姐夫安东·莫夫学过画，短期学习过一些绘画的技巧，他没有时间，更没有钱供他走进学堂，他只是临摹过米勒、伦勃朗的作品。

从留下来的画稿看，我认为凡·高在他刚刚踏上绘画之路时，曾经喜欢甚至崇拜过他们，但仅此而已，即使对米勒的作品，他也并没有深刻分析过。他是喜欢米勒的绘画风格，去模仿过他们，他愿意投入他们的门下，愿意做他们的学子，但他缺少钱，他连最简单的"饭钵"都全部依靠比他小四岁的弟弟提供，去看看他和提奥留下来的九百多封信吧，几乎有一半都是和向弟弟要钱有关。因为他每月拿不到一百二十法郎才不得不和他曾经热恋，曾经苦苦追求的寡妇分手。而那时候米勒的一幅画可以卖到二千二百法郎。凡·高一辈子也没见过那么多钱。他是勒紧裤带去学画，他不可能按部就班，学完线条学颜色，学完理论学临摹。为了学习绘画，凡·高不止一次地一天只喝一小杯苦咖啡。可怜的凡·高！

凡·高是才子，他就是在那种生活毫无保障的情况下开始他不平凡的绘画事业的，他深爱绘画，找到绘画的道路才找到了他生命之途。而现实又是那么残酷。凡·高一生只有一个念头，一个理想，就是想尽早把自己的画卖出去，靠自己的绘画养活自己，再娶个女人，有个家庭，但他一辈子也没达到。是命运还是现实捉弄了他？

凡·高是在边学习，边摸索，边提高，边创造中展示他的天才的。1885年，三十二岁的凡·高学习绘画仅仅四年多一点儿时间，就画出了《吃土豆的人》。凡·高非常欣赏这幅画。非常可惜，这幅一百多年后堪称伟大的、不朽的全世界最有价值的名画之一在当时竟然没有一个人欣赏，莫说有人出钱买，连一句赞美的话也没有，甚至没有人愿意正眼瞧上一眼。但一百年后，凡·高让整个世界都傻了，疯了！

现在有人赞美他,说凡·高这幅早期的大作奠定了他艺术大师的地位。这种谄媚的语言凡·高并不想听,他真实的想法是能拿这幅画换来一个月的生活费,甚至是一顿土豆餐,或者哪怕是些颜色涂料也罢。结果是一无所有,凡·高舔舔干涩的嘴唇,他看到有人正依窗甜甜地喝着葡萄酒,那种诱惑真难以抑御。他只有赶忙钻进他那间仅七平方米的小鸽子屋里拼命作画,只有画画能让他忘了一切。

凡·高在拼命地画,废寝忘食地画,不顾一切地画,真像发了疯似的去画。

其实凡·高的心在流血。他没有一切,没有钱,没有午餐,没有酒,没有衣服甚至没有地方洗浴。他只有画,只有画画时他能不去想那一切。凡·高在孤独、苦闷、痛苦和饥饿与穷困中接近他绘画的顶峰,正在攀登上人类绘画艺术的高峰。

凡·高终于画出了《向日葵》。

出现在凡·高画布上的向日葵是种什么神奇的植物?

无论在北欧阴冷昏暗的冬天,一天只有四个小时的光明;还是在北美寒冷狂风裹着飞雪的深夜;还是在潮湿冷风飕飕的日本东京,只要你推开博物馆的大门,只要你站在《向日葵》面前,你立即会感到阳光、温暖、芳香、馨爽;仿佛沐浴在幸福、光明、欢快、慈祥之中,仿佛走进了理想、纯真、柔和、美妙的世外桃源。一百年后,凡·高不但征服了世界也征服了自然。那个穷困潦倒的让人讨嫌的汉子,那个穿着捡来的破旧衣服的消瘦爷们儿,那个勒紧裤带宁肯饿着肚子却把节省下来的钱用去买颜料的让人视之为疯子的异类。

一百多年后,世之公认最名贵最有震慑力的二十幅堪称世界之宝的油画，排到第一位的是达·芬奇的《蒙娜·丽莎》，第二位是达·芬奇的《最后的晚餐》，而排在第三位的就是凡·高的《向日葵》，第四位是凡·高的《第一步》。

凡·高是怪才。

谁能想到，凡·高夜晚作画时是把小蜡烛点燃放在自己的帽檐上。

谁能想到，凡·高的创作高峰期竟然是在精神病院里度过的。

1889年1月，凡·高割下了自己的左耳，所有人都认为他疯了，连他自己也感到精神不太正常，有疯症，于是他住进了法国圣雷米的圣保罗精神病院。

一位当年见过凡·高的人，说此话时他已经是一百二十二岁的超级老寿星了，他说凡·高是"邋遢的、不修边幅的、令人厌嫌的"。

就是凡·高住的那个法国普罗旺斯城的阿尔勒小村镇，都认为凡·高是一个疯子，一个危险分子，一个没人愿意多看一眼的肮脏人、废人。他们不停地通过各种途径、各种场合奚落凡·高，嘲笑凡·高，蔑视凡·高，讨厌凡·高，企图激怒凡·高，把凡·高从他们小镇驱逐出去，让他们的小镇太平和睦下去。听听凡·高的乡里邻里的议论吧："凡·高是谁？那个丑陋的、没有风度没有礼貌的、看着很病态的男人？听说他是一个很危险的人，把自己的耳朵割下来，太可怕了。我原谅了他的粗鲁，因为人们都说他是一个疯子。"这还不够，阿尔勒的居民视凡·高为异己，为恐怖，为不安定因素，他们甚至联合起来口诛笔伐，集体请愿，让镇长把凡·高这个疯子送进精神病院关起来，阿尔勒的警察甚至把凡·高住的小屋封起来。凡·高在法国乃至他的荷兰故乡几乎无立锥之地。凡·高就是不疯也会被逼疯。凡·高无精神病，也会被逼出精神病！

可怜的凡·高，让人心碎的凡·高。

凡·高就是在这种生存环境中百折不挠，任性质朴地去追求艺术的创新和表现。凡·高了不起！

就是在这种环境中，凡·高在精神病院却能静下心来，安心于绘画，沉醉于艺术。在他的脑海中有一个五彩的世界，有一个幸福的天地，有让他醉心的万物。就是在精神病院，凡·高创作了许多幅经典的传世之作，如《鸢尾花》《橄榄树》《剪羊毛》《雷医师画像》《罗林夫人画像》《麦田系列》《卧室》，当然还有《星夜》。凡·高太"疯狂"了，他似乎预感到来日无多，用他的话说："如果生活中没有某些无限的、深刻的、真实的东西，我就不会留恋生活。"他不再留恋这个世界！

中国历史上有位名人叫曹孟德，曹操有句名言："宁教我负天下人，休教天下人负我。"放在凡·高身上恰恰反其意而用之，凡·高不负天下人，天下人不认凡·高。

凡·高最终死于绝望、冷漠、孤独、郁闷、无望，天生我材无用处，天下无人能理解，处处皆白眼。通天无路，只有死门。凡·高似无可选择。

凡·高走出精神病院，他走在田野上，走在麦田边，走到小桥上，走向树丛中，走进那片开着蓝花的草地里，他最终走进温暖的唯一知其心意的阳光里。

他用手枪对着自己的腹部开枪，但他闭不上眼，他睁眼望蓝天，望太阳，望大地，望麦田。凡·高无言地质问世界，质问天地，质问他周围的人，是谁夺去了他的生命？有后人研究说凡·高不是自杀是他杀，是被当地一名恶少所杀，说得也有头有尾。但即使是支持他杀论的普利策奖获得者、著名传记作家史蒂芬·奈菲也认为凡·高活得苦，为生活所逼，几近走到生命的尽头。

凡·高一生画了那么多画，竟然一张也没卖出去。他弟弟提奥就是一位画商，依靠出售别人的画来维持凡·高的生活，但当提奥把凡·高的一部分画拿出来出售时，竟然无人问津。

凡·高是把绘画看作生命全部的人，执着、真诚、任性、专注，没有绘画的生命是惨白的，惨白的生命无生命力。

凡·高之死是死于命运，死于世俗，死于偏见，死于社会。

凡·高认为他该死，他没有什么好留恋的了。他死得其所，他为那个并不疼爱和怜悯他的世界留下了二千多幅他的画。世界亏负他。

他痛苦地躺在他弟弟提奥的怀中死去。

那个他曾经生活过的小镇阿尔勒，当人们得知凡·高自杀身亡时，没有人激动，没有人伤心，没有人惋惜，仿佛是死去了一只让人讨厌的苍蝇。

一百多年过去了，阿尔勒小镇就因为凡·高曾经住在这里，并创作出不少世之杰作而闻名，全世界各地大量游客都指名点姓地要来阿尔勒，来看看这个曾经养育过凡·高的地方。没有一个人不是怀着虔诚、敬慕、崇拜的心情来到了阿尔勒，几乎没有一个人不赞美阿尔勒的风光、地貌、人情、风俗，凡·高能感动世界，也感动了阿尔勒。他们的良心无法得到宽恕，他们的内疚无法得到弥补。1925年，阿尔勒镇的居民派出代表去了荷兰，找到了凡·高的侄孙——丁·凡·高，向他真诚地道歉。

当年全镇居民的后代都深深感到愧疚，他们为他们的前辈惭愧，于是他们又采取了一项长期的、公开的、永久性的道歉措施，在阿尔勒旅游手册上公开对当年驱赶凡·高事件、歧视凡·高事件表示道歉。最后一句是这样写的：

我们希望通过对您的热情招待来弥补当年所犯下的愚昧错误！

阿尔勒现任镇长讲过一段让人感慨万千的话："如果当年我们心中没有世俗的偏见，不去蛮横地驱逐文森特先生，他将在阿尔勒创造出更多的传世之作，那些都是人类共同的艺术瑰宝。所以，我们不仅要为自己的无知和偏见真诚道歉，还希望以此为戒，警醒不再发生类似事件。"

凡·高终于可以长呼一口气，终于可以放心地走回自己的小屋了。

凡·高真是位好人，他与世无求。唯一有求的是让世人买他一幅画，却所求无应。应该惭愧地不仅是阿尔勒小镇居民的后人。

凡·高一生未抽过好烟，嗜酒却从未喝过一口好酒。让我们斟满中国的好酒，祭奠这位伟大的、天才的、一生坎坷的艺术家——文森特·威廉·凡·高。

在日本的一次偶遇斗酒

和日本人喝酒，累。

我率新华社新闻代表团出访日本，在和日本路透社会谈结束以后，日本同行宴请我们。因为时间安排得紧，我们都没有顾上回宾馆，穿着西装，提着公文包登车直奔餐馆。

日本人重视礼节。

他们不知走的什么捷径，在我们到之前，他们已经一字排开站在餐厅门口列队欢迎了。因为我们着"正装"，因此日本同行皆西服革履，笔挺笔挺的，我注意到，每个人的领带结都捏得有棱有角的。

双方分主宾入座，日本宴，长条桌，菜都是小碟，盘都是日本京都特制的艺术品，酒当然是日本清酒。日本人皆正襟危坐，仿佛是开一个主题十分重大而严肃的会议，且两眼始终平视，不看桌上酒菜一眼。日本人讲究。

酒宴开始。

先由日本主人敬酒，日本人级别分得很清楚，首先敬酒的是最大的领导，然后依然排下去，无论谁敬酒，所有的人都双手擎杯，齐眉举案，以示尊重。

从致辞、翻译、示情、举杯，我估计五分钟肯定过去了，但唇未沾酒。方知在正式宴会上日本人更重视礼仪的过程。

日本人敬酒，都是满面春风，首座笑，随之俱笑；首席从半跪到臀部离开脚后跟，其余人皆直板板地跪立起来；首席示意请，其余人皆据示意饮。我发现日本人真认真，真一丝不苟，真如机械般运作，毫不走样。不难发现，日本人笑的度都拿捏如一，首席笑得很严肃，其余人皆皮笑肉不笑；首席笑得很勉强，其余人皆干笑，嘴角拉动，示意笑过了。

我发现酒过三巡，坐我对面的日本首席的小瓷酒杯中，酒只喝了不到一半。浅酌慢饮。用眼尾一扫其余的人也都喝得不到"中央"。方信在这种官方场合，日本人饮酒是步调高度一致的。

最让人感到累的是日本人从首席开始，一字往后排，每个人都要有一番"助酒词"。方知日本官方宴会助酒词皆为大话、套话、废话、虚话、说不说都行的话。我那时才从俄罗斯归来，觉得日本人的助酒词好像俄罗斯民间工艺品的套娃，首席最长、最套、最客气、最礼节，依次递减。

中国礼仪之邦，讲究来而不往非礼也。我们也对等，讲一些言不由衷的客套话，我觉得日本这种官方的宴请有些像演话剧。极其认真，又极富有表情地在做假。都为了做给别人看，让别人感动。吃正宗日本宴席，那种半跪半立的"吃姿"本来就够累人的，再加上这套虚虚假假的应对、礼仪，就更让人累了。

突然间那位首席似乎有意无意，又似乎无意中的随意，问起新华社和台湾媒体的交流问题。那时候，我们头脑中阶级斗争的弦一直绷得很紧，尤其那时正值日本国内包括日本的一些右派媒体和记者都在围绕着"修改教科书"和台湾问题做文章。我们当时正在筹备向台湾派记者的事,但都是在秘密进行,即使在新华社内部知道此事的人也极少。这位日本通讯社的高级管理人员是如何知道的?这一下我反而不觉得累了。我认真而仔细地看着半跪立坐在我对面,那张笑眯眯地显得极其友善极其随便的"老脸",他苍定古朴的脸显得很是疲劳,我揣测,这个"老脸"极有可能像新华社的社领导一样值夜班,那层挂在脸面上的疲劳显示,他严重缺觉,睡眠不足,很可能昨天值"大夜班"。

这张"老脸"上嵌着一对小眼,但闪光黑亮,让人感到咄咄逼人,充满智慧,那双小眼挺深沉,像两眼月光下的深井泛着幽光。他年轻时一定挺中看,几分英俊,因为他有两个酒窝,虽然现在人老了,皮皱了,酒窝变成两道短短的细细的刀痕。

我们这代人受的抗日战争的教育太深了,从上小学就是《鸡毛信》《二小放羊娃》,然后就是《地道战》《地雷战》。我竭力不把对面这位日本同行演绎成我看过的电影中的老日本鬼子,但他那狡黠的目光和犀利的问话又不能不让人有一种"狼来了"的感觉。

那顿日本大餐把我吃得既如负大山,又味同嚼蜡,其实当时新华社东京分社社长王大军对我说,人家是实心实意在招待咱们,吃的日本菜是真正的豪宴,都是上档次的顶级货。我确实没有感觉,散席,上车第一感觉是赶快脱西装,解领带,松衣扣,好像下阵的角斗士。王大军说,今天是星期六,分社同志全部职工家属都在自己动手包饺子,只等咱们回去就开锅下饺子，手包海鲜饺子。王大军挺幽默，说知道大家没吃好喝好，我那里好酒没有，但北京二锅头管够，饺子就酒，越喝越有！到底是情浓似血，到底是乡音动人心。你在国外听到"饺子就酒，越喝越有"是会让人流泪的。

王大军就是位"日本通"，在日本当了十几年记者了，是我们新华社驻东京分社社长，日本话讲得几乎和中国话一样好。临行那天他领我们七拐八弯来到一家他自喻是东京最地道的日本海鲜小酒馆。

王大军个子不像日本人，高大魁梧。在日本人群中一目了然。他说中国人到日本吃饭，别让日本饭菜的花样给蒙了，就吃生鱼片，刺身、海鲜，原汁原味。生、猛、活、鲜，把握这四个字，就是日本料理的核心。

谈到日本酒，大军也一针见血，说日本清酒种类很多，像中国白酒，谁能说清楚中国有多少种的酒？都是什么品牌的？中国人喝日本酒，尤其是喜爱中国高度酒的人喝着日本清酒，端杯头一口总觉得酒味那么寡，那么淡，那么薄，好像是中国二锅头兑上了白开水。日本清酒的确不像中国白酒那么醇厚、绵长、火爆、刺激，据说有位酒友，在河北衡水喝一大杯78度的老白干儿，要先靠着墙才干杯，为什么？怕被酒一口"顶"一个跟头。众人皆大笑。大军说，日本清酒的确没那么厉害，很多喝惯中国高度白酒的人都说日本清酒是"娘娘腔"。我说，我听有人打过比方说，日本清酒就像被阉割了的男人。王大军接着说，但饮过日本清酒的中国人皆有同感。一是日本清酒有"迷惑性"，看它没什么劲，不辣不涩不烧不猛，但"找后劲"，一旦酒劲上来，头欲裂，腹欲胀,头重脚轻,身不由己,让你深知日本酒非"温良恭俭让",也是一场"暴力革命"。二是日本清酒容易让人上瘾,不知不觉地你会爱上它,爱上它就是深深地去爱它,手不离杯,杯不离日本清酒。

但我们,尤其是我,真没拿日本清酒当回事。我们争论起是男人厉害还是阉了的男人更凶残?是驴马厉害还是骡子更可靠?人类为什么要残酷地去阉割畜生?甚至鸡、鸭、鹅?当然落脚点还是在争论日本清酒上。

中国人不能闲下来,闲下来爱抬杠。王大军笑着让我们"打住",酒店到了。

日本酒馆像它东家,都不高大威猛。既没有包间,也不设雅座。里圈是酒吧,一圈高座凳,四下是散座,像中国北方的小炕桌,一张紧挨着一张,中间的通道仅容一个人侧身而过。日本人做生意讲究经济核算。

小酒馆确实不大,但气度不凡。人气高,火爆,可谓高朋满座。不是王大军事先让朋友占座,则要在门外拿号排队,风吹雨淋,因为酒馆面积有限,等座只好门外请。酒馆里我用十六字形容一下,叫香烟袅袅,酒气腾腾,人声嘈杂,热热闹闹。绝非日本大饭店中那种庄严高贵一脸贵族相,亦非美国欧洲饭店中禁烟禁酒禁喧哗。百闻不如一见,不像有些人说的那样,日本人下饭店都彬彬有礼,低声小语。王大军告诉我,这里就类似中国的大排档,到这种酒馆来的日本人都为放松、排解、喝酒、解乏,不为讲排场礼节。但这个小酒店的不凡之处在于,它已经有百年之久,且基本上保持原貌,一百年前的布局现在依旧,修缮房屋时绝对不能落架大修,更不能重新装修追求时髦现代化。我立即对这个表面上看上去不起眼的小酒店刮目相看，说不定当年李鸿章、袁世凯、鲁迅、郭沫若还来过呢？我想起，北京莫说像这样的小酒店，即便是像老北京著名的"八大楼""八大居"，不是早就销声匿迹了，就是被改造装修得面目全非了。

日本的小酒馆挺地道。何为地道？其实就是"土"，不走样的日本味，一点儿不"洋"。

王大军有经验，点的是地道的日本生鱼片。中国旅日粗算起来也有几百年的历史了，中国人讲究吃，尤其会总结，因此，中国人把日本生鱼片归纳总结为"七仙女"，好记又形象。你到日本是否与"七仙女"会过面，回答是肯定的，证明你尝到了日本海鲜的精髓；反之，你就"老外"了。

"七仙女"果然名不虚传，金枪鱼、比目鱼、三文鱼、鲈鱼、剑鱼、鲣鱼……那才是怎一个鲜字了得？一个美字了得？那生片的金枪鱼片犹如三月的桃花，那精薄的三文鱼好似九月的绿菊，那鱿鱼花仿佛梨花初绽，最让我难忘的是那刚刚从水中捞出来的小八爪鱼，它猛地吸吮在你伸出的热舌头上，一股股麻麻的、痒痒的、刺刺的、有些微微疼痛的感觉从舌头直沁入肺腑，让人感到，酒醉人，茶醉人，原来小八脚鱼也能醉人。吃法有二：一是像法国人吃生蚝一样，吞而食之；一是像日本人吃生鱼片一样，从舌头上拔下八爪鱼，放在山葵泥、酱油、醋、姜末调料碟中滚一下再嚼而食之。

在这种小酒馆中喝酒的日本人都挺自在，挺放得开，喝得都"无组织无纪律"的。酒能醉人，酒能迷人，酒亦能解放人。

我看桌上的日本小瓷酒壶、小瓷酒盅，真有点儿意思。二两一壶，粗陶细瓷挂点儿碎花，提酒壶处有一对故意捏进去的凹处。这种酒壶、酒盅也是起源于中国，最早应该是在北宋时期，就是现在的仿制在北京也很难找，仿佛中国人都爱赶时髦，都用玻璃分酒器，用玻璃酒杯了，那才潮流、前卫、时髦、招人。日本人却依然"古董"，依然沿用这种"旧时王谢堂前燕"的老玩意儿，喝起来依然有滋有味。

酒的魅力。

邻桌的那位日本人可能有些"高"，花白的头发，皱纹满布的脸红彤彤的，眼睛放着黑亮亮的光芒，是个饱经风霜的过来人。

这位日本老先生确实"有水"，他不但一眼就能确定我们是中国人，而且能认定是中国大陆来的。原来这位日本老先生会说几句中国话，还能听懂至少十几句中国话。

他乡遇酒友。两桌相隔只有一肘之宽，酒无疆界，且都喝的是日本清酒，举杯一示意，干！酒是助兴的，酒是认友的。

日本人喝酒和中国人的酒规矩是相通的，举杯为敬，碰杯为干，高端为敬，双手为敬，干杯为敬，先干为敬。

那位日本老人很懂中国酒场的规矩，敬酒、干杯，倒是陪他喝酒的那位日本男青年，方瘪脸，细长眼，高颧骨，板寸头，有股我印象中的日本人的"愣子劲"。

日本老人很亲善，很友好，很好客，对我们也很尊敬。我能看得出，老人已经喝得差不多了。

原来这位日本老人之所以对中国很有感情，也比较熟悉，是因为他在很多年前去过中国，到过山西，在山西的阳泉工作过。我一听有些兴奋，没想到在日本能遇见熟悉山西、熟悉阳泉的日本人。我在山西生活工作了三十年，山西是我的第二故乡，真乃他乡遇知音，和日本老人的话就多了，也就亲了，酒也就喝得勤了。我本来想举杯为敬，点到为止，没想到那位日本老人情绪极高，频频示意，举杯敬酒。

王大军用日语和老人进行了一阵亲密亲谈，王大军喝酒不行，他只勉强喝下一杯酒，而那位日本老人却连干三杯。看得出老人很兴奋，不像一般日本人，见到中国大陆人一脸公事公办，像宣读圣旨的太监。

王大军对我说，这位日本老人几十年没有去过山西阳泉了。上次他去中国想回山西阳泉故地重游，但十分不巧，行程安排得太满，他是随团而去的，因此没有去成，真遗憾啊！

我酒没有喝高，日本清酒我从骨子里轻视它，不男不女的，醉不倒一个真正的爷们儿。王大军这么一说，我心里一激灵，几十年前去过阳泉？还到过阳泉附近的平定县？亲口喝过娘子关的泉水？他不会是个当年参与了侵华战争的日本鬼子兵吧？

我们这代人从小受到的爱国主义教育最主要的内容就是打日本，日本鬼子都是双手沾满中国人鲜血的恶魔。所有仇恨日本鬼子的热血仿佛一下子涌向胸腔，用罄竹难书形容日本人在中国犯下的罪状恐怕不为过吧？那天上午在日本靖国神社门口的见闻立时又浮现在眼前。按着纪律，我们没有走进那庙不像庙，殿又不像殿的靖国神社，但我们看了看靖国神社外面那些铜雕塑，皆为宣传日本武士精忠报国，为天皇而战，视死如归的"英雄事迹"，其中至少有百分之六七十和侵略中国有关，比如什么"三勇士"，抱着炸弹舍身爆破中国城门，日本兵奋不顾身不怕牺牲攻占中国城市等。日本人将他们的侵略战争不惜一切地宣传美化，把功夫下在日本的第三、第四代身上。真可谓"念念不忘"。日本人美化他们的"亡灵"、为国为天皇孝忠的"民族英雄"，我们去的那天，不知赶上日本的一个什么节日，靖国神社门前热闹非凡，也可以说是"群魔乱舞"，一队队日本旧军人，全部着日本旧式军装，高擎着日本军旗慷慨激昂地唱着日本当时的军歌，列队正步进入靖国神社。最让我感到热血冲顶的是有一大队日本旧军人，全部是日本陆军的退伍军人，皆着一身"鬼子"黄军装，头戴后脑勺飘着两块"屁帘"的日本战斗帽，正在靖国神社门前列队拍照。第一排全部盘腿正襟危坐，第二排全部蹲姿，第三排半蹲，第四排半立，一直排下去，呈波涌状，队前立一"老日本鬼子"，双手紧握一柄日本战刀，穿高筒日本战靴。显眼的是这个老日本鬼子的确够老的，花白的胡子飘在胸前，身边一个壮实的"日本鬼子"，双手擎着日本旭日四射的军旗。老日本鬼子正在演讲，讲到动情处，全体列队的日本军人手向高空伸挥三次，三呼万岁。最后，在老日本鬼子的带领下，一齐行日本军礼，齐声高唱日本军歌。那情那景，真让中国人受不了。

　　看着眼前这位日本老人，难道他真是当年的侵华日军之一员？真的搞过"三光政策"？真的是双手沾有中国人的鲜血？真的和我早晨在靖国神社门前见的日本旧军人一样？我下意识地盯着他端着酒杯青筋暴露布满老人斑的手，那不是一只握过日本军刀的手吧？王大军看出我的情绪的激烈转换，忙解释说，老人是位工程师，地质工程师，不是军人。但不论王大军怎么解释，我心里总觉得不舒服。不知为什么，我想把这个在我心中已定格为侵华日军的"老日本鬼子"灌醉、灌倒、灌趴下，灭灭这个"老日本鬼子"的气焰。其实那位日本老人真的没有任何气焰，任何嚣张。事后想可能冤枉了那位日本老人。但那时候没那么理智，总是把他和上午在靖国神社门前见到的那个老日本鬼子重影。

于是我提议，按照中国山西喝酒的规矩，一碰三，连喝三杯。

日本老人连连摆手，连声说不行，他已经喝醉了，他真不行了，不能再喝了。我坚持说，为了相见相遇的缘分必须喝三杯，既然你去过山西，还时时惦念山西，就一定要按山西的规矩来。中国人说入乡随俗，你入乡也要随俗。我用我们的酒，给日本老人面前的三个酒杯满满地斟上。我从心眼儿里小看日本酒，不温不烈，不苦不辣。杀人就得头点地，如果是山西老汾酒，北京二锅头，这三杯喝下去，保险让这个"老日本鬼子"现原形。

这时候，坐在那个"老日本鬼子"对面的年轻人说话了。虽然我听不懂他说的日本话，但我心中明白，他是替那位日本老人上阵来了。用中国话说，半路杀出个程咬金，果然，王大军一翻译就那么回事，"下战书"，但人家讲得客气礼节。原来他是那位日本老人的"门下之徒"。那个日本年轻人长着一双细长眼，我细细打量发现，那就是一双中国人说的"鸢鹰目"，目光阴冷怪异。

他端杯示意，举杯为礼，绝不碰杯，再无一言，依次单手把三杯酒端起，喝干。然后又提起他们的酒壶，把我面前的三个酒杯斟满。日本人也讲究来而不往非礼也。我盯着这个"小日本鬼子"，那时候就是这么想的，几十年，半辈子民族教育、爱国主义教育让你身不由己，像水顺着渠道畅流。我觉得我的目光是严厉的，脸上的几分酒气都被严肃逼退了。我二话不说，一提一杯，干杯亮底，绝不含糊。又斟满三杯，又斟满三杯……突然，那个"老日本鬼子"低低地，听得出极高兴地唱起歌来，眉宇间流露出怀旧和兴奋，黄皱的脸皮上仿佛涂了一层淡淡的油彩，似乎在给我们祝酒。

王大军告诉我，听不太懂他唱什么，他口音很重，应该是北海道那边的人。

我们却放下酒杯，听老人唱歌，那应该是日本民间一种很古老的日本民谣。老人唱得很动情，很由衷，五官都跟着舞动。渐渐地，我觉得眼前这位日本老人不可能是个"老日本鬼子"，再看，醉眼中看他分明是位有几分和蔼、慈祥、平常的老人。那一道道深纹，一颗颗老人斑，高耸的白眉，满头的银发，他该是位高朋满座的日本先生，是位儿孙满堂的日本老人。

不知为什么，也不明白因为什么，我突然对王大军说，请你告诉这两位日本人，我也会唱日本小调，而且还是北海道的。其实当时我也不知道日本电影《追捕》里配唱的是不是北海道的民谣。大家都认为我被日本酒"拿下了"，王大军也拒绝翻译，他是害怕我下不了台。在日本人面前唱日本小调，那不是鲁班门前舞斧头？但我有足够的自信心，也自信即使高大军不给翻译，依我观察那个日本年轻人的智商也足以理会。我端杯示意起敬干杯。然后开唱：啦啦，啦啦啦啦啦啦，啦啦啦，啦啦啦啦……真是喝醉了？竟然觉得那位老人有点儿像高仓健，有点儿像杜丘；那年轻的像矢村警长。这下大家才放心了，原来就是啦啦啦啊。但那两位日本人却好像被感动了，也可能被唤起了回忆，似乎也是跟着我啦啦，啦啦啦啦……

那天晚上，我们都似乎喝醉了……

在德国喝啤酒

在中国,喝酒的人群可能是世界上最庞大的了,一生从未沾过酒的中国人也浩浩荡荡,数以千万计。但在德国终生滴酒未沾的人可谓凤毛麟角。无论男女老少,见到那金黄透明泛着泡沫的啤酒,每个德国人的眼睛都会闪闪发光。难怪黑格尔曾经说过,酒滋养了整个德意志民族。

第一次世界大战时,德国军队前线催得十万火急的不是弹药、医药、粮草和被褥,他们一封接一封加急电报几乎都是催要啤酒。一位前线指挥官的电文说,难道你要让我的士兵用沙哑的嗓子,翻动着干枯的嘴唇去向上帝敲门喊报告吗?

德国人给我讲述过一个战争的故事。

两位往前线送酒的士兵在枪林弹雨中前进,突然,啤酒桶不知被哪儿射来的枪弹射穿了,酒从弹孔中迸射而出,两位士兵一看,忙用嘴堵上,为了不让这些千里迢迢运上来的酒白洒了,他们就拼命喝,直喝得翻了白眼,彻底酒醉,深度昏迷。人们都以为他们已经死亡。也不知过去几天几夜,当晨风吹拂着这两张年轻的脸,让他们在晨曦中苏醒时,他们还以为自己仍在酒醉之中,因为四周太安静了,没有任何枪声炮声了,原来战争结束了。他们活下来了。

我曾问过一位在德国生活了十几年的中国人，问他认识的和听说过的德国人中有不喝酒的吗？他沉默，深思。良久，说出了一个让我周身一颤的名字。希特勒。

开车跨过荷德边境，便进入到杜塞尔多夫。

中国人知道杜塞尔多夫，多是因为其盛产钻石。杜塞尔多夫产不产钻石我不太了解，但我知道杜塞尔多夫加工出来的钻石，世界有名，其精度、光泽度、多视度比南非更甚。我注意到，杜塞尔多夫钻石店中有不少黄皮肤黑眼睛的中国人，不少黑眼睛中都闪耀着欢喜和兴奋。

我们是从荷兰饿到德国的，所以直接奔杜塞尔多夫的吃喝一条街。

到了德国才知道，中国人说了若干辈子的"大吃二喝"，在德国行不通，德国是"大喝二吃"。

那条吃喝一条街官名好像叫博尔克街，中国人称其啤酒一条街，一脚踏进去，一股股醉人的啤酒特有的酒香扑鼻四溢，人人都笑得像文森特·凡·高画笔下的向日葵。我亲眼看见一个德国的帅小伙，腰里围着一条像美国国旗一样的大围裙，双手竟然平端着八大杯扎啤，在餐桌之间像幽灵一样地游动，看得我们目瞪口呆。这活在中国绝对没看过这么练的，德国啤酒店小二有绝活。

在德国的"大喝二吃"有专指。"大喝"即放开怀喝啤酒，不能抿，不能小喝，一定要大口喝，大口喝才能喝出德国啤酒的德国味。"二吃"是必须吃德国肘子，吃德国白肠。

德国肘子端上来时，让我们眼前一亮，硕大、焦黄、金灿灿，颤巍巍，刀叉一边一个，像中国门神哼哈二将。香气顺着烤黄崩裂的肉皮缝一股一缕地飘散开去,让人忍不住喉结上下蠕动。然后扎扎实实地给你面前墩放上一大扎啤酒。我们特地点的黑啤酒,讲究黑啤酒摆上桌,酒杯中的酒花还在翻动,气泡要像秋天法国波尔多的葡萄,一串串的,酒香要浓要甜,讲究的是苦涩之中的醇香醇甜,要比咖啡中的苦味轻淡,但要比咖啡中的甜更甘更蜜更醉人。那就是德国啤酒。

据说这里的黑啤酒是全德国第一,朋友悄悄对我们说了一句"小话":"咱们在中国喝的德国黑啤,相当多的是伪黑啤。好好品品真正正宗正统的德国黑啤滋味。"

原来德国啤酒中要能喝出先苦后甜,甜中带苦,苦中生香;德国啤酒大饮一口,进口入嗓无涩无辣之感,滑润,平和,苦香甜醇,让人饮而不止,止而不住,仿佛水入枯田。

中国酒客品不出德国啤酒的酒酣、酒香、酒美,就像德国醉翁也品不出中国白酒的酒醇厚,酒精香,酒绵长,酒香甜。他们认为不可理解,高度的中国酒为什么能迷倒那么多中国人?那不过就是食用酒精,有什么喝头呢?

但酒的魅力同在!

德国人啤酒喝好了没有?喝高了没有?不用一目了然,一听即可。和北京人一样,凡是喝好了、喝高了的都声扬八度,侃得热火朝天,方知酒后的德国人个个都是侃爷。德国人酒后也都抬扛,斗鸡似的辩论得面红耳赤。德国人喝高了,白脸变成粉色的,脖子也会变成粉色的,像中国京剧演员脸上刚刚勾了粉底。

德国人生性认真,一丝不苟,真正做到了我们大庆工人20世纪60年代的"三老四严"和"四个一样"。但酒后的德国人，也极容易"较真儿"，钻牛角尖，抬死杠。

一位在杜塞尔多夫市当乒乓球教练的中国运动员对我说，他曾在这条啤酒一条街上和几位朋友喝啤酒，酒喝多了燥热，他脱去外衣只穿一件运动员背心，没想到他因为穿着印有汉字的运动衫，竟让这条街上无数男女啤酒爱好者因此"较真儿"，抬杠、打赌。原来他穿的运动衫背后印着两个大字：中粮。他曾经代表中粮打过球，他为了迎接几位迟到的不会说德语的中国朋友，在这条啤酒街上出去又进来，进来又出去好几趟。那些喝得脸和脖子都粉扑扑的德国男女突然发现新大陆，有不止一位德国啤酒爱好者都认为他运动衫印的是"中国"两个字。于是他们就端着大杯的啤酒找上门来，非要问明白到底是不是"中国"？巧在会德语的中国人因喝了一肚子啤酒去找地方方便去了，这官司就打不清了，但大家都认为自己对，于是就碰杯，干杯，喝啤酒。

德国人喝啤酒实在，似乎都不太留意自己会不会长啤酒肚，也仿佛不太害怕什么"痛风"。中国酒友的解释是，德国人一般都是大个头大肚子，像德国前总理科尔，喝上四五升啤酒亦不显山露水，腰围估计有四尺一。一位中国裁缝曾打量着科尔的啤酒肚说，这位德国总理的腰围可能大于裤长。德国现任女总理默克尔也是啤酒爱好者，其腰围亦不小，似乎未听说默克尔总理因此而减肥。德国人觉得那也是一种风度，一种美。

我研究德国人痛喝啤酒而少得"痛风"的原因有二：一是干喝，光喝啤酒不吃酒菜，很少有摆上一桌子海鲜然后再"大吃二喝"的。那肯定是中国人。原因之二是德国最讲究的是烤德国肘子，煮、蒸或烤德国白肠。一句话应了中国梁山好汉的那句话：大盘吃肉，大碗喝酒。

依我看，德国人"干喝"时候为多，我曾坐在莱茵河的游轮上，看见几乎所有德国酒友，无论男女老少都人手把着一大杯扎啤，一边静静地观景，一边悄悄地在讨论，一边慢慢地在喝酒，肯定地说，桌上连碟下酒的小菜都没有。中国人喝酒就是毛豆、煮花生也得来一盘啊。德国人不是下不起菜单，德国人喝啤酒"专一"。只品啤酒，绝无二务。

在德国喝啤酒，很快就体会到德国人喝啤酒的风格："三快一功夫"。上酒快，你刚刚入座，瞬间之际，一大杯翻冒着气泡升腾着啤酒香气的扎啤已端到你面前。开喝快，德国人和英国人、法国人不同，没有客套的一切礼节，端杯示意即开喝，从啤酒杯落桌到端起来就喝未有丝毫迟疑磨蹭，无缝隙衔接，喝得也快。"三快"的最后一快是笑得快，第一口啤酒入唇进口下肚，笑脸立即浮现，喝酒前多难多苦多累，多么哭丧着脸，立时烟消云散，云开日出，发自内心地笑，真心实意地笑，宠辱皆忘地笑。三杯过后，德国人喝酒开始讲究功夫。所谓"泡酒吧"，然也，那叫不紧不慢，不慌不乱，神来神往，无所追求，就是喝！可以从下午喝到傍晚，可以从半夜喝到黎明，神在酒中游，人在酒中醉。仿佛那才是解脱。中国人爱问什么是幸福？德国人会说，那就是幸福。

在德国啤酒酒友分两大门类，这都是中国酒友给他们总结的。一类是"武喝"，因德国足球而狂饮、酷饮，而疯狂，而歌而舞，真有些上九天揽月，下五洋捉鳖的豪气。德国足球值得德国人自豪，值得德国人疯癫。二类是"文喝"，即听着音乐慢品慢饮慢度时光。不吵不闹不言不语，只有音乐声在酒店中回荡，也是神仙世界，也是梦幻天地。

音乐是德国人自豪的豪情抒发点。有位德国朋友酒后之言，只是酒友的一家之言：世界音乐在欧洲，欧洲音乐在德国。德国有"三B"：巴赫、贝多芬、勃拉姆斯。德国音乐家群星灿烂：门德尔松、舒曼、瓦格纳、施特劳斯、韦伯、莫扎特、亨德尔……静静地坐在古老的店堂中，深情观望着金色啤酒不断地升腾变化，欣赏着那悠扬敲动人心的岁月之鸣，你会感到那里有德国啤酒的灵魂。

德国人喝啤酒也能喝出智慧。

德国不来梅是座极漂亮雅致的风光小城。第四十八届世界乒乓球锦标赛就在这里举行。不来梅可能是德国乒乓球爱好者最集中的城市。

中国人都知道，德国足球是爷，但论起乒乓球，中国就是爷。

有一年在不来梅曾举行过一次中德乒乓球业余民间对抗赛，一边出二十个运动员，比赛结果，是板上钉钉的，中国人横扫德国人如卷席，打得德国兄弟屁滚尿流。但这场乒乓球友好对抗赛的德国组织者有高招儿，他们准备了一百二十个特大啤酒杯，估计每只容量应在750毫升左右，每位运动员面前摆三个大酒杯，当众倒满鲜啤酒，每只啤酒杯中放着一只乒乓球，比赛的内容是看哪方先把啤酒喝完。把乒乓球含在嘴里。比赛结果和乒乓球比赛的结果完全一样，只不过胜负正好颠倒。中国选手竟有一半选手连三杯啤酒都没喝完，更不用说口含乒乓球了。这回轮到德国人欢呼啦，所有在场的人,每人喝三大杯,啤酒之香弥漫整个赛场。欢呼声、碰杯声和庆祝胜利的歌声不断,德国人够狡猾的。

在杜塞尔多夫喝德国啤酒还让人大开眼界,喝啤酒论"米"喝。

米是长度单位,不是容量单位,小学生都知道。但在德国喝啤酒喝得疯狂,论"米"喝。

叫酒时,德国朋友很谦虚地问,要一米?两米?还是一米五?当我还在不解的蒙蒙之中时,德国帅小伙已经单臂扛着"一米"送上桌来,原来是在一米长二十厘米宽的木盒中,威武雄壮地蹲立着十大杯德国啤酒。德国人幽默,喝"一米",就是喝十大杯扎啤。我吃惊地看见相邻那桌竟然叫来"两米"!真够吓人震人的!

不到德国喝啤酒,不知道在德国喝啤酒论"米"。

在这里,人人都似乎超凡脱俗了,人人都似乎在尽兴尽情,随心所欲:再也不用严肃、紧张、政治、职业了;再也不用虚伪、提防、焦虑、苦思冥想了;再也不用蝇营狗苟、阿谀奉承、以邻为壑了;不再狐假虎威、表里不一、龌龊无耻、卖身投靠、靠出卖他人染红自己的顶子。这一时,无官无民,无上无下,无高无低,无贵无贱,无贫无富,无强无弱,都是啤酒的信徒,都是酒醉的一个人,一个简简单单的人。我在这群被德国啤酒文化完全陶醉的人海中突然萌发一念,这难道就是我们苦苦追求、为之奋斗的理想主义世界?

在慕尼黑啤酒大厅曾见一"啤酒大V",其双手十指平端八只装满金色啤酒的大玻璃杯,用中国话形象称其是手把莲花,四花八瓣。那是要有几分功夫的。他平端高擎,脸像盛开的向日葵。那张脸我印象很深,粉中透红,其圆其大堪比脸盆。这位头戴短檐礼帽的德国汉子,四处撒笑,然后按顺时针方向开始"长饮",即一口气要喝完一大杯德国扎啤,我估计一杯德国扎啤应在 500 毫升。真有有心人,当他一口气喝完一大杯时,人群中竟有人齐声高呼不到慕尼黑,就不算在德国痛饮过啤酒,正像中国人所言不到长城非好汉。

慕尼黑啤酒节我赶上了一个尾巴。当你走进慕尼黑时,你才能感受到什么是啤酒的冲击,什么是啤酒的魅力,什么是啤酒的文化,你才能感受到,你就是啤酒海洋中的一朵冒泡的啤酒花。

到处是欢歌笑语,到处是载歌载舞,到处是举杯畅饮,到处是喝不尽的啤酒,举不完的杯,到处是啤酒流淌泡沫的欢唱。我想起我们那个时代曾经制造过"红色的海洋",德国人在慕尼黑创造了啤酒世界的金色的海洋。

数十人、数百人、数千人、数万人一齐举杯,一齐高呼,一齐疯癫,一齐痛饮,一齐似醉非醉,似痴非痴,一齐欢笑,一齐笑得那么开心,那么畅怀,那么通达,那么无拘无束,又那么天真无邪。数十人呼,数百人呼,数千人呼,数万人呼;数十人跳,数百人跳,数千人跳,数万人跳;数十人变换姿势,一手高擎啤酒杯,一手牵朋引伴,数百人相随,扭腰摆肩甩屁股,数千人、数万人紧紧相随。没人知道喊什么,唱什么,跳的是什么舞,扭的是什么腰;没有人知道该先迈哪条腿,先跨哪一步;更没有人知道这演的是哪一出!但人人都被陶醉了,人人都被融化了,人人都在喊十秒、十秒、十秒!原来是在鼓励别人十秒钟喝干一大杯啤酒。那汉子并不停顿,长喘一口气后就又开始"长饮"第二杯,身不摇,膀不晃,头不摆,手不动,笑容依旧。在"九秒、八秒、七秒"的欢呼声中,他竟然畅饮完左手四大杯!不知何时,他周围的人,包括我们,都举着啤酒杯开始小步舞似的围在他周围跳着转圈。这汉子果然有修道,不紧不乱,不慌不忙,又开始喝他右手高举的四大杯扎啤。喝得依然那么顺畅,那么欢心,那么幸福,那么渴望,绝无中国人喝白酒时的痛苦状。当他最后一杯一口气喝完时,周围所有的人皆高擎起手中的酒杯,山呼海啸一般地干!

我以为此"啤酒大V"是德国爷们儿,后经证实,他德语说得比我强不了哪里去,他是一位捷克啤酒发烧友。捷克人喝啤酒让德国人服气,也让全世界服气。

据英国《每日电讯》网站报道,全世界欧洲人对啤酒最情有独钟;但在欧洲,不是德国人最能喝啤酒,全欧洲乃至全世界最能喝啤酒的是捷克人。2014年,捷克人人均年喝啤酒143升。也就是说捷克人无论春夏秋冬几乎每天喝一大杯扎啤。一个人一天、十天、百天每天喝500毫升啤酒就已不容易,难的是捷克人天天如此,坚持多少年,坚持一辈子,无论男女老幼,这才是最难最难的啊!

据英国人测算的,2014年德国人每人每年喝啤酒110升左右,全德国喝了89亿升,相当于喝干了8900个中国杭州西湖水,德国人真能干!我不知道德国人一年生产多少升啤酒,但我能感觉出德国人的胃对啤酒是有感情的。

但啤酒不是德国人发明的,也不是捷克人发现的。正像乒乓球虽然是中国的"国球",但它不是中国人发明的,而是英国人的专利。

啤酒是亚洲人发明的,千真万确。据专家考证,大约在1万至1.5万年以前,生活在埃及向北一直到伊拉克、伊朗一带的人类开始采集野生大麦做食物,偶然的错误,使他们存放在容器中的大麦被雨水浸泡了,发酵了,野生大麦产生糖,野生酵母将大麦产生的糖转化为二氧化碳和酒精。最早的啤酒不期而生,说起来比中国酒的诞生要早数千年。这样推算,啤酒在世界所有酒类中是鼻祖,是老祖宗。这在当地楔形文字中都有记载,在已发现的古代图案中都有绘画和石刻。

啤酒真了不起。

据说啤酒还曾拯救过人类。

换个说法,啤酒还是人类的大救星。

原来古埃及有个说法,说太阳神发现人类要反叛,就派女神哈托尔去惩罚人类。哈托尔手段狠毒,几乎把人类消灭光。就在人类到了最危险的时刻,太阳神动了恻隐之心,又不便收回成命,就把啤酒倒入人间,让哈托尔喝醉了,等她醉醒后忘记了自己的使命,用中国话说叫放下屠刀,立地成佛,人类才得以活下来,没有被那个叫哈托尔的女神灭种绝类。人类不能忘了救命之恩,不能忘了救命之人,那就是啤酒。

中国人何时喝上的德国啤酒我没找到准确的依据。但离我住处不远是西交民巷,那是所大宅子,一百年前此豪宅住着的正是中国双合五星啤酒创始人,现在已经是北京市文物保护单位了,至少在1905年大清王朝时,还留着长辫子的大清国民就开始喝德国味的啤酒了。中国人喝啤酒的历史可能不比德国、捷克短多少,只不过中国人喝老白酒的历史太长了,那时候谁还有心去品尝被蔑之为"马尿"的啤酒呢?

但中国人一旦喝起啤酒来就不是以西湖论量而是以太湖论了。据英国《每日电讯》调查,2014年中国喝啤酒全世界居冠,喝了540亿升啤酒,比德国人喝啤酒的总量整整多出五倍。拿破仑说得千真万确,中国真是头睡狮。

中国人喝啤酒也有"绝招儿",让德国"啤酒大V"也不得不敬而视之,那就是"吹"。

德国人一开始还教条机械地认为"吹"是气象学上的一个专用词语,大风吹过卑斯曼山谷。也难怪德国人不懂,因为"吹"这个借用词在中国也不过二三十年,即使在中国,不是啤酒发烧友,也会丈二和尚摸不着头脑,更何况这个"吹"本身还带有东北的"大碴子"味儿。

我的一位中国啤酒友,就是靠"吹","吹"倒了德国"啤酒大V"。

德国人喝啤酒都是拿杯"量",没看见拿瓶"吹"。"吹"也有"吹"的学问,"吹"的功夫是练出来的。德国人偶尔使瓶"吹",也是要放气,开瓶后要让顶着盖的气先跑跑,让沫冒冒,然后才开喝。这也恰恰是德国啤酒友的"软肋"。欧洲人,包括澳大利亚人,凡我见者,饮酒即使是"暴饮者",一口气长饮到底,也都是大杯,且要"放气放风",让沫先冒冒。中国啤酒友"吹"讲究"饮前请摇晃",使劲摇晃啤酒瓶,查看瓶中啤酒是否"翻江倒海",白沫是否如"白龙上天",然后突然启瓶。这时白沫会像高压水枪喷出的水柱直喷而出,据乐"吹"的饮者称,那啤酒酒柱直冲口腔嗓门,顺喉头再直流食道,确有"飞流直下三千尺"之感。但没有三五年"吹"史,是难以适应这种"吹"法的。德国啤酒友即使是"啤酒大V"也难适应中国这种"吹"法。当刚刚打开瓶盖的啤酒刚刚放入口中,那场面煞是激动人心,但见泛着白沫的啤酒不但从德国啤酒友的嘴里冒出,而且是从鼻孔里直喷而出,然后是双眼泪如雨下,一瓶未"吹"下,德国啤酒友已败下阵来。中国好"吹"者已三瓶"吹"净,据说不过是"漱漱口","毛毛雨",刚刚才拉幕开戏。

我愿意和德国朋友坐在夕阳下的花园里,听着施特劳斯的钢琴曲,文文静静,悠悠然然地喝德国啤酒。

后记：人往远走，酒往外流

崔华亭是我的曾祖父，老家称老爷爷。曾祖父远近有点儿名气，是因为他开了间酒坊，酒的名气大了，他的名气也就大了。全村一千多口人，百分之六十都姓崔，提起崔大爷那就是称呼曾祖父。老爷爷一脸菩萨像，树叶落下来都怕砸着头，瞧见蚂蚁搬家都绕着走，但远近都说曾祖父厉害，因为他身后有座酒坊，他酿的酒厉害。

名气大了，是福还是灾？民国初年，我爷爷去徐州念书，放暑假没回家，后来来了位小和尚，是徐州云龙山寺庙里的小沙弥。走出一头热汗给老爷爷送来"一道书"。原来我爷爷被云龙山上的土匪绑票了。"书"上写得明白，限十天之内交白洋一百，好酒五十坛，否则撕票。小和尚不走，等着写"回书"。说如果拿不回"回书"，就是没把"书"送到，"好汉们"就烧了他们的寺院，杀了他们的老和尚。

老爷爷也急了一身汗，手抖得都写不成字了。这"书"中说的五十坛好酒还好办，但那一百块现大洋到哪儿筹去？砸锅卖铁也凑不起啊！这可是人命关天。老爷爷没经过这种事，一时乱了方寸。据老爷爷说我们家全部家当也值不了五十块大洋，只有卖房子卖地。

土匪是闻着酒来的,知道老爷爷开的酒坊红火,挣大钱,公子还在徐州上洋学堂,不绑你绑谁?老爷爷说酒招来的祸。

后来酒坊就黄了,关了板,灭了火,搬了锅。

一直到1931年,穿灰军装的军队拿大枪逼着让老爷爷重操旧业。人家军队有枪有钱有粮有人,就这样,老爷爷的酒坊又开了。老爷爷的酒越酿越好,连徐州的大饭庄都派人来拉。

我们老家那地方沙地多,多地地贫,只能种些高粱,村里的老乡收的高粱除了吃喝用,想换钱用就把高粱送到崔家的酒坊。遇到灾年打不下粮食,老爷爷就把酒坊停了,把藏的高粱借给老乡们,灾年借一斗,来年还一斗,绝不多收一颗高粱,还不起的还可以再等。老爷爷有个称谓叫"老酒善人"。有一年家乡大旱大灾,老爷爷把酒坊停了,把做酒用的高粱、豌豆、小麦都借给过不了日子的老乡。军队不干了,派兵拿枪逼着收老百姓家里的粮食,逼着酒坊开张,军队的医院等着用酒,军队的伤兵等着喝酒,当兵当官的都张着嘴等着酒喝。老爷爷真汉子,指着自己的胸口让当兵的当众把他打死,打死也不能把借出去的粮食收回来。村里的老人们说,当时村里的人都哭了,都哭着给老爷爷跪下了。一斗粮食就是一条命啊!

父亲的家庭出身一栏填的是地主。"文化大革命"以前,北京中学里的阶级斗争就提得很高了,我当时极仇恨阶级敌人,地主首当其冲。父亲解释说,家乡的土地极贫瘠,皆山坡沙地,唯能种植的就是高粱。乡亲们说"回车的高粱卧牛的谷",地贫物稀,广种薄收。我看过父亲的自传,先说的是家中有薄地两百亩，后又改成八十亩沙薄地。父亲说，当时的"土改"干部因老爷爷为开明绅士，为当地的革命政权建设做出过贡献，又是县政府的参议，想把成分降一降，经重新核对地契，有的地不是咱家的，咱家只是代耕，故改为八十亩，是想定个富农成分。我气愤得一跺脚，"黑五类"中地主、富农就是老大老二的关系，背着抱着一样沉。你就是一棵草不长的盐碱地，也是地主！父亲长叹一口气，要不是你老爷爷有手艺，开一座酒坊，说不定一家人早就饿死在逃荒的路上，怨不得你老爷爷啊……

老爷爷真正风光是在抗日战争时期。我们老家是新四军六分区的根据地，偶尔鬼子、皇协军、黑狗子也下乡来扫荡。我们家的酒坊成了新四军、武工队、民兵重点保护单位。紧张的时候，不但在村口修着工事，有部队守着，在我们家酒坊外都驻着部队。门口还有穿灰布军装持枪站岗的新四军战士。为什么？因为怕老乡去酒坊打酒、喝酒。抗日政府把酒坊的酒全包了，一滴都不能私卖，又为什么呢？原来六分区有两座新四军野战医院。那时候日本鬼子封锁得十分紧，莫说药品，连医用酒精都全禁，伤员们的伤口化脓甚至生蛆，有的伤员伤口得不到及时的消毒致残甚至牺牲。有的伤员伤口疼得实在受不了，又没有那么多麻药，最好的办法就是喝烧酒，伤员把它称为"神水"。有些伤员因为负伤剧痛情绪十分激烈，喝上"神水"一是止痛，二是情绪也安稳平静下来。老爷爷常常站在门口给来打酒的乡亲们解释，一碗酒能救新四军伤员一条命，为了救死扶伤，老爷爷带头破了几十年的老习惯，不再动酒。

那时候抗日政府的政策也好,减租减息时,老爷爷把那又薄又瘦的地干脆白送给佃户,比减租减息还彻底,把地契都交给人家了。老爷爷没想到抗日政府硬不同意,又派人做工作把地契收回来,而且不减租也不减息,该减该核的由抗日政府补。那时候老爷爷特别革命,他经常讲打日本、抗战匹夫有责,什么条件都不能讲!他经常找到抗日政府的专员,诚心诚意地要把酒坊交给抗日政府。后来我知道这些细节后特别感慨,老爷爷真有眼光,他比共产党的干部都了解共产党的政策,如果当初送了地再捐了酒坊,那我们崔家就是彻头彻尾的贫下中农、无产阶级了!"文化大革命"里就成"红五类"了。

抗日政府按着"三三制"的组成原则,老爷爷正式被聘为"参事",从专区开会回来,别在胸前的红布条上面写着"抗日政府参事",走到哪儿就显摆到哪儿。新四军医院还专门邀请他去医院检查工作,受到了极其热烈、规格极高的接待,给他胸前戴了一朵酒碗大的大红花,称他是抗日功臣。兴奋得老爷爷像小顽童似的手舞足蹈,高兴得无可无不可。老爷爷知道他和崔家的所有荣誉都是因为他酿出来的酒,老爷爷日夜蹲在酒坊里,每一道工序他都亲自上手,亲自过目。酒坊里常常飘出老爷爷爽朗的笑声,又是一缸上好的烧酒。酒还叫崔家兴旺。

我父亲是老爷爷的长子长孙,我父亲说他生性愚笨,但我爷爷管教甚严,学习稍稍有马虎,用戒尺把手掌打得都肿起老高,握都握不住。父亲先在徐州中学读书,1935年考上北京大学,而且按照老爷爷的意见,上的是北大生物系,学的就是发酵，搞的就是酿酒。老爷爷看见北大在报上登的录取名单后，高兴得在院子里摆席庆贺，老爷爷说后继有人了，说以后咱家的酒坊要搬到上海、南京，建个大酒厂。

老爷爷有二儿一女。女儿我父亲称姑姑，我称姑奶奶，更是传奇似的人物。那年月实行的是"女子无才便是德"，我姑奶奶竟然考上了清华大学。老爷爷亲率崔家老小坐满六套大车，一直送到徐州，送上火车。那真是鞭炮齐鸣，锣鼓喧天，比娶亲做寿还热闹，还光彩。

姑奶奶荣誉了半生，在清华大学就参加了中国共产党，做学运工作，为解放北平还立过功。刘仁曾代表北京市委给颁发过勋章。1955年曾受到毛泽东、刘少奇等党和国家领导人接见。但1957年被错划成"右派"，又受过大罪，吃过大苦。1985年我去山东淄博林场我表叔家，就是他儿子家看望姑奶奶，那年她已经快九十岁了。

老太太真是气度不凡，一头银发，银白发亮，气色红润，脸上的深纹都不多，两眼炯炯，两耳不背，腰不弯，手拄一根枣木棍做的拐杖，腿因有过风湿走路不太方便，但脑子聪敏，谈吐有神采。我从老人家身上可以想象几十年前的奕奕神韵。现在站在山峦之下，苍林之外，竟有仙风道骨之气。我能隐隐感到老人家周围有一种慑人的气场。

表叔家院不小，有几棵几十年的大树，风摇叶动，哗哗然如波呼浪唤。表叔家的老爷子已经过世多年，没能熬过"文革"十年。

我来了，表叔说他母亲格外兴奋，几十年了，娘家没来过人，我又是隔辈的孩子，九十岁的老太太亲自为了我泡了一大壶她保存的枣花茶。姑奶奶不说自己,我住了三天,她从未讲过她自己,主要对我说我们老崔家的事,说我老爷爷,她老爸的神事。

在我们老家,"二月二龙抬头"是祭奠酒神的日子,在我们崔家格外隆重,老爷爷比给他自己过寿还重视。

祭奠是从中午亥时开始,把家族中的长辈没出五服的亲戚都唤来。酒席是有酒没席。男宾一溜,女宾一排,过去女人是不能上席上桌的,老爷爷讲究男女平等。每人一大碗红烧肉,一大碗崔家老酒。猪是酒坊里酿酒的酒糟喂大的,猪粪送到高粱地里肥田,高粱又送酒坊酿酒,老爷爷人老,脑筋不老,挺懂得科学喂养、绿色循环的。酒神在东北,院东北有棵大榆树,榆树树干上缠着红布。亥时一到,两杆鸟铳齐鸣,鞭炮、锣鼓齐鸣,紫色的硝烟四起,顺着大榆树冉冉上升。迎来酒神以后,老爷爷把用朱砂写的一道符挂在酒坊大门外:人往远走,酒往外流。然后老爷爷带头,双手擎酒碗,他身后排两列,男宾黝黑瓷粗碗,女宾浅灰瓷细碗,都齐喊:酿好酒,靠酒神;出好酒,敬酒神;喝好酒,谢酒神。然后就开始"大吃大喝"。女人们说,一辈子包括出嫁生子都没这么痛快过,真吃肉,一大碗,油光锃亮的红烧猪肉,一大碗晶亮透底的崔家老酒,女人们都说喝多了,喝醉了,喝好了。幸福得脸跟大榆树缠的红布差不多。姑奶奶说,咱村的女人,甚至全县、全徐州的女人也没这么吃过肉,喝过酒。咱老家的女人最苦,舍不得吃,舍不得穿,吃剩饭,喝剩汤,辛苦一年也吃不上一顿好饭,辛苦一辈子也没善待自己。什么叫幸福?那天祭酒神,女人们才叫幸福。

我父亲说，你姑奶奶是出名的才女，英文、法文讲得和中国话一样好，在清华也是才女，但我在她房间中一本书也没看见，什么书也没有。只在小桌上有两本外文书，表叔告诉我，母亲只看《圣经》了，我翻了翻，英文版的是1923年出的伦敦版，法文版的是1933年出的里昂版。表叔告诉我，母亲从此不看书，不看报，也不听任何广播，每天拄拐进林子，醉心听鸟鸣。她嘴里也会学鸟叫，和鸟交谈得亲亲热热的。

姑奶奶那天特别高兴，把她自己酿的存放多年的枣酒拿出来招待我，说这酒不如你老爷爷酿的崔家老酒好，但喝一口也美。

姑奶奶长寿，活了九十九岁。表叔说按实际年龄母亲寿终是一百零一岁，但老太太不让过百寿。

我们老崔家还出过一位革命老前辈，那就是老爷爷的二小子，我们叫二爷爷。二爷爷也是靠老爷爷酿的酒上的学，出的息。当年他考上了上海的一所名牌大学，但二爷爷十分孝顺厚道，他知道家里这点儿酒供不起那么多人上学，就主动放弃了去上海念书，拗不过老爷爷，就在徐州读师范。那时代读师范不但不花钱，而且还"挣钱"，每年冬夏各发一套学生制服，过年过节学校还发"零花钱"，就是难考，但二爷爷考上了。谁都不知道，二爷爷就是在上徐州师范时加入的共产党，是1935年的老共产党员，抗战一开始，二爷爷就带着几十个爱国的学生建立了抗日游击队，后来编入新四军江南挺进纵队。

二爷爷官当得不太大，任省教育厅副厅长，五六十年代当这么个官就了不得了。二爷爷最神的事还是和酒相连。"文革"一开始,因为他是教育厅领导又当了一所大学的工作组组长,执行的是"资产阶级反动路线",后来批斗得果然厉害。二爷爷说第一次批斗觉得冤,第十次批斗觉得不想活了,批斗的阵容越来越强大,火力越来越猛,被押上来的次数越来越多,挨斗干部的级别越来越大,二爷爷说,他倒觉得坦然了,因为被戴高帽子、坐土飞机的走资派、黑帮,都是他的大领导、老领导,都是老革命、老红军、老八路,咱算个啥哩?得了,这么一想,想死都死不了了,只想好好活下去。

后来再也不用"22万伏的高压打死崔XX"了,把二爷爷下放到"五七干校"劳动。没想到,他又"红"起来了。原来"五七干校"也要发展生产,改善生活,他又没啥大问题,属于"挂着、等着、看着、养着"的干部,就让他把干校生产的高粱加工成烧酒。旧业重操,二爷爷真行,小酒坊开起来了,高粱白酒流出来了,酒香飘出来了。高粱米、高粱面没人爱吃,但转化成高粱酒就香飘十里了。那个年代,市面上根本看不见纯粮食酿的酒,一时县里、公社里甚至附近的驻军,连看守监狱的警察都开着囚禁犯人的囚车来干校买纯高粱酒。干校的领导谱儿也大了,派头也大了,也精神了,干校的军代表还特别让他原部队的领导来"光临指导",果然纯绿色、纯天然,干校养的猪、鸡、鸭、兔,干校酿的纯高粱白酒。他们干校差点儿变成军代表他们部队的招待点。军代表后来回部队得到了重用提拔,二爷爷的日子过得也渐滋润。他说他酿的酒已经有点儿崔家老酒的味道了。他有了个雅号叫"酒厂厂长",简称为"酒长"。后来干部落实政策,要调他回省城学习待解放,二爷爷反而硬起来了,不去,就在干校当"酒长"。军代表也不想让他走,就说你们要解放人家就放他走,调回去学习和在这儿学习一样,走毛主席的"五七道路"比坐在机关学习更改造人。二爷爷酒量大,在"五七干校"时,他曾和驻军的军代表喝酒,一个人喝过一公斤烧酒,喝完之后,身不晃,舌不摇,话不多,步不乱,不愧是"酒长"。

姑奶奶劳动改造时,二爷爷曾经去劳改农场看她。这么大的现职干部去探望一名劳改犯是需要勇气的。

兄妹俩坐在探监室里,主要讲老爷爷的事,因为旁边就坐着两名监管人员。老爷爷刚一开始办酒坊并不顺利,借了那么多钱,就是流不出酒来,以至于债主带着人就在酒坊外边等着,如果再流不出酒来就拆房还债,卖梁卖椽卖砖卖瓦,真到了生死关头。天无绝人之路,酒终于一滴一滴流出来了,一股股流出来了,哗哗哗地流出来了,老爷爷的泪也一滴滴、一串串,哗哗哗地流出来了,老爷爷有句名言,没有过不去的火焰山,没有迈不过去的绊腿坎。

从此,姑奶奶就坚强地活下去了……

家里人说,老爷爷是让姑奶奶的事生生气死了,但我们崔家的爷爷们都说不是,只有姑奶奶说是!

二爷爷就说老爷爷死得离奇,不可思议。老爷爷一生爱吃鸭子,说从前有时夜里做梦,梦见身后的鸭子一眼望不到边,后来再做梦,梦见身后只跟着一只鸭子,摇摇晃晃跟着他。老爷爷发出话,从此再也不吃鸭子,家中人决不能再杀鸭子。那年秋上,老爷爷的一个老朋友过米寿,老爷爷专程赶去助寿,那位老朋友深知老爷爷喜爱吃鸭子这一口,就专门为他宰了一只又大又肥的鸭子,等吃饭端上来时,老爷爷一看,脸色大变，冷汗都下来了，借口身体不适匆匆离席，回家就大病，从此一病不起。他老人家常常自我叨念：就那一只鸭子也杀了，吾命归矣，吾命归矣！半年后就逝去了。老爷爷也明寿九十九岁，家里人都知道他老人家活了一百零四岁，他生前也表示寿不过百，因此不过百岁大寿。

老爷爷生前十分珍惜一块匾牌，把它高高挂在门框上，"革命烈士家属"，那是他五孙子用命换回来的。五孙子叫崔月光，也由老爷爷供养着在徐州念中学，后来辍学参加了解放军，老爷爷着实气了一段时间。但在解放战争中解放军大胜，月光孙子寄回穿着雄壮威武的解放军军装的照片，老爷爷高兴得又逢人便夸。抗美援朝战争中，五孙子又随着他所在的中国人民解放军第九兵团第二十军入朝作战，牺牲在长津湖畔阻击阵地上。老爷爷得到消息后难过得大病一场，白发人送黑发人，还是差着辈数的黑发人。老爷爷从小就喜欢五孙子的"愣劲"，天不怕地不怕的。六岁的时候看见大人们祭酒神，用碗喝酒，趁人不注意，也端起大碗，伸直脖子灌下去，他说他也是男子汉了，结果差点儿被酒醉死。

五孙子也给老爷爷争脸，老爷爷走到哪儿宣传到哪儿，五孙子是抗美援朝，保家卫国，打美国鬼子牺牲在阵地上的英雄。

朝鲜战争停战后，崔月光我该称之为五叔的战友从部队回来探望老爷爷，老爷爷高兴，志愿军战士异口同声，"指名点姓"地要喝崔家老酒。那时候，因为国内政策变了，粮食统购统销，取消私人酒坊，不允许个人经营烧酒，老爷爷的酒坊已经关了半年多了，酒坊里的青草都长得有筷子高了。

但老人家高兴，特别高兴，从酒窖里取出当年存的好酒，祭酒神用的好酒，招待朝鲜前线归来的"最可爱的人"，招待五孙子的战友，九死一生的志愿军战士。老爷爷的办法还是一人一大碗红烧肉，一人一大碗崔家老酒。

酒喝多了，话就渐渐多了，有人抽泣地思念起战友来，怀念起那些长眠在朝鲜北部山区皑皑白雪中的战友来，怀念他们的月光排长。原来月光他们不是被美国鬼子的飞机大炮打死的，而是被活活冻僵冻死在阵地上的。他们当年是紧急调动，秘密出发，到了中朝边境才知道要出国抗美援朝。到了朝鲜才发现，朝鲜山区零下30多摄氏度，冰天雪地，滴水成冰，那天真叫能冻死人。但他们部队别说皮帽子，连棉帽子都没有，戴的是单帽子；别说穿皮毛鞋，连棉鞋都没有，穿的是胶皮鞋；穿的棉军装都是在中国华东地区能御寒过冬的棉衣棉裤，在朝鲜的寒冬中根本不顶事。他们趴在长津湖畔的阻击阵地上，渐渐地被冻僵了。

为了让大家活下去，月光就组织排里的战士们几个人几个人抱成团，紧紧抱在一块儿，靠体温取暖求生。他给大家讲，他老家崔家老酒，那酒是他爷爷亲手酿的，真是好酒啊，喝一口能暖全身，一点儿都不冷。他答应打完仗请弟兄们去家里喝他们家的崔家老酒。一定去，不管谁能活着，都要去，代没能去的兄弟们喝一口崔家老酒。

那天夜里，月亮先是白的，和雪一样白，又变成黄的，最后竟然变成蓝的，幽森森的蓝。后来他们就都冻昏冻僵了，等再醒过来已经到了后方野战医院。月光没能醒过来，他被活活冻死在阵地上了。全连上长津湖阻击阵地的九十四人，活活冻死在阵地上的有七十六人,我叔叔排里的战士,很多都是沉醉在崔家老酒的甜蜜中被冻僵的,冻昏的,冻死的。

老爷爷颤抖着端起一碗晃动着的酒喃喃地说,这老酒救过新四军,救过解放军,但没能救过志愿军,志愿军太远了,咱家的酒送不到啊……老爷爷真心地内疚,有这一碗老酒就能救活好几位志愿军战士的命啊!战士们至死都没能喝上一口暖暖身子的酒啊!九十多岁,实际上一百多岁的老人家掉下泪来。那年冬天,老爷爷几乎没挺过去,他尤其怕见雪地里的月光。他说天上的月光照在雪地上是蓝色的,幽蓝幽蓝的。家里人都以为老爷爷老了,有些糊涂了,明明月光亮敞敞的、明亮亮的、白耀耀的,怎么会是蓝色的呢?谁见过蓝色的月光?

老爷爷到底没扛过第二年冬天。第二年冬天,刚刚落下第一场薄雪,老爷爷咳嗽了三天三夜,终于走了。村里人、家里人都奇怪,下那场薄雪的晚上,月上北山以后,真的是蓝色,阴冷阴冷的,幽蓝幽蓝的……

图书在版编目（CIP）数据

醉里挑灯谈酒 / 崔济哲著. — 成都：四川文艺出版社，2017.3
ISBN 978-7-5411-4568-1

Ⅰ.①醉… Ⅱ.①崔… Ⅲ.①散文集－中国－当代Ⅳ.①I267

中国版本图书馆CIP数据核字（2017）第044789号

ZUILITIAODENGTANJIU
醉里挑灯谈酒
崔济哲　著

责任编辑	王筠竹
责任校对	蓝　海
封面设计	叶　茂
内文设计	史小燕
责任印制	喻　辉

出版发行	四川文艺出版社（成都市槐树街2号）
网　　址	www.scwys.com
电　　话	028-86259287（发行部）　028-86259303（编辑部）
传　　真	028-86259306
邮购地址	成都市槐树街2号四川文艺出版社邮购部　610031
排　　版	四川最近文化传播有限公司
印　　刷	成都东江印务有限公司
成品尺寸	140mm×203mm　1/32
印　　张	11.5　　　　　　　　字　数　300千
版　　次	2017年8月第一版　　印　次　2017年8月第一次印刷
书　　号	ISBN 978-7-5411-4568-1
定　　价	49.80元

版权所有·侵权必究。如有质量问题，请与出版社联系更换。028-86259301